Anders Roslund
Teufelsgabe

ANDERS ROSLUND

TEUFELSGABE

KRIMINALROMAN

Aus dem Schwedischen
von Ulla Ackermann

Ullstein

Besuchen Sie uns im Internet:
www.ullstein.de

Wir verpflichten uns zu Nachhaltigkeit
- Klimaneutrales Produkt
- Papiere aus nachhaltiger Waldwirtschaft und anderen kontrollierten Quellen
- ullstein.de/nachhaltigkeit

Deutsche Erstausgabe im Ullstein Paperback
1. Auflage Juli 2024
© für die deutsche Ausgabe Ullstein Buchverlage GmbH, Berlin 2024
© Anders Roslund 2023
Published by agreement with Salomonsson Agency
Die Originalausgabe erschien 2023 unter dem Titel *100 Procent*
bei Albert Bonniers Förlag, Stockholm.
Satz: Pinkuin Satz und Datentechnik, Berlin
Gesetzt aus der Adobe Caslon Pro
Druck und Bindearbeiten: CPI books GmbH, Leck
ISBN 978-3-86493-259-5

Genau jetzt

Bei einem Schwein ist der Tod simpel.

Ein Messerstich in die Halsschlagader, das Tier hängt kopfüber an den Hinterläufen, alles Blut strömt heraus. Eine glitschige, aber klare Sache.

Einen Menschen auszubluten, und das auf ansprechende Weise, während er am Leben ist, so wie ich es gerade mache, dauert länger.

Am besten geeignet sind dafür die Venen hinter dem Schlüsselbein. Die Gefäße bleiben gespannt, fallen nicht in sich zusammen, man kriegt alles Blut heraus. Sonst müsste ich in den Bauchraum hinein und mich zu den großen Gefäßen vorarbeiten, und die zu finden, kann schwierig sein. Oder ich müsste versuchen, das Herz zu punktieren. Die Gefäße der Extremitäten, der Arme und Beine, ziehen sich nach einer Weile zusammen und stoppen den Blutfluss, sie sind auch keine gute Wahl.

Vier, vielleicht fünf Liter Blut. Das ist im Grunde nicht sehr viel.

Treffe ich richtig, brauche ich nur eine große Spritze, und ich kann das Blut in mehreren Durchgängen absaugen. So erspare ich mir einen Plastikkatheter als Siphon, während das Blut herausläuft.

Ist das richtig gedacht?

Ich glaube schon.

Wir Menschen sind fähige Wesen. Wir sind zu allem imstande. In etwa so wie ein Schauspieler.

Man stellt jemanden dar, der herausfinden will, wie weit man mit einem Körper gehen kann, und der sich hinterher in ein Café setzt und eine Tasse Kaffee trinkt und einen Windbeutel verzehrt. Oder jemanden, der einem Menschen das Leben nimmt, einmal, zweimal, dreimal, der eine Grenze überschreitet und auf Dauer etwas in sich stillt.

Also muss das Objekt am Leben sein. Damit alles seine Richtigkeit hat. Aber auch, weil der Herzschlag das Ausbluten erleichtert.

Ich bin jetzt seit fast zwanzig Minuten beschäftigt. Habe aspiriert. Abgesaugt. Eine Zweihundert-Milliliter-Spritze macht zwanzig, fünfundzwanzig Durchgänge. Gegen Ende geht es ein wenig schleppender; alles herauszukriegen, ist relativ umständlich. Insgesamt, und in aller Ruhe, wird es wohl eine halbe Stunde dauern, schätze ich.

Seine Haut ist inzwischen fahlgrau. Sie hat keine Rottöne mehr. Aber er spürt keinen Schmerz. Es ist, als würde man einen intravenösen Zugang legen, nicht unangenehmer als eine Blutabnahme am Arm. Wann er stirbt? Eine philosophische Frage. Wahrscheinlich genau dann, wenn ich fertig bin. Oder kurz danach. Je nachdem, wie man es definiert.

Dann erst schneide ich in ihn hinein.

Längsschnitte an den Armen und an den Oberschenkeln – ohne dass Körperflüssigkeit austritt.

Mit tiefen Einschnitten von den Handgelenken bis zu den Ellbogen sollte er in seinem eigenen Blut baden. Logisch betrachtet müsste der Lebenssaft zur Betonschwelle dort drüben fließen und bis zur Kante ansteigen, dann: ein Fußabdruck, sobald der erste Polizeibeamte in die Lache tritt, stockt, begreift, dass es zu spät ist, und vorsichtig zurückweicht, um nicht mehr Spuren als nötig zu vernichten.

Aber so ist es nicht.

Alles ist sauber, hübsch, perfekt.

Nachahmung erlaubt keine Schludrigkeit.

Elf Monate zuvor

AN JENEM ABEND schloss Kriminalkommissar Ewert Grens seine Bürotür von innen ab, drehte die Musik ganz laut, und keine der Stimmen, die draußen auf dem Flur der Mordkommission seinen Namen riefen, drang zu ihm durch.

Er selbst nahm den Geruch nicht wahr, den Geruch, den blanke Angst hervorbringt. Er merkte nicht, dass er zitterte, schwitzte, war sich nicht bewusst, dass die Finsternis, die auch außerhalb von ihm herrschte, mit gelöschten Lampen und heruntergelassenen Jalousien zusammenhing.

Er hatte keine Ahnung, dass nichts mehr bleibt, wenn alle Schichten menschlichen Kontakts abgelegt sind; wusste nicht, dass man immer weiter stürzt, wenn es niemanden gibt, der einem Halt gibt. Alles, was er wollte, war, den starrenden Augen eines jungen Mädchens zu entkommen, nicht mehr die Hand einer Frau auf seiner zu spüren. Zum ersten Mal hatte er Vertrauen gewählt, war das Wagnis eingegangen, enttäuscht zu werden, ohne sich im Klaren darüber zu sein, wie verflucht weh es tun konnte.

Seine Dienstwaffe, die er so selten benutzte, lag vor ihm auf dem Schreibtisch.

Geladen, blanke, stumpfe Bleikugeln.

Er zog sie zu sich heran, wog sie in einer bebenden Hand, verblüfft darüber, wie wenig nötig war, dass sich das Leben im Grunde um zwei Augenblicke drehte: man wird geboren, man stirbt.

Wenn er die Waffe entsicherte. Wenn er den Finger an den Abzug legte. Dann würden die starrenden Mädchenaugen verschwinden, und auch die warme Haut und sanfte Umarmung der Frau.

Der Lärm. Die leere Finsternis.

Der Gestank. Das Zittern. Der Atem. Die Angst. Die Kälte. Die Stimmen.

Die Furcht, während er durch die Schwärze stürzte.

Ewert Grens beugte sich auf seinem Schreibtischstuhl nach vorn und öffnete den Mund. Um zielen zu können, musste er die Hand ein klein wenig einwärts drehen, nur so konnte er den Lauf direkt auf den Oberkiefer richten.

Kurz bevor er abdrückte, dachte er es wieder.

Ein Leben lang wartet man darauf zu sterben.

Und dann geht es so schnell.

Neun Monate zuvor

Als der Chef der Mordkommission Erik Wilson und Kriminalinspektorin Mariana Hermansson Ewert Grens' Bürotür aufbrachen, war es schon zu spät gewesen. In dem Bemühen, die ohrenbetäubende Musik zu übertönen, hatten sie sich angeschrien, waren durch Finsternis und Angst und stickige Luft zu dem reglosen Körper gestürzt, der mit zerfetztem Gesicht auf dem Schreibtisch gelegen hatte.

Grens hatte seine Pistole immer in der rechten Hand, weshalb die Kugel die Kieferhöhle und das linke Auge durchschlug und auf ihrem Weg aufwärts und hinaus den Schädelknochen streifte, ehe sie sich in die Zimmerdecke bohrte.

Das Furchtbarste, was Mariana Hermansson je gesehen, je erlebt hatte.

Benommen von Schwindel und Angst, war sie kraftlos, und ohne sich dessen bewusst zu sein, neben einem Menschen auf die Knie gesunken, der ihr so lange so nahegestanden hatte, vielleicht, um ihn fest zu umarmen, vielleicht, um mit der Hand die unversehrte Wange zu streicheln.

Hatte jemanden getröstet, der soeben gegen das Leben verloren hatte und darum nicht mehr war. Hatte sich selbst getröstet.

Und Atemzüge wahrgenommen.

Schwach.

Aber vorhanden.

Achtundvierzig Stunden später hatte eine kluge Frau in weißem Kittel auf der Intensivstation des Krankenhauses erklärt, die Entscheidung des Kommissars, sich mit aufwärts gerichtetem Lauf in den Mund zu schießen, habe ihm das Leben gerettet. Überlebende, sagte sie, wählten oft diese Methode, und jedes Mal gehe es dabei um einige wenige Millimeter, einen Winkel von zehn, fünfzehn Grad.

»Stellen Sie sich vor«, hatte sie den beiden Polizeikollegen, die nicht von Grens' Krankenhausbett hatten weichen wollen, auseinandergesetzt, »Sie schieben sich Zeige- und Mittelfinger in den Mund und versuchen, genau senkrecht nach oben zu zielen. Das ist schwieriger, als man meint. Und wenn Sie sich dazu noch vorstellen, dass Sie, zitternd und voller Angst, umgeben von einer finsteren, konturlosen Welt, Ihre Finger gegen einen Pistolenlauf austauschen, ist das Ganze ungleich schwieriger. Hätte Ihr Freund sich stattdessen geradewegs in den Rachen geschossen, wäre er erfolgreich gewesen. Oder gescheitert, je nachdem, wie man es sieht.«

Ewert Grens war eine Woche auf der Intensivstation geblieben, dann aber – mit verheilten vitalen Blutgefäßen und ohne Knochensplitter – auf eine Pflegestation des Krankenhauses verlegt worden. Sechs Wochen später war er wieder auf den Beinen gewesen und entlassen worden. Seine von der Kugel durchschlagene linke Gesichtshälfte war eingesunken und der Wangenknochen stark in Mitleidenschaft gezogen; der Kopf des Kommissars wirkte unförmig, und die schwarze Augenklappe, die er trug, sollte noch durch eine Augenprothese ersetzt werden.

Die erste Nacht zu Hause verbrachte er auf der Bank draußen auf dem Balkon. Alles andere war undenkbar, sein Bett mehr denn je ein Grab, in das er hinabstürzte. In der zweiten Nacht legte er sich im Treppenhaus vor die Wohnungstür, doch schlafen konnte er immer noch nicht. Im Krankenhaus hatten Ärzte damit begonnen, sein Äußeres zu reparieren, sein Inneres aber war unangetastet geblieben. Er war kein Patient mit einer Schussverletzung, er war ein Mensch, den man hinaus in eine Wirklichkeit entlassen hatte, die er nach wie vor nicht verstand.

In der dritten Nacht, als er keinen Ort mehr fand, wohin er seine Matratze schleifen konnte, brach die Welt erneut zusammen und er mit ihr.

Zuallererst zersägte er die sechs antiken Esszimmerstühle in so viele Teile, wie es möglich war. Die Couch und die Polsterung der fast unbenutzten Sessel hackte er mit Fleischmessern in Stücke. Er ging durch alle Zimmer seiner großen Wohnung, zerstörte Schränke, Regale, Teppiche, Bilder, Küchenmöbel, Betten. Den Fernseher zerlegte er in seine Einzelteile und riss Buch für Buch jede einzelne Seite in dünne Streifen. Seine Kleidungsstücke zerschnitt er kurzerhand mit einer Schere.

Nachdem er den Fahrstuhl vollgepackt hatte und zwei Stunden zwischen Wohnung und Sperrmüllkeller hin- und hergefahren war, nahm er sich Lampen und Geschirr, Vasen und Spiegel vor. Umgeben von den Betonwänden des Kellers, zerschlug er Gegenstand für Gegenstand. Zum Schluss, als kein Stück Holz, Stoff und Glas mehr vorhanden war, ging Grens in die Bibliothek und zu den einzigen beiden Dingen, die noch in der Wohnung verblieben waren: Annis Foto und die rote Wandstickerei, die das ganze Jahr über FROHE WEIHNACHTEN wünschte. Sie konnte er nicht zerstören. Stattdessen stopfte er sie zuoberst in eine der überquellenden Mülltonnen und schlief, als der Morgen anbrach, erschöpft auf dem Fußboden einer vollständig leeren Wohnung ein.

Sieben Monate zuvor

In den siebenunddreissig Tagen, die Ewert Grens nach seiner Zwangseinweisung in der Akutpsychiatrie des Stockholmer Sankt-Göran-Krankenhauses behandelt wurde, verschlechterte sich sein Zustand zunehmend. Man hatte ihn verdreckt und stinkend vom Fußboden einer verwüsteten Wohnung aufgelesen, doch nun schien es, als zöge er sich noch tiefer in sich selbst zurück, als zerlegte er seine Seele, wie er seine Wohnung zerlegt hatte. Bei jedem Besuch von Mariana Hermansson oder Piet Hoffmann lag er in zu großer Krankenhauskleidung in Seitenlage auf seinem Bett und starrte stumm geradeaus, jenseits jeglicher Kommunikation. Was in gewisser Weise verständlich war – angesichts des jungen Mannes im Bett gegenüber, der ohne Unterlass vor Qualen schrie, und der älteren Frau, die immer wieder ins Zimmer gestürzt kam, ihr Gesicht jedes Mal dicht an das ihres Gegenübers brachte und flüsterte, sie werde sie allesamt aufschlitzen, angesichts der beiden Jugendlichen, die laut religiöse Verse herunterleierten, und des Langhaarigen, der unentwegt seinen Kopf gegen die Wand schlug, und all der anderen, die sich tief in ihren eigenen Welten eingenistet hatten.

Fast vierzig Jahre lang war der Kriminalkommissar als einer der inoffiziellen Entscheidungsträger des Stockholmer Polizeipräsidiums durchs Leben gegangen, als jemand, vor dem die Leute ein klein wenig Angst hatten. Hier schlief er in anonymen Zimmern mit verschlossenen Türen und bruchsicherem Fensterglas, in dem gleichen Krankenhauskittel wie jeder andere Zwangseingewiesene.

Sterben war zu Überleben geworden.

Als letzten Versuch verlegte man ihn in eine Einrichtung namens Maltesholmsgården. Langzeitbetreuung für psychisch Kranke. Die Veränderung zeigte sich unmittelbar bereits am Morgen seiner Ankunft. Es war offenkundig, wie Grens zögernd begann, Dinge wahrzunehmen, zu reagieren. Teilzunehmen. Und als die Nacht anklopfte, sagte er seine ersten Worte, seit er mit auskurierter Schussverletzung aus dem Krankenhaus entlassen worden war.

»Ich hätte gerne eine Tasse Kaffee.«

Das war alles.

Aber für jemanden, der Ewert Grens kannte, bedeutete es so unendlich viel mehr.

Er war wieder auf dem Weg.

Zurück ins Leben.

Drei Monate zuvor

Der Maltesholmsgården war ein schönes Haus an einem schönen Ort, der Seelen heilte. Zumindest in Ewert Grens. Für jemanden wie Michél, den jungen Mann im Zimmer gegenüber, der ein richtig guter Freund zu werden begann, schien es eine erheblich längere Reise zu sein; er bewegte sich im Kreis, permanent auf dem Weg zurück zu dem Ausgangspunkt, dem er zu entrinnen versuchte.

Manche hatten wohl schlicht und ergreifend mehrere Abgründe, in die sie hinabstürzten.

Der Kriminalkommissar erhob sich von dem runden Tisch mit der roten Decke im Aufenthaltsraum, kehrte der Aussicht auf einen grün belaubten Garten und den Schotterweg den Rücken, der zu der kleinen Ortschaft führte, die er nie besucht hatte. Stattdessen pflegte er seinen Nachmittagsspaziergang entlang der Innenseite des hohen Zauns zu machen. Exakt achthundertsiebenunddreißig Schritte. Drei Runden waren perfekt, zweitausendfünfhundertundelf Schritte.

Schwere, dunkle Wolken öffneten just in diesem Moment ihre Schleusen, und es begann, in Strömen zu regnen, doch das störte ihn nicht, prasselnder Niederschlag erstickte die Stille, die er noch nie ertragen hatte. Grens lauschte den hart aufschlagenden Tropfen, er konnte kaum noch etwas erkennen, der Zaun war verschwommen, das Hausdach besaß keine Tiefe mehr. Er formte die Hände zu einer Schale, fing die Nässe auf, benetzte Stirn und Wangen, fuhr sich durchs Haar und strich dünne und widerspenstige Strähnen in dieselbe Richtung.

Es kam vor, dass er an die Frau dachte, die er zu lieben gewagt hatte und die ihn dann wie Abfall weggeworfen hatte.

Aber vor allem dachte er an ihre Tochter, die er sehr gernhatte. Seine Patentochter. Elin, die ihm vertraut hatte wie einem Familienmitglied – bis zu dem Morgen, an dem er gezwungen gewesen war, ihre Mutter festzunehmen und in Untersuchungshaft zu überführen. Ein fünfzehnjähriges Mädchen, vorübergehend ohne Gesichtsausdruck, das verrückt vor Wut gewesen war, aber Gleichgültigkeit gemimt hatte. Er würde nie vergessen, wie sie ihn angestarrt hatte, wie sie auf dem Rücksitz eines vorbeifahrenden Autos langsam ihren Arm gehoben, den Zeigefinger vor- und den Daumen nach oben gestreckt, mit ihrer Hand eine Waffe geformt, gezielt und geschossen hatte. Es hatte sich angefühlt, als sei er getroffen worden, als sei er gestorben. Von Zeit zu Zeit fragte er sich, wo sie jetzt war. Ihr Vater war seit vielen Jahren tot, und ihre Mutter saß seinetwegen im Gefängnis.

Wunderbar durchnässt durchquerte er den Eingangsbereich und ging in vor Wasser quietschenden Schuhen über den Holzfußboden zu dem schlichten Zimmer, das für ein paar Monate seines war. Michél hatte seine Zimmertür geschlossen, vermutlich war es einer dieser Tage. Für Grens waren die ersten freiwilligen Therapiestunden seines Lebens erfolgreich verlaufen, ebenso wie die Medikation, die man ihm anfangs verordnete, doch allem voran waren es die Gespräche mit dem traurigen jungen Mann, die ihn dazu gebracht hatten, in eine andere Richtung blicken zu wollen.

Seltsam.

Einem anderen Menschen so nahezukommen.

Hier. In der Klapse.

Die Besuche waren gleichfalls Momente, die Grens zeigten, wie das Leben sein konnte. Wer er wieder werden wollte. Mariana Hermansson und Piet Hoffmann waren inzwischen seine nächsten Menschen in der Welt außerhalb, und sie besuchten ihn jede Woche; genau wie Hugo, der ganz genau wusste, was er tat, wenn er ihn mit seinen dreizehnjährigen Augen musterte und ihn Ersatzopa nannte.

Der Gedanke war Grens schon früher gekommen, und im Maltesholmsgården dachte er ihn immer häufiger.

Wenn man sich mit dem Leben aussöhnt, kommt man wieder auf die Beine. Man kehrt zurück. Aber nicht, um das alte Leben wie gewohnt weiterzuführen, sondern anders, und manchmal ist anders der einzige Weg.

Als Gedanke hatte das großartig geklungen, richtig und klug, Worte, die wichtig und erwachsen gewirkt hatten.

Doch erst jetzt begriff er ihre wahre Bedeutung.

***

Als Grens an diesem Nachmittag tropfnass und regenglänzend sein Zimmer betrat, saß sein heutiger Besucher auf dem Bettrand. Ein eher ungewöhnlicher Gast, der sich auf dem einzigen Sitzplatz, den er hatte finden können, nicht ganz wohlzufühlen schien. Oder treffender: der sich sichtlich unwohl fühlte, überhaupt da zu sein, Ewert Grens' Blick zu begegnen, mit seinem Freund und Kollegen zu reden. Aber er war gekommen, weil der Kriminalkommissar ihn angerufen und ihn darum gebeten hatte.

»Dir scheint es besser zu gehen.«

»Mir *geht* es besser.«

»Und du bist ziemlich nass.«

»Klitschnass. Bis auf die Haut. Du solltest öfter im strömenden Regen spazieren gehen, Wilson. Dabei lässt es sich wunderbar nachdenken.«

Erik Wilson war nicht nur der Mensch, der vor gut einem halben Jahr zusammen mit Mariana Hermansson nach einem lauten Schuss eine Bürotür des Polizeipräsidiums aufgebrochen hatte und zu dem reglosen Körper mit dem zerschossenen Gesicht gestürzt war. Er war auch Ewert Grens'

Chef und damit die Person, die darüber entschied, wer bei der Stockholmer Mordkommission, wie sich ihre Abteilung trotz aller Umorganisationen des schwedischen Polizeiapparats noch immer nannte, arbeitete.

»Und ... ja ...«

Wilson deutete mit dem Kopf auf Grens' Augenklappe und die eingefallene Wange. Auf das, was schief war.

»... deine physischen Verletzungen?«

»Beim Auge ist nicht viel zu machen. Die Klappe werde ich behalten, denke ich. Aber was den Rest angeht, sind die Ärzte heutzutage offenbar recht patent. Plastische Chirurgie. In ein paar Monaten. Und niemand wird wohl guten Gewissens behaupten, dass ich vorher eine strahlende Schönheit gewesen wäre. Schlimmer wird es also kaum werden.«

Grens lächelte. Es sollte ein warmes, freundliches Lächeln werden, doch das Ergebnis geriet eher bizarr, das Schiefe schien in unterschiedliche Richtungen zu wandern, und keine Gesichtspartie wollte zu einer anderen passen.

Während der Kriminalkommissar sich umzog, um den Regen loszuwerden, wartete sein Chef im Aufenthaltsraum am runden Tisch mit der roten Decke. Der Kaffee, den Grens, in trockener und sorgfältig gebügelter Kleidung, kurz darauf mit an den Tisch brachte, hatte frisch gekocht in der Küche des Maltesholmsgården gestanden, und die Porzellantassen waren bis zum Rand gefüllt.

Sie saßen nebeneinander und ließen ihre Blicke auf dem Grünen und Friedvollen vor dem Fenster verweilen.

Man konnte verstehen, dass Menschen in dieser Umgebung gesundeten, wieder einen Sinn im Leben sahen.

»Ich ahne, warum du um meinen Besuch gebeten hast.«
»Gut, Wilson. Also wann ...«
»Aber ich weiß nicht recht, wie ich es dir erklären soll.«

»… kann ich zurückkommen?«

Wieder dieses verunglückte Lächeln. Es würde eine Weile dauern, sich daran zu gewöhnen.

»Ewert, du bist mit Abstand der schwierigste, nervigste, anstrengendste Pain-in-the-Ass-Polizist, dem ich jemals begegnet bin. Aber ich hatte nie ein Problem damit. Weil meiner Erfahrung nach die schwierigsten, nervigsten, anstrengendsten Pain-in-the-Ass-Polizisten oft auch die richtig guten Leute sind; die nicht immer tun, was man ihnen sagt. Und du – du tust definitiv nie das, was ich dir sage, und bist mit Abstand der Beste, dem ich je begegnet bin.«

»Ich dachte, in zwei Wochen. Wie klingt das für dich? Zurück im Präsidium.«

»Aber nichtsdestotrotz, Ewert, trotz deiner Kompetenz, trotz der Tatsache, dass du und ich mittlerweile recht gut miteinander auskommen, trotz all … Es wäre keine gute Idee.«

»Was?«

»Dass du …«

»Was wäre keine gute Idee?«

»… zurückkommst, wieder als Polizist arbeitest.«

Es war schwer zu sagen, ob Grens noch immer lächelte.

Oder ob es Schmerz war.

»Was zum Teufel sagst du …«

»Ewert – ich schlage vor, dass du offiziell in Pension gehst. Mit den neuen Rentenbestimmungen könntest du natürlich noch drei Jahre im Dienst bleiben, bis du neunundsechzig bist, und ich weiß, dass wir uns darauf geeinigt haben. Aber das war vor … ja, davor.«

»Aber mir geht es gut. Gut!«

»Du hast dir deine Dienstwaffe in den Mund geschoben und dir eine Kugel in den Kopf geschossen. Es ist großartig, dass du lebst. Dass es dir besser geht. Darüber bin ich unendlich froh. Aber das bedeutet nicht, dass du imstande bist, wieder als Polizist zu arbeiten, dich mit den *Höllen* anderer Menschen zu befassen.«

In etwa da stand Ewert Grens auf.

»Ich verstehe nicht.«

Als sei er auf dem Weg.

Fort.

»Verstehe nicht.«

In dem Versuch, ihn zurückzuhalten, streckte Wilson den Arm aus, aber es war zu spät, sodass ihm nichts anderes übrig blieb, als die Stimme zu heben, damit seine allerletzten Worte beim Adressaten ankamen.

»Ewert? Es tut mir leid, und ich habe keine Ahnung, wie ich es dir am besten sage, aber ich kann mich unter keinen wie auch immer gearteten Umständen für deinen weiteren Verbleib im Polizeidienst aussprechen.«

* * *

Der Regen ließ allmählich nach. Das laute Prasseln auf dem Fensterblech wurde zu verhaltenem Klopfen.

Seit Erik Wilson gegangen war, hatte Ewert Grens nicht sehr viel mehr gemacht, als Wassertropfen zu zählen, hatte von seinem Platz am runden Tisch aus dem Fenster und in zitternde Pfützen gestarrt. Als er hörte, dass ein Stück den Flur hinunter Michéls Zimmertür geöffnet wurde, und er sah, wie Michéls Besucher sich nach einer aufrichtigen Wir-sehen-uns-bald-wieder-Umarmung entfernte, ging er langsam näher, um kurz darauf bemerkt zu werden.

»Ewert, der Regen … Es wird ein schöner Abend werden.«

»Ja, ein schöner Abend, und du hast einen tollen Freund, Michél. Er kommt oft her. Ihr scheint euch gut zu kennen.«

»Mehr, glaube ich.«

»Mehr?«

Der Kriminalkommissar betrachtete den jungen Mann,

der sein Sohn sein könnte. Halb so alt, doppelt so gut erhalten.

»Mehr als ein Freund. Ich habe keine Geschwister, aber Jon, er ist mein Bruder. Das ist er, seit wir Kinder waren.«

Grens nickte. Er verstand. Wie sie einander immer verstanden.

»Und bei dir, Ewert?«

»Was?«

»Wer ist dein Mensch, der dir mehr bedeutet als jeder andere in deinem Leben?«

Grens hatte nur noch selten Angst, und absolut niemals in Michéls Gegenwart. Aber sich zu öffnen, fühlte sich nach wie vor ungewohnt an.

»Ich habe keinen solchen Freund.«

»Aber ...«

»Ich hatte zwei, und beide sind tot.«

»Aber was ist mit dieser Frau, Mariana? Und diesem Kerl, Piet? Und dessen Sohn, Hugo, richtig?«

»Ich ... Ohne sie hätte ich nicht überlebt. Ich bin dankbar, dass sie mich gezwungen haben hierherzukommen und mich so oft besuchen, wie sie können. Aber niemand wird jemals wieder mein bester Freund sein. Weil ich nicht vorhabe, noch mehr beste Freunde zu verlieren.«

Michél lächelte.

»Nicht einmal ich?«

»Niemals bester Freund – ich will auch dich nicht verlieren.«

Ewert Grens legte dem jungen Mann eine Hand auf die Schulter, dann wandte er sich ab, um in sein Zimmer zu gehen, als Michél das gelang, was Wilson misslungen war: ihn am Arm zu fassen und zum Bleiben zu bewegen.

»Was ist?«

»Nichts.«

»Ewert – wir kennen einander.«

Halb so alt, doppelt so klug.

Michél bot Grens den Sessel an, neben seinem Bett die einzige Sitzgelegenheit in seinem Zimmer, und nahm selbst auf der Kante des kleinen Tischchens Platz.

»Du sagst immer, ich würde traurig aussehen, Ewert. Aber jetzt gerade siehst *du* unendlich traurig aus.«

Grens wünschte sich, dass er Michél eines Tages so würde helfen können, wie Michél versuchte, ihm zu helfen – Dinge drehte und wendete, Gedanken teilte, es immer gut meinte.

»Ewert? Komm schon.«

Der Kriminalkommissar zuckte die Achseln, zeigte, dass er aufgab.

»Ich sehe traurig aus, sagst du?«

»Ja.«

»Vielleicht weil ich mal gewusst habe, wohin ich wollte, wie mein Weg verlaufen soll.«

»Warum die Vergangenheitsform?«

»Ich weiß es nicht mehr, Michél.«

»Soweit ich mich erinnere, wusstest du es gestern. Und du wusstest es heute Morgen. Du bist auf dem Weg – *von hier fort*. Im Unterschied zu mir.«

»Ja, aber die Richtung ist verschwunden. Gerade eben. Jemand hat sie mir genommen.«

Grens wandte sich erneut zum Gehen. Diesmal griff Michéls Hand ins Leere.

»Und jetzt weiß ich nicht, wo dieser Weg liegt, ob er überhaupt existiert.«

***

Den letzten Spaziergang unternahm Grens immer kurz vor dem Schlafengehen. In der Dunkelheit, aber nichtsdestotrotz an der Innenseite des hohen Zauns entlang. Zweitausendfünfhundertundelf Schritte, im Schein schwacher Lampen, die oben am Maschendraht befestigt waren.

Nie wieder Polizist?

Nie wieder einen Mord aufklären?

Nie wieder Teil der Hölle anderer sein?

Nie wieder die Folgen von Gewalt zu verstehen versuchen; wie eine nur einen Augenblick während Begegnung zweier Menschen für alle Zeiten Leben veränderte, das Leben des Opfers wie das des Täters?

An diesem Abend kam ihm der Verlauf seines Spazierwegs vertrauter vor denn je. Eine Kreisbewegung, Runde um Runde. Ein Kreis ohne Anfang und Ende.

Nie mehr *Kriminalkommissar* Ewert Grens?

Wer war er dann?

Einen Monat zuvor

Ewert Grens hatte in seinem Leben einen einzigen Koffer gekauft. Den Koffer, den er jetzt in der Hand hielt und der für gewöhnlich in seinem Dachbodenabteil im Sveavägen vor sich hin verstaubte. Anni und er hatten den Koffer gemeinsam ausgesucht, in einer anderen Zeit, und Anni hatte feierlich den Sticker mit dem Eiffelturm in die obere rechte Ecke geklebt; seitdem packte Grens diesen Koffer vor jeder Reise. Der Aufkleber rollte sich inzwischen an den Kanten ein, blieb aber treu an seinem Platz. Behutsam strich Grens mit dem Daumen darüber, und vielleicht verlieh ihm das ein kleines bisschen mehr Halt.

Hierher war er allein gereist.

Und er würde auch allein von hier fortreisen.

Natürlich gab es die Menschen, die ihn einige Monate zuvor buchstäblich durch die Türen des Maltesholmsgården getragen hatten und die ihm in ein paar Minuten die Autotür öffnen und ihn zurück nach Hause fahren würden. Aber sie bewegten sich im Außen. Im Inneren war er allein.

Michél stand neben ihm am Tor, und zusammen richteten sie ihren Blick auf die Biegung des Schotterwegs, wo die Dächer ankommender Fahrzeuge das erste Mal in Sicht kamen. Sie sagten nicht viel. Das war auch nicht nötig. Sie wussten es beide. Sie würden einander vermissen. Ein *beinahe* bester Freund, der eines Tages plötzlich vor ihm gestanden hatte, als Angst und Chaos abwechselnd an die Tür geklopft hatten und seine Füße nicht imstande gewesen waren, den nächsten Schritt zu tun. Michél hatte ihn mit seinem Einfühlungsvermögen, seiner Sensibilität und seiner Begabung, einen Menschen zu erreichen, zu dem außer ihm niemand durchdrang, aus der Finsternis geholt. Auf diese Weise hatte er ihm das Leben gerettet. Nach langem Zögern stopfte Ewert Grens einen Zettel mit seiner Handy- und Festnetznummer in Michéls Jackentasche – unsicher, ob es aufdringlich war – und fügte nach weiterem Zögern auch noch die Nummer seines Dienstanschlusses im Polizeipräsidium hinzu, der nicht mehr sein Anschluss war.

Dann wandte er sich für einen letzten Blick auf sein jüngstes Zuhause noch einmal um und entdeckte weiter hinten im Garten den Mann, der genauso alt war wie er und den er vor dreißig Jahren wegen Mordes festgenommen hatte. Das erste Frühstück war seltsam gewesen. Sie hatten einander im Speisesaal wiedererkannt, begriffen, dass sie ihre Dämonen auf unterschiedliche Weise bekämpft hatten, sich aber nun am selben Ort befanden. Als Grens seinen Blick nun auf die große Laube und die Gewächshäuser auf der anderen Seite des Wohntraktes richtete, kam eine junge Frau mit wunderbar langen Haaren auf ihn zu, die jeden, dem sie begegnete, ein lautes und fröhliches *Möge der Engel Gabriel …*

»*… mit dir sein!*«, entgegenrief.

Und die ihm jetzt mit raschen Schritten und ausgestreckter Hand zu verstehen gab, dass sie sich ordentlich verabschieden wollte.

»Und mit dir, Miranda«, erwiderte Grens.

»Hat man so was schon mal gesehen, ein Kommissar, der entlassen wird. Weshalb hast du eigentlich gesessen?«

»Gesessen?«

Sie hielt seine Hand fest.

»Im Gefängnis.«

»Das hier ist kein Gefängnis.«

»Wir sind eingesperrt, werden überwacht. Ergo: ein Gefängnis. Also, weshalb hast du gesessen, Kommissar? Was hast du verbrochen?«

»Ich habe nicht ... Was hast du verbrochen?«
»Nichts.«
»Nichts. Da hast du's. Genau wie ich.«
»*Absolut* nichts.«
»Okay, Miranda. Wenn das so ist, warum, glaubst du, bist du hier? Warum, glaubst du, bin ich hier gewesen?«
»Ich weiß es nicht. Was glaubst du, Kommissar?«
»Ich glaube ...«
Sie ließ seine Hand los.
Und mit einem letzten lauten *Möge der Engel Gabriel mit dir sein!* eilte sie davon und verschwand zwischen dem Blattwerk der Laube.
Im selben Moment.
An der Biegung des Schotterwegs.
Nun kamen sie. Die Menschen, die ihn zurück in das andere Leben bringen würden. Und mit einem Mal fühlte es sich weit entfernt an, ein wenig angsteinflößend, im Vergleich zu dem umzäunten Bereich, in dem er ohne klares Ziel umhergewandert war. Ewert Grens umarmte Michél und bat ihn, sich vor dem nächsten Ausgang zu melden, es wäre schön, wenn sie sich dann sehen würden, und Michél sah trauriger aus denn je. Als das Auto vor dem Tor hielt und Mariana Hermansson und Piet Hoffmann aus Fahrer- und Beifahrertür stiegen, umarmte der Kriminalkommissar zur Sicherheit auch sie, obwohl er immer zu den Leuten gehören würde, denen Körperkontakt unangenehm war, die sich dabei falsch und unbeholfen vorkamen.
Menschen, die sein Bestes wollten.
Am Ende hatte er gelernt, sich diese Menschen zu bewahren, sie waren der Unterschied zwischen Leben und Tod.
Er sank auf die Rückbank, hinter die vertraute Sicherheit, für die Piet und Mariana beide standen, und versuchte nach einigen Kilometern, eine unerwartete und ein klein wenig

peinliche Stille dadurch zu brechen, indem er von Miranda und ihrem Engel Gabriel erzählte, von ihrem charmanten und witzigen Spleen, dass sie und alle anderen Bewohner und Bewohnerinnen des Maltesholmsgården im Gefängnis saßen.

Piet und Mariana stimmten zu. Aber nicht ihm. Sondern Miranda.

»Und du hast nicht nur hier im Gefängnis gesessen, Ewert.« Mariana musterte ihn im Rückspiegel.

»Ich kenne dich seit fünfzehn Jahren, und ich bin mir ziemlich sicher, dass du sehr viel länger in deinem eigenen inneren Gefängnis gesessen hast und dein eigener Zellenwärter warst.«

Erneut wurde es peinlich still. Bis Piet da weitermachte, wo Mariana aufgehört hatte.

»Erinnerst du dich daran, als es umgekehrt war? Als du derjenige warst, der mit dem Auto vor dem Österåker-Gefängnis gewartet hat, und ich derjenige, der entlassen wurde? Als *du mich* nach Hause gefahren hast.«

»Das war nicht dasselbe. Ich habe mich entschieden, Polizist zu werden, kein Schwerverbrecher. Ich bin nicht vor Gericht zu einer Haftstrafe verurteilt worden, weil ich Menschen zu Brei geschlagen, tonnenweise Drogen über die schwedische Grenze geschmuggelt habe oder … Aber ja, ich erinnere mich.«

»Dann erinnerst du dich vielleicht auch daran, dass der Moment, wenn man zum letzten Mal aus dem Knast freikommt und die Entscheidung getroffen hat, dass es wirklich das *allerletzte* Mal ist, der Anfang vom Rest deines Lebens ist.«

Piet Hoffmann schwenkte zur Verdeutlichung den Arm und wiederholte mit Nachdruck: »Der Rest des Lebens, Ewert.«

Dann drehte er sich so schwungvoll zu Grens um, dass er

fast gegen das Lenkrad in Hermanssons Händen gestoßen wäre.

»Ohne neue Lügen für Zofia, Hugo, Rasmus oder Luiza. Ohne mit einer solchen Scheißangst in den Knochen herumzulaufen, dass du zum Angriff übergehst. Ohne mit einer Scheißwut auf die ganze Scheißwelt im Körper aufzuwachen, jeden verfluchten Scheißmorgen.«

Er sah den Kommissar mit diesem Blick an, der einmal allenfalls zwischen rasender Wut und etwas weniger rasender Wut gewechselt hatte.

»Weil du keine Kraft mehr hast, auch nur noch einen einzigen Meter zu fliehen, sondern nur nach Hause kommen willst. Verstehst du, Ewert?«

Grens nickte. Der Mensch, der jetzt vor ihm saß, war einmal ein Langzeitgefangener gewesen, den die schwedische Polizei in einem Hochsicherheitsgefängnis angeworben, ihn dazu überredet hatte, Tag für Tag sein Leben aufs Spiel zu setzen, um Verbrechersyndikate zu unterwandern und alte Freunde ans Messer zu liefern, während er mit dem Segen der Polizeibehörde seine eigenen kriminellen Machenschaften ungestört hatte fortsetzen dürfen. Piet hatte jahrelang ein Doppelleben geführt, vor dem Organisierten Verbrechen und vor seiner Familie. Er hatte so lange gelogen, dass er nicht mehr wusste, wo die Lüge endete und die Wahrheit begann; wer er in Wirklichkeit war.

Den Schotterweg gegen eine Landstraße einzutauschen, löste leichten Schwindel aus, die Autobahn gegen die Mautstraße in die Stockholmer Innenstadt spürbare Verwirrung. Ewert Grens hatte sein ganzes Leben zwischen Großstadtlärm und Auspuffabgasen zugebracht, trotzdem hatte er nach einigen Monaten bei Stille und grünen Wiesen das Gefühl, als höre und spüre er all dies zum ersten Mal. Auf dem Weg zu Grens' Wohnung im Sveavägen steckten sie zwischen zehntausend anderen Fahrzeugen in sich zäh vorwärtswälzenden Blechlawinen fest, als Mariana unvermittelt nach rechts in die Odengatan abbog und vor dem Konditoreischaufenster mit den Zimtschnecken hielt, das dem Kommissar so vertraut war.

Sein Stammcafé, seit er auf der Polizeihochschule Annis Hand gehalten hatte.

»Ein kleiner Willkommen-zurück-aus-dem-Knast-Kaffee, Ewert.«

»Ich komme *nicht* aus dem Knast.«

»Deine Mitinsassin Miranda sieht es so. Hermansson und ich sehen es so. Und Hugo, der dadrin sitzt und auf uns wartet, findet es erst recht.«

Hugo. Piet Hoffmanns ältester Sohn. Ein blitzgescheiter und ab und zu viel zu ernsthafter kleiner Junge, der die ganze Welt auf seinen Schultern trug und mit der Zeit zu einem weiteren von Grens' *beinahe* besten Freunden geworden war. Dreizehn oder sechsundsechzig. Es hatte keine Bedeutung. Hugo und er, und dasselbe galt für Michél, waren zwei Menschen, die sich mit anderen Menschen schwertaten, aber ganz selbstverständlich in einer unerwarteten Freundschaft zueinandergefunden hatten.

Es wurde ein schöner Moment.

Zwei große Teller mit Zimtschnecken. Freundliche Stimmen. Der pechschwarze Kaffee, den er vermisst hatte.

Er konnte es sogar Willkommen-zurück-aus-dem-Knast-Kaffee nennen.

Das letzte Stück, der knappe Kilometer, der das Café Ritorno von seiner Wohnung trennte, wurde anschließend zum längsten Weg seines Lebens. Zurückversetzt zu werden. In die Räume, in denen er sich auf den Fußboden gelegt hatte und in den Abgrund gestürzt war.

Denn so war es.

Sie öffneten die Wohnungstür, und Grens hatte das Gefühl, erneut abzustürzen.

Die Wohnung war dunkel, leer. Nur ein paar vereinzelte Glasscherben lagen noch auf dem Fußboden. Er hatte es fast vergessen. Wie hatte er das vergessen können? Er hatte alles kaputt geschlagen, zertrümmert, zerschnitten. Es gab keine Lampe, die er anknipsen konnte, keine Kleidung in den Schränken, weder Teller noch Töpfe in der Küche.

Ein paar Decken und ein Kopfkissen in einer Ecke des Wohnzimmers.

Das war alles.

Piet und Hugo sahen sich an. Hugo und Mariana sahen sich an. Mariana und Piet sahen sich an. Und dann sahen alle drei auf Ewert. Sie sagten nichts. Trotzdem waren sie sich einig.

»Ewert?«

»Ja?«

»Das geht nicht.«

Ewert Grens dagegen sah keinen von ihnen an.

»Hörst du, was wir sagen?«

»Mmm.«

»Nimm deinen Koffer. Wir fahren.«

Als der Kriminalkommissar nicht nach seinem Koffer griff, es nicht einmal versuchte, tat Piet Hoffmann es für ihn und trug den Koffer die Treppe hinunter.

»Ewert, wir machen es so.«

Sie saßen wieder im Auto, Grens diesmal mit Hugo neben sich auf der Rückbank, wohin Piet sich nun wandte.

»Als Zofia, die Kinder und ich deine Hilfe gebraucht haben, als unser Haus in die Luft gesprengt und in Schutt und Asche gelegt wurde, hast du uns bei dir aufgenommen, uns alle fünf, bis das Haus wiederaufgebaut war. Ich weiß nicht, ob dir das damals klar war, aber du hast uns gerettet.«

Grens antwortete nicht. Aber er erinnerte sich. Wie erstaunt er gewesen war. Zuerst darüber, es sich selber laut sagen zu hören, andere Menschen zu sich nach Hause einzuladen, für einen langen Zeitraum, er, ein Mensch, der nie einen anderen Menschen an sich herangelassen hatte. Dann darüber, wie schön es gewesen war, mit allen fünf Hoffmanns in unterschiedlichen Größen, die durch seine Wohnung liefen und überall Unordnung anrichteten, die Streitereien und das Lachen, das Chaos und die Gutenachtgeschichten – und wie still es wurde, wenn sie gingen.

»Jetzt machen wir es umgekehrt. Hörst du mir zu, Ewert? Weil das nicht verhandelbar ist.«

Ewert Grens sah Piet Hoffmann vielleicht doch ein wenig an, hörte ihm sogar ein kleines bisschen zu.

»Jetzt fährst du mit uns nach Hause nach Enskede. Diesmal wohnst *du* bei *uns*. Bis du das aufgebaut hast, was du brauchst, neue Möbel angeschafft hast, wieder fest auf den Beinen stehst.«

Piet Hoffmann hatte mit hitzigen Diskussionen gerechnet, sich jede Menge Argumente zurechtgelegt, die allesamt klug und vernünftig klangen. Aber er musste kein einziges davon ins Feld führen. Denn der Kriminalkommissar nickte nur leicht und legte Hugo den Arm um die Schultern. Hin und wieder muss man fortgehen, um heimzukommen.

Kurz darauf hielt Mariana vor dem Gartentor der Familie Hoffmann, und es dauerte nicht lange, bis Rasmus herausgestürzt kam, Grens am Arm fasste und ihn zum Haus zog. Zofia begrüßte ihn im Flur, als sei sein Koffer die normalste Sache der Welt, Piet musste sie von ihrem vorübergehenden Hausgast in Kenntnis gesetzt haben; und Klein-Luiza hatte Krabbeln und tapsige erste Schritte gegen Nonstop-Hüpfen und Nonstop-im-Kreis-Gelaufe um alle Anwesenden eingetauscht.

Die wunderbaren Menschen, die überall Unordnung angerichtet hatten.

Hier lebten sie.

Beim Abendessen erklärte Piet den beiden jüngsten Hoffmanns, dass sie für eine Weile einen Mitbewohner haben würden. Rasmus blickte sich verblüfft in der Küche um.

»Wen?«

Unsicher, ob sein Vater ihn für dumm verkaufte.

»Ewert. Er wird für eine Weile bei uns wohnen.«

»Was sagst du da, Papa?«

»Ist das nicht toll?«

»Wenn das stimmt, ist das das Beste, was du seit Langem gesagt hast!«

Piet lächelte. Und Grens fühlte sich nicht mehr ganz so sehr wie ein Klotz am Bein.

»Aber das bedeutet, dass du, Rasmus, so lange zu Hugo ziehst, in Ordnung?«

Es bedurfte keiner Antwort. Rasmus' Strahlen war Antwort genug.

Dann trugen sie alle zusammen Bettzeug und Kleidung und Spielsachen kreuz und quer zwischen den Zimmern hin und her, und als die Dunkelheit hereinbrach und der Inhalt von Grens' Koffer Platz auf Regalen gefunden hatte, die für kleinere Menschen vorgesehen waren, sank Grens auf das Bett, das in der kommenden Nacht das seine war.

Er war peinlich berührt, verlegen.

Und zugleich froh.

Er dachte an eine verwüstete Wohnung und daran, dass er keine Richtung mehr gesehen, keinen Ort gehabt hatte, wohin er hätte gehen können. Jetzt wusste er immerhin, wo er anfangen würde, von welchem Ort er starten würde.

Zuletzt, als er sich eben hinlegen wollte, um von einem merkwürdig langen Tag in den Schlaf hinüberzufinden, ging er auf die Suche nach seinem Handy, das sich unter einem geblümten Hocker versteckt hatte, und wählte Erik Wilsons Nummer. Um zu appellieren. Ihn zu bitten, es sich zu überlegen. Ihm zu erklären, dass Kriminalkommissar Ewert Grens noch nie so bereit wie jetzt dazu war, sein Büro zu betreten und sich Polizist zu nennen.

Sein Chef nahm nicht ab. Vielleicht ahnte er, worum es ging.

Genau jetzt, wieder

Teil 1

Sie hatten feste Plätze am Küchentisch. Piet, der Linkshänder, und Rasmus, der Rechtshänder, stießen, mit Joghurtbechern hantierend, auf der Längsseite vor der Spüle mit den Ellbogen zusammen; Zofia und Hugo saßen auf der anderen Längsseite, hinter dem Brett mit Butter und Käse und einer dubiosen Tube Kaviar, redeten am meisten und am lautesten, und Ewert Grens und Klein-Luiza saßen sich an den Stirnseiten gegenüber, Luiza auf einem Stuhl mit extra hohen Beinen und Grens in einem Fernsehsessel, der aus dem Wohnzimmer in die Küche übergesiedelt war.

Das Frühstück war Aufgabe und Stolz des Kriminalkommissars. Im Kinderzimmer des kleinen Hoffmann schlief er die Nächte ebenso gut durch wie in den Monaten im Maltesholmsgården, umgeben von freundlich gesinnten Atemzügen, die es leicht machten, aufzuwachen, Eier zu kochen, Paprika in gleich große Stücke zu schneiden und sprudelnde Vitamin-C-Brausetabletten in Gläser mit kaltem Wasser fallen zu lassen. Dinge, die ihn früher nie gekümmert hatten. Aber nach dem Frühstück, wenn das Geschirr abgeräumt und die Haustür hinter den fünf Hoffmanns ins Schloss gefallen war, wurde die Stille stiller und die Sinnlosigkeit sinnloser. Dann begann das lange Warten darauf, dass die Stunden verstrichen und die Zimmer wieder von Stimmen erfüllt sein würden. Trotz der Spuren des Schusses, die sein Gesicht nicht verließen, hatte Grens am Ende beschlossen, noch ein bisschen länger am Leben teilzuhaben, und er wusste, dass er den Tag verändern musste, weil jemand, der die Zeit zählt, langsam aufhört zu existieren.

Das war der Grund, weshalb er Piet Hoffmann an diesem

Morgen nach dem Frühstück zum Auto begleitete, kommentarlos die Beifahrertür öffnete und Piet mitteilte, dass er mit in die Stadt fahren würde. Die Scheibenwischer schoben einen leichten Nieselregen hin und her, ein monotoner Rhythmus, während sie, wie schon so oft, nebeneinandersaßen, auf dem Weg irgendwohin, um Leben von Tod zu trennen – so auch diesmal, jedenfalls aus Ewert Grens' Sicht, dessen Sterben ein Ende haben musste, damit sein Leben beginnen konnte.

Erst auf Höhe von Skanstull, als sie in den Tunnel unter Södermalm hineinfuhren und die Dunkelheit sie einschloss, spürte Hoffmann, dass er fragen konnte, wo er seinen Spontanpassagier absetzen sollte; und der in diesem Moment ehemalige Kriminalkommissar schien die Schilder an der Tunneldecke zu lesen, während er eine Entscheidung traf.

»Könntest du hinter Slussen nach Kungsholmen abbiegen?«

»Klar. Wohin?«

»Bergsgatan 48.«

»Ist das nicht ...?«

»Ja.«

Zehn Minuten später hielten sie genau dort – vor dem Eingang von Kronoberg, dem Viertel, das Gebäude für Gebäude das Zentrum des schwedischen Polizeiwesens bildete.

Ewert Grens' Schlüsselkarte, die ungenutzt in seinem Portemonnaie gesteckt hatte, funktionierte noch, und er wanderte durch Türen und Korridore, durch Gerüche und Bilder und Geräusche, die sein ganzes Leben gewesen waren. Als er sich der Mordkommission näherte und das entfernte Brummen des Kaffeeautomaten hörte und das Licht sah, das aus angelehnten Bürotüren fiel, spürte er es im ganzen Körper.

Erwartung. Unruhe.

Er blieb eine Weile im Türrahmen seines Büros stehen. Der

Raum sah aus, wie er ihn verlassen hatte; der Stuhl, auf dem er gesessen hatte, als die Kugel durch seinen Kopf gedrungen war, der Schreibtisch, auf den sein Gesicht gefallen war. Das braune Cordsofa stand an der Wand, sein betagter Kassettenrekorder im Regal, neben den Bändern mit Musik aus den Sechzigerjahren, als alle Menschen so fröhlich gewesen zu sein schienen.

»Ewert?«

Zwei Bürotüren weiter. Ein Kopf, der herausgestreckt wurde.

»Bist du ... es, Ewert?«

Mariana Hermansson. Sie hatten sich nicht gesehen, seit ... Er versuchte, sich zu erinnern.

... seit dem Tag, an dem Piet und Mariana ihn vom Maltesholmsgården abgeholt hatten.

»Ja. Ich bin's.«

»Und was machst du hier? Heute? Jetzt?«

»Ich wollte reden.«

Grens deutete zum Eckbüro am Ende des Flurs.

»Mit dem Mann, der dadrinnen sitzt.«

»Und was wollt ihr ...«

Grens antwortete nicht, betrat jedoch Marianas Büro und stellte sich zwischen die Papierstapel, die den Fußboden bedeckten. Normalerweise blieb er immer vor der Schwelle stehen, respektierte ihre unausgesprochene Integritätsgrenze.

»Überall Ermittlungen«, sagte er. »Wie immer. Woran arbeitest du heute, Mariana?«

Grens wirkte aufrichtig interessiert. Es war unmöglich, ihm keine Antwort zu geben.

»Ich bereite eine Präsentation vor.«

»Worüber?«

»Einen Mord. Vielleicht zwei Morde.«

Mehr war nicht nötig. Grens' Gesicht leuchtete auf. Strahlte.

»Mord? Was ...«

»Tut mir leid, Ewert. Wir wissen beide, dass du nicht im Dienst bist, und weshalb.«

Er hätte genau dasselbe getan und gesagt.

Grens sah stolz aus, wie so oft, wenn Hermansson ihn zurechtwies.

»Mord, Mariana!«

Dann ging er und lief weiter den Korridor hinunter, bis ans Ende und zu der geschlossenen Tür, deretwegen er hergekommen war, und zwar um hart dagegenzuklopfen. Erik Wilson, der Chef der Mordkommission, der eben erst eingetroffen war, wirkte nicht sonderlich erfreut. Kurz darauf saßen sie jeder auf einer Seite von Wilsons Schreibtisch und wiederholten wieder und wieder dieselben Argumente wie schon in den vergangenen Monaten.

»Ich muss zurück in den Dienst.«

Erik Wilson erklärte, warum sein ältester Mitarbeiter nicht bereit sei, wieder in den Dienst zurückzukehren, und es möglicherweise auch nicht wieder sein würde, und Ewert Grens erklärte, warum er längst bereit war.

»Ich habe nichts anderes.«

Doch dieses Mal geschah etwas im Raum.

»Ich habe niemand anderen.«

Als Ewert Grens aufstand.

»Ich habe nichts, wohin ich sonst gehen könnte.«

Sich über den Schreibtisch beugte.

»Deswegen bin ich dort gelandet. Deswegen sitze ich jetzt hier.«

Und seinen Chef so aufrichtig ansah und so ehrlich mit ihm sprach wie nie zuvor.

»Verstehst du, Erik?«

Nach ein wenig Bedenkzeit und beeindruckt von dem Mut, so klein zu sein, überrascht von der Begegnung mit einem anderen Ewert Grens, berührt und vielleicht sogar im tiefsten Inneren bewegt, verkündete der Chef der Mordkommission, dass der Kriminalkommissar wieder arbeiten könne.

»Eine Woche.«

»Eine Woche?«

»So viel kann ich dir zubilligen, ohne dass unser internes System davon Wind bekommt. Ich wurde gebeten, wenn nicht angewiesen, dir gar nichts zuzugestehen, in Anbetracht deines Alters, deines Befindens und des … ja, Schusses. Leute, die in weitaus höheren Etagen sitzen, wollen, dass du nie wieder hierher zurückkommst.«

Es dauerte eine Weile. Bis Ewert Grens zu begreifen schien.

Als würde ihm jetzt erst klar, wovon Erik Wilson die ganze Zeit sprach. Dass sein Bild der Wirklichkeit ein völlig anderes war als das der anderen. Dass Kriminalkommissare im Rentenalter, die sich in den Kopf schossen, keinen Platz in dem bürokratischen System hatten, auf das sein Chef sich bezog.

»Eine Probewoche, Ewert. Dann verlässt du das Präsidium. Und wenn die sieben Tage ohne Zwischenfall verlaufen, verspreche ich dir, eine Revision zu beantragen.«

»Eine Revision?«

»Eine Revision vonseiten der Personalabteilung, ob du in den Polizeidienst zurückkehren darfst und kannst.«

Vorbei.

»Je reibungsloser deine sieben Tage verlaufen, umso stichhaltiger kann ich für deine Weiterbeschäftigung eintreten. Also gib mir gute Argumente an die Hand. Gib mir etwas, das ich vorbringen und für das ich mich einsetzen kann. Die finale Entscheidung liegt nicht in meinen Händen. Die Personalgutachter müssen sich für deinen Verbleib aussprechen. Die Macht liegt bei ihnen, nicht bei denen, die Polizeikompetenz besitzen. So ist es nun einmal.«

Vorbei.

»Eine Woche. Aber wenn es nicht funktioniert oder wenn die Personalabteilung zu dem Schluss kommt, dass es nicht funktioniert, dass du nicht hier sein sollst, obwohl deine Probewoche reibungslos verlaufen ist, dann verlässt du das Präsidium für immer, ohne weitere Diskussionen. Sind wir uns einig?«

Es könnte vorbei sein.

»Ewert? Sieh mich an.«

»Ja.«

»Ja? Zu sieben Tage auf Probe mit anschließender Revision?«

»Ja.«

»Und egal, wie die Entscheidung der Personalabteilung ausfällt, werden wir alle diese Entscheidung respektieren und uns danach richten?«

»Ja.«

»Dann liegt ein Stück den Flur hinunter ein Büro, das auf dich wartet.«

Grens richtete sich auf, lächelte schwach mit seinem schiefen, mitgenommenen Gesicht und war schon fast auf dem Flur, als er sich noch einmal umdrehte.

»Danke.«

Erik Wilson nickte.

»Die Zeit läuft, ab jetzt. Aber nichtsdestotrotz lassen wir es langsam angehen. In Ordnung?«

»Natürlich.«

»Abgemacht, Ewert? *Langsam.*«

»Versprochen. Kein Problem.«

Er begann damit, den Getränkeautomaten zu tätscheln und sich zwei Becher schwarzen Kaffee zu ziehen.

Bullenkaffee.

Wie sehr hatte er das vermisst.

Er balancierte mit seinem hinkenden rechten Bein weiter,

und wie eben, auf dem Weg in die entgegengesetzte Richtung, übertrat er die Schwelle von Mariana Hermanssons Büro und nahm ungebeten vor ihr Platz.

»Mord, sagtest du?«

Sie lächelte. Es ging nicht anders.

Ewert Grens sah verändert aus, mit einem Stück Stoff vor dem linken Auge und einer Gesichtshälfte, die in zwei Richtungen wanderte, war aber nach wie vor der ungeduldige, neugierige, rastlose, selbstzentrierte, eigensinnige Ermittler.

»Wie ist es gelaufen? Du wirkst ... beschwingt.«

»Ich fange heute an. Jetzt.«

»Du fängst an?«

»Ja.«

Mariana musterte ihren Mentor und offiziellen Vorgesetzten.

Nach all diesen Jahren.

Als hätte ein Rollentausch stattgefunden.

»Und Erik hat das ... abgesegnet?«

»Ganz recht, Hermansson.«

Doch dann wand er sich ein wenig hin und her.

»Eine Woche.«

»Was meinst du?«

»Ich habe eine Probewoche bekommen, obwohl man mir eigentlich gar nichts geben will. Sieben Tage, um zu beweisen, dass ich funktioniere.«

Dann sagten sie nichts mehr. Grens blieb sitzen und wartete. Ohne zu erklären, worauf.

»Ewert?«

»Ja?«

»Was *willst* du?«

»Der Mord.«

»Was ist damit?«

»Verstehst du nicht, Mariana? Ein Mord. Wenn ich – also,

wenn *wir* diesen Mord aufklären würden, wenn wir es schaffen. Das ist genau das, was ich brauche. Was Wilson braucht. Was diese verfluchte Gutachterkommission braucht.«

Dieses Gesicht. Das sie einerseits so gut kannte, das ihr andererseits aber vollkommen fremd war. Hin und wieder dachte sie daran, wie es reglos und zerfetzt auf dem Schreibtisch gelegen hatte, und ganz gleich, wie schnell sie darauf zulief, es war zu spät.

»Ich bin mir ziemlich sicher, dass Erik und du vereinbart habt, dass du es *langsam* angehen lässt.«

»Und genau deswegen tue ich absolut nichts. Ich sitze nur hier und höre dir ein wenig zu. Während du deine Präsentation vorbereitest und vielleicht die Gelegenheit nutzt, Teile deines Vortrags laut einzuüben, um zu hören, wie sie klingen.«

Mariana blätterte in keinem der Papierstapel auf dem Fußboden, schlug keine der Mappen auf, die vor ihr auf dem Schreibtisch lagen, als habe sie alles auswendig gelernt oder als wolle sie ihm keinen Hinweis geben, wo er suchen sollte.

»In Ordnung, Ewert. Einverstanden. Du sitzt einfach nur da und hörst zu.«

»Versprochen.«

»In dem Fall: Wir haben einen Mord, und wir haben eine perfekte DNA. Aber wir haben keinen Treffer in den Datenbanken. Keine mutmaßliche Tatperson.«

»DNA? Wie …«

»Dein passives Zuhören hat ja lange angehalten.«

»… perfekt ist sie?«

»Sie enthält genug Marker, um hundertprozentig sicher zu sein.«

»Du weißt genauso gut wie ich, dass nichts jemals hundertprozentig sicher ist.«

Sie sah ihn an.

Das Gesicht, das vielleicht ein wenig vertraut zu werden begann.
»Diesmal, Ewert, ist es so.«

AM ENDE SCHLUG sie die Mappe auf. Es wurde schlicht und einfach zu kompliziert, das Ganze nur mit Worten zu erklären. Aber auch das Bildmaterial der Spurensicherung ergab zunächst keinen Sinn.

Sodass, als Mariana Hermansson Fotografie neben Fotografie legte und Ewert Grens bat, mit seinem Stuhl auf ihre Seite des Schreibtischs zu rücken, damit er besser sehen konnte, es nicht das Sichtbare war, was sie allmählich verständlich machte, sondern das, was der Kriminalkommissar *nicht* sah.

Es gab kein Blut.

Trotz gerader Längsschnitte an Unterarmen und Oberschenkeln.

Eine aschfahle Männerleiche ohne Rottöne. Bis auf den letzten Tropfen Blut geleert.

»Der Tatort war genauso rein, Ewert.«

Mariana legte weitere Fotos auf den Schreibtisch, in Reihen übereinander wie bei einer Patience, die nicht aufgehen würde. Die Kameras der Kriminaltechniker hatten sich ein Stück von der aschfahlen Leiche entfernt, erzählten aber dieselbe Geschichte. Nicht das Vorhandene war das Wesentliche, sondern das Nicht-Vorhandene.

»Der Rechtsmediziner hat diverse Einstichstellen in den Venen festgestellt, und er meint, dass eine Zweihundert-Milliliter-Spritze, wie sie in jedem Krankenhaus verwendet wird und die es überall zu kaufen gibt, die tödliche Waffe gewesen sein könnte. Zweihundert Milliliter entsprechen ungefähr fünfundzwanzig Durchgängen: Blut mit der Spritze aufziehen, in einen Eimer entleeren, neues Blut aufziehen, neues

Blut in den Eimer entleeren. Eine halbe Stunde, vermutlich mehr.«

Sie sah ihn an.

»Hörst du, was ich sage, Ewert? Was ich *wirklich* sage? Dieser Mensch war währenddessen am Leben, während des gesamten Vorgangs. Offenbar ist es leichter, jemanden auszubluten, wenn das Herz schlägt.«

Ewert Grens erwiderte ihren Blick. Wegen all der Umstände, die ihn so lange vom Präsidium ferngehalten hatten und seine Rückkehr infrage stellten, sollte ihn alles, was Mariana sagte, deprimieren, seinen Heilungsprozess stören, aber das genaue Gegenteil war der Fall. Er spürte, wie das Sinnlose, das sie beschrieb, seiner eigenen Sinnlosigkeit Sinn verlieh.

Der Tod eines anderen Menschen wurde sein Leben. So wie es in gewisser Weise immer gewesen war.

»Keine Fingerabdrücke. Keine Hautpartikel unter den Fingernägeln. Weder Haare noch Fasern. Absolut keine einzige Spur, Ewert.«

Mariana legte noch ein Foto auf den Schreibtisch, über die anderen.

»Bis wir das hier entdeckt haben: einen winzigen Blutspritzer. Eine einzige Blutspur auf der Hand des Opfers, die *aber nicht vom Opfer selbst stammt*.«

Grens nahm das Foto in die Hand, das als Beweismittel in einer Polizeiermittlung diente. Es war keine gute Aufnahme. Ein winziger Fleck, der nicht zu erkennen war, auf etwas, das mit einer gehörigen Portion Fantasie ein Handrücken sein konnte.

»Irgendwann im Lauf der Tat hat der Täter sich verletzt und eine winzig kleine Menge Blut verloren. Aber sie hat genügt, um daraus DNA zu gewinnen. Fünfzehn Marker, fünfzehn unterschiedliche Sequenzen eines DNA-Profils.«

Einen kurzen Moment lang fühlte sich der Kriminalkommissar in eine andere Zeit versetzt.

Als sie erste zögernde Schritte mit Blutflecken in der Größe von Ein-Kronen-Münzen gemacht hatten, die zur Analyse in ein Labor nach England geschickt werden mussten und auf deren Auswertung sie zwei Monate lang gewartet hatten.

Als beide Seiten zu verstehen begannen, dass sie von nun an auf völlig neue Weise denken mussten, eine Revolution für Ermittler wie für Täter.

»Fünfzehn Marker, Ewert, aber kein Treffer in unseren DNA-Datenbanken.«

»Einen Menschen ausbluten. Das *Leben* aus ihm herausfließen lassen. Ich ermittele seit über vierzig Jahren in Mordfällen – dreihundertzweiundzwanzig Leichen, du weißt, dass ich sie zähle, Mariana –, aber das habe ich noch nie erlebt. Es gibt für alles ein erstes Mal.«

»Ein Irrer, der definitiv in die geschlossene Psychiatrie gehört.«

Bevor sie den Satz beendet hatte, wurde Mariana bewusst, wie er klang, und sie warf Grens einen verlegenen Blick zu.

»Ich meine ...«

»Ich weiß genau, was du meinst. Und du hast recht. Ich habe inzwischen einige Irre getroffen, Irre aller Art, aber ich kann mir niemanden vorstellen, der zu dem hier fähig wäre.«

Mariana nickte dankbar. Etwas weniger verlegen. Ewert Grens, der die Dinge durch sein verurteilendes Auftreten früher hartnäckig verkomplizert hatte, konnte nunmehr erstaunlich umgänglich sein. Er verbiss sich zwar nach wie vor in seine eigenen Unzulänglichkeiten, aber immer seltener in die von anderen.

Vielleicht hatte er eingesehen, dass der Alltag selbst schon kompliziert genug war.

»Ich habe den Eindruck, dass der Täter wissen will, wie weit er gehen kann. Er stellt den Tod auf die Probe, das Leben, sucht die Grenze und balanciert an ihr entlang. Funktionale Gewalt in Form von Fantasien. Wie jedes Mal, wenn wir dem Unerklärlichen nachgehen und am Ende auf eine Person stoßen, die psychiatrisch behandelt wird.«

Mariana sammelte die unlösbare Patience Fotografie für Fotografie ein und legte sie neu aus, anders angeordnet, vielleicht um etwas Neues zu entdecken.

»Aber das ist nicht der Punkt, der den Fall so interessant macht. Das viel Interessantere ist, dass dieser Mord mit hundertprozentiger Sicherheit mit einem zweiten Mord zusammenhängt.«

Als würde sie ihm vertrauen.

Nicht darauf, dass Kriminalkommissar Ewert Grens Wort hielt oder aufrichtig war oder sein Leben für sie geben würde – daran hatte sie nie gezweifelt –, vielmehr, als vertraute sie darauf, dass er wirklich da war. Auf den Füßen blieb. Nicht mehr abstürzte. Sich nicht noch einmal in den Kopf schießen würde.

Und das war wohl der Grund, weshalb Mariana das Tablett mit den kleinen Glasbehältern holte und es auf die Fotos einer ausgebluteten Leiche stellte, ein herkömmliches, leicht ramponiertes Stromkabel auf ihrem Schreibtisch ausbreitete und einen sonderbaren Plastikgegenstand danebenlegte, der einem Fingerhut mit Digitalanzeige glich.

»Den Tod auf die Probe stellen. Das Leben auf die Probe stellen. Wissen wollen, wie weit man gehen kann.«

Mariana schlug eine neue Mappe mit neuen Fotos auf, mit neuen Obduktionsbefunden, neuen kriminaltechnischen Berichten.

Ein neuer Mord.

»Diese Leiche wurde vor zwei Jahren mit insgesamt einhundertundsieben Einstichen von einhundertundsieben Injektionen verschiedener Flüssigkeiten aufgefunden.«

»Flüssigkeiten?«

»Ich erkläre es gleich.«

Seite an Seite hinter Hermanssons Schreibtisch gingen sie auch die Fotos von diesem Tatort gemeinsam durch.

»Auf dem oberen Bild, Ewert, genau *da*, auf dem Zeigefinger des Toten, sitzt ein Pulsoximeter, dieser Plastikgegenstand, der aussieht wie ein zu groß geratener Fingerhut.

Und über den gesamten Brustkorb verteilt – beispielsweise *hier* links auf dem Bild oder *hier*, ein Stück weiter oben rechts, oder am deutlichsten erkennt man es *hier*, wenn du ganz genau hinsiehst – wurden Brandnarben festgestellt, die hundertprozentig zu diesem durchtrennten Stromkabel passen.«

Auch dieses Mal bemühten sie sich, eine unbekleidete Männerleiche zu studieren, und blieben an den Augen des Toten hängen, die im Ausdruck der Furcht erloschen waren.

»Wenn ich die rechtsmedizinischen Befunde mit den Fakten und Messungen der Spurensicherung zusammenführe, unterscheidet sich die letzte Stunde dieses Mannes nicht nennenswert von der letzten Stunde des ersten Opfers. Fantasie, die funktionale Gewalt ersetzt. Jemand will herausfinden, wo die Grenze verläuft, und balanciert an ihr entlang.«

Mariana schraubte den Deckel vom ersten Glasbehälter mit der Beschriftung »1-5«.

»Riech.«

»Riechen?«

»Was sagst du?«

»Ich weiß nicht … süß, ein bisschen wie … Apfel?«

Er roch noch einmal, die Nase dicht über der Flüssigkeit am Boden des Glasbehälters.

»Doch. Ich bleibe dabei. Apfel. Aber da ist noch etwas anderes. Und vielleicht eine Spur … ist das Alkohol?«

»Ja, etwas Alkoholhaltiges. Könnte Champagner sein oder ein richtig teurer Wein.«

»Und warum …«

»Einhundertundsieben verschiedene Injektionen. Teure Schaumweine gehörten schätzungsweise zu den ersten.«

Grens stellte den Behälter zurück auf das Tablett und griff nach einem anderen aus der Mitte der dicht gedrängten Reihen, mit der Nummerierung »50-75«.

»Und was ist mit dem hier?«
»Riech.«
Grens steckte die Nase hinein. Dies war leichter.
»Spülmittel?«
»Wir gehen davon aus.«
»Und das wurde …«
»Dem Opfer ebenfalls injiziert. Zu einem späteren Zeitpunkt.«

Mariana Hermansson hob die Behälter der Reihe nach an.
»Das hier könnte Kokoswasser sein. Das hier Fensterputzmittel. Und Chlorin. Und Rohypnol, zerkleinert und aufgelöst. Und Cola, Sekt, Tabasco, Orangensaft, Joghurt, Kaffee, Holundersaft. Waschmittel und diese Flüssigkeit, mit der man Brillen reinigt, und … Ich könnte die Liste endlos fortsetzen, das Labor hat Unmengen an Ergebnissen geliefert. Der Chemiker, mit dem ich gesprochen habe, war selbst erstaunt über die Fülle an Indizien, die für diese Art von Substanzen spricht. Der Täter hat schlicht und einfach damit experimentiert, was und wie viel ein Mensch aushält, wo die Grenze zwischen Leben und Tod verläuft, indem er seinem Opfer jede Flüssigkeit injiziert hat, die er in die Finger gekriegt hat.«

Ewert Grens suchte auf Mariana Hermanssons unbequemem Besucherstuhl nach einer bequemen Sitzhaltung.

Das hier – das war wahrhaft etwas anderes.

»Damit es klappt, damit er so lange wie möglich an einem lebenden Körper herumexperimentieren konnte, hat der Täter vermutlich mit nicht ätzenden, nicht basischen und nicht sauren Flüssigkeiten begonnen, wie Champagner oder Sekt. Kohlensäurehaltige Flüssigkeiten, die intravenös zugeführt werden, steigen in die Lunge, wo der Großteil der Kohlensäure verschwindet. Angefangen hat der Täter mit wasserähnlichen Flüssigkeiten wie Kokoswasser. Der Rechtsmediziner meinte, Kokoswasser eigne sich im Notfall sogar als Infusionslösung, wenn kein Krankenhaus in der Nähe ist. Wie gesagt, zuallererst, damit die Venen vorerst noch intakt blieben, wurden dem Opfer milde Flüssigkeiten injiziert, danach schrittweise immer ätzendere Lösungen.«

»Und was ist damit?«

Der Kriminalkommissar deutete auf den übergroßen Fingerhut und das durchtrennte Stromkabel.

»Das Kabel lag in dem Raum, in dem wir das Opfer gefunden haben, und stammt von einer alten Stehlampe. Den Pulsoximeter kann man praktisch überall kaufen.«

»Ach ja?«

»Du klemmst das Gerät einfach auf die Fingerspitze, und es zeigt dir den Puls und den Sauerstoffgehalt des Blutes an. Jedes Mal, wenn der Puls des Opfers fiel und ein Herzstillstand drohte, hat der Täter die Flüssigkeit durch Adrenalin ersetzt. Und wenn der Tod sich aus der entgegengesetzten Richtung näherte, wenn das Herz raste und anfing zu flimmern, hat er dem Opfer Elektroschocks versetzt. Defibrilliert. Er hat das Lampenkabel aus der Wand gezogen, ein Ende aufgetrennt, es mit ein bisschen Alufolie umwickelt, den Stecker wieder eingestöpselt und seinem Opfer Stromschläge verabreicht. Elektroschocks direkt ins Herz. Insgesamt zwölf Brandmale auf dem Brustkorb deuten darauf hin, dass das Herz des Mannes sechsmal wieder zum Schlagen gebracht wurde.«

Grens betrachtete das Foto eines Menschen, dem er im Leben nie begegnet war.

»Ist der Puls gesunken, hat der Täter das Herz mit Adrenalin stimuliert?«

Und den er, wie stets, im Tod kennenlernen musste.

»Ist der Puls gestiegen, hat er das Herz mit Stromschlägen stimuliert?«

Aber erst, nachdem er den Täter kennengelernt hatte.

»Ja, und am Ende ist es stehen geblieben, hatte keine Kraft mehr. Der Körper wurde vergiftet. Eine derart große Menge verschiedenster Flüssigkeiten … Im Grunde ist es dasselbe, was in Auschwitz gemacht wurde. Mengele hat dieselbe Art von Experimenten durchgeführt. Er hat den Menschen alle möglichen Substanzen injiziert, um zu testen, wie sie darauf reagieren.«

Nachdem Ewert Grens fast ein ganzes Jahr nicht im Polizeipräsidium gewesen war, war er nun seit weniger als einer Stunde wieder im Dienst.

Und sah sich dem hier gegenüber.

Nicht er war verrückt – sondern die Welt.

»Du sagtest, die Morde gehören zusammen.«

»Weil es so ist.«

»Du sagtest sogar, mit hundertprozentiger Sicherheit.«

»Ja. Auch auf dieser Leiche wurde Blut gesichert, aus dem eine perfekte DNA extrahiert werden konnte. Auch hier kein Treffer in der Datenbank, kein Name, kein Gesicht. Dafür weisen die Morde gemeinsame Nenner auf.«

Grens blickte auf den Pulsmesser, der auf der Zeigefingerspitze des Opfers klemmte, während jemand den Augenblick verlängert hatte, an dem Leben und Tod aufeinandertrafen.

»Verstehst du, Ewert?«

Er nickte. Er verstand genau, wovon Mariana Hermansson sprach. Er hatte selbst unzählige Male miterlebt, wie eine Ermittlung nach der Suche unter vorbestraften Tatpersonen, die in den Datenbanken der Polizeibehörde in Form von DNA-Profilen gespeichert waren, eine neue Richtung genommen hatte.

Wenn die DNA-Profile möglicher Wiederholungstäter, digitalisierte Tatortspuren und Vorstrafenregister miteinander abgeglichen wurden.

Wenn neue Informationen mit alten Informationen verglichen wurden.

»Dieselbe DNA, Ewert, auf beiden Leichen. Also zwei ungelöste Morde ...«

Wenn neue Spuren auf Spuren aus der Vergangenheit trafen und die Zukunft veränderten.

»... verübt im Abstand von zwei Jahren – vom selben Täter.«

VIEL BESSER KONNTE das Leben nicht werden. Ausgestreckt auf dem braunen Achtzigerjahre-Sofa, das seit seinem ersten Arbeitstag in seinem Büro stand. Viel zu weich und durchgesessen, bot es mittlerweile weder Rücken noch Hüfte Halt, es war auch nicht besonders hübsch, und die Polster staubten schnell ein, doch das störte ihn nicht. Hier fühlte er sich sicher wie an keinem anderen Ort. Hier schlief er stets ein, wenn sein Bett zu Hause ihm fremd und wie ein schwarzer Abgrund erschien.

Nach diesem Cordsofa hatte er sich während der Behandlungen in Krankenhaus, Notfallpsychiatrie und Reha gesehnt. Nach allem, wofür es stand. Von hier aus ergab die Welt beinahe einen Sinn. Als er nach oben an die Decke blickte, war sogar das Einschussloch verschwunden, jemand hatte es zuspachteln und überstreichen lassen. Genauso, wie jemand dafür gesorgt hatte, dass die Folgen des Schusses von Schreibtisch, Fußboden und Wänden beseitigt worden waren.

Wenn er die Augen schloss, waren die laute Musik und Marianas Schreie draußen vor der Tür kaum zu hören, der Geruch von Angst kaum wahrnehmbar.

Hin und wieder hatte er sich vorgestellt, jemand anderes würde auf seinem Schreibtischstuhl sitzen, selbstsicher und stark. Dass er – falls er draußen auf dem Flur vorbeiginge, um an die Bürotür seines Chefs zu klopfen und seine Rückkehr in den Dienst zu fordern – in seinem eigenen Büro dem Blick einer jungen Vertretungskraft begegnen würde, die annahm, dass ihr Vorgänger für immer weg vom Fenster war, die vielleicht noch nicht einmal von ihm gehört hatte.

Aber seine Kollegen hatten seinen Schreibtischstuhl unbesetzt und sein Büro ungenutzt gelassen.

Er würde nie die richtigen Worte finden, um auszudrücken, wie dankbar er dafür war.

Das Cordsofa bot zudem reichlich Platz für einen bis auf den letzten Tropfen ausgebluteten Menschen sowie einen zweiten, der mit einhundertundsieben verschiedenen Flüssigkeiten gefüllt worden war. Zwei Leichen mit tiefen Kabelbindereinschnitten an Handgelenken und Knöcheln – die in der Gewalt eines Menschen ermordet worden waren, immer und immer wieder. Handlungen, die durch und durch irrational waren und Marianas Vermutung recht gaben. So handelten nur Menschen, die in die geschlossene Psychiatrie gehörten.

Grens stand auf, nach einem Nachmittag in den viel zu weichen Polstern zerschlagen bis in jeden Muskel und gerade deshalb froh, ging hinaus auf den Flur, der ihm noch nie so einladend erschienen war, und blieb zum dritten Mal am Tag seiner Rückkehr ins Präsidium vor Marianas Bürotür stehen.

Diesmal tat er das, was ihr am liebsten war und womit sie sich am wohlsten fühlte, er wartete draußen vor der Schwelle.

»Die Leiche, Mariana, die neue.«

»Ja?«

»Ist sie noch da?«

»In der Rechtsmedizin.«

»Was, wenn ich … einen Blick darauf werfen wollen würde?«

»Ruhig. Vorsichtig. Langsam. Hatten wir es nicht so vereinbart?«

»Ich will sie mir nur ansehen. Das ist alles.«

»Wem versuchst du, etwas vorzumachen?«

»Ich …«

Ihr Gefühl war zurück. Das Gefühl, dass ein Rollentausch stattgefunden hatte.

Es gefiel ihr nicht.

»Du tust, was du willst, Ewert. Wie du es immer getan hast. Mit dem Unterschied, dass du in diesem Fall *mir* Bericht erstattest, bis Wilson etwas anderes sagt. Okay?«

Wie ein kleiner Junge. So sah er aus.

»Ich werde es *sehr* vorsichtig, *sehr* ruhig angehen lassen, Mariana. Und *sehr* langsam.«

Wie ein kleiner Junge, der das tollste Weihnachtsgeschenk der Welt bekommen hatte.

»Versprochen.«

Und der buchstäblich davonstürzte, um es auszupacken.

Den ganzen Weg zum Institut für Rechtsmedizin in Solna. Zu sterilen Obduktionssälen, zu kälterem Licht als an jedem anderen Ort. Zu Ludvig Errfors, der genauso lange mit dem Tod arbeitete wie Grens selbst.

»Der- oder diejenige, der ... ja, das hier getan hat, Ewert, hat alles richtig gemacht. Wenn das Ziel ein komplettes Ausbluten gewesen ist. Die Spritze wurde in die Gefäße unterhalb des Schlüsselbeins eingeführt. Sie bleiben gespannt und fallen nicht zusammen.«

Der Rechtsmediziner legte die Hand auf den farblosen Körper, der keine Rottöne mehr besaß und der bis zu diesem Moment nur auf den Fotografien der Spurensicherung Wirklichkeit gewesen war.

»Hätte der Täter eine Vene in den Armen oder Beinen gewählt, hätten die Blutgefäße sich zusammengezogen und den Blutverlust gestoppt. Ich habe in der Notaufnahme einmal einen jungen Mann behandelt, der sich auf Eisenbahngleise gelegt hatte und dem beide Beine abgetrennt wurden. Es war fast faszinierend – er verlor keinen einzigen Tropfen Blut, die Gefäße hatten sich verkrampft. Das eine Bein war auf Höhe des Oberschenkels abgetrennt worden, das andere unterhalb des Knies. Der Effekt lässt erst nach, wenn sich der Zustand zu *sehr* verschlechtert, wenn der Sauerstoffgehalt im Blut sinkt und die Reflexe nachlassen. Die Extremitäten verfügen über immense Kräfte, und ich glaube, der Täter hat das gewusst.«

»Medizinisches Fachwissen?«

»Besser im Googeln als du oder ich, Ewert. Ein Täter mit medizinischem Hintergrund hätte wohl keine Spritze benutzt, sondern einfach einen Schnitt gesetzt, das Blut durch natürlichen Druck herausfließen lassen und nur die letzten Tropfen aspiriert. Aber bevor ich fortfahre ... Ich hätte schon fragen sollen, als du gekommen bist, aber ich war so ... Es ist schön, dass du wieder da bist, aber ... dein Auge? Dein Gesicht? Wie geht es dir damit?«

Grens berührte die schwarze Augenklappe.

»Das wird niemals wieder so wie früher. Aber *ich* bin immer noch der Alte und sehe aus, wie ich aussehe. Und hierherzukommen, Errfors, zu dir, ich glaube nicht, dass du verstehst, wie schön das ist, dem zum Trotz, womit du dich beschäftigen musst.«

Von Angesicht zu Angesicht schien der Tote jünger zu sein als auf den Fotos.

Die Akne am Kinn und auf den Wangen war in der Zweidimensionalität nicht zu erkennen gewesen, auch nicht das dichte Haar an den Schläfen. Grens schätzte den Mann auf etwa zwanzig Jahre, weiß, eins neunzig groß, relativ durchtrainiert, großflächige Tattoos auf Brust und Rücken, ein paar Narben im Bauchbereich, die eine eigene Geschichte verbargen.

»Es ist schwierig, auf diese Weise zu sterben, Ewert, jedenfalls, wenn man seinen Tod eigenhändig herbeiführen, sich vorsätzlich ausbluten lassen will. Wenn du dir die Unterarme ansiehst, der Täter hat sie mit Längsschnitten aufgeschlitzt, weshalb man einen Selbstmo… Entschuldige.«

Errfors verstummte. Wie Mariana hatte er sich dem genähert, was in Verbindung mit der Dunkelheit stand, die der Kriminalkommissar durchgemacht hatte, und alles, was um Autoaggression und den eigenen Tod kreiste, schien gewissermaßen verbotenes Terrain geworden zu sein. Ewert Grens konnte es nachvollziehen, es geschah aus Freundlichkeit und Rücksichtnahme, doch am liebsten hätte er laut geschrien, dass das der komplett falsche Ansatz war, dass nichts vorüber ist, weil man so tut, als sei es das.

»Wenn man den eigenen Tod auf diese Weise herbeiführen will, Ewert, dann verliert man das Bewusstsein. Sobald man anderthalb Liter Blut verloren hat, tritt ein Kreislaufschock ein. Damit ein Mensch auf diese Weise stirbt, ist mehr nötig. Oder – wie in diesem Fall mit ziemlicher Sicherheit geschehen – jemand anderes muss der ausführende Part sein und die Person weiter ausbluten lassen.«

Kurz darauf hatte die blutleere Leiche alles erzählt, was sie aus der Warte eines Rechtsmediziners erzählen konnte. An die Leiche mit einhundertundsieben Einstichen erinnerte Errfors sich jedoch nur vage, was untermauerte, dass die Welt verrückt war, nicht Ewert Grens, wenn auf einen derart verstörenden Tod zwei Jahre später genügend neue verstörende Tode gefolgt waren, die die Erinnerung überlagerten. Aber auf dem Weg nach draußen, auf der Treppe des Rechtsmedizinischen Instituts, hatte der Kriminalkommissar unverändert ein sprudelndes, schäumendes Gefühl in der Brust. Die Freude darüber, zurück im Vertrauten zu sein, im Alltag, der nach einem langen Leben inmitten der Destruktivität von Gewalt das einzige Stabile war, an dem er sich festhalten konnte. Und anstatt, wie geplant, zu den Hoffmanns zurückzufahren, machte er einen Umweg über das Möbelgeschäft in der Innenstadt, erstand eine bunte Stehlampe und einen Lesesessel mit einem dieser Bezugsstoffe, die verschlissen aussehen sollten, und transportierte seine Einkäufe nach ein bisschen Überredungskunst in einem Taxi in eine ein paar Straßen entfernte und hallende Wohnung. Es war ein gutes Gefühl, die beiden Pakete über leere Fußböden zu schleifen und in der ehemaligen Bibliothek einen Platz für sie auszuwählen; in einem großen Meer zwei kleine Inseln zu schaffen, um vielleicht den Mut aufzubringen zurückzukommen.

Der Abend war dann genauso chaotisch und quirlig wie alle anderen Abende zu Hause bei der fünf Personen zählenden Hoffmann-Familie. Unvorhersehbar auf die Art, die Grens stets unruhig und rastlos gemacht hatte, mit dem Gefühl, in einer fensterlosen Ecke eingezwängt zu sein; was, wie er nun gelernt hatte, Leben bedeutete, notwendig war und obendrein durch und durch wundervoll. Und als Piet ihn zur Schlafenszeit fragte, ob er auch am nächsten Tag mit in die Stadt fahren würde, lächelte er.

Als Ewert Grens am darauffolgenden Morgen vor dem Präsidium aus dem Auto stieg, am Getränkeautomaten zwei Becher Kaffee zog und in Hermanssons Büro zu zwei Mordermittlungen schlich, tat er es mit der ganzen Welt im Körper.
Die er zu spüren glaubte.
Er blieb in Marianas Büro, bis ihm einfiel, welcher Tag heute war, hinunter in die Tiefgarage stürzte und sich in einen der Streifenwagen setzte.
Er war reichlich spät dran und fuhr viel zu schnell von Marianas Fotos zweier wahnwitziger Mordfälle zum Karolinska-Universitätskrankenhaus, dessen Architektur an Gewächshäuser für Börsenmakler erinnerte; gläserne Blöcke, die das Gefühl, krank zu sein, noch zusätzlich verstärkten. Grens parkte auf zwei Stellplätzen, hastete zum Haupteingang, hielt dann aber unvermittelt mitten in der Bewegung inne. Er stand wie festgenagelt in einer der Glastüren und blockierte den Weg für alle, die hinein- oder herauswollten.
Um Himmels willen – was tat er eigentlich?
Wollte er wirklich ... er selbst sein?
Wieder?
Die öffentlichen Toiletten lagen weiter hinten im Erdgeschoss, und Grens bahnte sich einen Weg durch das Gewimmel von Rollstühlen, Krankenhauspersonal in weißen Kitteln, Angehörigen mit Pralinenschachteln, die nie verzehrt werden würden, und Angehörigen, die soeben die Nachricht von weiteren gemeinsamen Tagen mit ihren Liebsten erhalten hatten, und wartete, bis er allein mit vier blank polierten Waschbecken und einem frisch geputzten Spiegel war. *Kraniofaziale Chirurgie*. So hatte es jemand in dem Schreiben

bezeichnet, dem ein Lageplan beigefügt gewesen war, wie er am einfachsten den Weg hierher fand, sowie Informationen, wie er sich als Patient am besten auf den Eingriff vorbereitete. Man betrachtete ihn nun als weit genug genesen, um verletzte Knochen wiederherzustellen und zu rekonstruieren und das sichtbare Narbengewebe zu entfernen.

Er würde wieder wie früher aussehen.

Äußerlich.

Aber in dem Schreiben stand nichts darüber, wie die Eingriffe sich auf sein Inneres auswirkten. Ob es auch wieder wie früher aussehen würde. Das Einzige, was er nicht wollte.

Grens berührte die Augenklappe, die er zu behalten beschlossen hatte. Vielleicht sollte er auch das behalten, was er in diesem Moment vor sich sah: deformierte Gesichtszüge. Eine äußere Veränderung, die auch eine innere bewirkte?

Er fuhr nicht mit dem Fahrstuhl in die Abteilung für Plastische Chirurgie. Und er würde auch nicht an einem anderen Tag wiederkommen. Seine Entscheidung fiel vor dem Spiegel der Krankenhaustoilette: Er würde auch in Zukunft den Mut aufbringen, diesem Gesicht zu begegnen.

Zurück. Aber anders.

Aus diesem Grund hatte er, ein Mensch, der, um nicht nachdenken zu müssen, die Zeit normalerweise fest im Griff hatte, ein paar überzählige Stunden zur Verfügung. Das Institut für Rechtsmedizin in Solna und ein zweiter Blick auf eine blutleere Leiche lagen nur einen knappen Kilometer Richtung Westen. Eine ebenso kurze Wegstrecke, einen Kilometer Richtung Norden, lag der Nordfriedhof, wo seine Frau und seine Tochter beerdigt waren. In der Regel kam er zwischen Gräbern wie in Obduktionssälen zur Ruhe, doch am gestrigen Tag war er dem Tod oft genug begegnet.

Leben. Das brauchte er heute.

Es war noch zu früh, um in sein vorübergehendes Zuhause bei den Hoffmanns zurückzukehren; drei Kinder, die ihn ebenso sehr mochten wie er sie, würden noch eine ganze Weile in der Schule oder in der Kita sein. Mariana und Wilson saßen in Besprechungen. Außer ihnen gab es niemanden. Ein ganzes Leben, und die Menschen, die ihm am nächsten gestanden hatten, waren einer nach dem anderen begraben worden. Wenn nicht ... Doch, ja. Der Zettel lag im vollgestopften Münzfach seines Portemonnaies. Der Zettel mit Michéls Telefonnummer – ein neuer Freund.

Michél nahm nicht ab. Wollte er nicht? Oder hörte er das Klingeln nicht? Seit Grens' Entlassungstag hatten sie nicht mehr miteinander gesprochen. Aus keinem besonderen Grund, es hatte sich einfach so ergeben. Inzwischen wohnte ein anderer Mensch in dem Zimmer gegenüber von Michéls Zimmertür im Maltesholmsgården, ein anderer Mensch, der ihm vielleicht nahestand.

Leben. Es war unendlich schwer zu finden.

Ewert Grens hatte es mühsam gelernt: Menschen mussten einander begegnen, Umgang miteinander pflegen, Freundschaft musste gehegt werden, und darin war er nie besonders gut gewesen.

Und das war vielleicht der Grund, warum sie wiederauftauchte.

Elin.

Das Mädchen, dessen Patenonkel er war. Im Todesfall beider Elternteile hatte er sich dazu verpflichtet, sich um sie zu kümmern, sie dann aber im Stich gelassen, als Lena, ihre Mutter, jegliches Vertrauen, jegliche Nähe und menschliche Wärme zunichtegemacht und er mit dem Versuch reagiert hatte zu sterben.

Das Mädchen, das ihn deswegen hasste.

Grens ließ den Motor an, verließ den Parkplatz und das Krankenhaus aus Glas und fuhr ziellos über Stockholms

Straßen, vorbei an Rinkeby, Tensta, Jakobsberg. Doch es war nicht ziellos. Er hatte nur nicht gewusst, wohin er unterwegs war. Denn plötzlich hielt er ein Stück von dem Reihenhaus in der Vorstadtidylle Viksjö entfernt und blickte zu einem Fenster im zweiten Stock hinauf. Da wohnte sie nun. In der Pflegefamilie, die vor fast einem Jahr eine verlassene und schwer unterzubringende Fünfzehnjährige bei sich aufgenommen hatte, und wo sie geblieben war, weil niemand sonst sie haben wollte. Er war noch nie hier gewesen, hatte nie an der Tür geklingelt oder auch nur einen Brief geschrieben. Doch in den letzten Tagen im Maltesholmsgården hatte er ihre Adresse und ihre Schule in Erfahrung gebracht und sich mit ihrem gesamten Umfeld vertraut gemacht.

Grens wischte mit dem Hemdsärmel über die Innenseite der Windschutzscheibe und meinte, in dem Zimmer, das vielleicht ihres war, eine Bewegung wahrzunehmen.

Eine Lampe ging an.

Jetzt wurde das Fenster einen Spalt weit geöffnet, und trug der Wind nicht leise Musik zu ihm herüber?

Ob Elin sich an den Grund für ihren Hass erinnerte? Besuchte sie ihre Mutter im Frauengefängnis? Ging sie an das Grab ihres Vaters? Dachte sie hin und wieder an den besten Freund ihres Vaters, der hier in diesem Auto saß und dem sie vertraut hatte, wie er ihrer Mutter vertraut hatte?

Er blieb im Auto sitzen, während die überzähligen Stunden eine nach der anderen verstrichen.

Als sein Telefon klingelte, ging er nicht dran.

Bis es wieder klingelte und er es doch tat.

»Ewert?«

Mariana. Ihre Stimme klang wie immer. Und auch nicht.

»Was machst du?«

»Ich habe noch mein altes Gesicht. Es ist mein neues.«

»Wie bitte?«

»Ich sitze im Auto. Und betrachte ein Haus.«
»Ich will, dass du herkommst.«
Er wartete.
»Jetzt, Ewert.«
Sie war noch nicht fertig.
»Ich glaube, dass aus zwei gerade drei geworden ist.«

Als die Mitarbeiter der Cold-Case-Abteilung der Stockholmer Polizei an diesem Nachmittag wie immer den Stapel der eingetroffenen Postsendungen durchgegangen waren, war aus zwei tatsächlich drei geworden. Die Ermittler, deren Auftrag es war, in der Vergangenheit zu graben, hatten eine Auswertung des Nationalen Forensischen Centrums geöffnet und begriffen, dass einer der zweihundertundvier ungelösten Mordfälle ihrer Einheit einer Antwort näher gekommen war. Unter den Beweismitteln eines vier Jahre alten Falls hatte sich eine Blutspur befunden, die zum Zeitpunkt des Verbrechens zu gering für eine Analyse gewesen war, nun aber erneut ausgewertet worden war.

Ein paar Minuten später saß Mariana Hermansson in ihrem Büro in der Mordkommission und hatte genau dieses Auswertungsergebnis vor sich liegen.

Genau diesen Täter.

Weil das DNA-Profil mit den beiden Mordfällen übereinstimmte, in denen sie bereits ermittelte.

Und nachdem sie Ewert Grens herbeordert und ihn gebeten hatte, sich neben sie zu setzen, um seinerseits zu schlussfolgern, was sie selbst bereits geschlussfolgert hatte, sahen sie sich lange schweigend an. Bis Grens das Schweigen brach.

»Nur zur Sicherheit, damit ich es richtig verstehe: Diese Spur kommt von der Cold-Case-Abteilung ein paar Stockwerke über uns?«

»Ja, kurz bevor ich dich angerufen habe.«

»Mit einem Modus Operandi, der diverse Übereinstimmungen mit unseren beiden Mordfällen aufweist?«

»Sieht ganz so aus.«

»Ein Täter, dessen Vorgehensweise auf eine psychische Erkrankung hindeutet?«

»Ja.«

»Ein Täter, der mikroskopisch kleine Blutspritzer mit identischer DNA hinterlässt?«

»Ja.«

»Also ... nicht ein, nicht zwei, sondern drei Morde, begangen vom *selben* Täter?«

»Ja.«

Mariana Hermansson verteilte die Dokumente der vier Jahre zurückliegenden Mordermittlung auf ihrem Schreibtisch, damit sie sich gleichzeitig einen Überblick verschaffen konnten. Berichte, Protokolle und Fotos, die im Detail eine Leiche mit schwerwiegenden Brandverletzungen beschrieben. Als die Cold-Case-Gruppe sich bei ihr gemeldet hatte, war sie davon ausgegangen, dass der Fall bei ihr an der falschen Stelle war, hatte aber dennoch angefangen zu lesen und mit jedem Bericht und jedem Foto erkannt, dass sie das Einzigartige vor sich hatte.

Genau wie Ewert Grens es jetzt tat.

»Du sagst also ...«

»Nicht ich, die DNA-Analyse.«

»*Du* sagst also, Mariana, dass wir uns plötzlich in einer Art ... ja, Kriminalroman über einen Serienmörder befinden? Du weißt, dass ich keine Serienmörder-Theorien aufstelle und es nie getan habe, *aus dem einfachen Grund, weil es Serienmörder hierzulande weder gibt noch je gegeben hat.*«

»Trotzdem ist es so.«

»Wir haben uns immer einen schwedischen Serienmörder gewünscht; einen Serienmörder, wie es sie hin und wieder im Ausland gibt. Die schwedische Polizei hätte es sogar begrüßt, wenn wir selbst einen erschaffen hätten! Wir haben Zusammenhänge gesehen, die es nicht gab, und haben uns mit vermeintlich Verdächtigen vor Gericht lächerlich gemacht, weil sich die Indizien als haltlos erwiesen! Wir haben die Fiktion Wirklichkeit werden lassen statt umgekehrt. Warum sollte es diesmal anders sein, Mariana? Warum sollten wir es diesmal mit einem Serienmörder zu tun haben?«

Mariana Hermansson blätterte weiter in den Unterlagen, schaute die Fotos durch.

Sie schwiegen wieder.

Die Leiche in dem vier Jahre alten Mordfall hatte gebrannt. Mehrmals. Der Täter hatte sie angezündet, die Flammen mit einem Feuerlöscher gelöscht und die Leiche erneut angezündet. Auf einem Bein Benzin, auf dem anderen Diesel, auf einem Arm Petroleum, auf dem anderen Cognac. Brust und Bauch, oberer Rücken und unterer Rücken, Gesäß, Penis, Füße, Hände, Gesicht – überall mehr oder weniger brennbare Flüssigkeiten.

So wie jemandem einhundertundsieben verschiedene Substanzen zu injizieren.

Oder Venen und Arterien Zentiliter für Zentiliter das Blut zu entnehmen.

»Wenn man eine Leiche mit verschiedenen Flüssigkeiten begießt ... herumexperimentiert, sie anzündet und ... ich nehme an, dass der Mörder – der *Serienmörder* – jetzt weiß, dass ein Mensch relativ schlecht brennt. Nicht verschwindet. Stark angesengt, verrußt, verkohlt, aber der Tod tritt durch Schock ein, durch Flüssigkeitsverlust, durch alles, was den Körper verlässt, mit dem Leben.«

Der verfluchte Tod machte natürlich Angst. Wie er es immer getan hatte.

Aber das war es nicht, was Ewert Grens buchstäblich in die Fotos einer verkohlten, entstellten Leiche hineinkriechen ließ.

Es war der vollständige Irrsinn der Tat.

Anzünden. Löschen. Anzünden. Löschen.

Während das Opfer noch gelebt hatte.

»Hundert Prozent, Mariana?«

»Das DNA-Profil stimmt exakt mit den Spuren in den beiden anderen Mordfällen überein. Was bedeutet: drei Morde und ein Mörder.«

Ewert Grens war grobschlächtig, ungelenkig, es war viele Jahrzehnte her, dass er sich bewegt hatte, ohne mehr Platz als nötig zu beanspruchen. Man merkte es jedes Mal, wenn er aufstand, rastlos auf und ab lief und wie üblich mit sich selbst zusammenstieß. Oder sich auf die Schreibtischkante setzte und das Möbelstück laut ächzte.

»In dem Fall, Mariana, geht es um etwas anderes.«

»Etwas anderes?«

»Als das, was wir in diesem Moment vor uns sehen. Es geht um etwas anderes als um Morde, die einige Jahre auseinanderliegen und *zu* brutal, *zu* bizarr sind.«

»Wovon redest du?«

»Dass ich so denken muss, um es zu verstehen. Andernfalls ist die Welt heute noch genauso unbegreiflich wie vor einem Jahr, als ich mich von dieser Welt verabschiedet habe und in meine eigene hinübergeglitten bin.«

»Ewert? Sieh mich an.«

»Ja?«

»*Wovon redest du?*«

Grens stand wieder auf, und die Schreibtischplatte schien aufzuseufzen, erleichtert.

»Dass wir nach einem ganzen Leben als Mordermittler zum ersten Mal gegen die ermitteln, die es nicht gibt.«

Teil 2

Ewert Grens hatte sieben Tage gehabt, um die Antwort auf einen Mord zu finden und zu beweisen, dass es ihm gut ging. Dass die Polizeibehörde ihn ebenso sehr brauchte wie er sie.

Zeit, die im Verlauf des Vortags auf sechs Tage geschrumpft war, um *zwei* Morde zu lösen.

Die soeben zu *drei* Morden geworden waren.

Noch fünf Tage (und sechs Nächte) als Polizist.

Er wartete, bis alle Lampen gelöscht und alle Bürotüren geschlossen worden waren. Bis seine Kollegen und Kolleginnen nach Hause gegangen waren zu Ehemann oder Ehefrau, zu Kind oder Katze oder ins Fitnessstudio oder auf ein kaltes Bier in die Kneipe oder zu Freunden, ins Kino, ins Einkaufszentrum, zu einer Hausbewohnerversammlung, zu einem Familientreffen oder einem Lesezirkel. Oder zu dieser Sache, die sich After Work nannte und zu der sich seine Kollegen regelmäßig trafen, von der er aber nie ganz verstanden hatte, was es damit auf sich hatte.

Bis er allein war. Wie immer. Um unter dem Vorwand, er habe zu arbeiten und wichtige Dinge zu erledigen, keine sozialen Kontakte pflegen zu müssen; es war lange her, dass er sich etwas anderes vorgemacht hatte.

Sein Körper kribbelte. Wie hatte er sich danach gesehnt.

Er versank im Cordsofa, das unter seinem Gewicht fast bis auf den Fußboden durchhing, eine als Möbelstück getarnte Hängematte.

Ohne Ruhe zu finden.

Alle Geborgenheit der Welt in Form von ein paar verschlissenen Sofakissen, die ihm stets Sicherheit gespendet hatten und es jetzt plötzlich nicht mehr taten. Er wälzte sich hin und her, legte sich erst auf die eine, dann auf die andere Seite. Als würde etwas scheuern. Als würde er *auf* etwas liegen. Er hob den Körper leicht an. Nein. Unter ihm war nichts. Er atmete ein, in den Bauch hinein, wie er es in der Therapie im Maltesholmsgården gelernt hatte. Auch das veränderte nichts.

Die Rastlosigkeit kribbelte in Armen und Beinen.
Schweißtropfen perlten von Stirn, Nacken, Brust.
Grens stand auf und ging in das Büro zwei Türen weiter. Wie verlassen Marianas Dienstzimmer sich anfühlte ohne ihren herausfordernden Blick und ihre Stimme, die infrage stellte, anzweifelte. Er war heilfroh, dass sie sich am Ende dazu hatte überreden lassen, ins Team der Mordkommission zurückzukehren. Sie war die Einzige im ganzen Polizeipräsidium, die … Die Einzige.

Grens knipste die Schreibtischlampe an.

Drei Ermittlungen lagen vor ihm, säuberlich abgeheftet in Mappen und Klarsichthüllen, und er studierte die Fotos von ausgebluteten, mit Einstichstellen übersäten und mehrfach in Brand gesteckten Leichen.

Es war nach wie vor unbegreiflich.

Seite für Seite und kein einziger sichtbarer Beweis an drei Tatorten. Abgesehen von Blut. Ein Täter, der sorgfältig darauf achtete, seine Fingerspitzen zu verbergen, und gleichzeitig andere Spuren hinterließ.

Jemand, der jedes Mal denselben Fehler machte? War es eine Art Signatur? Hatte der Täter eine Handverletzung, die nicht verheilte, ein Junkie mit Tics, der manisch an einer Wunde kratzte und den Schmerz nie abklingen ließ?

Nein.

So ergab es keinen Sinn.

Es war weder Zufall noch eine Signatur.

Auch wenn sie gegen die ermittelten, die es nicht gab.

Ewert Grens schob seine Lesebrille zurecht und beugte sich vor.

Er hatte seit jeher Fingerabdrücke als Identifizierungsmethode favorisiert, und das nicht nur, weil er so verflucht alt war. Zephyrpinsel, feinkörniges Grafitpulver, die Muster von Papillarlinien und das Delta, die bereits vor der Geburt auf der Fingerspitze entstehen und auch nach dem Tod erhalten bleiben. Darin lag etwas Schönes und Mystisches.

Dieser Dreifachmörder hatte eine andere Art von Fingerabdruck hinterlassen.

Seine DNA.

Genetische Informationen, die genau wie die Fingerspitzen Muster aufwiesen, die für jeden Menschen einzigartig waren. Ein Code zur Programmierung der Zellstruktur – eine Art Bank, um das Teuerste auf- und zu verwahren, was man besitzt.

Sich selbst.

Grens dachte an den ersten schwedischen Fall, in dem DNA die entscheidende Rolle gespielt hatte. Eine Vergewaltigung, in Nacka, am 3. Juli 1990. Er wusste noch genau, wie windig es an jenem Tag gewesen war, wann die Sonne zum Vorschein gekommen war, welches Auto er benutzt hatte und wie schnell er gefahren war, welche Kleidung er getragen hatte. Aber nicht wegen der Vergewaltigung. Sondern weil es der furchtbarste Tag in seinem Leben gewesen war – der Tag, an dem Anni erloschen war. Als sie zusammen zum Tatort gefahren waren, um den Überfall zu untersuchen, war seine geliebte Frau und Kollegin noch unversehrt gewesen. Als sie auf dem Heimweg auf einen weiteren Funkspruch reagiert hatten, den sie besser unbeantwortet gelassen hätten, hatte sie die bewusste Welt für immer verlassen.

Der Vergewaltigungsfall aber, in dem Grens' Kollegen weiterermittelten, während er selbst in einem Krankenhaus wachte, an der Seite seiner großen Liebe, die nie wieder fähig sein würde, zu gehen, zu reden oder ihn zu umarmen, sollte alle zukünftigen Polizeiermittlungen verändern. Von Grund auf. Bis dahin waren Blutspuren ausgewertet worden, um festzustellen, wer als Täter *ausschied*, nicht, wer er *war*. Als die beiden Männer die junge Frau auf einem abgelegenen

Schotterweg auf dem Autokofferraum vergewaltigten, verteilten sie ihr Sperma überall, fest davon überzeugt, nicht überführt werden zu können. Sie hatten keine Ahnung von einer neuartigen und bis dato unerprobten Technik, die als DNA-Spur bezeichnet werden würde; Grens und die meisten anderen Polizisten und Polizistinnen hatten selbst kaum davon gehört. Die beiden Männer wurden später als Verdächtige festgenommen und gaben grinsend und unwissend ihre Blutprobe in dem ersten Fall ab, in dem ein schwedisches Gericht DNA als entscheidenden Beweis werten sollte. Als sie nach einigen Monaten des Wartens auf die Analyseergebnisse erst vor dem Landesgericht und in zweiter Instanz vor dem Oberlandesgericht verurteilt wurden, verging ihnen das Grinsen.

»Guten Morgen.«

Mittlerweile befand sich auch Grens' DNA in einer Datenbank. In der Eliminierungsdatenbank der Polizei. Genau wie die DNA seiner Kollegen und Kolleginnen, die sich an denselben Tatorten aufhielten wie Täter und Opfer und als Täter ausgeschlossen werden mussten.

»Ich sagte, guten Morgen, Ewert.«

Grens zuckte zusammen. Sie verstand sich aufs Anschleichen. Er hatte sie nicht gehört.

»Gu…ten Morgen, Mariana.«

Oder hatte er geschlafen?

Er streckte seinen überdehnten Nacken und schüttelte seine Arme, die in einem Winkel gelegen hatten, in dem Arme nicht liegen sollten.

»Ist es schon … Morgen?«

Mariana blickte ihn von der Türschwelle aus an. Was sie sah, schien ihr nicht zu gefallen.

Ihm war klar, weshalb.

»Du sitzt auf meinem Stuhl.«

»Ja.«

»Du weißt, dass es mir vollkommen einerlei ist, dass du offiziell mein Vorgesetzter bist?«

»Ja.«

»Und dass es mir, was diesen Punkt betrifft, vollkommen einerlei ist, dass du vor noch nicht allzu langer Zeit alles getan hast, was in deiner Macht stand, um dir ein Loch in den Schädel zu jagen.«

Ja. Das wusste er.

Und er liebte es. War stolz darauf.

Stolz auf sie.

»Ja, Mariana.«

»Na dann. Hoch mit dir. Das ist nicht dein Stuhl. Ich möchte nicht, dass du da sitzt.«

Sie tauschten die Plätze. Mariana setzte sich auf den Schreibtischstuhl, er stellte sich draußen vor die Türschwelle.

»Ich bin früh dran, Ewert. Trotzdem bist du schon hier. Wann bist du gekommen?«

»Ich …«

»Du bist gar nicht nach Hause gegangen?«

»Nein.«

»So wie du es möchtest.«

»So wie ich es möchte.«

Er wollte nicht gehen. Sie brachte es nicht übers Herz, ihn wegzuschicken.

»Und dieses Mal, Mariana, habe ich sogar einen Grund, hierzubleiben und mich nicht in ein geliehenes Kinderbett zu legen.«

Er trat wieder über die Türschwelle, ignorierte ihren Wunsch nach Ruhe und Einsamkeit.

»Damit die Gutachter der Personalabteilung bei ihrer Evaluation zu dem Schluss kommen, dass ich gesund genug bin, um mich mit der Hölle anderer Menschen zu befassen, damit sie verstehen, wie sehr ich das hier brauche, dass *das hier mein ganzes Leben* ist und dass ich eine Scheißangst habe, nach Hause zu gehen, deshalb müssen wir diese Morde aufklären. *Ich muss sie aufklären, Mariana!* Und ja, die Nacht ist ganz offensichtlich vorbei, also bleiben mir ziemlich genau ...«

Noch fünf Tage als Polizist.

Ewert Grens hatte darauf bestanden, die U-Bahn zu nehmen, obwohl sein Herz vor Ungeduld tickte. Eine Uhr, die ablief.

Aber mit einem Wagen, der verdächtig nach Bulle roch, am Rand eines schäbigen Vorortzentrums zu parken und Tatorte zu begehen, machte die Dinge immer komplizert. Auf dem Weg zum Hauptbahnhof hatte er noch einmal kehrtgemacht, hatte sein Jackett auf seinen Schreibtisch geworfen, es gegen eine Trainingsjacke ausgetauscht, die ebenso unbenutzt in seinem Bürospind hing wie seine Polizeiuniform, und Mariana überredet, eine nicht ganz neue Jeans anzuziehen sowie einen Kapuzenpullover, wie ihn die jungen Leute im Unterschied zu ihm ganz selbstverständlich und mit dem passenden Gehabe trugen.

Als sie wenig später im Råby Centrum aus dem vorderen U-Bahn-Abteil stiegen, hingen dunkle Regenwolken am Himmel, und ein schneidender Wind spielte mit zusammengedrückten Pappbechern und löchrigen Plastiktüten; zehn Kilometer südlich der Stockholmer Innenstadt lag eine andere Welt. Die U-Bahngleise verliefen parallel zur Autotrasse. Zusammen zogen sie eine tiefe Schneise durch die Gesellschaft, eine Mauer, von niemandem errichtet, aber dennoch für alle ein Hindernis. Zu hoch, um darüberzuspringen, zu breit, um darum herumzulaufen. Obwohl es die Mauer nicht gab, konnte jeder sie sehen. Auf der einen Seite: Hochhäuser und Arbeitslosigkeit, viele Sprachen und neunjährige Jungs mit dem Traum von einer kriminellen Karriere. Auf der anderen Seite: adrette Einfamilienbungalows und hübsche Reihenhäuser, gepackte Schultaschen, Fahrräder mit funktionierenden Klingeln und gemeinsame Abendessen um achtzehn Uhr.

Sie mussten nicht einmal die Treppe vor der U-Bahn-Station hinuntergehen und sich für den linken oder rechten Tunnel entscheiden. Ein paar Atemzüge, und die gegensätzlichen Welten waren spürbar. So wie auch ein Täter sie spürte.

Sie gingen nach links. Zu Hochhäusern und Asphalt.

In einen Teil des südlichen Vorortgürtels, der als Zentrum der Organisierten Kriminalität galt. Wo Mafia, Gangs und einzelne Akteure in lose verbundenen Netzwerken aufeinandertrafen, wenn sie um Macht und Reviere kämpften.

Der Schauplatz aller drei Morde.

Hier würden sie mit der Suche nach dem Mörder in allen drei Fällen beginnen; der Erstellung eines räumlichen Profils liegt die Prämisse zugrunde, dass Menschen faul sind. Bequem. Dass jemand, der vorsätzliche Verbrechen begeht, es in einem Umfeld tut, in dem er sich sicher fühlt. Vielleicht nicht unmittelbar neben seiner Wohnung, aber doch ganz in der Nähe, im Radius einer Komfortzone, in der er einen Fluchtweg kennt und die Reaktionen anderer Menschen deuten kann. U-Bahngleise, Autotrasse und die unsichtbare Mauer bildeten in diesem Fall die räumliche Barriere, die zugleich eine mentale Barriere war und verriet, dass der Täter höchstwahrscheinlich nicht in einem der Einfamilien- oder Reihenhäuser wohnte, sondern sich in der Nähe befand, in der Nähe der Tatorte, in der einen Hälfte einer deutlich zweigeteilten Gesellschaft, die seine Heimat war.

»Wer seid ihr?«

Sie waren noch nicht einmal halbwegs zum ersten Tatort gelangt. Der Junge, der dreizehn, vierzehn Jahre alt zu sein schien und aussah wie all die anderen Jungen, deren Aufgabe es war, der Organisation, der kriminellen Bande Bericht zu erstatten, deren Aufnahmeprüfung sie eines Tages zu bestehen hofften, trat geradewegs auf sie zu und musterte sie mit Augen, die nicht zögerten.

»Mein Name ist Mariana, und das hier ist Ewert. Wie heißt du?«

»Was wollt ihr hier?«

»Ich sagte: Wie heißt du?«

»Ihr seid nicht von hier. Ihr versucht nur, so auszusehen.«

»Ich sagte: Wie heißt du?«

»Ihr solltet besser von hier verschwinden. Ich sage es nur.«

»Und ich sagte: Wie heißt du?«

Sie starrten sich an.

Die relativ junge Frau und der sehr junge Teenager mit einer dicken Goldkette um den schmächtigen Hals und zurückgekämmtem Haar, das ebenso fest haftete wie sein Blick.

»Ich heiße Eddie. Und, du – wir haben euch im Auge.«

Damit wandte er sich um und verschwand zwischen Beton und den Balkongeländern der Laubengänge, hin zu der Bruderschaft, die Familie geworden war, hin zu Loyalität, Freundschaft und gemeinsam verübten Straftaten.

Mariana Hermansson und Ewert Grens gingen weiter. Hinter Wohnungsfenstern bewegten sich aufgehängte Decken, andere Augen, die wachsam waren.

»Wir sind nicht allein.«

»Aber wir sind auf uns allein gestellt, Mariana. Wir. Gegen sie.«

»Weil die Welt ist, wie sie ist.«

Sie hatten bewusst zivile Kleidung gewählt, trotzdem hätten sie genauso gut ein Plakat mit der Aufschrift DRECKSBULLEN vor sich hertragen können, als sie an einem leer stehenden Ladengeschäft nach dem anderen vorbeigingen, während ihnen der scharfe Geruch von Autos in die Nase stieg, die gebrannt hatten oder bald brennen würden, während sie das Echo der Betonwüste vernahmen.

Sie würden die Tatorte in derselben Reihenfolge aufsuchen, in der sie von den Morden erfahren hatten.

Zuerst der vor wenigen Tagen für tot erklärte Körper, zurückgelassen in der gigantischen Tiefgarage, die unter den siebenstöckigen Häuserblocks ausgehoben worden war, die sich Råby Allé nannten. Die Leiche hatte in der untersten Ebene innerhalb einer Stellplatzmarkierung gelegen, aschfahl und ausgeblutet, zwischen Ölflecken und Schmutz.

Grens und Hermansson sahen sich um. Da drüben, die etwas niedrigeren Blocks – Råbygången; und da die etwas höheren, die knallblauen, knallgrünen und knallroten Mehlpaketen ähnelten – Råby Backe; und da die achtstöckigen Mietskasernen mit graffitiverschmierten Fassaden und schief hängenden Jalousien in den Fenstern – Västra Ringen. Ewert und Mariana überquerten die grauen Pflastersteine des Råby Torg, und spürten es: Herbstlaub, das unablässig zwischen uns treibt, gleichgültig, ob Sommer oder Winter, es trudelt zu Boden und wirbelt umher.

»Ewert ...?«

Eine Stimme hinter ihnen.

»Bist du das?«

Grens drehte sich um. Auf dem Råby Torg rief jemand seinen Namen. Ein Mann in Polizeiuniform. Neben einem zweiten Mann in Polizeiuniform. Beide relativ jung, mit Bewegungen, die Kraft signalisierten.

»Ja ... du bist es!«

Der Mann, der seinen Namen gerufen hatte, kam auf ihn zu. Aber erst als dieser seine Arme in einer umarmenden Geste ausbreitete, die er im nächsten Augenblick zu bereuen schien und zu einer ausgestreckten Hand und einem festen Händedruck werden ließ, erkannte der Kriminalkommissar ihn wieder.

»Bist du ...?«

»Du siehst richtig, Ewert.«
»Du bist also ... Polizist? Ein Kollege?«
»Ja.«
»Davon hast du nie etwas gesagt.«
»Ich war als Privatperson im Maltesholmsgården. Genau wie du.«

Grens nickte. Das stimmte. Sie waren sich ohne ein anderes Päckchen begegnet als das, was sie in diesem Moment, in diesem Umfeld getragen hatten. Grens als Patient. Jon als bester Freund von Michél.

»Ich bin Vorortpolizist. Hier – in Råby. Wir stehen mitten in meinem Büro.«

»Da hol mich doch der ... Aber ja, jetzt, wo ich dich genauer ansehe. Ich hätte es wissen müssen, als du das erste Mal an Michéls Zimmertür geklopft hast. Du redest, bewegst dich und riechst wie wir. Bulle.«

Jon ließ die Hand des Kommissars los.

Um die eben abgebrochene Umarmung zu vollenden.

»Es ist schön, dich zu sehen, Ewert! Ich meine, was für ein Unterschied ... gesund und munter, gegenwärtig. Du strahlst, lebst!«

Ewert Grens löste sich vorsichtig aus der Umarmung und deutete mit dem Kopf zuerst auf die neben ihm stehende Frau im Kapuzenpullover und dann auf den Bekannten, der sich als Polizist entpuppt hatte. Wie um sie ein Stück weit zusammenzuführen.

»Mariana Hermansson, meine engste Mitarbeiterin, viel fähiger, als ich es jemals gewesen bin. Und das ist Jon, der beste Freund meines besten Freundes im Maltesholmsgården.«

»Und das hier ist *mein* Mitarbeiter. Alex Noel.«

Jon wies auf seinen gleichaltrigen Kollegen, der höflich ein paar Meter abseits stand.

»Aber was heißt, Vorortpolizist, unsere offizielle Bezeichnung lautet inzwischen Ortspolizei. Wir sind zu Fuß, mit dem Rad oder mit Segways auf den Straßen unterwegs. Als wir, Alex und ich, hier angefangen haben, haben uns die Leute null vertraut. Aber wenn man sich Tag für Tag hier bewegt, zeigt, dass man Teil des Viertels ist, dass wir nicht gefährlich, keine Gegner sind, sondern nur die Klientel auf dem Kieker haben, die stiehlt, bedroht und zerstört, dann verändert sich etwas. Wir werden normal, zu Menschen, denen man vertrauen kann.«

Eine schöne Frau, vielleicht Anfang, Mitte vierzig, vielleicht mit nordafrikanischen Wurzeln, steuerte zielstrebig auf sie zu, blieb zwischen ihnen stehen, umarmte Jon und Alex, so wie Jon Grens umarmt hatte, nur ohne vorheriges Zögern, und sagte, wie dankbar sie ihnen sei, weil sie ihren Sohn nach Hause gebracht hätten. Dann verschwand sie genauso schnell, wie sie aufgetaucht war, zurück blieb nur ihre Erleichterung und ein schwacher Parfümduft nach Orange und Kirsche.

Als sei sie eine perfekte Illustration dessen, was Jon gerade zu erklären versucht hatte.

»Die Klientel, die stiehlt, bedroht und zerstört und die die großartigen Menschen wie diese Frau, die neunzig Prozent der Bevölkerung ausmachen, die in den Häusern wohnen, auf die wir gerade blicken, genauso sehr plagt wie uns, die wir hier stehen.«

Der junge Kollege wollte es ihnen wirklich begreiflich machen.

Ein glühender Eifer, der für gewöhnlich mit jedem Dienstjahr etwas abnahm.

»Und ihr, Ewert? Was macht ihr hier? In meinem Revier?«

Der Kriminalkommissar räusperte sich, schielte erst in Marianas Richtung und dann auf einen menschenleeren

Råby Torg, wie um eine einigermaßen glaubhafte Lüge zu fassen zu kriegen.

»Wir wollen uns ein wenig umsehen ... Wir sind wegen einer Ermittlung hier.«

»Ach ja?«

Jon wartete auf eine Fortsetzung. Sie kam nicht.

»Ist es *so* geheim, Ewert?«

»Eine Ermittlung. Mehr nicht.«

»Eine Ermittlung wie bei einem ... Mord? Eine Leiche ohne Blut?«

Jon musste nicht fragen, ob er richtig geraten hatte. Die kurze Pause war Antwort genug, und Grens war das klar.

»Ja.«

»Ich hab's schon geahnt, als ich euch gesehen habe. Ich weiß ja, in welchem Dezernat du arbeitest. Ich habe sie gefunden. Die Leiche. Oder ja, die Leute sind zu uns gekommen, nachdem *sie* die Leiche gefunden hatten. Ich habe euch informiert. Wenn du das nächste Mal in die Ermittlungsakten schaust, fällt dir vielleicht mein Name auf. Jon Hansen. Es ist verdammt schön, dass ihr hier seid. Ich meine, der Rest der Belegschaft des Stockholmer Hauptpolizeipräsidiums traut sich nicht für Tatortbegehungen her, weil es zu gefährlich ist. Während wir den Anwohnern hier raten, nach zehn Uhr abends nicht mehr auf die Straße zu gehen, weil es zu gefährlich ist. Keine Ermittlungen. Nicht vor die Tür gehen. Als würde das irgendetwas lösen.«

Jons Kollege Alex grüßte einen älteren Mann mit Gehstock, der ihnen den Inhalt seiner Einkaufstüte zeigte, Kichererbsen, Zwiebeln und Mohrrüben, und lachend erklärte, jetzt komme eine Woche lang Eintopf auf den Tisch, und dann anerkennend den Daumen in Richtung von zwei etwa zehnjährigen Jungen hob, die zum zweiten Mal auf funkelnden Mountainbikes dicht an ihnen vorbeikurvten.

»Teure neue Räder und ein lobender Klaps auf den Hinterkopf von der Organisation, der sie angehören wollen. Mehr ist nicht nötig. Diese beiden da erstatten Bericht, was ihr macht. Warum ihr hier steht und mit Alex und mir redet. Das Råbynetzwerk wacht rund um die Uhr. Es ist fast sonderbar, dass ihr das Viertel unbehelligt betreten durftet.«

»Wir wurden begrüßt. Von einem Vierzehnjährigen namens Eddie. Er hat uns wissen lassen, dass uns auf Schritt und Tritt Augen folgen.«

»Willkommen in der anderen Welt.«

Grens betrachtete die beiden Jungen, die am Ende des Råby Torg umdrehten und zum dritten Mal dicht an ihnen vorbeifuhren. Einer der beiden zog ein Handy aus der Hosentasche und filmte vier Polizisten im Gespräch.

»Ich war schon mehrmals hier, auch wenn du sagst, wir lassen uns nicht blicken. Eure Bezeichnung lautete noch Vorstadtpolizei, und einer eurer Vorgänger war ermordet worden. Es ist etliche Jahre her, zwei kleine Soldaten, die große Soldaten werden wollten, hatten die Polizeiwache in die Luft gesprengt.«

Ewert Grens dachte manchmal an sie. An zwei verzweifelte Mütter mit verlorenen Söhnen, die sich im Zentrum des Sturms befunden hatten. Die ihm die Augen geöffnet hatten.

Polizist, sagst du?

Ja.

Und du denkst, dass wir unseren Söhnen in den Rücken fallen und dir vertrauen sollen?

Ja.

Wo warst du, Drecksbulle, als das letzte größere Geschäft, das es hier noch gab, umgezogen ist, um nicht ausgeraubt zu werden? Wo warst du, als die Restaurants dieses Jahr nach dem siebten, achten, neunten Einbruch zugemacht haben? Als der Verkäufer im U-Bahn-Tickethäuschen ermordet wurde und der Stockholmer Verkehrsbetrieb seinen Mitarbeitern jahrelang verboten hat, hier zu arbeiten? Als die Poststelle geschlossen wurde? Als die Geldautomaten abgebaut wurden? Als ...

Der Kriminalkommissar erinnerte sich.

Beschämt.

Während das Herbstlaub weiter umherwirbelte, obwohl kein Wind ging.

»Der Bombenanschlag auf das Polizeirevier? *Du* warst damals unter den Ermittlern, Ewert? Kein Wunder, dass du in der Klapsmühle gelandet bist.«

Jon lächelte. Genau wie Grens.

»Aber dann weißt du, wie es ist. Hier. Und in Alby. Und in Hallunda und Masmo und Fittja und Vårberg und Norsborg und ... Dass wir heute genau wie damals allein im Stockholmer Süden mindestens zwanzig extrem gewaltbereite und hochkriminelle mafiaähnliche Organisationen oder Gangs haben, die um dieselben Drogenreviere kämpfen. Dass es hier mehrmals am Tag brennt, dass hier jede Woche mehrere Schießereien stattfinden, zwischen rivalisierenden Banden, gegen Dritte gerichtet, die zwischen die Fronten geraten sind, gegen uns, die versuchen, den moralischen Kompass der Gesellschaft auf Kurs zu halten: Polizei, Feuerwehr und Sozialarbeiter. Und dass mehr als die Hälfte der Bewohner der Häuser, die wir hier sehen, arbeitslos sind und dass ein sehr viel höherer Prozentsatz der Kinder als irgendwo sonst in diesem Land nicht die neunte Klasse abschließen wird. Schließlich gibt es andere Familien als die leibliche, die im Austausch gegen bedingungslose Loyalität Aufstiegschancen und gute Verdienste offerieren.«

Jon verstummte, sah sie an, starrte beinahe. Ewert Grens war überzeugt, dass sein Blick an der schwarzen Augenklappe haften blieb. An einem Gesicht, das noch genauso schief war wie zuvor. Trotz der Gespräche mit Michél, trotz des Versprechens, Auge wie Aussehen in Ordnung bringen zu lassen. Ob ihr gemeinsamer Freund nun davon erfahren würde? Er hoffte nicht.

»Die verfluchten Drogen, das verfluchte Dope, das an all dem hier schuld ist.«

Zum ersten Mal meldete sich Alex zu Wort.

»Entscheidungsträger kommen her, fahren durch die Straßen, als wären sie auf Safari, schauen sich alles an und fahren dann nach Hause und lassen sich einen Fleischwurst-Auflauf schmecken. Die, die den Schaden anrichten, kriegt niemand zu fassen, Grens. Niemand sagt oder weiß etwas. Aber für die Kids sind diese Leute Idole. Hood-Gangster, die ihr ansteckendes Gift in diesem Viertel verströmen, im nächsten und im übernächsten. Jedes Kind verneigt sich, wenn sie kommen.«

Zwei Mountainbikes beschrieben eine vierte Runde um vier Polizisten, während die Jungen ihre Handys auf sie richteten.

Filmten.

Ins Schlingern gerieten.

Laut lachten.

Davonrasten.

»Ich habe einmal bei einem Prozess ausgesagt.«

Alex hob die Stimme. Oder vielleicht war es Wut, eine kontrollierte Aggressivität, die sich Bahn brach.

»Der Anführer einer der extrem gewalttätigen Gruppen stand vor Gericht, und eine ganze Horde Elfjähriger wartete ehrfurchtsvoll auf Stühlen draußen vor dem Saal. Nach einer Weile boxte mich einer der Jungs auf den Arm, und ich wiederhole, er war elf Jahre alt. Er boxte mich auf den Arm und sagte mit einer Stimme, die noch Jahre vom Stimmbruch entfernt war: ›Kapierst du, Alex, du Drecksbulle? Wenn ich so groß bin wie er, sitze ich auch im Knast.‹ Um es zu verdeutlichen. *Wenn ich so groß bin, sitze ich auch im Knast.* Wie ein Lebensziel, ein Traum. Wenn ich verdammt viel Glück habe und wenn ich bis zum Letzten kämpfe, geht er vielleicht in Erfüllung, und ich darf mein halbes Leben lang hinter einer hohen, grauen Mauer in einer Gefängniszelle sitzen.«

Sie kam zurück, genauso plötzlich wie eben, die Frau, die Jon und Alex umarmt und ihnen für die Hilfe mit ihrem Sohn gedankt hatte. Diesmal flüsterte sie den beiden etwas zu, das nicht zu verstehen war, worauf Jon und Alex sich entschuldigten und in Richtung der Häuser davoneilten, die, soweit Grens und Hermansson wussten, Råby Backe hießen. Nach ein paar Metern drehte Alex sich noch einmal um und deutete auf einen verwaisten Bolzplatz und Tore mit zerrissenen Netzen.

»Warum spielen die Kids nicht Fußball?«, rief er. »Bald sind Sommerferien, Grens. Dann sind noch mehr Kids draußen auf den Straßen. Gebt uns tausend Fußbälle!«

Dann lief er weiter. Hin zu jenen, die ihr Leben Tag für Tag so lebten, als ginge es einzig und allein darum, so schnell wie möglich zu sterben. Während Grens und Hermansson in die entgegengesetzte Richtung liefen und sich der riesigen Tiefgarage unter ihren Füßen näherten, wo einer von ihnen sein Leben bereits beendet hatte, bereits gestorben war.

Sie tippten den Zugangscode des Gebäudeeigentümers ein, das Tor glitt zur Seite, und sie gingen hinein. Kühle. Irgendwo rauschte ein Belüftungssystem. Mit jedem Schritt wurde deutlicher, dass nicht einmal jeder zehnte Stellplatz genutzt wurde, mit jedem Brand verringerte sich die Zahl der Autobesitzer. Das Geräusch ihrer Schuhsohlen hallte zwischen den Wänden.

»Barschrank. Wir haben immer Barschrank dazu gesagt.«

Mariana deutete auf eine Aussparung in der Betonwand. Das war alles. Ein rechteckiges Loch.

»Ich habe nie richtig begriffen, wofür sie da sind. Aber diese Aussparungen gab es in jeder Tiefgarage, in der wir uns als Kinder und Jugendliche herumgetrieben haben. Manchmal haben die Hausmeister darin Streusand für den Winter aufbewahrt, oft hatte ein Obdachloser sich da seinen Schlafplatz eingerichtet. Wir selbst haben unseren Alkohol dort gebunkert: ein Barschrank eben.«

Ewert Grens vergaß es oft. Mariana Hermansson war, wie auch Piet Hoffmann, in Verhältnissen wie diesen aufgewachsen. Mariana im Malmöer Viertel Rosengård, Piet in Alby, einem Randbezirk von Stockholm; jeder in einem Teil der Betonwüste des Millionenprogramms der schwedischen Regierung, die die Politiker und Politikerinnen heute als Außenseiterviertel bezeichneten, die aber für Mariana und Piet zu dem Zeitpunkt die einzigen Viertel gewesen waren, die sie kannten und die daher die Antithese zum Außenseiter-Sein gebildet hatten.

Also das genaue Gegenteil gewesen waren.

So hatte Grens immer gedacht.

Dies war kein Außenseiterviertel, dies war ein Insiderviertel. Jeder, der sich hier für schwere Kriminalität entschied, hatte den Wortlaut der Politiker längst umgekehrt, hatte Königreiche aus Beton und Parkplätzen mit deutlichen Landesgrenzen erschaffen, die für jene, die außerhalb standen, unbedeutend wirkten. Selbst ernannte Herrscher, die den Schutz der Gewalt und die Loyalität des Volkes boten.

»Daniel De La Renta. Neunzehn Jahre alt.«

Der Stellplatz, den sie ansteuerten, hatte mit seinen weißen Linien eine Leiche umrahmt.

Der jüngste von drei Morden, die vor weniger als vierundzwanzig Stunden in einen Zusammenhang gebracht worden waren.

»Anführer oder zumindest treibende Kraft eines lose verbundenen Netzwerks, das in Stockholm in den vergangenen Jahren große Mengen venezolanisches Kokain und polnisches Amphetamin in Umlauf gebracht hat. Mittlerweile hat er kein Blut mehr in sich und wartet auf seine Einäscherung.«

Mariana trat in Öl und Staub. Vielleicht auf die Stelle, an der jemand nicht hätte liegen müssen.

Wenn er ein anderes Leben gewählt hätte.

Wenn eine ermittelnde Polizeibehörde früher die Spuren eines Mehrfachtäters gesehen hätte.

»Ich begreife das nicht, Mariana. Drei Opfer, die, wie wir seit heute wissen, mehr gemeinsam haben als *nur eine DNA-Spur*. Drei Player in unterschiedlichen Gruppierungen des Organisierten Verbrechens, die morden, Schulden eintreiben und Drogen in Umlauf bringen. Und wir spazieren hier herum und suchen nach einem Täter, der fantasiegesteuerte Morde begeht! An multikriminellen Individuen! Ich bin nicht nur ansatzweise in der Nähe eines Gedankens, der das erklären könnte.«

»Ja, wenn nun ein psychisch Kranker plötzlich damit beginnen sollte, Kriminelle hinzu...«

Mariana verstummte. Grens winkte ab.

»Mach dir keine Gedanken. Unserer Chefetage zufolge *bin* ich ein Fall für die Klapse, und deine Frage lautet eigentlich: Wie wahrscheinlich ist es, dass ein noch größerer Irrer als Ewert Grens zum Henker von Schwerverbrechern wird? Was ist das für eine Sorte Mensch, *weil absolut nichts an diesem Fall einen Sinn ergibt?*«

Grens sank mit knackenden Knien in die Hocke und strich mit der Handfläche über den Boden.

Wie um die Antworten zu fassen zu kriegen, die dort liegen sollten.

»Im Gangmilieu werden Morde begangen, um Leute aus dem Weg zu räumen, um Widersacher auszuschalten. Irgendjemand wurde um Geld geprellt, will sein Revier erweitern oder seine Macht festigen. Du stehst mir im Weg, also jage ich dir eine Kugel in den Rücken und zur Sicherheit auch noch eine in den Kopf. Keine besonders schlaue Lösung, trotzdem ein Gedanke, der leicht nachzuvollziehen ist. Aber hier haben wir eine neue Art von Mord an Mitgliedern des Organisierten Verbrechens, die genauso wenig in eine Tiefgarage eines sozialen Randbezirks gehört wie Speiseeis mit Birnengeschmack. Wenn wir die These zulassen, dass wir es tatsächlich mit einem Serienmörder zu tun haben, dem ersten Serienmörder Schwedens, einer Tatperson, die Profiler als absonderliche Täterpersönlichkeit bezeichnen und bei der das Töten Teil ihres Wahns ist. Wenn wir außerdem die These zulassen, dass unser Serienmörder bei der Begegnung mit seinem ersten Opfer zu der Erkenntnis gelangt ist, dass Menschen anders sind, als er es sich in seiner Fantasie zusammengesponnen hat – sie reagieren anders, reden anders –, und sich daraufhin ein neues Opfer sucht, weil das, was seiner Meinung nach zwischen Täter und Opfer hätte eintreten sollen, nicht eingetreten ist, weil er seine Fantasie nicht voll ausleben konnte.«

»Ja?«

»Halten wir es dann für wahrscheinlicher?«

»Was?«

»Speiseeis mit Birnengeschmack in einer Tiefgarage in einem sozialen Randbezirk. Eine hochgradig gewalttätige Organisation aus der Welt des Schwerverbrechens, die plötzlich eine Vorliebe für den Fantasiemodus eines hochgradig psychisch kranken Menschen hegt?«

Mariana Hermansson sah Ewert Grens an. Sie hatte ihn vermisst. Das hier vermisst.

»Nein.«

»Ich bin ganz deiner Meinung. Aber trotzdem ist es der Faktenlage nach genau das, wonach wir suchen.«

Sie waren in der Hoffnung hergekommen, etwas anderes zu sehen, etwas anderes zu erkennen als das, was aus den Unterlagen hervorging, auf denen ihre Ermittlung bisher fußte.

Sie sahen nichts anderes. Erkannten nichts anderes.

Sahen nur einen Barschrank in einer Betonwand und leere Tiefgaragenstellplätze.

Die beiden Ermittler der Mordkommission machten sich zu Fuß auf den Weg von Tatort zu Tatort, auch das auf Grens' Wunsch hin. Sie rochen den Geruch verkohlter Autowracks, duckten sich vor dem schneidenden Wind und spiegelten sich in den Schaufensterscheiben leer stehender Ladengeschäfte.

Im Tempo eines in die Jahre gekommenen und hinkenden Kriminalkommissars brauchten sie von Råby Centrum nach Alby Centrum sechsundzwanzig Minuten. Auf dem Weg begegnete ihnen keine Menschenseele. Hier lebten so viele Menschen, in den Hochhäusern wohnten so viele Menschen wie nirgendwo sonst im Land, und trotzdem war niemand auf der Straße oder auf einem der Höfe zu sehen. Alex' Abschiedsruf *Gebt uns tausend Fußbälle!* hallte nach.

»Als du noch nicht da warst, Ewert, habe ich unser Profilerteam zu unserem Täter befragt und eine phänotypische Auswertung des DNA-Profils angefordert. Die Antworten sollten uns bald vorliegen.«

»Ich vertraue DNA nicht so sehr wie du und alle anderen, Mariana.«

»Das weiß ich.«

»Ich vertraue auf Fingerabdrücke und auf Zeugenaussagen.«

»Auch das weiß ich. Aber wir haben weder Fingerabdrücke noch Zeugenaussagen. Wir haben DNA.«

»Ein paar Hautzellen oder Speichel an einem leeren Bierglas kann sich jeder kinderleicht beschaffen und an jedem Tatort deponieren. Einen Fingerabdruck muss man persönlich hinterlassen. Polizeibeamte von heute glauben zu sehr an DNA. Gerichte glauben viel zu sehr an DNA. Die Presse glaubt erst recht viel zu sehr an DNA. Und die Öffentlichkeit glaubt so sehr an DNA, dass es mehr als gefährlich ist. Wenn irgendwo geschrieben steht, dass DNA sichergestellt wurde, ist es gleichbedeutend mit Case closed. Die absolute Wahrheit.«

»Dieses Mal musst du deine Skepsis fallen lassen, Ewert. Niemand deponiert *über Jahre hinweg* das frische Blut eines anderen Menschen auf unterschiedlichen Leichen. Du und ich sind ziemlich gut in der Aufklärung von Tötungsdelikten, und wir wissen beide, dass es nicht so abläuft.«

Ewert Grens blieb exakt dort stehen, wo Råby zu Alby wurde, bei gleicher geisterhafter Ausgestorbenheit.

»Ja. Aber trotzdem.«

Grens stand da, wie um zu zeigen, dass sein ganzes Wesen gegen das, was Mariana gerade gesagt hatte, protestierte. Obwohl er wusste, dass sie recht hatte.

»Ich bin jedenfalls kein so großer DNA-Fan wie du und alle anderen. DNA liefert nur wissenschaftliche Erkenntnisse. Einen kleinen Ausschnitt eines Menschen, mehr nicht. Es liefert kein Motiv oder einen Modus Operandi. Und auch nicht all das andere, worauf sich eine richtige Polizeiermittlung stützen sollte und wovon DNA das genaue Gegenteil ist. Die DNA, Mariana, ist und bleibt ein seelenloses Profil aus zwei Meter langen Molekülen.«

Der nächste Tatort war der mittlerweile zwei Jahre zurückliegenden Mordermittlung zufolge eine Fußgängerunterführung am Rand von Alby. In der Mitte des Gehwegs war im Lauf der Nacht ein junger Mann tot aufgefunden worden, in dessen Venen und Arterien jemand vorab einhundertundsieben verschiedene Flüssigkeiten injiziert hatte. In dem von beiden Enden des Tunnels in die Unterführung hereinfallenden Tageslicht sahen Grens und Mariana nichts als grauen Beton unter Graffiti-Geschmiere, übertüncht von noch mehr Graffiti-Geschmiere, und Grasbüschel mit gelben Löwenzahnblüten, die mit einer Kraft und Zielstrebigkeit, größer als die der Menschheit, am Wegrand durch den Asphalt gebrochen waren.

»Gabriel Milton. Zwanzig Jahre alt. Lange Zeit einer der Anführer einer kriminellen Gruppierung, die sich Råby Soldiers nennt. In den letzten Jahren seines Lebens eher ein Solounternehmer, der mit mehreren Organisationen zusammengearbeitet hat, um große Teile des lokalen Drogenhandels zu kontrollieren.«

»Milton? Habe ich den Namen bisher immer überlesen? Hast du Milton gesagt, Mariana?«

»Ja.«

Ewert Grens ging in die Hocke und strich, genau wie vorhin in der Tiefgarage, mit der Hand über die Stelle, wo die Leiche gelegen hatte.

Hier bist du also gestorben. Neben ein paar Löwenzahnblüten am Wegrand.

»Kennst du ihn?«

»Einer der vielen kleinen Jungs, gegen die wir vor einigen Jahren ermittelt haben. Er hat mit Waffen und Drogen gehandelt, seit er neun war. Wir haben ihm die Chance geboten auszusteigen. Ich habe mich ab und zu gefragt, ob er sie genutzt hat.«

Sie glichen die Wirklichkeit mit dem Inhalt einer umfangreichen Ermittlungsakte ab, die nie zu einem schuldigen Mörder geführt hatte.

Liefen ziellos über die Betonplätze des Viertels.

Lauschten auf Geräusche, die am Ende des Tunnels verklungen waren.

Fragten sich, wo die Vögel geblieben waren.

Und verließen Alby ohne neue Gedanken zu der Geschichte, die die Ermittlungsakte erzählte.

Der dritte Tatort lag in Grens' Tempo achtundzwanzig Gehminuten entfernt, und ungefähr auf halbem Weg, als der Asphalt von Alby zum Asphalt von Fittja wurde, stürzte der Kriminalkommissar zu Boden. Als Mariana ihm zu Hilfe eilte und ihn an einem Arm hochzuziehen versuchte, scheuchte er sie irritiert fort.

»Ich bin nur gestolpert. Geh zur Seite.«

Schwere Beine standen auf. Knackend. Zitternd.

»Das Auge. Manchmal ... Ich vergesse, dass ich nicht in die andere Richtung sehen kann.«

Auf die einzige Bank in Sichtweite. Auf die setzte er sich.

»Wie geht es dir?«

»Hör auf, Mariana.«

Sie senkte die Stimme – so wurde sie stärker.

»Probewoche. Das Wort bedeutet genau das, was es besagt. Und ich segne deine Probewoche ab, Ewert. Ich trage die Verantwortung für dich. Ich berichte unserem Chef, wie deine *Probewoche* verläuft. Ob es dir nun gefällt oder nicht. Also noch mal von vorn: Wie geht es dir?«

»Gut.«

»Gut?«

»Relativ ... gut.«

Die dritte Leiche war vor dem Eingang der Fittjaskolan gefunden worden. Spätabends, ein Schulhof ohne Stimmen.

»Klein Ali. So hat er sich selbst genannt. Ali Vahid Cheshmi, größer und breiter als die meisten. Vermutlich der einzige Akteur in ganz Stockholm, der das volle Vertrauen von so gut wie allen tonangebenden Drogenlieferanten aus dem Osten besessen hat und der in mehreren Transitländern eigene Repräsentanten für Drogenschmuggel platziert hatte. Als er dort lag, direkt vor der Eingangstür, war sein Körper vom Scheitel bis zur Sohle verkohlt. Der Täter hat ihn angezündet und gelöscht, angezündet und gelöscht. Auf jedem Körperteil wurden verschiedene brennbare Substanzen sichergestellt.«

Grens fand eine neue Bank, gab dem Halt, was zitterte, wollte nicht riskieren, ein zweites Mal zu stürzen.

Im Lauf des Morgens hatte er Marianas Zusammenfassung dreier Mordermittlungen gelesen, die erst heute zusammengeführt worden waren, hatte Fotos von Opfern gedreht und gewendet, Tätowierungen und Gangsymbole studiert, um etwas zu entdecken, das sie verband. Hatte das Polizeihandwerk angewendet, von dem er vorhin gesprochen hatte. Ohne einen Schritt weiterzukommen, ohne überhaupt irgendwohin zu kommen. Zu den Morden, verübt im Abstand mehrerer Jahre, hatte es keine Zeugenaussagen noch sonst irgendwelche weiterführenden Hinweise gegeben. Wie immer, wenn es um Hood-Kings in geschlossenen Milieus ging, wo niemand mit den Bullen redete und die Könige ihre eigenen Gesetze machten. Während ein Mord in anderen Umfeldern Befragungen von Freunden, Nachbarn und der Öffentlichkeit nach sich zog, die etwas gesehen und gehört hatten und zur Aufklärung beitragen konnten.

»Sind wir hier fertig, Ewert?«

»Weit davon entfernt, oder?«

Er stand auf, etwas weniger zittrig, für eine achtundzwanzig plus sechsundzwanzig Minuten lange Wanderung zurück, mit dem Gefühl, permanent beobachtet zu werden, von den kleinen Kundschaftern, die von ihren Fahrrädern aus Bericht erstatteten, von den etwas Größeren, die aus der Ferne Fotos machten, und von denen, die hinter in Fenstern hängenden Decken hervorspähten.

Von hier aus war die unsichtbare Mauer ebenso leicht zu sehen. U-Bahngleise und Autotrasse nebeneinander, zwischen zwei Gesellschaften, zwischen zwei Arten von Leben. Sie gingen die Treppe des Tunnels hinunter, der zur U-Bahn-Station führte, und in dem Moment, als sie an dem kleinen Kiosk, der niemals Tageslicht sah, nach rechts abbiegen wollten, erblickten sie durch das Fenster des Ladens einen blutenden Mann.

»Können wir helfen?«

»Nein.«

Im Kiosk befanden sich noch zwei weitere Personen. Größere, in Polizeiuniformen.

Jon und Alex.

»Weil Bekir hier behauptet, dass nichts passiert ist.«

Alex deutete auf den Kioskbesitzer, der, als Grens und Hermansson näher kamen, nicht nur aus einer Kopfwunde blutete, sondern, wie es aussah, außerdem Schläge und Tritte gegen Oberkörper und Beine kassiert hatte.

»Er wurde nicht bedroht. Er wurde nicht zusammengeschlagen. Er hat gar nicht gemerkt, dass heute schon ein Kunde in seinen Kiosk gekommen ist.«

Der Mann, der soeben schwere Gewalt erfahren hatte, eingesetzt, um Macht auszuüben, um ihn dazu zu bringen, genau das zu tun, was der, der mit dem Werkzeug Drohung arbeitete, wünschte, starrte zu Boden und hielt sich dabei am Getränkekühlschrank fest, um stehen zu können.

»Es ist jedes Mal das Gleiche.«

Alex' Wangen waren feuerrot, seine Augen schwarz.

»Diese scheiß Angst. Ein paar wenige nehmen sich das Recht heraus, über alle anderen zu bestimmen, und niemand hat etwas gesehen oder gehört. Menschen, die uns, der schwedischen Polizei, vertrauen, die aber Angst haben, vor dem Gesetz, das hier regiert.«

Mariana trat auf den gekrümmt dastehenden, blutenden Mann zu, zwang ihn dazu, ihr in die Augen zu sehen.

»Er muss ins Krankenhaus.«

Alex nickte und schüttelte den Kopf, gleichzeitig.

»Das will unser störrischer Bekir auch nicht. Er hat lieber Schmerzen und riskiert, dass gebrochene Knochen falsch zusammenwachsen, als die Fragen eines Arztes zu beantworten, der wissen will, was passiert ist. Ein Geschäftsmodell, das in jedem sozialen Randbezirk Wurzeln geschlagen hat und überall Augen und Ohren hat. Entweder du bezahlst – oder du weigerst dich, und dein Leben wird zur Hölle. Entweder du lässt unsere Kuriere in deinem Kiosk Drogen verticken – oder du verriegelst die Tür vor uns, und dein Leben wird zur Hölle. Entweder du hältst dein Maul – oder du sagst gegen uns aus, und dein Leben wird zur Hölle. Wenn andere Geschäftsleute in anderen Stadtteilen die Art Geschäftsmodell aufziehen, von dem Kleinsparer gerne Aktienanteile kaufen, lachen sich alle Beteiligten auf dem Weg zur Bank ins Fäustchen und reden von Win-win. Für Geschäftsleute, die hier ihr Glück versuchen, geht es um Lose-lose. Sie stehen auf verlorenem Posten.«

Jon holte einen Hocker hinter dem Tresen hervor und ließ nicht locker, bis der Kioskbesitzer sich daraufsetzte und Kraft schöpfte, dann bat er Grens und Hermansson, ihm aus dem U-Bahn-Schacht hinauf ans Tageslicht zu folgen.

»Was ihr gerade gesehen habt, ist hier Alltag. Unserer und vor allem ihrer.«

Jon machte eine ausholende Geste über Råby Centrum

und die vielen leer stehenden Ladenlokale und erzählte die erste von zwei Geschichten: über einen Vater und dessen sechsjährigen Sohn, die vor sieben Monaten Hand in Hand in einen der abends geöffneten Krämerläden gegangen waren und zweihundert Gramm von dem Fetakäse gekauft hatten, den sie beide so gerne aßen. Der Vater hatte eben bezahlt und die Einkäufe verstaut, als vier Jungen zwischen zwölf und vierzehn Jahren durch die Tür kamen und zwei Pistolen auf den Inhaber hinter der Kasse richteten. Die Jungen waren mit ihrer Beute, zweitausendsechshundertunddreißig Kronen in einer Plastiktüte, schon auf dem Weg nach draußen, als der Ladeninhaber ihnen nachlief und sie sich noch einmal umdrehten, aufs Neue ihre Waffen hoben, schossen und die Schläfe des sechsjährigen Jungen trafen.

Dann deutete Jon in die entgegengesetzte Richtung, auf die Überreste einer bis auf den Grund abgebrannten Schule, und erzählte von dem Lehrer, der fünf Monate zuvor in der letzten Unterrichtsstunde vor der Mittagspause einen Schlag im Rücken gespürt hatte. Der Junge, ein kleiner und blasser Fünftklässler, hatte ihm schon mehrmals Gewalt angedroht, seinen Worten aber niemals Taten folgen lassen. Diesen Drohungen waren nie große Sachen vorausgegangen. *Setz dich hin. Nimm dein Basecap ab. Mach dein Handy aus. Sieh mich an, wenn ich mit dir rede.* Diesmal spürte der Lehrer Knöchel im Rücken und fuhr herum, fing fest geballte Fäuste ab und hielt den schmächtigen Jungen fest, bis dieser nicht mehr trat, biss oder spuckte. Am nächsten Morgen kam der Fünftklässler in Begleitung seiner älteren Kumpel zurück, die jeder in Råby nur allzu gut kannte. Der Fünftklässler erklärte, der Lehrer habe genau eine Woche Zeit, um ihn um Entschuldigung zu bitten und ihm ein Schmerzensgeld in Höhe von zwanzigtausend Kronen zu zahlen. Zahlte er nicht, würden sie das Klassenzimmer abfackeln. Der Lehrer zahlte nicht. Frühmorgens, sieben Tage später, stand die Schule in Flammen.

Jons Gesicht fehlte die Wut, die Alex' Augen und Wangen gezeigt hatten.

Jons Gesicht spiegelte Trauer. Resignation.

»Alltag. Wir bemühen uns, aber trotzdem: Alltag.«

Sie schwiegen, horchten auf den Wind und die ein- und abfahrenden U-Bahnzüge. Es gab nichts mehr zu sagen. Als Kriminalkommissar Grens und Kriminalinspektorin Hermansson von der Stockholmer Mordkommission zum zweiten Mal auf dem Weg zu einem Bahnsteig waren, auf dem Rückweg zu einer anderen Art Alltag, hielt Grens noch einmal inne.

»Eine Sache noch, Jon. Wegen Michél.«

»Ja?«

»Wie ... Ja ... Also, ich habe ihn noch nicht besucht. Es geht einfach nicht. Ich bin noch nicht so weit, um wieder dorthin zu fahren, an meiner alten Zimmertür vorbeizulaufen.«

»Wir haben uns am Wochenende gesehen. Er war wie immer. Großartig – und gleichzeitig ohne Boden. Er vermisst dich, Ewert.«

Grens lächelte schwach.

»Und ich vermisse ihn. Auch wenn ich nicht das Gefühl vermisse, nicht mehr leben zu wollen.«

Jon erwiderte sein Lächeln. Er verstand.

»Also ... das nächste Mal, wenn du Michél besuchst, grüß ihn. Von seinem alten Freund im Maltesholmsgården, der den Mut aufbringen wird, an seine Tür zu klopfen. Bald.«

»Wir sehen uns, Kommissar.«

Jon hatte einen angenehmen Händedruck, kräftig, ohne zu übertreiben, sie gingen jeder in seine Richtung. Während Jon und Alex ihren Weg in ein Herz aus Gewalt und Verzweiflung fortsetzten, gingen Grens und Hermansson davon, um in der abgeschirmten Wirklichkeit der Flure der Mordkommission zu verstehen, oder es zumindest zu versuchen, wie die Fälle der drei jungen Männer zusammenhingen, die auf Arten ermordet worden waren, die nicht das Geringste miteinander zu tun hatten.

Noch vier Tage (und fünf Nächte) als Polizist.

Kriminalkommissar Ewert Grens hatte beschlossen, mit weit geöffneter Bürotür auf dem Cordsofa zu schlafen. Wenn er nur einige wenige Tage hier verbringen durfte, musste jede Stunde so viel Polizeipräsidium wie möglich beinhalten. Doch zuerst, als in den anderen Dienstzimmern kein Licht mehr brannte, schlich er über Marianas Türschwelle und tat genau das, was ihr so sehr missfiel – er setzte sich auf ihren Schreibtischstuhl. Nicht weil der Stuhl besonders bequem gewesen wäre. Oder weil es verboten war. Oder lustig, ihre Integritätsgrenze zu überschreiten. Lesen, überprüfen, wieder und wieder. Das hatte er vor. Jede Seite in drei Ermittlungsakten, jeden Obduktionsbefund, jede Blutspritzeranalyse und jeden kriminaltechnischen Bericht.

Ein paar Stunden später, kurz nach zwei Uhr nachts und umgeben von leisem Papierrascheln, wurde Grens klar, dass sie in dieser Ermittlung mit dieser Arbeitsweise keinen einzigen Schritt vorwärtskommen würden, dass klassische Polizeiarbeit von jetzt an passé war. Er stand vor einer geschlossenen Welt und brauchte jemanden, der ihm die Tür öffnen konnte – und er wusste genau, wer dieser Jemand sein würde.

Er stand auf, um in sein Büro zurückzugehen und anschließend zu den Hoffmanns zu fahren, als direkt vor ihm ein Pling ertönte. Laut und durchdringend. Auf Marianas Computerbildschirm blinkte das Symbol einer neuen E-Mail-Nachricht.

Absender: Nationales Forensisches Centrum. Betreff: Phänotypische DNA-Analyse.

Jetzt? Mitten in der Nacht?

Grens bezwang den Impuls, sich wieder auf Marianas Stuhl zu setzen, klaubte stattdessen die Ermittlungsunterlagen zusammen und trug den Stapel in sein Büro, um seine Aktentasche zu packen und in Richtung Auto zu gehen.

Doch das war unmöglich.

Er konnte weder seine Tasche packen noch dem Präsidium den Rücken kehren.

Die E-Mail in ihrem Büro. Mit neuen Informationen. Die in Marianas Postfach lagen und ungenutzt auf dem Bildschirm warteten.

Grens hastete zurück. Wenn schon ein anderes Arbeiten gefragt war – er kannte Marianas Passwort, so, wie sie seines kannte. Ewert Grens loggte sich mit Mariana Hermanssons Identität in ihr Postfach ein, sich sehr wohl darüber im Klaren, dass er – wenn es für Mariana schon ein Problem darstellte, dass sich jemand auf ihren Schreibtischstuhl setzte – in diesem Moment ein noch viel größeres Problem schuf.

Der Kriminalkommissar starrte auf die noch ungeöffnete E-Mail.

Phänotypische DNA-Analyse.

Ein recht grobes Instrument im Werkzeugkasten eines Mordermittlers, das ihm aber bei festgefahrenen Fällen hin und wieder die richtige Richtung gewiesen hatte: den Weg zum biogenetischen Ursprung der Tatperson mit Merkmalen wie Haar- oder Augenfarbe, den Weg zu dem Teil der Welt, aus dem das betreffende DNA-Profil wahrscheinlich stammte. Das ihn aber bei anderen Gelegenheiten wiederum in die Irre geführt und ihn weiter von der Lösung entfernt hatte; wie in dem Fall der Frau mit afrikanischen Wurzeln, die in Schweden folterähnliche Praktiken ausgeübt hatte und die Tochter koreanischer Eltern gewesen war; wie bei dem Mann, der in Norrland mehrere Frauen vergewaltigt hatte und laut DNA-Analyse braune Haare haben sollte, sich am

Morgen seiner Festnahme jedoch als grauhaarig erwies, weil er mittlerweile älter geworden war.

Man konnte sich nicht darauf verlassen.

Grens klickte die Betreffzeile der E-Mail an und beugte sich vor.

DIE <u>HAARFARBE</u> DER TATPERSON IST MIT HOHER WAHRSCHEINLICHKEIT IN DER BREIT GEFÄCHERTEN BLOND-SKALA ANGESIEDELT, IN DIE FÜNFZIG BIS ACHTZIG PROZENT ALLER SKANDINAVIER FALLEN.

Ewert Grens sackte auf Marianas Stuhl ein wenig zusammen.

Er hätte die verfluchte E-Mail nicht öffnen sollen.

DIE <u>AUGENFARBE</u> DER TATPERSON WIRD MIT HOHER WAHRSCHEINLICHKEIT ALS BLAU VERANSCHLAGT, DEM IN NORDEUROPA DOMINIERENDEN IRISTYP.

Er arbeitete an einem Fall und setzte seine Hoffnung in eine Ermittlung, die auf der Stelle trat. Sie suchten einen gesichtslosen Mörder mit dem mit Abstand häufigsten Erscheinungsbild, das man in diesem Teil der Welt finden konnte.

Noch vier Tage als Polizist.

»Warst du heute Nacht in meinem Büro?«
Er war offensichtlich eingeschlafen. Zu guter Letzt. Auf dem zu weichen Cordsofa.
»Warst du in meinem Büro, Ewert?«
Jetzt stand jemand in seinem Büro und zog leicht an seinem Bein.
»Und als du da warst, hast du da gleichzeitig die Gunst der Stunde genutzt, dich eine Weile auf meinen Schreibtischstuhl zu setzen?«
Mariana.
»Und wo du schon einmal darauf saßt – *hast du auch noch Lust bekommen, meinen Computer hochzufahren, dich mit meinem Passwort in mein E-Mail-Postfach einzuloggen und eine meiner ungelesenen Nachrichten zu lesen?*«
Sie sah nicht erfreut aus.
»Guten Morgen, Mariana.«
»*Ewert.*«
»Vielleicht.«
»*Vielleicht?*«
»Ich dachte, du würdest es vielleicht nicht merken.«
Aber sie hatte es gemerkt.
Grens ahnte, dass das Marianas Fazit, wie er sich in seiner Probewoche führte, nicht verbessern würde.
»Ich hatte das Gefühl … dass es eilt. Das Gefühl habe ich noch immer. Ich höre und sehe und spüre, dass die Zeit läuft. Vier Tage, um drei Morde zu lösen. Meine Chance, um … Meine einzige Chance.«
Ewert Grens erhob sich, Rücken und Hüfte schmerzten von einem Möbelstück, das weder Polsterfüllung noch

Sprungfedern besaß. In der nächsten Nacht würde er auf dem Fußboden schlafen. Der Cordstoff und er waren zu alt füreinander geworden.

Mariana ließ eine dicke Akte auf seinen Couchtisch fallen und befahl ihm aufzustehen, während sie zum Getränkeautomaten ging, zwei Becher Kaffee holte und sich in seinem Büro anschließend demonstrativ auf den richtigen Stuhl setzte. Den Besucherstuhl.

»Die Auswertung der Verwandtschaftsanalyse ist heute Nacht gekommen. Fünfunddreißig DNA-Profile. Du warst nicht der Einzige, der gearbeitet hat – aber ich saß am Küchentisch.«

»Gleich. Nur eine …«

Er lächelte – dieses schiefe Lächeln, das alles, was es umgab, fehl am Platz wirken ließ.

»… andere Sache vorweg: Ja.«

»Ja?«

»Du hast gestern gefragt, wie es mir geht. Als ich auf dem Weg zur Fittjaskolan gestürzt bin. Und – ja. Es geht mir relativ gut. Aber das hier …«

Der Kriminalkommissar strich sich mit den Händen übers Gesicht. Über die Augenklappe und über die Haut, die eigenartig spannte.

»… werde ich wohl behalten. Genau so, wie es ist.«

Er wartete darauf, dass sie etwas erwiderte. Sie tat es nicht.

»Weil mir klar geworden ist, dass ich nicht wieder zu meinem alten Ich zurückkehren will. Wenn mein Äußeres verändert bleibt, bleibt es mein Inneres vielleicht auch.«

Sie schwieg weiter.

»Hallo? Mariana?«

»Ja?«

»Ich habe auf einen geeigneten Moment gewartet, um dich zu fragen, wie du darüber denkst, du nimmst kein Blatt vor den Mund. Und jetzt ist ein geeigneter Moment. Weil du schon wütend bist. Also sag, wie es ist: dass ich ein Idiot bin. Dass ich mir die Haare kämmen und einen neuen Krankenhaustermin vereinbaren soll.«

»Du bist ein Idiot.«

»Und?«

»Aber wenn du dich so magst, mag ich dich auch so.«

Grens lächelte, wieder. Schief, verrenkt. Damit stand es fest. Sogar Mariana, die immer sagte, was sie dachte, fand, dass er so aussehen konnte, wie er nunmehr eben aussah.

»Sind wir durch mit dir, Ewert? Mit dem Thema, wie wir schöner werden? Wenn ja, dann Folgendes: Ich glaube, dass ich heute Nacht alles eingekreist habe, was die Verwandtschaftsanalyse ergeben hat. Jedes kleinste Chromosom, das uns einen Hinweis geben kann.«

Mariana nahm den Papierstapel aus der Akte auf dem Couchtisch und wedelte damit. Mit fünfunddreißig DIN-A4-Seiten mit verschiedenen DNA-Profilen.

»Aber ich will trotzdem, dass du dir die Auswertungen ansiehst. Vielleicht siehst du etwas anderes, kommst auf einen anderen Gedanken.«

Mariana führte ihn ausführlich durch die insgesamt fünfunddreißig Kandidaten, die das Kriminallabor aus der DNA-Datenbank herausgefiltert hatte. Die familiäre DNA-Analyse war ein weiteres grobes Werkzeug, wenn sonst alles stillstand, das verurteilte Straftäter mit DNA-Profilen auflistete, die dem Profil der gesuchten Tatperson ähnelten. Das musste nicht zwangsläufig bedeuten, dass es ein einziges Profil mit engem Verwandtschaftsgrad zur Verdachtsperson gab – lediglich, dass es eines geben *könnte*. Und genau da begann die Arbeit der Polizei. Hintergrundkontrollen. Nachforschungen in der Familenstruktur ausgewählter Kandidaten, um der Reihe nach nicht miteinander verwandte Personen auszuschließen, die rein zufällig Übereinstimmungen mit dem gesuchten Täterprofil aufwiesen. Und um vielleicht, gesetzt den Fall, dass nach dem Ausschlussverfahren noch ein Profil übrig blieb, der Lösung des Falls einen Schritt näher gekommen zu sein.

Damit hatte Mariana sich heute Nacht an ihrem Küchentisch befasst.

Und Ewert Grens befasste sich nun ein zweites Mal damit.

Den Rest des Morgens. Während des Vormittags. Die Mittagszeit über, den Nachmittag und Abend hindurch. Bis er nach einem Mitternachtssnack – einem in Plastikfolie eingewickelten Käsesandwich, einem Mazariner in einem Aluförmchen und zwei Bechern Automatenkaffee – schlussfolgerte, was Mariana Hermansson bereits geschlussfolgert hatte: Dreiunddreißig der fünfunddreißig DNA-Profile bereits verurteilter Straftäter fielen unter den Tisch, zwei andere, die *möglicherweise* in verwandtschaftlicher Beziehung zum Verdächtigen standen, gaben Anlass zur Hoffnung.

Profil Nummer eins, ein in Stockholm gemeldeter Mann in den Siebzigern, hatte eine lange Gefängnisstrafe in Kumla und in Hall abgesessen. Seine Eltern und Geschwister lebten nicht mehr, aber es gab zwei Söhne, der eine wohnte in Kopenhagen, der andere im Osten der USA.

Der zweite verbliebene Kandidat, ein vor wenigen Tagen achtundfünfzig Jahre alt gewordener Mann, der seine Zeit in Freiheit wie seine Gefängniszeit in Norrland verbracht hatte, hatte sowohl Eltern, Geschwister als auch sein einziges Kind verloren, eine Tochter, die vor zwei Jahren verstorben war. Die Tochter aber hatte einen Sohn bekommen, der aktuell in Stockholm wohnte.

Drei Nachkommen, drei mögliche Täter.

Ewert Grens' erster Anruf ging an die Kopenhagener Polizei, genauer, an Jacob Andersen bei der Abteilung für personengefährdende Kriminalität, ein fähiger, aber aus dem Schlaf gerissener und daher nicht ganz glücklicher Ermittler, mit dem Grens in den vergangenen Jahren häufiger zusammengearbeitet hatte, wenn die Organisierte Kriminalität Ländergrenzen verwischte. Sein zweiter Anruf ging an die schwedische Abteilung von Interpol und hatte ein internationales Hilfegesuch zum Inhalt, gerichtet an das Boston Police Department, mit der Bitte, einer Adresse in Massachusetts einen Besuch abzustatten. Der dritte Anruf endete bei einem Stockholmer Kriminaltechniker, der nach einem langen Arbeitstag soeben seinen nächtlichen Spaziergang nach Hause angetreten hatte.

Nach ein bisschen Überredungskunst war es Grens gelungen, alle Beteiligten davon zu überzeugen, sein Anliegen zu priorisieren – umgehend Bett, Schreibtisch oder Heimweg zu verlassen, um mit Plastikhandschuhen bekleidet und mit Wattestäbchen für Speichelproben in den Händen an drei Wohnungstüren zu klopfen und zwei Söhnen und einem Enkel von verurteilten Straftätern eine DNA-Probe abzunehmen.

Sollte sich nach Auswertung der DNA-Proben herausstellen, dass einer der verurteilten Straftäter in verwandtschaftlicher Beziehung zum Verdächtigen stand, würde sich die Anzahl möglicher Täter drastisch verringern.

Von allen Menschen auf so gut wie keinen Menschen.

Von der Mehrheit der Einwohner Nordeuropas, wie das Ergebnis der ersten phänotypischen Auswertung gelautet hatte, auf ein einziges Individuum, auf das sie ihre Mörderjagd konzentrieren konnten.

Noch drei Tage (und vier Nächte) als Polizist.

In dieser Nacht schlief der Kriminalkommissar nicht. Es gab keine Ruhe. Ziellos fuhr er im Auto durch ein schläfriges Stockholm. Eine Wurst mit Kartoffelbrei am Imbiss am Medborgarplatsen. Eine Tasse Kaffee im rund um die Uhr geöffneten Café in der Roslagsgatan. Eine halbe Stunde am Aussichtspunkt in der Fjällgatan, ein Blick über die Bucht, über die Häuserdächer, zum Horizont. Er überquerte den Torsplan und die Brücke über die E4, parkte am Stockholmer Nordfriedhof und wanderte in der Friedhofsdunkelheit über sauber geharkte Kieswege zu der Bank vor dem kleinen Rechteck in der Rasenfläche, das gerade so weit vom Lichtkreis einer Gehweglaterne erhellt wurde, dass er den Namen auf dem schlichten Holzkreuz lesen konnte. Anni Grens. In den ersten Jahren hatte er sich nicht hierhergewagt, aus Angst vor dem, was bereits eingetreten war. Dann kam er eine Zeit lang jeden Tag, mehrmals täglich. Mittlerweile besuchte er Anni einmal die Woche, wenn es sich gut anfühlte. Nur Anni und er, und alles, was sie gewonnen, nie, was sie verloren hatten.

Anschließend fuhr er nach Westen, wie zuletzt, als er nicht gewusst hatte, wohin sein Weg ihn führen würde. Von einem Menschen, der nicht mehr lebte, zu einem Menschen, der noch lange leben würde. Genau wie er selbst. Ein Teil von ihm war erloschen, während ein anderer weitermachen wollte – und es immer tun würde.

Kurz hinter Jakobsberg bog er in Richtung Viksjö und in Richtung des Reihenhauses ab, das von der Straße aus zu sehen war. Vor dem er bei seinem ersten Versuch gehalten und zum Fenster im zweiten Stock hinaufgeblickt hatte, vielleicht eine Lampe hatte angehen sehen, vielleicht leise Musik gehört hatte.

Er sollte mit ihr reden. Erklären, dass es seine Schuld war. Weil er der Erwachsene war und sie das Kind. Weil es ihre Mutter gewesen war, die ihn getäuscht und ihm den Lebenswillen genommen hatte. Als Tochter traf sie keine Schuld. Sie war ein kleines Mädchen, das keinen Vater hatte und ihn als Patenonkel und zusätzliche Bezugsperson in seinem Leben akzeptiert hatte.

Er sollte ihr erklären, dass er verstand, warum sie ihn hasste, weil er selber gehasst hatte. Sich selbst.

All das sollte er Elin sagen. Jetzt.

Grens stieg aus dem Wagen und ging durch eine Nacht, die hier, weit entfernt von den Lichtern der Großstadt, dunkler war, auf die Eingangstür des Hauses einer Pflegefamilie zu, die das getan hatte, wozu er nicht imstande gewesen war. Er wollte eben klingeln, als seine Hand vor dem Klingelknopf innehielt. Er war ein Idiot. Mariana hatte es gesagt. Und nur ein Idiot weckte ein ganzes Haus auf, in dem ein Mädchen schlief, das ihm vielleicht eines Tages wieder vertrauen würde.

Grens setzte sich auf die einzige Treppenstufe.

In der Tasche seines Jacketts steckte ein zusammengefaltetes Blatt mit leerer Rückseite, in seiner Hemdtasche ein Stift.

Er würde einen Brief schreiben.

Hatte er je zuvor einen Brief geschrieben? Wenigstens an Anni?

Er redete mit Leuten. Sah Leuten in die Augen. Gefühle, die er selbst nicht verstand, auf Papier auszubreiten, war für ihn immer unmöglich gewesen, und trotzdem war es das, was er nun tat. Er presste das Blatt Papier auf sein Knie und erklärte mit zitterndem Bleistift all das, was er längst hätte sagen sollen, schob das Blatt anschließend in die Ritze zwischen Tür und Rahmen und war für einen kurzen Moment beinahe ruhig.

Als er zurück nach Stockholm und weiter nach Enskede fuhr, zu einem anderen Haus mit einem vorübergehenden Bett, wurde es bereits hell. Noch zwei Stunden, bis die Familie Hoffmann frühstücken würde. Zeit genug, um Eier und Kaffee zu kochen und drei Müslisorten in verschieden große Joghurtschalen zu füllen.

Noch drei Tage als Polizist.

Ewert Grens hörte nicht mehr das Geklapper von Messern, die gegen Porzellan stießen, sah nicht mehr die klebrigen Flecken von Marmeladenlöffeln oder Käsehobeln, die auf den Boden gefallen waren, merkte nicht mehr, wie der Tisch vor und zurück wackelte, je nachdem, wer sich nach dem Brettchen mit der Leberpastete streckte. Familie. Es gefiel ihm so sehr. Er hatte nie eine Familie gehabt und nie den Sinn dahinter verstanden, aber morgens hier zu sitzen, als Teil des Alltagschaos der fünf Hoffmanns, war mit das Schönste, was er je erlebt hatte.

Nicht ein einziges Mal war er in dem Monat, der seit seinem Einzug bei den Hoffmanns vergangen war, kurz davor gewesen, panisch seinen Koffer zu packen und das Weite zu suchen, hin zu Einsamkeit und Nirgendwo, um nicht unter Menschen und irgendwo sein zu müssen. Wie es seine Gewohnheit war. Wie es seine Gewohnheit sein sollte. Aber hier ging es um mehr als um eine schwarze Augenklappe und ein Gesicht, das Kunden in der Schlange an der Supermarktkasse erschreckte. Er *hatte* sich verändert. Und wusste noch nicht so recht, wie er mit dieser Veränderung umgehen sollte. Ebenso wie mit der Tatsache, dass Piet und Zofia vor ihm saßen und sich fragten – wie wohl auch Hugo –, was er heute Nacht gemacht hatte. Und die Nacht davor. Eine Frage, die sie nicht stellten, weil es seine Sache war, sie zu beantworten.

»Mein Bett. Das Rasmus' Bett ist.«

Rasmus und Klein-Luiza hatten Frühstückstisch und Küche verlassen und hörten im Wohnzimmer etwas aus der Welt der Kinderspiele und nicht das, was hin und wieder ganz und gar unwirklich klang.

»War zwei Nächte lang leer.«

Hugo. Ja, auch er hatte sich Gedanken gemacht. Grens sah es jetzt, an Hugos Augen, die so oft die Verantwortung für andere übernahmen, auf eine Art, wie es nur Erwachsene tun sollten.

»Aber ihr müsst euch keine Sorgen machen. Hörst du, Hugo? Zofia? Piet? Ich verspreche es. Es geht mir gut. Ich habe nur keine Zeit zu schlafen. Und *wenn* ich schlafe, schlafe ich nicht hier. Nicht in den kommenden drei Nächten.«

Hugo war nicht überzeugt. Auch das konnte Grens sehen. Hugo war sein Freund, und Freunde verdienten Vertrauen. Aufrichtigkeit.

»Habt ihr Zeit, mir zuzuhören? Oder habt ihr es eilig? Müsst ihr zur Schule? Zur Arbeit?«

Vermutlich mussten sie das. Wie jeden Morgen war jedes Mitglied der Familie Hoffmann irgendwohin unterwegs. Aber sie blieben sitzen. Und Ewert Grens erzählte.

Von drei Leichen, die zu unterschiedlichen Zeitpunkten im selben weitläufigen Stockholmer Vorortbezirk aufgefunden worden waren und die ein und derselbe Mörder verband, aber kein anderes Detail. Hin und wieder hielt er in seiner Erzählung inne und suchte Piets und Zofias Blicke, um sich zu vergewissern, ob Hugo wirklich weiter zuhören sollte. Sie nickten jedes Mal. Hugo sollte Bescheid wissen. Solange ihr ältester Sohn verstand und miteinbezogen wurde, konnte er mit der Wahrheit umgehen und beruhigt sein; Hugos Welt geriet aus den Fugen, wenn Grenzen undeutlich wurden, Routinen sich änderten und das Sichtbare sich zu Schatten wandelte. Also erzählte Grens weiter. Von seiner Probezeit. Dass andere seine Fähigkeiten anzweifelten, die Hölle anderer Menschen aufzuklären. Dass Entscheidungsträger in Kronoberg wollten, dass er seinen Dienstausweis zerschnitt und zum letzten Mal aus den Türen des Präsidiums trat. Dass ihm nur noch wenige Tage blieben, um zu beweisen, dass er in Ordnung war und dass die schwedische Polizeibehörde ein besserer Platz war, wenn einer ihrer ältesten Angestellten weiter im Dienst blieb.

Versteht ihr?

Der Mörder.

Ist der Schlüssel.

Meine Chance, bleiben zu dürfen.

Er schenkte Kaffee nach, fragte, ob Hugo Orangen- oder Apfelsaft trinken wolle, wartete, bis das Leitungswasser eiskalt war, bevor er Piets Glas füllte und es ihm reichte.

»Aber ohne Hilfe schaffe ich es nicht.«

Seine Stimme veränderte sich. Sie hörten es. Der Kriminalkommissar, mit dem sie Stück für Stück gelernt hatten auszukommen, den sie nach und nach akzeptiert hatten und als Freund, inzwischen sogar als Familienmitglied ansahen, war gehetzt.

Verzweifelt. Voller Angst.

»Sonst ...«

Grens versuchte sich an dem verrenkten Lächeln, an das sie sich auch allmählich gewöhnten.

»... muss ich für immer bei euch wohnen bleiben. Stehe euch abends beim Zähneputzen vor dem Waschbecken im Weg. Laufe durch den Flur und ...«

Er verlor den Faden. Das schiefe Lächeln geriet noch ein wenig schiefer.

Wie wenn hilflose Versuche, einen Witz zu machen, in Trauer übergehen.

»Ich glaube ... Ohne das hässliche Polizeipräsidium, ohne Ermittlungen, ohne ... ja, alles, bin ich niemand.«

Grens stand auf, abrupt, der Tisch kippte zur Seite, und Zofia fing ihre Kaffeetasse gerade noch auf halbem Weg zum Boden auf.

»Meine Probewoche. Ich kann diese verfluchten Morde aufklären! Das weiß ich! Ich kann zeigen, dass ... Mit ein bisschen Hilfe. Deiner Hilfe.«

Grens meinte Piet, wandte sich aber an Zofia. Er hatte schon bei anderen Gelegenheiten um die Expertise ihres Mannes gebeten, hatte sogar gedroht und erpresst, um sie nutzen zu können, und es hatte damit geendet, dass Zofia ihn gebeten hatte, ihr Haus für immer zu verlassen. Dann blickte Grens zu Hugo, der so klug und besorgt war, der so oft geflüstert hatte *Ewert, ich weiß, dass es gefährlich ist*, wenn Grens die Hilfe seines Vaters als Krimineller und V-Mann eingefordert hatte, *Ich weiß auch, dass die Gefahr zu uns kommt, zu uns nach Hause.*

Eine Frau und drei Kinder.

Vier Mitglieder einer Familie, die gezwungen gewesen waren, die Entscheidungen des fünften Familienmitglieds mitzutragen.

Besuche in Hochsicherheitsgefängnissen, Todesdrohungen, ein Leben auf der Flucht, versteckt in einem südamerikanischen Safe House, mitansehen zu müssen, wie ihr schwedisches Zuhause in die Luft gesprengt wurde.

Jetzt erst wandte Grens sich an Piet.

»Es ist deine Welt, Piet.«

»Es *war* meine Welt, Ewert.«

»Mafia. Gangmitglieder. Einzelne Akteure in losem Verbund mit kriminellen Netzwerken. Trotzdem: tot. Ermordet. Meine Welt ist es, gegen sie zu ermitteln. Zu verstehen, wie sie gestrickt sind, ist immer noch deine Welt.«

Verzweifelt. Der Kriminalkommissar war es wirklich.

»Diese Kompetenz fehlt meinen Kollegen im Präsidium.«

Aber nicht aus Angst. Sondern aus Panik. Tatsächlich alles zu verlieren.

»Du hast sie. Mit mir, dem Bullen, spricht niemand. Ich

stehe vor geschlossenen Türen. Aber ich muss Zugang bekommen, um vorwärtszukommen, auf andere Art als sonst. Es wäre nicht das erste Mal, Piet. Wir haben uns schon früher geholfen.«

Ewert Grens war nach Bogotá gereist und hatte unter Lebensgefahr mit Drogenkartellen um das Leben der Familie Hoffmann verhandelt, er war nach Westafrika gereist und hatte damit gedroht, Piets Fingerabdrücke in einen Drogenprozess einzuschleusen, wenn seine Gefälligkeit nicht vergolten werden würde. Nach Albanien war Piet Hoffmann allein geflogen und hatte seine Hinrichtung riskiert, ebenso wie er auf sich allein gestellt an die US-amerikanische Westküste geflogen war, während Grens parallel auf einer dänischen Insel ermittelt hatte.

Bei dieser Reise ging es nur um wenige Kilometer.

Und um den Rest von Ewert Grens' Leben.

»Piet?«

Wie leise ein Frühstückstisch werden konnte. Wie laut die Atemzüge von vier Menschen klangen.

»Ewert – du weißt, wie es läuft. Eine Gruppe zu infiltrieren, dauert Monate, Jahre.«

»Ich hatte sieben Tage. Jetzt sind es nur noch drei.«

»Du weißt, dass nur ein langer Zeitraum zum Erfolg führt. Drei Tage sind keine Infiltration. Nicht genug Zeit, um Vertrauen aufzubauen, um die internen Codes und Strukturen der Gruppe zu lernen und sie zu nutzen, all das, was zu Schutz wird. Drei Tage sind möglicherweise eine Provokation, und deshalb sehr viel gefährlicher.«

»Zweiundsiebzig Stunden, ab jetzt.«

»Und danach?«

»Es gibt kein Danach.«

***

Sie blieben lange am Frühstückstisch sitzen.

Hugo und Rasmus packten ihre Rucksäcke und machten sich auf den Weg zur Schule, während Luiza weiter im Wohnzimmer spielte und regelmäßig in die Küche getapst kam, um zu kontrollieren, dass die Erwachsenen noch auf ihren Plätzen saßen.

Grens schenkte Kaffee nach und spürte, wie seine Panik ein klein wenig nachließ. Dieses Mal musste er weder flehen noch drohen oder erpressen.

Weil Piet und Zofia schon darüber gesprochen hatten, in den Wochen, als er nicht ansprechbar in der Akutpsychiatrie des Sankt-Göran-Krankenhauses gelegen hatte, und in den Monaten, als er im Maltesholmsgården Schritt für Schritt gesund geworden war.

Über das Risiko, dass er – ohne Dienstausweis und Dienstpistole – zurück in den Abgrund stürzen könnte.

Weil jeder Mensch etwas braucht, das ihm Halt gibt, und alles, was Ewert Grens Halt gab, befand sich in seinem Dienstzimmer im Polizeipräsidium.

Weil man, um sich erinnern zu können, wer man war, wissen musste, wer man ist.

Aber vor allem waren Piet und Zofia sich darüber einig gewesen, dass es ihre Verantwortung war, Ewert Grens zu geben, was auch immer er brauchte. Er hatte ihnen das Leben gerettet. Mehr als ein Mal. Und wenn einem einmal das Leben gerettet worden wurde, steht man in der Schuld des Retters, seinerseits Lebensretter zu sein.

Als Zofia deshalb Grens' Hand nahm und erklärte, dass weder sie noch Hugo, noch Piet irgendwelche Einwände hatten, dass die Familie Hoffmann ihren Schwur, Piet niemals wieder undercover arbeiten zu lassen, aussetzte, als sie versprach, dass Piet ihn unterstützen würde, solange ihm derselbe Schutz und dieselben Garantien hinsichtlich Straffreiheit zugesichert wurden wie bei seinen früheren Aktionen, ließ nicht nur Grens' Panik nach, er fühlte sich auch sehr viel weniger allein. Und als Zofia seine Hand kurz darauf wieder losließ – weil sie wusste, dass er gelernt hatte, Berührungen zu akzeptieren, aber nicht allzu lange –, war er bereits auf dem Weg zu seinem Auto. An diesem Morgen war Grens derjenige, der in Richtung Innenstadt fuhr, und Hoffmann derjenige, der auf dem Beifahrersitz saß.

Grens parkte in der Polhemsgatan. Von dieser Seite war es leichter, sich ins Präsidium zu schleichen, unbemerkt die verschiedenen Abteilungen zu passieren und in den Flur der Mordkommission zu gelangen. Er wollte nicht gesehen werden und erst recht nicht mit jemandem sprechen. Die Ermittlungsakten lagen in Marianas Büro. Der Kriminalkommissar näherte sich vorsichtig, wollte sichergehen, dass sie noch nicht da war, ließ drei Mappen in seiner Aktentasche verschwinden und hastete zum Kopiergerät. Kurz darauf existierte jede Ermittlungsakte in zweifacher Ausführung. Grens legte die Originale wieder auf Marianas Schreibtisch und nahm denselben Weg zurück, den er gekommen war.

»Hier. Das ist alles, was wir wissen.«

Er rutschte auf den Fahrersitz und platzierte die Aktentasche auf Hoffmanns Knien.

»Lies, und anschließend setzt du die Methoden ein, die dir am sinnvollsten erscheinen.«

»Und mich gibt es nicht – wie üblich?«

»Du hast keinen offiziellen Ermittlungsauftrag. Nicht von mir und vor allem nicht von der Polizeibehörde.«

»Und nur zur Sicherheit, Zofias Frage heute Morgen, auf die ich keine deutliche Antwort gehört habe: Ich werde Straftaten begehen, um in die Nähe von Menschen zu gelangen, die Straftaten begehen; und wenn ihr davon erfahrt, wenn etwas passiert, dann löst ihr auch das wie üblich?«

»Nein.«

»Nein?«

»Diesmal nicht.«

»Ewert?«

»Es geht nicht.«

»Wilson hat meinen Namen dutzendfach von Verdächtigenlisten und Listen mit Namen festgenommener Straftäter gestrichen, Beweise manipuliert, um Ermittlungs- und Gerichtsverfahren zu umgehen. Genau wie du es getan hast. Weil ich euch nur in Freiheit genützt habe.«

»Dieses Mal tust du es einzig und allein für mich, Piet. Und ich bin nur noch drei Tage lang Polizist. Selbst wenn wir den Fall aufklären, ist meine Probezeit im Anschluss vorbei, und ich muss die offizielle Entscheidung abwarten, ob ich weitermachen darf. Falls du in der Zwischenzeit unter Verdacht gerätst, weil du auf dem falschen Bild auftauchst oder deine Fingerabdrücke irgendwo hinterlassen hast, wo sie nicht sein sollten, werde ich nicht im Präsidium sein, um dich zu retten.«

»Du sagst also …«

»Dass dein Name diesmal nicht wie von Zauberhand von den Fahndungslisten verschwindet, solltest du so dilettantisch sein, dich schnappen zu lassen.«

»Was du sagst, ist, dass ich deinetwegen riskiere, für viele Jahre in den Knast zu wandern!«

»Piet, ich weiß es zu schätzen, wenn du zustimmst, mir zu helfen. Es ist sogar alles entscheidend. Aber gerade habe ich genug damit zu tun, meine eigene Stellung zu halten.«

»Und das hast du vorhin am Küchentisch *vergessen* zu erwähnen? Das ändert alles. Dass wir es dir als Familie schuldig sind, dich zu retten, weil du uns gerettet hast, reicht vor diesem Hintergrund nicht ansatzweise aus. Wenn ich eine Anklage riskiere, eine Verurteilung und …«

»Lies, Piet.«

»Es spielt keine Rolle, was in den Akten steht.«

»Lies – und tu anschließend, was du tun möchtest.«

»Unter diesen Voraussetzungen mache ich keinen Schritt. Nicht für dich und auch für sonst niemanden. Such dir einen anderen Verrückten.«

»Ich verstehe, wenn du es nicht machen willst, Piet.«

Draußen war es windig, leichter Nieselregen sprenkelte die Windschutzscheibe.

Grens ließ den Motor an und wollte eben losfahren, als sein Handy klingelte.

»Ja?«

»Ewert – wo bist du?«

Mariana saß in ihrem Büro und hatte wahrscheinlich bemerkt, dass der Inhalt der Ermittlungsakten nicht mehr exakt genauso lag, wie sie ihn zurückgelassen hatte, und ahnte seine frühere Anwesenheit.

»Was ... ja, möchtest du?«

»Die Cold-Case-Abteilung.«

Die Cold-Case-Abteilung? Also hatte sie noch nicht bemerkt, dass er sich ihre Unterlagen ausgeliehen hatte.

»Was ist damit?«

»Ich will, dass du mich da triffst.«

»Weil?«

»Die Kollegen haben sich bei mir gemeldet. Wieder. Es geht um einen vierten Mord.«

»Was?«

»Spuren vom *selben* Täter.«

***

Sie trafen sich an dem Eingang des Polizeipräsidiums, durch den Grens sich vor wenigen Minuten hineingeschlichen hatte.

Umgeben von der gleichen Art Stille wie im Auto, als habe er sie von dort mitgenommen.

Vielleicht waren sie verwirrt. Vielleicht hatten sie Zweifel.

»Wir hatten drei Tage, um drei Morde aufzuklären.«

Vielleicht hatten sie schlicht und einfach resigniert.

»Eben ist ein weiterer Mord hinzugekommen.«

Ewert Grens sah Mariana Hermansson an.

»Aber ich bekomme keine weiteren Tage.«

Sie hatten mit den Kollegen und Kolleginnen der Cold-Case-Abteilung schon in mehreren Ermittlungen zusammengearbeitet. Kluge Köpfe, die Muster erkannten, die andere übersehen hatten, die hartnäckig blieben, wo andere aufgegeben hatten. Liz Fleming war klüger und hartnäckiger als Grens und Hermansson zusammen, und als sie Grens und seine Kollegin im fünften Stock an der Fahrstuhltür in Empfang nahm und sie in einen Besprechungsraum führte, damit sie sich zweiundzwanzig vergrößerte Fotos ansahen, die den Tisch unter sich verbargen, blieb weder Raum für Verwirrung noch für Zweifel. Auf drei Leichen war eine vierte gefolgt.

»Calciumsulfathydrat. Wasser. Und ein dünner Strohhalm.«

Liz Fleming schob ihnen die Fotos der Reihe nach hin.

»Das Opfer – ein zweiundzwanzigjähriger Mann namens John Vanzi, wohnhaft in Norsborg – wurde erstickt. Die Aufnahmen zeigen deutlich, wie.«

Grens und Hermansson saßen Schulter an Schulter, lehnten sich an jemanden, der sich anlehnte, und betrachteten jedes Foto ausgiebig, trotz der Tatsache, dass der Hergang nur eine einzige Deutung zuließ.

Ein Mensch wird bewusstlos geschlagen, stumpfe Gewalteinwirkung gegen den Hinterkopf.

Fertig zurechtgeschnittene Gipsbinden werden in lauwarmem Wasser aufgeweicht und anschließend Körperteil für Körperteil, Schicht für Schicht aufgetragen, bis der nackte

Männerkörper von oben bis unten eingegipst ist, nur über dem Mund bleibt eine kleine Aussparung, aus der ein schmaler Strohhalm ragt.

Herkömmlicher Gips benötigt vierundzwanzig Stunden, um vollständig auszuhärten, und der Täter wartet geduldig ab – denn noch soll niemand sterben.

Das Opfer kommt in einem Sessel in seinem eigenen Wohnzimmer wieder zu Bewusstsein, und der Täter sitzt ihm direkt gegenüber. Treibt er gepflegte Konversation? Isst er Popcorn und redet belangloses Zeug, während der Gips fest wird, tauscht er sich über das Herbstwetter aus, mit einem Gesprächspartner, der nicht antworten kann? Ohne sehen oder hören zu können, ringt das eingegipste Opfer verzweifelt nach Luft, hyperventiliert in Todesangst, saugt Sauerstoff durch ein schmales, nach und nach verstopfendes Plastikröhrchen.

»Dieser Fall, von dem Sie vermutlich gehört haben, obwohl keiner von Ihnen damit befasst war, wurde vor fünf Jahren auf Eis gelegt. Aber wir, *ich*, habe dem Kriminallabor in den vergangenen Tagen Dampf gemacht. Bei drei Morden mit identischer Spurenlage habe ich die Wahrscheinlichkeit, dass ein weiterer unserer ungelösten Mordfälle in dieselbe Richtung weisen könnte, als relativ hoch eingeschätzt und neue DNA-Auswertungen mit anderen Grenzwerten gefordert, man könnte auch sagen erzwungen.«

Liz Fleming schob ihnen die letzte Aufnahme aus dem Bericht des Rechtsmediziners und der Kriminaltechniker zu.

Aufgenommen mit einem Makroobjektiv. Großer Abbildungsmaßstab und kurze Naheinstellgrenze.

Deshalb dauerte es einen Moment, bis Grens und Hermansson verstanden, dass der Strohhalm teilweise mit Watte gefüllt war und dass das Opfer selbst den Strohhalm nach und nach mit seinem eigenen Speichel verstopfte.

Der Wahn eines geistesgestörten Menschen, den feinen Grat ausloten zu wollen, an dem das Leben endete, den erkannten sie wieder. Ein Mord, der *zu* wahnsinnig war. Ein Modus Operandi, der Liz Fleming dazu gebracht hatte, den alten Fall neu beleuchten zu lassen, der sie darauf hatte beharren lassen, dass das Labor die Spuren neu auswertete, um technische Beweise zu finden, die denselben Täter definitiv mit einem vierten Mord in Verbindung brachten.

`DIE DNA KANN NICHT AUSGEWERTET WERDEN.`

Liz Fleming strich eine maschinengeschriebene Seite glatt und fuhr mit dem Zeigefinger unter einer der obersten Zeilen entlang.

`DIE DNA KANN AUS DIESEM GRUND NICHT`
`MIT PERSON ABGEGLICHEN WERDEN.`

»Das war der Wortlaut vor fünf Jahren. Eine sehr häufige Antwort. Also haben wir die Kollegen immer wieder gebeten, einen neuen Versuch zu machen, die Proben, die wir ihnen geschickt hatten, weiter unter die Lupe zu nehmen. Ich meine, abschlägige und müde Standardformulierungen, dass Proben nicht auswertbar seien, sind der Punkt, wo die richtige Arbeit beginnt! Heute lautet die Begründung *Es konnte keine nachweisbare DNA isoliert werden* oder auch *Es konnte keine ausreichende DNA-Menge isoliert werden*. Aber beides bedeutet ein und dasselbe: dass die Biologen und Biologinnen des NFC meiner Meinung nach in erster Linie als Aussiebinstrumente fungieren und die von uns angefragten Spuren, die auf lange Sicht zur Lösung der Fälle führen könnten, einfach nicht untersuchen.«

Grens sah Liz Fleming an. Eine schöne Frau, ein paar

Jahre jünger als er, der man die Jahre aber sehr viel weniger ansah als ihm.

Aber das war es nicht, was ihm an ihr auffiel.

Es war ihr Blick. Ihre Kraft.

Ihr wollte er nicht in einer Diskussion entgegentreten müssen.

Wenn sie sich in den Kopf gesetzt hatte, eine Antwort zu bekommen, bekam sie sie.

»Zu Beginn der Ermittlung wurde in der Küche, an der unteren Kante der Spüle, eine winzige Menge Blut sichergestellt, die nicht vom Opfer stammte. Noch weniger Blut als an den drei späteren Tatorten, aber trotzdem keine schlechte Spur. Neben Sperma ist und bleibt Blut der beste Hinweis, auf den wir stoßen können. Im Freien, Feuchtigkeit und Verunreinigungen ausgesetzt, hätte das DNA-Profil unbrauchbar werden können, aber diese DNA war im Haus hinterlassen worden, trocken und geschützt. Die Qualität der Spur war nicht das Problem.«

Liz Fleming legte eine weitere Auswertung vor sie hin. Zahlen von links nach rechts, von oben nach unten, so klein gedruckt, dass Grens nicht einmal die Überschrift hätte entziffern können, wenn er es versucht hätte.

»Das Hauptproblem sind unsere hohen Grenzwerte. Das ist der Grund, warum wir, warum die schwedische Polizei im Vergleich beispielsweise zur englischen oder deutschen Polizei oder zu welcher Polizei auch immer so viel übersehen. Denn wenn die DNA-Menge unter unserem hohen schwedischen Grenzwert liegt, wird die Bearbeitung unmittelbar eingestellt, und die Spuren wandern in die riesige Kühltruhe des NFC. Während die Polizeibehörden anderer Länder Spuren weit unter unseren Grenzwerten analysieren und vollständige DNA-Profile extrahieren, die als gleichermaßen verlässlich gelten, Straftäter hinter Gitter bringen und Fälle lösen. Ich sage nicht, dass Unwille oder mangelnde Kompetenz dahintersteckt, es ist einfach nur ein Wert, eine Zahl, die sich irgendjemand vor langer Zeit einmal ausgedacht hat und an der die Beamten und Beamtinnen hierzulande weiterhin sklavisch festhalten.«

Mariana las die klein gedruckten Zeilen. Sie war noch jung, ihre Augen hatten noch viele Tage vor sich, bis das Alter ihre Sehstärke schleichend reduzieren würde.

»Sie sagen also, dass ...«

»Ja.«

»... dass wir Schuldige durch die Maschen schlüpfen lassen, weil wir einen ... anderen Grenzwert haben? Dass diese Täter, hätten sie dieselbe Tat in England oder Deutschland oder in irgendeinem anderen Land begangen, von der ermittelnden Polizei überführt worden wären?«

»Das schwedische NFC verschickt Antworten wie *DNA konnte nicht in ausreichender Menge isoliert werden* sehr viel häufiger als die Kriminallabore unserer europäischen Nachbarstaaten. Sie scheißen einfach auf die Analyse, um es auf gut Schwedisch zu sagen. Ein Forensiker, der im Kriminallabor der Münchener Polizei arbeitet, hat ein Aufnahmevolumen, das der Einwohnerzahl Schwedens entspricht, und liefert weit mehr DNA-Treffer als unsere Forensiker und Forensikerinnen. Mit einem niedrigeren Grenzwert. Der Chef des NFC hat einmal in einem Interview versichert: ›In Schweden gibt es keinen Mörder, der aufgrund von Grenzwerten auf freiem Fuß bleibt.‹ Das ist Bullshit. Das stimmt nicht. Ich kann Ihnen mehrere Beispiele nennen. Wir können bei dem Mord anfangen, wegen dem Sie gekommen sind.«

Die letzten Unterlagen reichte Liz Fleming direkt Mariana. Sie hatte ihre Besucher richtig eingeschätzt, und Grens nickte zustimmend, als ihre Blicke sich begegneten.

»Ich habe also eine neue DNA-Auswertung gefordert –

vielleicht ein kleines bisschen lauter als bisher –, und diesmal wurde meinem Wunsch entsprochen. Das Ergebnis kam heute Morgen. Das Ergebnis, das sie uns schon von vornherein hätten liefern müssen. Ein Treffer. Das NFC kommt zu dem eindeutigen Ergebnis, dass das Individuum, das einen zweiundzwanzigjährigen Mann eingegipst hat und vor ihm gesessen hat, während der Strohhalm, durch den der Mann geatmet hat, mehr und mehr verschleimte, identisch ist mit dem Verdächtigen in Ihren drei Fällen.«

Liz Fleming blickte zwischen ihnen hin und her.

»Es sind selten die Spuren, die sich verändert haben, wenn wir in alten Fällen einen Durchbruch erzielen.«

Darauf bedacht, sie beide gleichermaßen anzusehen.

»Sondern der Wille, sie zu verstehen.«

Mariana nahm die Ermittlungsmappe, und Grens hielt Liz Flemings Hand ein kleines bisschen zu lange, als er ihr dafür dankte, das System in die Knie gerungen und zwei Mordermittlern einen weiteren Teil der Lösung an die Hand gegeben zu haben. Grens und Hermansson verließen die Cold-Case-Abteilung und standen auf dem Weg nach unten genauso schweigend im Fahrstuhl wie auf dem Weg nach oben, und aus denselben Gründen:

Ein frischer Mord.

Der zweite lag zwei Jahre zurück.

Der dritte drei Jahre.

Und nun ein vierter, ein fünf Jahre alter Fall.

Das, woran Grens nie hatte glauben wollen, weil er sich nicht in einem Kriminalroman befand und zwischen der Art von Kriminellen herumspazierte, die es in Schweden nie gegeben hatte. Und trotzdem hatten sie auf dem Rückweg eine Ermittlungsakte mit hundertprozentigen Beweisen im Gepäck, die vier Mordopfer mit ein und demselben Täter verbanden – und demnach einen Serienmörder.

Am Ende hatte er wohl komplett den Verstand verloren.
Alles verloren.
Oder vielleicht sehnte er sich nur zurück in den Maltesholmsgården und zu dem, was einfach war: das Fenster mit Ausblick auf die Schotterstraße, grüne Wiesen und eine kleine Ortschaft, die irgendwo in der Ferne begann.
Zurück zu ganz normalem Wahnsinn.

Noch zwei Tage (und drei Nächte) als Polizist.

Piet Hoffmann hatte Dunkelheit, die Schutz verlieh, immer gemocht. Ihr konnte man vertrauen. Licht war gefährlicher, Licht entblößte, ließ Menschen nackt und ohne Fluchtweg dastehen.

Mitternacht.

Er zog sich ein Stück weiter zwischen den regennassen Außentischen zurück, ein paar Schritte von der steilen Klippe entfernt, von der aus man den schönsten Ausblick auf Stockholm hatte. Das Wasser des Saltsjön lag ruhig da, leise Musik verlor gegen das Motorgeräusch eines Bootes, das langsam zwischen Slussen und Djurgården dahintuckerte. Der Aussichtspunkt Fåfängan war der östlichste Punkt des Stockholmer Stadtteils Södermalm und ein perfekter Treffpunkt, weit entfernt von Häusern und Menschen, nur das Meer, die Bäume und der Wind leisteten ihm Gesellschaft. Die vier Fahnen, die anzeigten, dass das Restaurant geöffnet war, waren vor etlichen Stunden eingeholt worden.

Piet blickte auf das Wasser und rechnete nach – acht Jahre war es her, dass er zuletzt hier gesessen und gewartet hatte.

Hugo hatte eben gelernt, ohne Stützräder zu fahren, und Rasmus' Haare hatten von Hagebuttensuppe und Orangensaft verklebt in alle Richtungen abgestanden. Er hatte seine beiden Jungen jeden Tag angelogen, während sie ihren Papa umarmt hatten, er hatte Zofia angelogen, die schon damals so viel mehr gewesen war als Ehefrau und Lebenspartnerin, er hatte alle und jeden so lange angelogen, dass er vergessen hatte, wer er war. Tage, durchtränkt von seinen kriminellen Geschäften, zur selben Zeit: heimliche Treffen mit der Polizeibehörde in seiner Eigenschaft als V-Mann, zur selben Zeit: Familienvater mit einem Eigenheim in einem gut betuchten Stockholmer Vorort; er hatte drei parallele Leben geführt, bis alles zum Teufel gegangen war.

Damals, als er den Schlagbaum am Fuß der Anhöhe mit seinem eigenen Schlüssel geöffnet hatte und den Serpentinenweg hinaufgefahren war. Hier oben hatten sie gestanden, mit geöffneten Kofferraumdeckeln, auf dem Parkplatz des geschlossenen Restaurants, und Bargeld gegen dreißigprozentiges Amphetamin und Taschen mit hochexplosiven Sprengstoffen getauscht. Gefolgt von einer langen Umarmung, wie sie Männer, die auf einem Gefängniskorridor zu besten Freunden geworden waren, untereinander austauschten, bevor sie mit ausgeschalteten Scheinwerfern davonfuhren.

Heute kamen sie beide zu Fuß und würden die Art Ware austauschen, die nur in der Gedankenwelt existierte und für die ihn niemand verhaften konnte.

Noch nicht.

Ein Knacken. Zwischen den Bäumen. Hoffmann suchte mit den Augen zwischen Schatten, die sich auflösten. Vögel, vielleicht Hasen. Er war hier oben sogar schon Rehen begegnet. Natur, mitten in der Großstadt. Stockholm blieb ein eigentümliches Fleckchen Erde.

Es war ein langer Tag gewesen.

Der Kriminalkommissar hatte seinen Beifahrer nach dem Besuch im Polizeipräsidium mit heimlich kopierten Ermittlungsakten in seinem Stammcafé in Hornstull abgesetzt und Hoffmann angefleht, die Akten wenigstens zu lesen und erst hinterher die neuen Bedingungen zu überdenken. Doch das, was sich ein paar Stunden zuvor mit Zofia und Hugo an seiner Seite selbstverständlich angefühlt hatte, war jetzt undenkbar. Das Gewicht der fehlenden Straffreiheitsgarantie und das Risiko einer Gefängnisstrafe ließen sich nicht mit dem Versprechen gleichsetzen, seinerseits jemanden zu retten, der ihn einmal gerettet hatte, damit, Grens' Leben einen Inhalt zu geben, um neue Schüsse in den Kopf zu verhindern.

Denn sollte das Unwahrscheinliche eintreten, dass Piet Hoffmann festgenommen und für eine Straftat zur Verantwortung gezogen werden würde, wog sein Leben in Freiheit um ein Vielfaches mehr als Grens' letzte Jahre als Polizist.

Dies war *kein* Auftrag, den er annehmen würde.

Mit dieser Entscheidung hatte Piet zu lesen begonnen: von einer Serie vollkommen wahnsinniger Morde und vom Fehlen eines Täters. Von Opfern, die schwerkriminellen Gruppierungen angehört oder mit ihnen zusammengearbeitet hatten, die ihre Organisation oder ihr Netzwerk für umfangreiche Drogengeschäfte genutzt hatten. Keines der Opfer war zum Zeitpunkt seines Todes eine Mafiagröße oder ein hochrangiger Gangleader gewesen – das hätte unweigerlich mehrere Vergeltungsschläge nach sich gezogen –, hatte aber, jeder für sich, im Stockholmer Süden massiven Drogenhandel betrieben.

Zur Mittagszeit war Piet Hoffmann in das Café am Mariatorget übergesiedelt, in das er häufig ging, ohne zwischen den Ermordeten auf andere gemeinsame Nenner zu stoßen als zahlreiche Einträge in Erziehungs- und Vorstrafenregistern von zehn Jahren an aufwärts. Eintrag für Eintrag entstand das Bild von tramadolabhängigen Kids, deren Hirne nur selten unvernebelt waren und die ihre Gefühle im Vorfeld von Gewalttaten betäubten. Tramadol war nach Alkohol und Cannabis die gängigste Droge unter Jugendlichen mit der gleichen Wirkung wie Rohypnol, das er selbst in ihrem Alter konsumiert hatte. Zwei Tabletten hatten ihn nur schläfrig gemacht, aber sobald er mehr eingeworfen hatte, war alles um ihn herum verschwunden, andere Menschen existierten nicht. Er war morgens um sieben geradewegs in den nächsten Tankstellenshop marschiert, ohne den leisesten Dunst, ob überhaupt Personal da war, *Wenn du die Kippen nimmst, nehm ich die CDS*, Bullen hatten sich nicht auf einen Meter an ihn herangewagt, *Mir ist scheißegal, was ihr mit mir macht, aber das erste Schwein, das auch nur einen Schritt auf mich zumacht, verlässt diesen Ort im Krankenwagen.*

Ewert Grens hatte recht. Es würde immer seine Welt bleiben, zu verstehen, wie diese Sorte Krimineller gestrickt war, zu wissen, wo und wie man rückwärts suchte, um vorwärts zu kommen.

Er hatte fast alle Unterlagen über die Mordopfer gelesen, die nicht am selben Ort aufgewachsen waren, die nicht zusammen zur Schule gegangen waren, sie konkurrierten um dasselbe Revier, ohne nach außen hin Gemeinsamkeiten zu haben. Verschlungene Pfade, nur markiert durch Blutfragmente, die aus vier verschiedenen Richtungen zum Schuldigen führten. Und genau in diesem Moment, als er seine Lektüre beendet hatte und Grens seinen Entschluss mitteilen wollte, dass er den Auftrag nach wie vor ablehnte, sah er das, was alles veränderte.

Erstens: Morphin.

Das Fitzelchen einer Information, die einzige, ein Hinweis für jemanden, der dem Täter auf die Spur kommen wollte. Bei der Obduktion aller vier Leichen waren Spuren dieses stark sedierenden und schmerzstillenden Mittels festgestellt worden. Hoffmann selbst hatte Chloroform verwendet, als er in einem anderen Leben jemanden überwältigt oder entführt hatte, der im Weg gestanden oder das Zielobjekt eines gut bezahlten Auftrags gewesen war; eine eigene Mischung, deren Inhaltsstoffe in jeder Apotheke erhältlich waren und die die Opfer nur hatten einatmen müssen, bis sie einschliefen und gefügig wurden.

Zweitens: Daniel De La Renta, neunzehn Jahre.

Der alles entscheidende Grund, weshalb Piet Hoffmann sich mitten in der Nacht hier aufhielt und wartete. Weshalb er seine Meinung ganz plötzlich geändert, Grens angerufen und ihm mitgeteilt hatte, dass er zur Verfügung stehe: dass er verdeckt ermitteln werde, auch ohne Schutz vor Straffreiheit.

Beim Lesen hatte er den Namen der Opfer keinerlei Beachtung geschenkt. Sie bedeuteten nichts. Ziel seines Auftrags war der Täter. Doch als er, um die Menge an Morphin noch mal zu überprüfen und sich zu vergewissern, dass er richtig gedacht hatte, den Obduktionsbericht der ausgebluteten Leiche ein zweites Mal las, waren ihm der Vor- und Nachname des Opfers ins Auge gefallen.

Daniel De La Renta.
Bist ... du es?
Du, der einmal in meinen Armen gelegen hat?

Piet Hoffmann hatte nachgerechnet. Alter, Geburtsdatum stimmten. Und laut Einwohnermelderegister gab es keine zweite Person mit gleichem Geburtsdatum und gleichem Namen.

Kleiner, kleiner Daniel.
Du warst mein erster Junge, als ich noch keinen eigenen hatte.

Danach hatte er die Fotos der Mordopfer gründlicher studiert. Die Toten veränderten ihr Aussehen schnell, trotzdem fand Piet Hoffmann Spuren von Joaquín in dem jungen, leblosen Gesicht.

Joaquín, mit dem er seine erste kriminelle Gang gegründet hatte.

Mit dem er Einbrüche und Raubüberfälle verübt, mit dem er andere Menschen zusammengeschlagen hatte.

Mit dem er Drogen genommen hatte.

Mit dem er im Jugendgefängnis gesessen hatte.

Joaquín hatte nicht nach einem anderen Leben gesucht, hatte keine Zofia getroffen, die ihn dazu gezwungen hatte, die Welt in einem anderen Licht zu sehen, hatte seinem Sohn Daniel nie die Wahl gelassen, die Hugo und Rasmus einige Jahre später bekommen sollten.

Hier bist du also gelandet.

Ein Weg, der von Anfang an abgesteckt gewesen war; ein Heranwachsen, ein Leben in einem Netzwerk, das venezolanisches Kokain und polnisches Amphetamin in Umlauf brachte.

Du warst neunzehn Jahre alt! Du hättest verflucht noch mal nicht sterben dürfen! Du warst, wie dein Vater und ich früher waren!

Piet Hoffmann schluckte Wut hinunter, vielleicht Tränen.

Schloss die Augen.

Hier hoch oben auf dem Berg war der Wind zu spüren, warm, feucht.

Zwischen den Bäumen knackte es wieder. Rasche Schritte in der sommerlichen Dunkelheit, vermutlich wilde Tiere, wie vorhin schon.

Lorentz ließ auf sich warten – er kam grundsätzlich zu spät, jedenfalls war er immer zu spät gekommen, als sie sich noch regelmäßig getroffen hatten, und Hoffmann, der zu vereinbarten Treffen stets pünktlich erschien, unterdrückte den Impuls zu gehen. Dieses Treffen ging von ihm aus, er war derjenige, der Lorentz sehen musste.

Piet blickte auf die Stadt, in der er geboren war, auf die Welten, ohne die er nicht sein konnte, gleichgültig, wie sehr er vor ihnen floh.

Vor der oberen wie der unteren.

Er hatte eine letzte Chance bekommen, Teil seiner eigenen Familie zu sein, indem er Zofia und den Kindern und am Ende auch sich selbst versprochen hatte, sie niemals wieder anzulügen, niemals wieder eine Straftat zu begehen, sich niemals wieder in kriminellen Milieus aufzuhalten, nicht einmal, um verdeckt zu ermitteln und Gruppierungen des Organisierten Verbrechens auffliegen zu lassen. Bis sie am Morgen am Küchentisch einstimmig beschlossen hatten, dass er Ewert zuliebe und unter dem Schutz der Polizeibehörde vorübergehend kriminelle Luft atmen sollte.

Und so würde es laufen. Jedes Mal, nur nicht diesmal.

Er würde Zofia nicht anlügen, ihr aber auch nicht die volle Wahrheit sagen.

Dass der Schutz diesmal nicht vorhanden war. Dass er deswegen seine Meinung geändert und Nein gesagt hatte. Dass er seine Meinung dann ein zweites Mal geändert und Ja gesagt hatte, aber nicht wegen Ewert, sondern wegen Daniel. Dass, sollte es diesmal aus irgendeinem Grund schieflaufen, niemand seinen Namen von den Fahndungslisten oder von den Listen verurteilter Straftäter streichen würde.

Es knackte erneut. Ein Zweig zerbrach, Laub raschelte, jemand kam aus der Dunkelheit auf ihn zu. Weder Vögel noch Rehe. Diese Schritte kannte er. Ihr Gewicht, ihren Rhythmus. Ein Mensch, der sich energisch bewegte, geschmeidig.

Eine ausgiebige Umarmung, Nähe zwischen Menschen, die Zellenwände geteilt hatten. Sie hatten einander in einer geschlossenen Wirklichkeit vertraut und vertrauten einander darum auch in Freiheit. Seite an Seite beschrieben sie einen weiten Radius um das geschlossene Restaurant, vergewisserten sich, dass sie ungestört waren, und setzten sich an einen Tisch, auf dem vergessene Plastiktabletts und leere Flaschen standen.

»Du bist also zurück?«

Lorentz' Stimme war heiser und rau, und seine Kleidung verströmte sogar hier, im Freien und mit einem Tisch zwischen ihnen, starken Zigarrengeruch.

»Vorübergehend.«

»Wie vorübergehend, Piet? Warst du nicht komplett ausgestiegen?«

»Es ist immer nett, einen alten Freund zu treffen.«

Hoffmann blickte Lorentz an; der beste Schieber von ganz Stockholm, der die gleichen Fragen stellte wie Sonny in Kopenhagen und Cesar in Bogotá. Aus Fürsorge. Weil sie ihn mochten und ihn deshalb weder sehen noch Geschäfte mit ihm machen wollten. Stationswarte, so nannte er diese Art Geschäftemacher. Sie herrschten über ihre eigene Station, an der ein Paket mit Waffen oder Drogen oder mit welchem Inhalt auch immer, der in der kriminellen Welt gebraucht wurde, eine Weile bleiben und umgeladen werden konnte. Gut sortierte Haltestellen für heiße Ware, die gegen den richtigen Preis mit einem neuen Besitzer weiterreiste.

»Mmm, ein alter Freund, Piet. Den du nur getroffen hast, wenn du etwas kaufen oder verkaufen musstest.«

»Und ich will verkaufen. Aber nicht an dich, Lorentz. Du sollst den Kontakt herstellen, mir die Garantie geben, dass sie kaufen werden.«

»Warum?«

»Ein Treffen. Mit der mächtigsten Organisation im südlichen Stockholm. Großer Marktanteil. Hohes Gewaltkapital.«

»Warum?«

»Danach übernehme ich. Der Rest ist meine Sache.«

»*Warum, Piet?*«

»Ein Freund.«

»Ein Freund? Ich bin dein verfluchter Freund, und ich frage dich, *warum*?«

»Ein anderer Freund. Ich helfe ihm. Genau wie du mir hilfst.«

So hatten sie oft im Gefängniskorridor gesessen. Hatten

argumentiert. Gedanken erprobt. Lorentz war einer der wenigen, der den Willen gehabt hatte, vielleicht die Kraft, auch in einer Zukunft bestehen zu wollen, der keine Angst gehabt hatte vor dem Leben in der anderen Wirklichkeit, keine Angst davor, sich zu sehnen.

»Abgemacht. Ein Treffen.«

»Danke.«

Lorentz lehnte sich über den Tisch, senkte die Stimme, obwohl nur die Eichhörnchen zuhörten.

»Ein erstes Treffen, Piet – wofür?«

»Eine Lieferung. Die zu mehreren Lieferungen werden kann.«

»Und was?«

»Kokain. Wie sie es noch nie gesehen haben. Sechsundneunzig Prozent.«

***

Sie liefen die Serpentinenstraße zum Fuß der Anhöhe hinunter, der Wind nahm ab und die Feuchtigkeit zu. Piet blickte den zwei roten Rücklichtern von Lorentz' Auto nach, die im Tunnel unter der Danviksbrücke verschwanden. Er war müde und wollte nach Hause. Zu weicher Haut, Wärme, bei der er zur Ruhe kam.

Er öffnete die Fahrertür seines Wagens, setzte sich hinters Steuer.

Und dachte an Drogen.

Damit würde er sich Mordopfern und Mörder nähern, dem Schlüssel, den Ewert Grens brauchte, um das Stockholmer Polizeipräsidium aufzuschließen und noch eine Weile dortzubleiben; er würde sich dem Teufel nähern, der Daniel ermordet hatte. Der Droge, die auch die Liebe des jungen Piet Hoffmann gewesen war und ihn auf die lange Reise von Jugendanstalt zu Jugendanstalt geschickt hatte, die zu Organisierter Kriminalität geworden war, zu Gefängnisstrafen, zu seiner Anwerbung als V-Mann der Polizei, zu Todesdrohungen, Flucht und Safe Houses.

Bis er vor vier Jahren ausgestiegen war. Und nun würde er wieder einsteigen – mit der gleichen Droge.

Nach der Lektüre der Ermittlungsakten und mit etlichen verbleibenden Stunden bis zu diesem mitternächtlichen Treffen hatte er sich vom Café am Mariatorget in eine Erkerwohnung in der Vasagatan begeben, die seit über einem Jahrzehnt die Adresse der Hoffmann Security GmbH war. Die Sicherheitsfirma, die während Piet Hoffmanns jahrelanger Undercoverarbeit in den Reihen der polnischen Mafia als reine Fassade gedient hatte, war inzwischen ein legales Unternehmen, das Sicherheitslösungen anbot. Von dort aus hatte er mit einem verschlüsselten Telefon die ersten Anrufe geführt, nach Bogotá, Cali, Gibraltar und Cádiz. Er würde mit Lieferanten arbeiten, deren Vertrauen er bereits hatte, sowie Routen nutzen, die er aus den Jahren seiner Flucht im kolumbianischen Drogendschungel kannte, aus seiner Zeit als Leibwächter und rechte Hand der PRC-Guerilla und einem Mann, der sich El Mestizo genannt hatte.

Er würde Methoden anwenden, die er beherrschte.

Ewert war nur noch drei Tage lang im Dienst, danach musste er auf den Beschluss der Polizeibehörde warten. Es blieb keine Zeit, um neue Kontakte zu etablieren. Piet Hoffmann brauchte die Droge *jetzt*, er musste sich sofort auf dem Markt ins Spiel bringen, höchste Qualität bieten und sie mit schlagkräftigen Argumenten anpreisen.

Die sonst so belebten Straßen lagen wie ausgestorben da, und die Fahrt von Södermalm in das Wohnviertel im Stadtteil Enskede verlief zügig; schlafende Häuser, umgeben von gut gewässerten, grünen Rasenflächen hinter weiß gestrichenen Gartenzäunen. Piet hielt, wie so oft, in einiger Entfernung an und betrachtete vom Auto aus sein Zuhause mit den einzigen Menschen, die ihm etwas bedeuteten. Nur die Lampe über dem Küchentisch brannte noch, Zofia war wach geblieben und wartete auf ihn, so wie sie es früher immer getan hatte.

Piet dachte an das erste Mal zurück, als er diese sonderbaren Taschen gesehen hatte.

Aufeinandergestapelt in einer Baracke mitten im kolumbianischen Dschungel.

Handtaschen, Aktentaschen, Koffer.

Alle von der gleichen Farbe und aus dem gleichen Material, irgendeine Art Leder in einem nichtssagenden Braun. Als das Drogenkartell am Ende beschlossen hatte, ihm zu vertrauen – eine Entscheidung, die sie besser nicht gefällt hätten –, hatten sie ihm das Geheimnis verraten.

Kleine Tasche, wenig Kokain. Große Tasche, viel Kokain.

Das Leder, wohlgemerkt, die Tasche. Nicht der Inhalt.

Die Taschen, Außenseiten, Innenseiten, Fächer, Boden, alles war in Wahrheit eine gehärtete Paste aus geruchlosem Kokain. Einige wenige Chefchemiker des Kartells verfügten über die dafür notwendigen Kenntnisse, außer Carlos in Cali hatte es noch je einen Chefchemiker im Departamento de Guaviare, in Bolivien und in Venezuela gegeben. Carlos hatte Hoffmann nicht gezeigt, welche Chemikalien und Temperaturen das Kokain verwandelten, wie man es in Ledertaschen umwandelte, die jeden Drogenspürhund und jede Grenzkontrolle passierten, über dieses Know-how sollten nur die Chefchemiker des Kartells verfügen. Aber er hatte ihm gezeigt, wie man den Prozess rückgängig machte, wie ein Käufer das Leder am Ende der Schmuggelreise wieder zu sechsundneunzigprozentigem Kokain machte. Jetzt, viele Jahre später, würde er die Taschen nutzen, um in die Nähe des

Gesichtslosen zu kommen, der Daniels Leben ausgelöscht hatte, und gleichzeitig ein anderes Leben retten, das Leben eines orientierungslosen Kriminalkommissars.

Das Handy lag in Piet Hoffmanns Hand, einen kurzen Moment würde er noch im Auto sitzen blieben; er wählte die Nummer und wartete, während umherirrende Klingeltöne ein Ziel suchten.

»Piet?«

Ewert klang nicht verschlafen, er lag nicht einmal. Eine weitere Nacht außerhalb von Rasmus' Zimmer.

»Ja.«

»Und wie ...«

»Ich habe angefangen, Ewert.«

»Mit ...?«

»Ja.«

»Danke.«

»Aber ich brauche etwas.«

»Und was?«

»Deinen Wohnungsschlüssel.«

Es knisterte und raschelte am anderen Ende, während der Kriminalkommissar in einem engen Büro zwischen Fenster und Safe auf und ab lief.

»Da gibt es nicht viel, Piet.«

»Ich weiß.«

»Nicht einmal ein Bett.«

»Heute Nacht schlafe ich zu Hause. In dem Haus, in dem auch du schlafen solltest. Aber morgen will ich deinen Ersatzschlüssel haben.«

Grens streckte sich auf seinem Cordsofa aus. Hoffmann musste nicht bei ihm sein, um zu wissen, was dieses lange, gedämpfte Ausatmen bedeutete.

»Piet? Noch mal danke. Dafür, dass du ...«

»Gute Nacht, Ewert.«

Piet Hoffmann rollte das letzte Stück die Straße hinunter, schaltete die Scheinwerfer aus und öffnete das verrostete Gartentor. Zofia hatte ihn gehört, sah ihm vom Küchenfenster aus entgegen.

Leise, um niemanden zu wecken, schlich Piet durch den Flur, und Zofia und er rückten am Küchentisch eng zusammen. So hatte sie jede Nacht gewartet, als sie unter ständiger Todesdrohung gelebt hatten. In dem Haus, das hier in Enskede gestanden hatte, bis es in die Luft gesprengt worden war, in ihrem Haus in Kolumbien, in jedem einzelnen Safe House, in dem sie Zuflucht gesucht hatten. Dies war das erste Mal in ihrem neuen Haus, gebaut nach seinem Versprechen: Nie wieder.

Ein Glas Wein, ein fast gelöstes Kreuzworträtsel.

Genau wie damals.

Piet goss sich ein eigenes Glas Rotwein ein, und ein Bleistift wechselte die Hand.

Zofia sparte meistens die Kästchen in den Ecken aus.

»Die letzte Nacht, Zo. Für eine Weile.«

Zofia hatte ihm grünes Licht gegeben, den Gedanken, dass Ewert ihren Mann an seiner Seite brauchte, sogar als Erste zur Sprache gebracht. Und deswegen sollte er ihr die ganze Wahrheit sagen, dass die übliche Zusicherung von Straffreiheit diesmal nicht existierte.

Aber er tat es nicht.

Mit dem Wissen, wer eines der Opfer dieses Mörders war, würde er nicht aufhören, wo er kaum begonnen hatte. Ewert sollte die Hilfe bekommen, die er sich wünschte, um diesen Teufel zur Strecke zu bringen.

»Es kann gefährlich werden, und es sollen keine Spuren zu euch führen. Ich werde woanders schlafen, bis die Sache vorbei ist.«

Zofia fragte weder, wohin er gehen würde, noch, für wie

lange. Sie wussten beide, wie es lief. Sie hielten sich umschlungen, als sie die Treppe hinauf ins Schlafzimmer gingen, als sie ihn bat, in ihr zu bleiben, während sie einschliefen.

Noch zwei Tage als Polizist.

Kriminalkommissar Ewert Grens schlief tief auf dem Cordsofa in seinem Büro, und Mariana Hermansson zog leicht an seinem Arm, weckte ihn zu einem neuen Tag.
»Guten Morgen, Ewert.«
»Hu ... uh?«
»Zeit aufzustehen.«
Grens wälzte sich auf die Seite, der Rücken knackte, die Hüfte schmerzte. Sein Kopf hatte auf der Armlehne gelegen, die inzwischen eher einem polsterlosen Stahlgerippe glich, und sein Nacken protestierte, fühlte sich noch steifer an als gewöhnlich.
»Mariana? Bist ... du das?«
»Ich sagte schon, guten Morgen.«
»Wie spät ist es?«
»Tagesanbruch.«
»Was machst du dann schon hier?«
»Die Verwandtschaftsanalyse. Und das Täterprofil. Die Ergebnisse sind da.«
Es war tatsächlich Tagesanbruch – sanftes Sonnenlicht verscheuchte draußen vor dem Fenster das Dunkel der Nacht, die kleinen Rasenflächen im Innenhof des Polizeipräsidiums Kronoberg glitzerten taufeucht, die Vögel wachten ringsum einer nach dem anderen auf, um den Verkehrslärm der Großstadt zu übertönen.
Während Grens seine Glieder streckte, auf den Flur hinaushinkte und im nächsten Raum verschwand, lud Mariana zwei Ordner herunter und öffnete den mit der Bezeichnung Verwandtschaftsanalyse. Nebeneinander vor ihrem Computerbildschirm sitzend, deuteten sie DNA-Material von

zwei Söhnen und einem Enkelsohn zweier Straftäter mit DNA-Profilen, die übrig geblieben waren, weil sie dem DNA-Profil des gesuchten Täters glichen, und versuchten zu verstehen, ob eine der getesteten Personen eine verwandtschaftliche Beziehung zum Verdächtigen aufwies.

Die Abteilung für personengefährdende Kriminalität der Kopenhagener Polizei hatte auf Ersuchen von Ewert Grens einen Herman Nicolaisen, wohnhaft im Kopenhagener Vorort Hvidovre und ältester Sohn von Christian Nicolaisen, einem vom schwedischen Oberlandesgericht zu lebenslanger Haft verurteilten Straftäter, zum Speicheltest gebeten.

Ohne Befund.

Das Boston Police Department hatte sich nach einem Rechtshilfegesuch seitens Interpol in Newbury, Massachusetts, von einem Henrik Nicolaisen eine Speichelprobe geben lassen, dem jüngeren Sohn ebenjenes Christian Nicolaisen.

Ohne Befund.

Und ein Kriminaltechniker der Stockholmer Polizei hatte in Upplands Väsby an der Wohnungstür eines Johan Lundh geläutet und dem Enkelsohn eines wiederholt straffällig gewordenen und zu diversen Gefängnisstrafen verurteilten Johnny Andersson eine Speichelprobe abgenommen.

Ohne Befund.

Die DNA der wahrscheinlichsten Kandidaten der Verwandtschaftsanalyse war mit der Tatort-DNA abgeglichen worden, und keines der drei Profile stimmte mit dem Profil des Verdächtigen überein.

Sie waren noch genauso weit von einer Lösung entfernt wie zuvor, und Grens ertappte sich dabei, die umfassende Datenbank herbeizusehnen, von der viele seiner Kollegen und Kolleginnen träumten; eine Zukunft, in der die DNA aller schwedischen Staatsangehörigen schon von Geburt an erfasst werden würde.

Wie unendlich viel einfacher die Ermittlungsarbeit dadurch werden würde.

Wie verflucht gefährlich das wäre.

Grens stand auf, und als er zum Fenster ging und es öffnete, knackten Knie und Hüfte ein bisschen weniger.

Das Vogelgezwitscher war nun besser zu hören, und die Sonne erreichte die Bank, auf der seine Kollegen in ein paar Stunden ihren ersten Pausenkaffee trinken würden.

Er atmete leichte und kühle Luft.

»Sagtest du ... die Auswertung der Profilanalytiker ist auch da, oder habe ich das geträumt?«

»Setz dich wieder hin, Ewert.«

Eine neue Chance, eine Richtung zu finden; irgendetwas zu finden, was auch immer.

Mariana öffnete das zweite heruntergeladene Dokument.

»Weil dir nicht viel Zeit bleibt, habe ich die Kollegen um ein stark vereinfachtes Täterprofil gebeten. Ihrer Proteste zum Trotz, das *Was* zu überspringen – was passiert ist, was Faktenlage ist –, ebenso wie das *Warum* und das *Wie*, sich nur auf das *Wer* zu konzentrieren und das vollständige Profil später nachzureichen.«

Den Bildschirm füllten mehrere digitale Dokumente.

Sie saßen wie eben nebeneinander, diesmal mit dem hastig entworfenen Täterbild der Profilanalytiker vor sich.

Und hofften auf ein *Wer*. Auf jemanden, nach dem sie suchen könnten.

Schon bald spannten sich Ewert Grens' Schultern an. Obwohl der Rest von ihm zusammensackte.

»Da gibt es ... nichts.«

»Lass uns erst alles lesen, Ewert.«

»Nicht einmal einen Hinweis, der den Kreis der Verdächtigen von *so gut wie allen* auch nur eingrenzen würde.«

Grens konnte nicht still sitzen. Er hatte keine Zeit, einen

Text zu drehen und zu wenden, der mit der Feststellung begann, dass die vier Morde aller Wahrscheinlichkeit nach nicht rational motiviert, sondern wahngesteuert waren.

»Das haben wir doch längst herausgefunden!«

Er wusste auch nicht, was ihm die Information nutzen sollte, dass, da jeder Tatort unversehrt hinterlassen worden war – keine Diebstähle, kein Vandalismus – und den Morden auch keine Vergeltungsdrohungen vorangegangen waren, die Vermutung nahelag, dass der Täter keinen kriminellen Lebenswandel führte.

»Wunderbar. Damit bleiben nur neunundneunzig Komma neunundneunzig Prozent der Bevölkerung, die *ebenfalls keinen* kriminellen Lebenswandel führen.«

Er war auch zu aufgebracht, um die Schlussfolgerung zu würdigen, dass die mutmaßlichen Zeitpunkte, an denen die vier Mordopfer entführt und ermordet worden waren, dafür sprachen, dass der Täter allein lebte und keine Beziehung führte.

»Wie schön. Was soll ich deiner Meinung nach mit der Erkenntnis anfangen, dass dieser verfluchte Irre nicht zu Hause in der guten Stube auf dem Sofa saß, eine Schale Chips auf dem Schoß, und sich mit seiner Familie den Eurovision Song Contest angesehen hat – genau wie eins Komma neun Millionen anderer unserer Landsleute, die in Singlehaushalten leben?«

Nicht einmal der Befund, dass die physischen Voraussetzungen, die der Grad der ausgeübten Gewalt erforderte, die Wahrscheinlichkeit erhöhten, dass es sich bei der Tatperson um einen Mann handelte, dass die Geschlechtschromosomen, die maskuline Werte indizierten, hatten bestätigt werden können und es mithin ausgeschlossen war, dass es sich um genetische Veränderungen handelte, die nur sehr wenige Frauen aufwiesen, ließ den Kriminalkommissar still sitzen.

»Ausgezeichnet. Dann müssen wir nur jeden zweiten schwedischen Erwachsenen zu einem kleinen Plausch bitten.«

Genauso wenig wie die Aussage des Profilerteams, dass das Alter des Täters – unter dem Vorbehalt, dass es immer schwierig war, gleichzeitig ein biologisches und psychologisches Alter zu bestimmen – auf zwanzig bis vierzig eingegrenzt werden konnte.

»Brillant. Wenn du dir die Hälfte der zwei Komma sieben Millionen männlicher Mitbürger in dieser Altersgruppe vornimmst, Mariana, übernehme ich die andere Hälfte.«

Erst als sie bei der letzten Schlussfolgerung des Pofilerteams ganz unten auf der vierten Seite ankamen.

Einer Analyse, in welche Richtung der Täter seine Flucht von vier Tatorten vermutlich geplant hatte, und die zum einen Grens' eigenen Eindruck von seinem Besuch in Råby bestätigte, ausgehend von der Überlegung, dass die Morde in räumlicher Nähe voneinander verübt worden waren und dass ein vorbereiteter Täter niemals in die große Leere flieht, sondern eher zurück in sichere Gefilde, wo er zu Hause ist, und der zum anderen eine Skizze über das mutmaßliche Wohngebiet des Täters angefügt war – ein roter Kreis um ein Wohnviertel südlich von Stockholm –, geschah etwas.

Ewert Grens wurde munter, sprang auf.

»Ein Massentest, Hermansson!«

»Ewert, bitte.«

»Das ist unsere Chance. Damit wir ... damit ich es schaffe, bevor ihr mich rausschmeißt. Ein DNA-Massentest in einem kompletten Stadtteil.«

»Ewert?«

»Wir nehmen von jedem Single-Mann im passenden Alter, der *innerhalb des roten Kreises wohnt*, eine Speichelprobe!«

»Setz dich wieder hin.«

»Ich habe keine Zeit. Ich muss bei Hunderten jungen Männern eine DNA-Probe durchführen.«

»Ewert – komm zur Vernunft. Du vertraust DNA doch noch nicht einmal.«

»Normale Polizeimethoden fruchten hier nicht, und mir sitzt die Zeit im Nacken! Ich habe schon einen ... ja, einen etwas anderen Prozess angestoßen und bin jetzt bereit, jede einzelne eurer verschiedenen DNA-Methoden auszuprobieren. Hauptsache, es bringt uns dem Täter näher!«

»Mit dieser Indizienlage kriegst du niemals die Verfügung für einen Massentest. Ich weiß nicht einmal, ob ich dir helfen möchte, einen Beschluss zu erwirken. Ich halte nichts davon, den Verdacht auf Unschuldige zu lenken, sie aufs Präsidium vorzuladen. Genauso wenig wie ich nichts davon halte, unseren Juristen und der Öffentlichkeit, die unsere Gehälter zahlt, und vor allem nicht der herzitierten Personengruppe zu erklären, warum sie, ohne offiziell unter Tatverdacht zu stehen, das Privateste zur Verfügung stellen sollen, das sie haben: ihre DNA. Das ist Wahnsinn.«

»Wahnsinn?«

»Du hast mich verstanden, Ewert.«

»Vier Morde, die zu fünf Morden werden könnten, zu sechs Morden, zu sieben Morden und ... *Das ist Wahnsinn.*«

***

Tagesanbruch wurde zu Morgen. Auch in Enskede, in einem normalen Einfamilienhaus, umgeben von normalen Nachbarn. Piet Hoffmann winkelte den Badezimmerspiegel an, benetzte sein Gesicht mit warmem Wasser und verteilte Rasierschaum auf Wangen, Kinn und Hals. Während Abwesenheit zu Anwesenheit wurde. Klare Gedanken, das vertraute Gefühl in der Brust. Er schnitt sich tief ins Kinn, und rotes Blut tropfte in weißen Schaum, aber er merkte es kaum.

Er hatte sich danach gesehnt. Ohne dass es ihm bewusst gewesen war.

Er stand nicht Ewert zuliebe hier. Aber auch nicht einzig und allein wegen Daniel. Es ging auch um ihn selbst. Er stand seinetwegen hier.

Weil das andere *auch* ein Teil von ihm war.

Ihm war nicht bewusst gewesen, dass er schrittweise aufgehört hatte zu leben. Zu überleben. Genau wie Ewert, der nur mit dem Polizeipräsidium als Ausgangspunkt lebte und überlebte. Sosehr er auch versuchte, ein normales und ehrbares Leben zu führen, eine Sicherheitsfirma betrieb, Überwachungskameras, Alarmanlagen und Sicherheitstüren montierte, es genügte nicht. Er war zu Hause, liebte auf alle Arten, wie er es vermochte, und war alles andere als zu Hause. Abwesend anwesend. Es war, als habe er seine ganzen Gefühle auf dem Küchentisch ausgebreitet, sein komplettes Innenleben, seine Emotionen lagen da, krängten hierhin und dorthin, und er lief von einer Seite auf die andere, um zu verhindern, dass sie über die Kante schwappten und auf dem Fußboden zu einer klebrigen Masse geronnen.

Er brauchte auch das andere.

Den Rausch. Das Adrenalin. Zusätzliche Herzschläge und schweißnasse Haut.

Die Welle, die vom Land weg ins Meer rollt, statt aufs Ufer zu, die mit allen zusammenstößt und sich ewig fortsetzt.

»Morgen, Hugo.«

Es musste sichtbar, spürbar gewesen sein, wie leicht seine Seele zwischen unterschiedlichen Körpern hin und her wechselte, denn plötzlich entdeckte er seinen ältesten Sohn im Spiegel.

»Gut geschlafen, mein Großer?«
»Wer bist du?«
»Was?«

»Wer bist du, Papa? In echt.«

Piet schöpfte sich lauwarmes Wasser ins Gesicht, wusch den rot-weißen Schaum ab und fuhr mit der Rasierklinge über die andere Wange.

Hugo starrte.

In den Spiegel und in Piet Hoffmanns Augen.

Versuchte, ihn zu durchschauen.

Einen Vater, der so lange, wie er sich erinnern konnte, in die Rolle hinein- und herausgeschlüpft war, jemand anderes zu sein.

»Ich weiß, was du machst und warum. Und ich habe gesagt, dass es okay ist, Ewert zuliebe. Aber ich habe nie verstanden, wer du bist, Papa. *Ganz wirklich?*«

Piet Hoffmann antwortete nicht. Es gab keine gute Antwort, und Hugo würde sich nicht mit halb garen Ausflüchten zufriedengeben. Ihre Blicke trafen sich in dem beschlagenen Spiegel, bis sein großer kleiner Junge sich abwandte, die Treppe hinunterlief und in die Küche ging. Hoffmann kannte jede knarrende Treppenstufe und den Übergang zwischen Holzdielen und Linoleumfußboden.

Er schöpfte sich noch einmal Wasser ins Gesicht und griff nach einem Handtuch.

Hugo hatte recht, ohne es in Worte fassen zu können.

Sein Vater hatte Ewert Grens die Hand gegeben und von einem anderen Leben Abschied genommen, aber er hatte sich nie selbst die Hand gegeben, war nie komplett aus seinem Rollen-Ich heraus-, nie vollständig in die Haut von Piet Hoffmann hineingeschlüpft.

Er ging aus dem Badezimmer, zog Jeans, T-Shirt und Jagdweste an und sah einen Moment lang gleichzeitig aus wie er selbst und sein Rollen-Ich. Alles Übrige, die Dinge, die er in den kommenden Tagen brauchen würde, befanden sich, abgesehen von einem Koffer in seinem Arbeitszimmer unten im Keller, in seinem Büro in der Vasagatan, konnten besorgt oder, in einem Fall, über Landesgrenzen geschmuggelt werden. An diesem Morgen setzte er sich nicht an den Küchentisch, um zu frühstücken, dafür war keine Zeit, und er spürte Hugos und Zofias Blicke im Rücken, als er an der Arbeitsfläche im Stehen Kaffee in eine Thermosflasche abfüllte und Butterbrotpapier zwischen fertig belegte Sandwichscheiben schob.

»Du hast mir eben im Badezimmer eine Frage gestellt, Hugo.«

Er war froh, sich nicht umdrehen zu müssen.

»Und ich kann dir Folgendes sagen, mein Großer: Ich erinnere mich. Ich erinnere mich, wer ich war. Vor all dem, verstehst du? Und ich glaube, dass das gut ist.«

Er bekam keine Antwort. Jetzt war es an Hugo zu schweigen.

»Ich glaube auch, dass Ewert und ich uns sehr ähnlich sind. Wir sind beide der Meinung: Wenn man nicht der ist, der man war, wenn man nichts als Luft um sich hat, dann existiert man nicht.«

Jetzt drehte Piet sich doch um.

Rasmus bestrich seinen Toast mit Marmelade, Luiza fischte Müsliflocken aus ihrer Schale, Hugo hobelte dicke Käsescheiben, bis seine beiden Knäckebrote komplett darunter verschwunden waren, und Zofia trank Kaffee mit so viel Milch, dass er eher weiß als braun war.

Ein ganz normales Haus mit ganz normalen Nachbarn – und eine ganz normale Familie.

»Grau, Hugo, ist die allerschönste Farbe. Grau ist Alltag, der einfach abläuft. Ich würde gerne Alltag sein. Verstehst du?«

»Nein.«

»Du bist mit Abstand die Klügste in dieser Familie. Du

wirst es verstehen, alles, was ich nicht verstehe. Und du wirst, anders als dein Vater, den Mut haben, diese schönste Farbe zu sein. Weil du mutiger bist, als ich es bin.«

Piet Hoffmann schob Thermosflasche und Brote in eine Plastiktüte, ging in den Keller, holte einen leeren Koffer, der fast vier Jahre lang unbeachtet in einer Ecke gestanden hatte, kehrte in die Küche zurück, küsste Zofia und umarmte ein Kind nach dem anderen, bis sie sich protestierend aus seinen Armen wanden.

Zwei Seelen. In einem Körper.

Er würde nie verstehen, warum ausgerechnet er so geworden war.

Jemand, der nach Hause kommen und gleichzeitig fort will. Der Angst vor dem Alleinsein hat und sich gleichzeitig davor fürchtet, Teil einer Gemeinschaft zu sein. Ein Mensch, der sich ins Auto setzt und losfährt, um gleich darauf wieder anzuhalten und auf das Haus zurückzublicken, das alles bedeutete, ohne sagen zu können, ob das Gefühl in seiner Brust Panik war, weil er wusste, dass er und seine Familie sich mehrere Tage lang nicht sehen würden, oder Freude, Freude darüber, vollkommen frei zu sein.

Der Verkehr in die Innenstadt war dicht, in der Innenstadt *selbst* war er noch dichter, und nach ein paar Runden durch das Auto- und Menschenchaos parkte er alles andere als vorschriftsmäßig und lief in dem Gebäude mit Zugang zur Vasagatan drei Stockwerke hoch.

Die Wohnung, die Firmensitz der Hoffmann Security GmbH war, war eine Wohnung, wie er sie gerne an dem Tag beziehen würde, an dem die Kinder sie für eigene Leben verlassen hätten und er und Zofia ihr Leben als Paar Hand in Hand neu beginnen würden. Glänzende Parkettböden, Kachelöfen, die größten Fenster, die er je gesehen hatte, und meterhohe Decken.

Er trug den Koffer in die Küche, an Spüle und Küchentisch würde er am besten arbeiten können.

Seine Altersvorsorge. Finanzielle Sicherheit, für den Fall, dass sie einen letzten Ausweg brauchten.

So hatte er gedacht, als er vor dem Rückflug nach Schweden nach Jahren im südamerikanischen Exil den Koffer aus der Taschenpyramide des Drogenkartells gestohlen hatte, ihn wie jeden beliebigen Koffer gepackt und zusammen mit Hugos und Rasmus' Rucksäcken durch die schwedische Zollabfertigung getragen hatte. Das reinste Kokain, das die Welt kannte, drei Kilo im Wert von über sechs Millionen Kronen, doppelt so viel, wenn es gestreckt wäre, und das Carlos in Cali in die geruchlosen Lederwände eines Koffers verwandelt hatte.

Nun würde er das Leblose wiederbeleben.

Den Koffer wieder Droge werden lassen.

Aber nicht, um seine Altersvorsorge zu kassieren, um irgendwo in der Stockholmer Innenstadt ein paar gestreckte Gramm zu verticken. Als er einen großen Topf auf den Herd stellte, die Küchenschränke öffnete und die Chemikalien herausnahm, schuf er die Voraussetzung für den Auftrag, Daniels Mörder aufzuspüren.

***

Vierunddreißig Minuten. Von dem Moment, an dem Ewert Grens in Erik Wilsons Büro stürmte und einen DNA-Massentest forderte, bis zu dem Moment, an dem er einen entsprechenden Beschluss in den Händen hielt. Siebenundvierzig Minuten später lagen auf Mariana Hermanssons Schreibtisch vollständige Namenslisten, nach Priorität geordnet.

Sie hatte zusammen mit ihm vor ihrem gemeinsamen Chef gesessen und eine Vitalität erlebt wie bei einem jüngeren Ewert Grens.

Vor nicht einmal einem Jahr hatte er sich selbst in den Kopf geschossen.

Und jetzt nutzte er die Angst, die dem Schuss vorausgegangen war, den Heilungsprozess, der ihn hierher zurückgeführt hatte, seine Zweifel, wer er war, die Panik und die Verzweiflung darüber, vielleicht nicht bleiben zu dürfen.

Mit vier ungelösten Morden und der Vermutung der Profilanalytiker, dass ihr gesuchter Mann allein lebte und innerhalb eines roten Kreises wohnte, und unter der Voraussetzung, die Anzahl der in Betracht kommenden Personen durch eine zusätzliche Altersbestimmung einzugrenzen, zwang er den Chef der Stockholmer Mordkommission in die Knie und rang ihm die Zustimmung zu einer Vorgehensweise ab, die oft lautstarke öffentliche Debatten nach sich zog und zweifellos Zeit und Energie erfordern würde.

Trotzdem war Mariana nicht mit Ewert Grens einer Meinung. Sie gehörte zu dem Lager, das Reihentests als nicht statthafte Methode ablehnte, die noch dazu das *Risiko einer Eskalation* barg.

»Wenn wir in die Vollen gehen und dem Täter signalisieren, dass wir ihm auf den Fersen sind, ihn aufschrecken, dann könnten wir diejenigen sein, Ewert, die ihn zu weiteren Morden treiben.«

Sie hatte das Szenario schon öfter erlebt, wenn ein Ermittlerteam eine große Anzahl Männer per Brief oder SMS zu einer Vernehmung und einem Speicheltest aufs Präsidium bestellt hatte.

Zuletzt während der Jagd nach einem Serienvergewaltiger. Weil der Täter unter der Personengruppe gewesen war, die eine Vorladung erhalten hatte, war die Zahl der Überfälle auf Frauen im Anschluss drastisch in die Höhe geschnellt. Weil der Täter daraufhin eingesehen hatte, dass das Spiel aus war und das Räsonnement angestellt hatte: *Wenn sie mich* sowieso drankriegen, spielt es keine Rolle, was ich tue, dann kann ich ebenso gut noch mehr Frauen verletzen und vergewaltigen, in den Knast komme ich so oder so.

»Wir riskieren, den Täter unter Druck zu setzen. Wenn weitere Opfer folgen, sind wir dafür verantwortlich, Ewert.«

Gleichzeitig empfand sie aber auch eine widerwillige Bewunderung für die Kompromisslosigkeit und neue Kraft eines verwundeten Kriminalkommissars. Und jetzt, wo das Verfahren abgesegnet und gebilligt war, würde sie Grens unterstützen, wie sie ihn stets unterstützt hatte.

Um die Anzahl der möglichen Verdächtigen noch weiter einzugrenzen, hatte Grens einen deutsch-amerikanischen Biologen kontaktiert, der die Blutspritzer von den Tatorten mit derselben Methode analysiert hatte, die hin und wieder angewendet wurde, um das Alter minderjähriger Flüchtlingskinder zu bestimmen. Rost. So wurde die Methode genannt. Als setze DNA im Lauf des Lebens Rost an – altersbedingte chemische Veränderungen in den Gen-Bausteinen –, und indem man diesen Rost untersuchte, konnte das biologische Alter eines Menschen mit äußerst geringen Abweichungen bestimmt werden.

Danach blieben noch vierhundertundvierzehn mögliche Kandidaten.

Vierhundertundvierzehn Männer, deren Meldeadresse innerhalb des roten Kreises lag und die der Rost-Methode zufolge mit fünfundneunzigprozentiger Wahrscheinlichkeit zwischen 29,4 und 32,2 Jahren alt waren.

Die Manpower, um jeden einzelnen dieser Kandidaten per SMS anzuschreiben und sie aufzufordern, sich binnen vierundzwanzig Stunden zur Vernehmung einzufinden, war bereits zugegen. Blieb noch das Wesentliche: allen erschienenen Männern eine Speichelprobe abzunehmen und *sich anschließend auf die zu fokussieren, die nicht erschienen waren.*

Bei diesen verbliebenen Kandidaten würde die Polizei einen Hausbesuch machen und die Speichelprobe persönlich abholen.

Innerhalb dieses Personenkreises wurde der Schuldige jedes Mal gefunden, das war das Erfolgsrezept.

***

Der geruchlose Koffer hatte zu Hause in Enskede in ihrem Keller gestanden, ohne dass Zofia und die Kinder durchschaut hatten, was es wirklich mit ihm auf sich hatte. Weder auf dem Flughafen in Bogotá, noch als sie in Schweden die Kleidung und die Spielsachen auspackten, die sie darin transportiert hatten, und auch nicht später, als der Koffer seinem nächsten Einsatz geharrt hatte. Es war einfach Papas hässlicher Koffer, den sich nie jemand hatte ausleihen wollen und den Piet nun mit Äther, Schwefelsäure, Permanganat und ein paar anderen Chemikalien, deren Namen er nicht aussprechen konnte, wiederbeleben würde.

Sich Zeit erkaufen. Grens Zeit erkaufen. Bis die nächsten Koffer eintrafen.

In den Jahren in Südamerika, auf der Flucht vor einer lebenslangen Gefängnisstrafe, hatte er das Vertrauen des Drogenkartells gewonnen, indem er genau der gewesen war, für den er sich ausgab, genau das tat, was er versprach, immer lieferte und immer Deckung gab. Was das Drogenkartell dagegen nicht wusste und was er ihnen auch tunlichst nicht erzählen würde, war, dass er heute ein anderer war – nicht mehr genauso grenzenlos, rücksichtslos, unzerstörbar wie der Geldeintreiber, Bodyguard, Unterhändler und Henker, den sie einmal eingestellt hatten, den sie respektierten und an den sie sich erinnerten.

In dem Telefonat, das er vor einigen Minuten beendet hatte, war es diese frühere Version von Piet Hoffmann gewesen, mit der der Repräsentant des Kartells verhandelt hatte, und mit den Gegenleistungen, die Hoffmann noch immer einfordern konnte, einigten sie sich darauf, dass er den Verkauf von fünf der Aberhundert identischen Koffer übernehmen würde, die sich in diesem Moment in einem Schiffscontainer auf dem Weg Richtung Gibraltar und Cádiz befanden. Noch einen weiteren Tag in der Lieferkette, und er würde sie in Stockholm in Empfang nehmen können.

Es klingelte an der Tür.

Piet Hoffmann breitete ein Laken über die Chemikalien und trat an die Sicherheitstür im Flur. Im selben Moment beugte sich das Gesicht auf der anderen Seite des Gucklochs nach vorn, und sie standen jeder auf einer Seite von zehn Zentimeter dickem Stahl und starrten einander an.

Piets Anspannung ließ nach, und er machte auf.

»Ein Überraschungsbesuch?«

»Schlüsselübergabe.«

Ewert Grens' grobschlächtiger Körper duckte sich in den Flur hinein, ging weiter in die Küche und zog einen Stuhl unter dem Tisch hervor. Ein flüchtiger Blick auf das Laken und den Topf auf dem Herd.

»Will ich es überhaupt wissen?«

»Das entscheidest du, Ewert.«

»Da meine eigene – legale – Arbeitsweise bisher null Ergebnisse geliefert hat, sollte ich es vielleicht wissen. Ich meine, wie oft kann ein Kriminalkommissar schon gefeuert werden?«

Piet Hoffmann zog das Laken von der Arbeitsfläche, enthüllte die Chemikalien, stellte den Koffer neben den Herd und holte den Reagenzglasständer aus der Speisekammer.

»Dann bitte.«

Grens blickte verständnislos auf Dosen und Reagenzgläser.

»Was ist das?«

»Mithilfe dieses Koffers nähere ich mich dem Täter an. Mit diesem Koffer, einigen Chemikalien und einem Haufen Lügen.«

»Koffer? Chemikalien?«

»Wenn du genau hinsiehst, wirst du diesen Koffer wiedererkennen.«

Hoffmann schob Grens den Koffer mit dem Fuß zu, und kurz darauf nickte der Kriminalkommissar. Er erinnerte sich.

»Wie willst du …?«

»Chaos.«

»Chaos?«

»Ich verwandele das Leder des Koffers in drei Kilo reinstes Kokain. Und sehr viel mehr wird in Kürze in Form von weiteren Koffern hier eintreffen. Ich stifte Unruhe. Mit einem Knall. Lenke alle Augen auf mich. Nähere mich deinem Täter.«

Hoffmann hob den Koffer auf die Arbeitsfläche, öffnete die Dosen, schob den Topf auf die passende Herdplatte und nahm ein Reagenzglas aus dem Ständer.

»Sobald du weg bist, Ewert, wird dieses Leder zu einer breiartigen Masse, die mit jedem Tröpfchen aus diesem Reagenzglas fester und farbloser wird, bis sie an eine weiße Zuckerlösung erinnert. Dann erhitze ich das Ganze auf siebenunddreißig Grad, streiche die Masse auf ein Backblech und lasse sie trocknen. Die Südamerikaner nennen es Fischschuppen. Sechsundneunzigprozentiges Kokain, reiner als jedes andere Kokain in dieser Stadt, das glänzt wie die Schuppen eines Fisches.«

Ewert Grens saß an einem Küchentisch, nicht sehr weit vom Polizeipräsidium entfernt, und hörte sich die Vorbereitungen zu einem Verbrechen an. Schon jetzt konnte er diverse Straftatbestände und Anklagepunkte aufzählen und sollte den Mann, der vor ihm stand, entweder festnehmen – oder schnurstracks die Wohnung verlassen.

Der Kriminalkommissar blieb sitzen. Er würde weiter zuhören.

»Carúpano in Venezuela. Dieselbe Hafenstadt, die wir benutzt haben, als ich Startpunkt und Routenverlauf geplant habe. Umladung in Aberdeen und weiter nach Südspanien. Das Kartell hat nie auch nur einen einzigen Schiffscontainer verloren – die Koffer und die Droge treffen genau dann hier ein, wenn ich Nachschub brauche.«

Hoffmann war es nicht gewohnt, sich selbst und seine Pläne offenzulegen. Für niemanden, nicht einmal dem Auftraggeber gegenüber.

»Ich lasse mich einführen. Diese Kids haben keine Ahnung, wer ich bin. Aber wenn sie irgendeinen der älteren Akteure in ihrem Umfeld fragen, bin ich für sie immer noch der Schwerverbrecher. Niemand kennt meine V-Mann-Rolle. Die Leute, die von ihr gewusst haben, die polnische Mafia, existiert nicht mehr. Die beiden anderen, die Bescheid wussten, weil einer deiner Kollegen gesungen hat, leben auch nicht mehr. In ein paar Stunden wird jemand für mich bürgen, dessen Wort Gewicht hat. Von dem Moment an bin ich auch für die, die zu meiner Zeit noch nicht im Milieu unterwegs waren, ein verurteilter Ex-Schwerverbrecher, der aus einem Hochsicherheitsgefängnis ausgebrochen ist und sich mit Achtung und Ansehen aus der Stockholmer Unterwelt verabschiedet hat. Und wenn sich jemand, der über Jahre Hunderte Angebote ausgeschlagen hat, nur diesen einen Deal zu überwachen, nur diese eine Lieferung zu übernehmen oder nur … Wenn dieser Jemand jetzt signalisiert, dass er zurück ist und außerdem von jemandem protegiert wird, der das Recht dazu hat, hört man zu. Ich habe noch eine Karte, die ich ausspielen kann – einen Koffer –, und ich spiele sie jetzt.«

Das Letzte sagte Piet Hoffmann nicht, damit sein Zuhörer Dankbarkeit empfand. Es war Information, Hintergrund, nichts anderes.

Trotzdem empfand Ewert Grens es.

Unendliche Dankbarkeit.

»Piet, ich …«

»Der Schlüssel.«

»Also …«

»Deswegen bist du doch gekommen.«

Der Bund klimperte, als der Kriminalkommissar ihn aus der Hosentasche zog und mit ungeschickten Fingern einen der Schlüssel von dem kleinen Metallring pfriemelte.

»Eine Sache noch, Ewert.«

»Ja?«

»Daniel De La Renta. Eines der Opfer.«

»Ja?«

»Ich will alle Informationen, die ihr über ihn habt.«

»Alles Relevante steht in den Ermittlungsakten.«

»Ich will, dass du mir *alle* Unterlagen über ihn beschaffst. Nicht nur seine Delikte, Strafen, Unterbringungen. Ich will seine Zeugenaussagen lesen, seine Vernehmungen, die Berichte über seine Unterbringung in Jugendeinrichtungen und in geschlossenen Wohngruppen.«

Der Kriminalkommissar überlegte, ob er nach dem Grund fragen sollte. Doch dann nickte er langsam.

»Gib mir einen Tag.«

Grens hielt noch immer den einzelnen Schlüssel in der Hand. Jetzt reichte er ihn weiter.

»Vergiss nicht: Ich habe dich gewarnt. Es sind kaum Möbel da.«

»Das weiß ich.«

Sie sahen sich an.

»Du schläfst also bei mir zu Hause, Piet. Während Rasmus'

Bett für mich bezogen ist – bei dir zu Hause. Sind wir diejenigen, die kompliziert sind, oder das Leben?«

»Wir hören uns, Kommissar.«

Ewert Grens' hinkende Schritte hallten von den Wänden des Treppenhauses wider, und Piet Hoffmann sperrte Sicherheitstür und Gittertür ab.

Für den Fall, dass es roch, wenn Kokain zum Leben erweckt wurde.

Die erste Produktprobe.

Der Zugang.

* * *

Heruntergekommen. Schäbig. Trist. Ausgestorben.

Ohne Farbe, ohne Leben.

Råby Centrum war wie Fittja Centrum, wie Masmo Centrum, wie Skogås Centrum, wie Norsborg Centrum, wie Gamlegården Centrum in Kristianstad, wie Biskopsgården Centrum in Göteborg und Sätra Centrum in Gävle. Wie der Stockholmer Vorort, in dem er selbst aufgewachsen war, und wie jedes andere von nichts als Asphalt umgebene Vorort-Zentrum, wo Piet Hoffmann Waren gekauft und gedealt, wo er geschossen und selbst Drogen konsumiert hatte.

Er rollte im Auto bis vor die große Eingangstür des Einkaufszentrums, die sich automatisch öffnete oder schloss, wenn jemand hinein- oder hinausging, und die jetzt aufging, als Lorentz in Begleitung eines hoch aufgeschossenen schlanken Jungen, der die Kapuze seines schwarzen Hoodies über den Kopf gezogen hatte, aus der Pizzeria kam.

Sicher an einem Ort, an dem er nach Hause fand.

Der Hood-King.

Lorentz klopfte an das halb heruntergekurbelte Seitenfenster.

»Peter, das hier ist Abdi. Abdi, das ist Peter Haraldsson.«

Lorentz trat zur Seite, und ihre Blicke begegneten sich.

»Er?«

Der junge Mann, etwa um die zwanzig, sprach mit Lorentz, sah aber weiter Piet an.

Bis Lorentz antwortete.

»Ganz genau.«

Die schwarze Kapuze glitt ein Stück nach hinten und enthüllte ein Gesicht mit spärlichem Oberlippenflaum und einen Kopf mit dunklem Bürstenschnitt, als der Junge etwas aus seiner Hosentasche zog.

Ein Handy.

»*Du* bist der Typ?«

Diesmal sprach er mit Hoffmann.

»Scheiße, Mann. Die Råby Soldiers haben dich im Auge.«

Abdi scrollte in seinem Handy und hielt Piet das Display hin. Ein Foto von Piet Hoffmann, der am helllichten Tag im selben Auto am selben Ort saß – oder ein Foto von Peter Haraldsson, einer der Namen, für die Hoffmann – wie auch für die Namen Piet Koslow und Verner Larsson – einen gültigen Pass und eine plausible Hintergrundstory besaß. Das nächste Foto, das Abdi ihm hinhielt, war in einem anderen Teil der Betonwüste des Millionenprogramms entstanden und zeigte Hoffmann, der aus dem Auto gestiegen war und an die Motorhaube gelehnt dastand. Auf dem dritten Foto saß er wieder im Auto, diesmal auf der anderen Seite des Einkaufszentrums, das Seitenfenster heruntergekurbelt und mit einer Zigarette im Mundwinkel.

Hoffmann sagte nichts.

Bei seinem gestrigen Besuch war er absichtlich wie ein Reklameschild durch das Viertel gefahren und hatte es darauf angelegt, gesehen und fotografiert zu werden.

»Und nicht nur dich. Wir haben alle im Auge.«

»Gut.«

»Gut?«

»Dann kannst du einsteigen, weil wir uns nicht mehr weiter miteinander bekannt machen müssen.«

Der junge Mann rückte seine Kapuze zurecht, die eine Tätowierung an beiden Seiten des Halses einrahmte, warf Lorentz einen letzten Blick zu, wartete auf das Nicken, dass der Typ im Wagen in Ordnung war, und öffnete die Beifahrertür.

Piet Hoffmann startete den Motor und schnallte sich an.

Aber er fuhr nicht los.

Sekunden. Eine halbe Minute. Eine Minute.

Sie blickten beide stur geradeaus.

»Geht die Reise los, oder was?«

»Anschnallen.«

»Was?«

»Schnall dich an.«

Hoffmanns Passagier drehte den Kopf.

»Bist du ein fuckin' joke?«

Während Hoffmann weiter geradeaus sah.

Eine halbe Minute. Eine Minute.

Bis der Junge, der Abdi hieß, sich anschnallte und Piet Hoffmann den Fuß von der Bremse nahm und losfuhr. Keine Frage, wohin. Lorentz hatte seinen Job gemacht und einer der hochgradig gewalttätigen Organisationen erklärt, wer im Auto sitzen würde, dass es um die Art von Geschäftsangebot ging, bei dem sie einschlagen sollten, dass niemand während des Treffens bewaffnet sein würde und dass der Typ auf dem Fahrersitz einen neutralen Ort vorbereitet hatte, um sicherzugehen, dass keine unerwünschten Ohren zuhörten.

Wie einfach es war. Vielleicht zu einfach. Wieder in das Ich zu schlüpfen, das er einmal gewesen war.

Als sie Råbys Hochhäuser hinter sich ließen, konnte Piet Hoffmann seiner Verwandlung von Brust bis zum Bauch und zurück zur Brust nachspüren. Der Verwandlung eines Menschen, der geglaubt hatte, am Ende begriffen zu haben, wie das Leben als Erwachsener mit Kindern und Familie funktionierte, in einen Menschen, der fünfundzwanzig war und voller Wut, der sich vor niemandem fürchtete und die Scheißkerle aus dem Weg räumen würde, bevor sie ihn aus dem Weg räumten.

Das Jüngelchen auf dem Beifahrersitz spürte es ebenfalls, jeder, der misshandelt und getötet hat, spürt so etwas. Hoffmann wusste es. Dass dieser kleine, von seiner Kapuze umhüllte Hood-King begriff, dass das Gewaltkapital, das er angehäuft hatte, indem er andere Zwanzigjährige in anderen Vororten erschossen hatte, damit Elfjährige zu ihm aufschauten, genau hier und jetzt auf das Gewaltkapital eines Menschen traf, der im kolumbianischen Drogendschungel gekämpft und getötet hatte.

Die Art Mensch, die mit dem Mund lächelte, nie mit den Augen.

Piet Hoffmann musste es nicht sagen.

Du bist, wie ich war, als ich geglaubt habe, ich sei jemand anderes. Und so, wie der kleine Junge, der Daniel hieß, sich eines Tages gesehen hat.

Es nicht laut aussprechen. Es war auch so zu hören.

Aber du hast keine Ahnung.

Du bist ein kleines Komma zwischen zwei Sätzen.

Du bedeutest nichts.

Und darum saßen sie schweigend da und ordneten das Machtgefüge neu. Starrten weiter geradeaus, während Hoffmann auf die E4 fuhr, in Richtung Norden, in Richtung Innenstadt, und im Kopf die Zahlen durchging, die ein Netzwerk mit bereits laufenden Drogenkontakten davon überzeugen sollten, sich einen neuen Lieferanten zuzulegen. Von Lorentz wusste er, wie viel diese Typen für hundert

Gramm Koks zahlten und welche Qualität der Stoff hatte; fünfzigprozentiges Kokain, das sie einmal zu fünfundzwanzigprozentigem Kokain streckten. Wenn er den gleichen Preis für ein Produkt bot, das fast doppelt so stark war – sechsundneunzigprozentiges Kokain, das viermal gestreckt werden konnte –, wäre dem doppelten Umsatz auf einem Markt, wo es nur um schnelles Geld ging, nicht nur schwer zu widerstehen, es wäre unmöglich.

»Wo fahren wir hin, Mann?«

Piet Hoffmann sah den Jungen von der Seite an. Sah auf dessen ADHS-Beine, die immer krampfhafter zuckten, je weiter sie sich von seiner Hood entfernten.

»Abdi, richtig?«

Auf dessen Finger, die fahrig auf drei Handys herumtippten.

»Mmm.«

»Keine Sorge. Wir sind gleich da.«

Piet wechselte auf die rechte Spur und nahm kurz vor Kungens Kurva die neu gebaute Autobahnausfahrt Richtung Skärholmen Centrum. Etwas mehr Leben, genauso viel Asphalt. Auch hier hatte Piet Hoffmann Waren gekauft und gedealt, hatte gedroht, und es fühlte sich an wie gestern und gleichzeitig wie vor einer halben Ewigkeit. Vor allem aber hatte sich das Geschäft verändert. Ihm und den anderen, die damals in dem Ich-verstecke-mein-Gesicht-unter-einer-hochgezogenen-Kapuze-Alter waren, war es scheißegal gewesen, ob sie etwas an den Drogen verdienten, sie hatten den Stoff selbst gedrückt und sich ihr Bargeld aus den Kassen der Ladengeschäfte beschafft. Die heutigen Kids waren anders. Sie waren nicht zwangsläufig Fixer. Früher waren sie Junkies gewesen. Heute waren sie Geschäftsleute mit anderen Dingen, die sie lockten, Autos für eine Million, glitzernder Schmuck. Früher war es, zumindest am Anfang, vor allem ein großer Spaß gewesen. Piet erinnerte sich an seinen damaligen Kontaktmann. Eine große Villa in Tumba. Mit Pool. Sie hatten sich immer genau hier getroffen, in Skärholmen Centrum, auf dem großen, verlassenen Parkplatz, auf den er in diesem Moment einbog. Immer mitten in der Nacht. War sein Kontaktmann nicht selbst erschienen, hatte dessen Frau im Auto gesessen und gewartet. *Carsten kann heute leider nicht kommen. Carsten lässt dir ausrichten, dass er sich bei dir meldet.* Carsten hatte auch Geld verdienen wollen. Aber nicht für ein Auto oder eine protzige Goldkette, wie das Bürschchen neben ihm auf dem Beifahrersitz. Carsten war mit seinen Geldkassetten zu seinem Finanzberater in die Bank marschiert und hatte eine Million nach der anderen eingezahlt.

Doch mit der Zeit war es gefährlicher geworden.

Auch ein orientierungsloser Piet Hoffmann begann, sich andere Ziele zu setzen, als alles zu verkoksen.

Piet erinnerte sich an den Neuen, der mit besseren Bedingungen als Carsten geworben hatte, der ihm einen Porsche versprochen hatte, wenn er stattdessen für ihn arbeitete. Und es hatte nicht lange gedauert, bis der Neue den Stoff an Hoffmann verkauft hatte.

Der Parkplatz zwischen Autobahn und Skärholmen Centrum war riesig, und nur hier und da standen ein paar vereinzelte Autos. Piet Hoffmann fuhr an Hunderten leeren Parklücken vorbei und hielt schließlich neben einer der wenigen, in der ein Fahrzeug stand, ein roter, schon etwas älterer VW-Golf.

Er schaltete den Motor aus, während sein Beifahrer sich irritiert, oder besorgt, umblickte.

»Was zum Teufel hast du ...«

»Der Kofferraum.«

Hoffmann öffnete das Handschuhfach, nahm einen Autoschlüssel heraus, richtete ihn auf den Golf neben ihnen und drückte auf den Knopf mit dem geöffneten Heckklappen-Symbol.

»Hol das, was darin liegt.«

Abdi blieb sitzen. Hoffmann blickte ihn zum ersten Mal direkt an.

»Lorentz hat für dieses Treffen gebürgt. Das Auto fliegt nicht in die Luft, wenn du den Kofferraum öffnest.«

Der Hood-King, der weit von seiner Hood entfernt war, stieg aus, ging zum roten Golf, öffnete den Kofferraum, ließ die Heckklappe nach oben schwingen und kam mit dem einzigen Gegenstand zurück, der darin lag – einer Plastiktüte.

Die Produktprobe. Drogen fuhr man nicht im eigenen Wagen spazieren.

»Der Inhalt reicht für zehn 2-Gramm-Tütchen, Spitzenqualität.«

Am Morgen war der Inhalt der Plastiktüte noch ein kleines Stück eines braunen Lederkoffers gewesen, und nun lag er in Form einer größeren Probe als nötig in einer nachlässig verknoteten Tüte; wie um zu zeigen: *Das sind Peanuts für mich, wo das herkommt, ist noch viel mehr davon*, und sein Beifahrer öffnete die Tüte, steckte die Nase hinein und roch.

Hoffmann stieß die Tüte mit dem Handrücken an, sie schaukelte leicht hin und her.

»Teste es. An dir selbst oder an anderen. Vergleich es mit dem gestreckten Mist, den du zurzeit vertreibst. Bei Interesse meldest du dich bei unserem gemeinsamen Kontaktmann, und du und ich sehen uns wieder.«

Abdi rückte wie vorhin seine Kapuze zurecht, roch noch einmal an dem Stoff und war im Begriff, einen Finger in die Tüte zu stecken, als Hoffmann seine Hand packte.

»Nicht hier.«

Die Digitaluhr im Armaturenbrett zeigte 22:15.

»In vier Stunden, um 02:15 Uhr, meldest du dich bei Lorentz, wenn ihr mit mir zusammenarbeiten wollt.«

Piet Hoffmann langte über seinen Beifahrer hinweg und stieß die Tür auf.

»Du kannst jetzt gehen.«

»Was?«

»Du findest doch nach Hause?«

Das war hart an der Grenze. Es gab nichts Gefährlicheres, als zu übertreiben.

»Ich mag deinen Style nicht.«

Die Augen in den Tiefen der Kapuze, die es gewohnt waren, dass man ihnen gehorchte, und deren Besitzer an diesem Punkt für gewöhnlich nach seiner Pistole gegriffen hätte, befanden sich zwar auf fremdem Terrain und in Gesellschaft eines Menschen, der als genauso gefährlich und kompromisslos beschrieben worden war, wie Hoffmann es einmal gewesen war, aber eine Geschäftsbeziehung mit verletztem Stolz zu beginnen, war selten eine gute Ausgangslage.

Doch für einen Rückzieher war es zu spät.

»Aber du magst die Hunderttausender, die bei diesem Deal zusätzlich in deine Taschen wandern.«

Die Beifahrertür blieb geöffnet.

Sie saßen einfach nur da.

Bis Abdi, ohne den Typen auf dem Fahrersitz anzusehen, die Plastiktüte in den Hosenbund stopfte, an die Stelle, an der sonst seine Waffe saß, den Saum seines Kapuzenpullovers nach unten zog und ausstieg, ohne die Tür hinter sich zu schließen.

Piet Hoffmann sah dem jungen Mann nach, der in Richtung von Hochhäusern und U-Bahn-Station davonging, und bekam deshalb mit, wie sich etwa dreißig Sekunden später vier Gestalten aus den Schatten des Parkplatzes lösten. Wie sie jemandem den Weg verstellten und umzingelten, den sie nicht kannten, dessen Auftreten ihnen aber vertraut war.

Wie schnell man einen Fremden an eine Wand drängen konnte.

Die ersten Schläge austeilen konnte.

»Hallo? Gibt es ...«

Hoffmann rannte, schrie.

»... ein Problem?«

Alles kam zum Stillstand.

Fünf Gesichter musterten ihn.

Eines, der Kerl, der zugeschlagen hatte, schrie zurück.

»Und wer zur Hölle bist du?«

Piet Hoffmann blieb sieben, acht Meter von der Gruppe entfernt stehen und antwortete nicht.

Er sah über sie hinweg, an ihnen vorbei, ging weder weiter auf sie zu noch davon.

Dieses Spiel. Das sie alle beherrschten. Das er einmal am besten von allen beherrscht hatte.

Niemanden ansehen. Nicht direkt und nicht ohne Grund.

Ich zolle niemandem Respekt.

Ich *bin* der Respekt.

»Bist du taub, Alter?«

Die Oberlippe des Wortführers, das Grinsen, das unter dem dünnen Bartflaum spielte. Hoffmann hätte es am liebsten gepackt und es dem Kerl aus der Visage gerissen. Wie er es in einer anderen Zeit getan hätte – und was er, wie sie glauben mussten, auch jetzt tun würde.

Wenn sie das erkannten, was Abdi vorhin im Auto erkannt hatte.

Das Gewaltkapital.

Einer Person, die sehr viel mehr Menschen misshandelt und getötet hatte als sie alle zusammen.

»Meine Ware, Abdi?«

Piet Hoffmanns Stimme war ruhig, sachlich.

»Unter Kontrolle?«

Abdi nickte mit dem Nacken an der Betonwand.

»Gut. Dann, denke ich, solltest du rüberkommen, zu mir, und dich nicht an eine versiffte Zementwand drücken lasen.«

Jetzt. Genau in diesem Moment entschied sich der weitere Verlauf. Die Antwort.

Ob die Angreifer ihren Angriff fortsetzen würden. Oder ob sie das gesehen und gehört hatten, von dem er hoffte, dass sie es sahen und hörten.

»Jetzt, Abdi.«

Vorsichtig begann Abdi, sich zu bewegen. Ein kleiner Schritt zur Seite, ein kleiner Schritt zur anderen Seite. Dann weitere. Durch die vier Angreifer hindurch. Auf Piet Hoffmann zu. Bis er der Rettung näher als der Gefahr war und sie zurück zum Auto gingen.

»Scheint so, als bräuchtest du eine Mitfahrgelegenheit.«

Die Beifahrertür stand unverändert offen, und Abdi rutschte wortlos auf denselben Platz. Dann saßen sie wieder da wie vorhin. Schwiegen. Starrten. Bis der Beifahrer nach dem Sicherheitsgurt griff, sich anschnallte und Hoffmann losfuhr.

***

Nicht ein Wort. Kein Blick. Der junge Mann stieg, die Plastiktüte zwischen Bauch und Hosenbund, aus dem Auto und verschwand in eine Råbydunkelheit, die noch genauso kalt wirkte wie vorhin, als er abgeholt worden war. Die Autotrasse war der Weg von hier fort, doch diesmal bog Piet Hoffmann nicht auf halber Strecke in Richtung Stadt ab, hin zu einer Familie, nach der er sich permanent sehnte. Er wusste, was die Mitglieder der Gruppe, der er sich näherte, dachten. *Wo zum Teufel kommt dieser Typ her? Wer ist er?* Alle überwachten sich gegenseitig. Nach Hause zu fahren, kam nicht infrage. Autos würden ihm bald folgen. Wenn sie es nicht schon taten. Deswegen entschied er sich für seine bewährte Methode; die Abfahrt in Richtung Skanstull und weiter zur Tiefgarage in der Åsögatan, wo er den silbergrauen Saab gegen einen schwarzen Opel eintauschte, der auf einem gemieteten Langzeitparkplatz stand, dann weiter zur Tiefgarage am Medborgarplatsen, wo ein blauer Volkswagen wartete, und danach zur Tiefgarage der Globen-Arena, wo ein roter Volvo stand. Jedes Fahrzeug war mit einem Nummernschild versehen, das zu einem Halter führte, der überall wohnte, nur nicht in einem Haus in Enskede.

Dann fuhr er sicherheitshalber ein gutes Stück an der Eingangstür im Sveavägen, für die er mittlerweile einen Schlüssel hatte, vorbei; eine Parklücke zwischen zwei Lieferwagen in der Upplandsgatan schien ihm weit genug entfernt, und weil er annahm, dass in Grens' Kühlschrank nach wie vor gähnende Leere herrschte, kaufte er im Supermarkt am Odenplan ein, ehe er die Eingangstür des Hauses direkt gegenüber der Stadtbibliothek aufschloss und den engen Fahrstuhl betrat, der besorgniserregend rumpelte und quietschte.

Piet Hoffmann hatte deutlich vor Augen, wie unbewohnt Ewert Grens' mehrere Hundert Quadratmeter große Innenstadtwohnung *mit* Möbeln gewirkt hatte, ohne Möbel glich sie einer Savanne, endlos wie die Asphaltfläche von Råby; das Gefühl, endlos laufen zu können, ohne jemals einer Seele ausweichen zu müssen, ob lebendig oder tot. Ein Spiegel, wie gut das Leben sich für ihn selbst gefügt hatte. Wie fern die Zeit gerückt war, in der das einzig Wichtige gewesen war, irgendwo ein Bild an die Wand zu hängen. Bleiben zu können. Lange genug, um ein Bild an die Wand hängen zu *wollen*.

Dann hielt er plötzlich mitten im Schritt inne. Vor dem Raum, den Grens als Bibliothek genutzt hatte. Wo die Porträtbilder eines jungen Ewert und einer jungen Anni in Polizeiuniformen an der Wand gehangen hatten, neben einem gestickten Weihnachtsspruch, den Grens nie abgenommen hatte. Die frischgebackenen Polizeihochschulabsolventen und die Handarbeit waren verschwunden, aber in einer Zimmerecke standen eine neue bunte Stehlampe und ein neuer Lesesessel, der haargenau so aussah wie sein Vorgänger.

Ewert war hier gewesen, hatte ein Zuhause betreten, vor dem er sich fürchtete, und sogar zwei erste Möbel angeschafft.

Piet Hoffmann lächelte, das zu sehen, machte ihn unheimlich froh.

Er setzte sich in den Lesesessel, stabiler Halt für den Rücken, ausreichend Platz, lehnte sich zurück und schloss die Augen.

Bisher lief alles nach Plan.

Ein Teil des Koffers war zu einer ersten Produktprobe geworden – und die Halbstarken, die er mit dem Überfall auf Abdi beauftragt und die Lorentz für ihn aufgetrieben hatte, hatten ihre Rolle überzeugend gespielt. Vier Schatten, die in ihrer Hood einen Fremden gestellt und ihn in einer Ecke des Parkplatzes an die Wand gedrückt hatten. Und als Hoffmann auf der Bildfläche erschienen war, hatten sie den schmalen Grat zwischen Aggressivität und Respekt gefunden. Sie waren jeden Tausender wert gewesen.

* * *

»Sie sind zufrieden.«

Piet Hoffmann wurde von einem Handyklingeln geweckt, auf das Lorentz' raue Stimme folgte.

»Hallo? Bist du da?«

Er hatte sich in Ewerts noch mit Plastikfolie umhüllten Lesesessel gesetzt, die gleichfalls unbenutzte Stehlampe angeknipst, angefangen, Zofia eine SMS zu schreiben.

Und war eingeschlafen.

»›Zufrieden‹, Lorentz?«
»Okay – mehr als zufrieden, sehr viel mehr.«
Piet streckte seine Glieder, hörte zu.
Abdi hatte sich zur vereinbarten Zeit um genau 02:15 Uhr bei ihrem gemeinsamen Bürgen gemeldet.
»Der beste Stoff, den sie je getestet haben. Der beste, von dem sie je gehört haben, ever. Was immer du auch vorhast, Piet – es scheint zu funktionieren.«
Das Auto stand ein paar Straßen entfernt, unweit vom Odenplan, noch genauso schief, wie er es eingeparkt hatte. Er rangierte vor und zurück, steuerte unter dem dumpfen Geräusch von Stoßstange auf Stoßstange aus der Lücke heraus und wiederholte das Ritual vom frühen Abend, nur in umgekehrter Reihenfolge, unterschiedliche Fahrzeuge mit unterschiedlichen Nummernschildern. Der rote Volvo wurde in der Tiefgarage der Globen-Arena zu einem blauen Volkswagen, der in der Tiefgarage am Medborgarplatsen zu einem schwarzen Opel wurde, der in der Tiefgarage in der Åsögatan zu einem silbergrauen Saab wurde. Im Saab hatte er sich in Råby blicken lassen, und im Saab würde er dort wiederauftauchen.
Schon auf der Autotrasse, auf Höhe der U-Bahn-Station, fiel ihm auf, wie viel belebter der Stadtteil in der Dunkelheit wirkte. Erleuchtete Wohnungsfenster als wachsame Augen in der Nacht, und auf den Bürgersteigen waren mehr Menschen unterwegs, als er den Tag über gesehen hatte. Da war es vielleicht nicht verwunderlich, dass in Råby Centrum kurz nach drei Uhr morgens noch eine Pizzeria geöffnet hatte. Auch wenn diese Öffnungszeit lediglich dem Zweck diente, die besonderen Wünsche einiger weniger Gäste zu befriedigen.
Diesmal würden sie sich ohne Bürgen treffen.
Lorentz' Arbeit war getan.

Von jetzt an agierte Piet Hoffmann allein.

Das Licht der Neonröhren an der ursprünglich einmal weiß getünchten Decke ertrank in einem fleckigen, abgenutzten Marmorfußboden – in den Siebzigerjahren hatte wirklich einmal jemand an dieses mittlerweile halb leer stehende Einkaufszentrum geglaubt. Den Eingang der Pizzeria flankierten ein schmiedeeiserner Türbogen sowie zwei große Pflanzenkübel mit ausladenden Plastikpalmen. Piet wählte einen der Tische in der Mitte des Gastraums, eine offene Fläche, von allen Richtungen einsehbar und ungeschützt.

Nie Unsicherheit zeigen. Schwäche.

Ein paar Minuten verstrichen. Er blickte sich um. Außer ihm war niemand da.

»Kaffee?«

Bis auf einen rundlichen Mann in weißem Hemd, der Pizzeriabesitzer selbst.

»Gerne. Mit einem Schuss Milch.«

Piet dachte an Hugo, Rasmus und Luiza. An Zofia. Wie anders sich ein Undercoverauftrag anfühlte, wenn etwas, *jemand*, auf dem Spiel stand.

Der Pizzeriabesitzer servierte ihm das dampfende Getränk in einer kleinen orangefarbenen Porzellantasse, die sich farblich mit der roten Tischdecke biss.

»Zucker?«

Jetzt sollte der Besitzer gehen. Den Gast allein lassen, mit seinen Gedanken, seinem Koffein. Doch er blieb neben ihm stehen, ein Geschirrtuch über dem Arm, eine Glaskanne in der Hand.

»Was machen Sie hier?«

»Eine Tasse Kaffee trinken.«

Ein Fremder. Allein. Aus einem bestimmen Grund hier.

Der Pizzeriabesitzer kannte diese Art, hatte im Lauf der Jahre jeden einzelnen dieser Fremden in diesem Stadtteil überlebt, indem er ihre Bewegungen rechtzeitig gedeutet hatte.

»Mmm. Aber wenn Sie ausgetrunken haben, seien Sie vorsichtig.«

Der Mann, der etwa so alt war wie Piet, hatte freundliche Augen.

»Bei dem, was Sie vorhaben.«

Jetzt flüsterte er.

»Mehr kann ich nicht sagen.«

Dann verschwand er mit seinem Geschirrtuch und der Glaskanne in der Küche, weil die, die ihm befohlen hatten, seine Pizzeria heute Nacht geöffnet zu lassen, eintrafen.

Abdi plus zwei Gorillas.

Die beiden Gorillas gingen dicht an Hoffmann vorbei, stießen ihm dabei in den Rücken und setzten sich dann jeder an einen Tisch mit Blick auf den Gastraum, während ihr Boss unter lautem Quietschen den Stuhl gegenüber von Hoffmann unter dem Tisch hervorzog.

»Tee. Im Glas.«

Abdi blickte nicht einmal auf, als er seine Bestellung in den Raum rief, dem Schein nach desinteressiert an der Verbeugung, mit der der Pizzeriabesitzer seine Bestellung entgegennahm.

Eine Show.

Hoffmann war amüsiert.

Bodyguards. Zu nahes Vorbeigehen. Quietschende Stuhlbeine. Die Verbeugung.

Er hatte früher dieselbe Show abgezogen. War wie Abdi gewesen. Überzeugt, dass das Publikum das Schauspiel von Macht wie gewünscht wahrnahm. In Stockholm, Kopenhagen, Warschau, Bogotá.

»Wir nehmen ein Kilo. Als erste Lieferung.«

Abdis Wurzeln lagen in Somalia. Es spielte keine Rolle. Seine Wurzeln hätten genauso gut in Jokkmokk oder in Eslöv liegen können. Abdis Blick ging es immer um mehr. Mehr Geld, mehr Gefolge, mehr Revier. Ein Blick, gegen den Hoffmann sein Leben lang gekämpft hatte.

Er fragte sich, welches Revier diese Gruppierung übernehmen und im nächsten Schritt erweitern wollte. Wo er im Begriff war, einen Krieg anzuzetteln.

»Ich verkaufe immer in kleinen Mengen. So springt mehr Umsatz für mich raus, als wenn ich das ganze Kilo auf einmal an den Mann bringe.«

»Abdi, so heißt du doch?«

Ein kurzes Nicken.

»Abdi – ich sitze hier, um dir sehr viel mehr als ein Kilo anzubieten.«

»Und wir werden mehr nehmen.«

»Wann?«

»In zwei Tagen. Oder drei. Wir haben zehn kleine Ticker da draußen, die das Kilo unter sich aufteilen.«

»Ein Tag. Wenn ihr mit mir arbeiten wollt.«

Abdi schielte in Richtung seiner Bodyguards und des unterwürfigen Pizzeriabesitzers, wie um zu signalisieren, dass dieses Königreich noch immer sein Königreich war.

»Ein Tag – aber du kommst wieder her, zu uns. Um die gleiche Zeit.«

»Ich komme her, und du kriegst bei mir denselben Preis wie bei anderen Lieferanten, bei doppelter Qualität. Was für dich heißt: doppelter Umsatz.«

Piet Hoffmann beugte sich vor.

»Abgemacht?«

Abdi erhob sich wortlos von dem Tisch mit dem roten Tischtuch, auf dem ein unberührtes Glas Tee stand, und verließ die Pizzeria mit Plus-zwei-Gorillas als Begleitschutz ein paar Schritte hinter sich.

Kurz darauf stand auch Hoffmann auf – mit einem flackernden Blick im Rücken. Als er sich umdrehte, verbeugte sich der Pizzeriabesitzer in weißem Hemd auch in Richtung des Fremden.

Draußen war es trotz der späten nächtlichen Stunde noch immer warm, aber in der Zwischenzeit hatte es leicht geregnet, und die Luft rings um das Einkaufszentrum war weniger stickig.
»Ein Opel.«
Piet Hoffmann sah Abdi an und wies dann mit dem Kopf auf die Tiefgarage, die die Hochhäuser mit der Anschrift Råby Allé miteinander verband.
»Bronzefarben. Nummernschild KNJ 308. Ebene 2. Du holst die Ware allein, ohne deine beiden Begleiter.«
Danach blieb Hoffmann auf der Straße stehen. Zündete sich eine Zigarette an. Erschien äußerlich so sicher, wie er sich innerlich mittlerweile selten fühlte. Abdi und seine Artgenossen waren vielleicht Könige kleiner Reiche, spielten ein Theater, das Hoffmann gründlich satthatte, aber sie waren auch Experten darin, Angst zu riechen und sie maximal auszunutzen. Piet folgte der schlaksigen Gestalt durch die Dunkelheit, sah, wie Abdi seine Kapuze zurechtrückte, während das Tor der Tiefgarage aufglitt, und hineinging, hin zu einer Tüte, die mit einer Magnetplatte an der Unterseite eines Opels befestigt war und ein Kilo sechsundneunzigprozentiges Kokain enthielt.

Eine halbe Stunde später schloss Piet Hoffmann zum zweiten Mal in dieser Nacht die Tür von Ewert Grens' vor Leere hallender Innenstadtwohnung auf. Er schaltete kein Licht an, das Licht der Straßenlampen des Sveavägen reichte ihm, und als er nicht mehr sah, wohin er seine Füße setzte, spielte es keine Rolle, weil es nichts gab, worüber er hätte stolpern können. Eiskaltes Wasser direkt aus dem Wasserhahn in der Küche, dann suchte er den Lesesessel auf. Die Plastikumhüllung wurde warm und knautschte sich unter ihm zusammen, aber sie blieb, wo sie war; es stand ihm nicht zu, die nächste Phase im Leben des Kriminalkommissars einzuleiten. Piet lehnte sich zurück und führte zwei Telefonate. Der erste Anruf ging an einen Mann in Cali, der den Job erledigte, den Piet selbst einmal erledigt hatte, Hauptverantwortlicher Distributor eines mit Ware aus geruchlosem Leder bestückten Schiffscontainers, für einen aktuellen Statusbericht über fünf Koffer, die sich inzwischen im Frachtraum einer British-Airways-Maschine mit Ziel Stockholm befanden. Der zweite Anruf war der, mit dem er jeden Tag ausklingen lassen wollte. Nachdem Zofia abgenommen und das Handy neben sich gelegt hatte, wie sie es immer tat, bevor sie wieder einschlief, konnte er ihre Atemzüge hören. Und wenn ihr Atem tiefer wurde, gleichmäßiger, wagte er endlich selbst, die Augen zu schließen und ihr in den Schlaf zu folgen.

Noch einen Tag (und eine Nacht) als Polizist.

Ewert Grens war nie ein besonders guter Schütze gewesen. War nie so schnell gelaufen wie seine Kollegen und Kolleginnen. Doch am schlechtesten war es um seine Geduld bestellt. Die vielleicht wichtigste Eigenschaft eines Polizisten. Warten zu können. Er hasste es zu warten. Warten machte ihn verrückt. Seine Arme und Beine begannen zu kribbeln, ein Druck legte sich auf seine Brust. Aber nicht einmal seine Gewohnheit, seiner Ungeduld durch gelegentliche Wutausbrüche Luft zu machen, half mehr.

Er war in der Nacht in seinem Büro auf und ab gewandert.

Zwischen Fenster und Tür. Zwischen Spind und Regal.

Hatte gegen den wackeligen Couchtisch getreten, den Hörer des Festnetztelefons auf seinem Schreibtisch von der Gabel gefegt.

Er hatte darauf gewartet, dass sich die Kandidaten des Massentests für eine DNA-Probe einfinden würden. Darauf, dass die Ermittlung, an der seine gesamte Zukunft hing, Fortschritte machte. Darauf, dass vierundzwanzig Stunden verstrichen und sie ihre Ressourcen darauf richten konnten, die Kandidaten aufzusuchen, die nicht zum Testtermin erschienen waren.

Als Mariana endlich die Lampe auf ihrem Schreibtisch anknipste, ihren Computer hochfuhr und das Dokument mit der Bezeichnung *Massentest* öffnete, hastete er in ihr Büro und zwängte sich neben sie auf ihren Stuhl.

»Sieben ... neun ... zwölf ... vierzehn, fünfzehn. Fünfzehn, Ewert.«

»Fünfzehn verbleibende Kandidaten?«

»Die Zeit ist gerade abgelaufen. Dreihundertsechsundsiebzig Kandidaten im passenden Alter, die allein in dem roten Suchradius wohnen, haben sich zum DNA-Test eingefunden. Dreiundzwanzig haben angegeben, sich zurzeit an anderen Orten aufzuhalten; die DNA-Proben werden die dortigen Kollegen durchführen. Und nur fünfzehn Kandidaten haben nicht reagiert. Sehr viel weniger, als ich erwartet hatte. Ich meine, es sollte zehntausend Gründe dafür geben, einen von der Polizei anberaumten Termin nicht einzuhalten oder ganz einfach nicht zu erscheinen.«

»Jedes Mal, Mariana. Bei jedem Massentest. Die Leute kommen liebend gern zu uns und spenden ein wenig Körperflüssigkeit – wenn sie unschuldig sind, um ihre Unschuld bestätigt zu bekommen.«

Marianas Finger flogen über die Computertastatur, während sie irgendetwas schrieb, dann hastete sie hinaus auf den Flur zum Kopierer, kehrte mit einem kleinen Papierstapel zurück und reichte ihm das oberste Blatt.

»Ich habe kurzfristig Hilfe von drei Kollegen von der Nationalen Operativen Abteilung angefordert. Für heute. Fünf Listen, mit jeweils drei Kandidaten, denen wir einen Besuch abstatten müssen. Dies hier ist dein Trio.«

Mariana zog eine ihrer Schreibtischschubladen auf und kramte ein wenig darin herum.

»Hier sind deine Testkits.«

Sie legte die Plastiktüten auf den Schreibtisch und schob sie dem Kriminalkommissar hin.

»Handschuhe, Speicheltupfer, Testkarten, Gebrauchsanweisung. Wenn wir jetzt anfangen und mit ein bisschen Glück, können wir bis zum Abend mit allen Kandidaten durch sein.«

Als Ewert Grens kurz darauf aus der Tiefgarage des Präsidiums fuhr und den Schlagbaum zur Sankt Eriksgatan passierte, trat er die Reise zu seiner absolut letzten Chance an. Nachdem die herkömmliche, hartnäckige und grundlegende Polizeiarbeit gescheitert war – Puzzleteile aneinanderfügen, beobachten, drehen und wenden, graben, für Irritationsmomente sorgen –, hatte er darüber hinaus alle Methoden ausgeschöpft, die sie in der kurzen Zeit anwenden konnten. Täterprofil. Phänotypische DNA-Analyse. Psychologische Obduktion. Räumliches Profil. Verwandtschaftsanalyse. Einen deutsch-amerikanischen Biologen, der das Alter des Täters mit der Rost-Methode eingegrenzt hatte. Die Cold-Case Abteilung, die neue DNA Auswertungen mit dem im übrigen Europa üblichen Grenzwert erzwungen hatte. Piet Hoffmann und seine Kokainkoffer.

Und, als letztes Mittel, einen DNA-Massentest.

Mit fünfzehn verbleibenden Kandidaten.

Die erste Person auf seiner drei Namen umfassenden Liste arbeitete bei den Stockholmer Verkehrsbetrieben, nur ein paar Straßen vom Polizeipräsidium entfernt, und der Mann war eben im Begriff, seine Dienstkleidung gegen zivile Kleider zu tauschen, um nach der Nachtschicht den Heimweg anzutreten, als Grens ihm den Weg verstellte. Ein klassischer Behördengegner. Kriegsgegner. Paragrafengegner. Impfgegner. *Ich denke nicht. Ich bin kein Lakai des Establishments. Ich bin nicht euer scheiß Schaf hinter eurem scheiß Zaun auf eurer scheiß Wiese.* Die erste Viertelstunde verbrachte Ewert Grens damit, die eigene Wut hinunterzuschlucken und sich geduldig eine Litanei an Beschwerden anzuhören, über die Polizei, über die Gesellschaft, über Politiker und Politikerinnen und über den Autoverkehr, der die städtischen Straßen verstopfte. Die nächste Viertelstunde gehörte Ewert Grens und enthielt umständliche Erklärungen zum Thema, wie eine verpflichtende richterliche Anordnung funktionierte, und in der abschließenden Viertelstunde konnte von Geduld auf beiden Seiten keine Rede mehr sein, und Getobe und Gewüte gewannen die Oberhand, während Holzstäbchen mit Baumwolltupfer in Speichel getränkt wurden.

Die zweite Person auf seiner Liste der Namen, die dem Aufruf der Polizeibehörde nicht gefolgt war, traf Grens in einem Bett auf der onkologischen Abteilung des Stockholmer Söderkrankenhauses an. Ein schwer krebskranker Mann, der in das gesuchte Altersintervall fiel, der seinem Äußeren nach jedoch doppelt so alt zu sein schien. Tumore in Bauch und Darm, Prognose ungewiss. Grens fühlte sich unbehaglich und sprach sein Bedauern aus, über den Krankheitszustand und weil der Speicheltest aller anderen täglichen Tests und Behandlungen zum Trotz durchgeführt werden müsse.

Die dritte und letzte Person auf seiner Namensliste hielt sich mitten im Herzen der Hauptstadt auf, das sich in ein Herz mit akutem Infarkt verwandelt hatte.

Die Parkplatzsuche gestaltete sich schwieriger, als einen vierfachen Mörder zu finden, und nach zig verwirrenden Runden um Häuserblock und Häuserblock beschloss Grens schlicht und einfach, direkt vor dem goldglänzenden Eingang des Arbeitsplatzes des Mannes zu halten. Vor dem Königlichen Dramatischen Theater. Einer von Stockholms bekanntesten Sehenswürdigkeiten. Auch der Schauspieler, der kurz vor der Vormittagsprobe soeben in seiner Garderobe eintraf, war landesweit bekannt und verwechselte Grens zunächst mit einem Autogrammjäger.

»Speichel.«

»Wie bitte?«

»Sie dürfen mir Ihren Speichel geben. Keinen Papierzettel mit schlampigem Gekritzel.«

»Wenn Sie nicht sofort freiwillig von hier verschwinden, rufe ich den Sicherheitsdienst.«

Der Kriminalkommissar klappte das Lederetui mit seinem Dienstausweis und dem Wappen mit den drei goldenen Kronen auf.

Der Schauspieler musterte den Polizeiausweis und danach den Mann, der ihn in der Hand hielt.

»Ich ... ich verstehe nicht.«

Ewert Grens hätte sich wohl freundlicher verhalten sollen. Aber irgendetwas am Auftreten des jungen Mannes, seine frisch erworbene Berühmtheit und seine Art, Mitmenschen zu behandeln, störte den Kommissar.

»Sie haben die Vorladung zu einer Vernehmung erhalten. Sie hatten vierundzwanzig Stunden Zeit, darauf zu reagieren. Sie sind nicht erschienen. Was genau verstehen Sie nicht?«

»Vernehmung?«

»Inklusive Speicheltest.«

»Ich dachte, das wäre ein Witz.«

»Sie haben drei Aufforderungen erhalten. Ich habe sie alle gelesen und kein einziges Mal gelacht. Es ist kein Witz. Und vor allem keine Komödie – hier geht's um den richtig großen und bis auf den letzten Platz belegten Saal vor diesem Prunkgebäude.«

Der Kriminalkommissar tauschte seinen Dienstausweis gegen eine kleine raschelnde Plastiktüte und schwenkte sie ein wenig hin und her, während draußen auf dem Flur zwei ältere, erfahrenere und vor allem berühmtere Schauspielerkollegen auf dem Weg in ihre eigenen Garderoben vorbeigingen; neugierige Blicke trafen auf Plastikhandschuhe und Teststäbchen.

Der Schauspieler schauspielerte nicht mehr. Am Ende war er nur er selbst.

Und als der Kriminalkommissar sich auf den Rückweg nach Kungsholmen und ins Polizeipräsidium machte, standen auf seiner Liste keine ungetesteten Männer mehr – Männer im passenden Alter, die dem Aufruf der Polizei nicht gefolgt waren. Bis sein Telefon klingelte.

»Wo bist du, Ewert?«

»Auf dem Rückweg.«

»Fahr rechts ran und warte kurz. Du kriegst gleich von einer Kollegin von der NOA eine SMS mit einem weiteren Namen und einer Wegbeschreibung. Du musst noch woandershin.«

»Ach so?«

»Die NOA-Kollegin wurde zu einem anderen Fall gerufen. Zu einem Fall, der größer ist als unsere Ermittlung.«

»*Größer* als vier Morde?«

»Ihre Formulierung. Ich bin nicht in der Position, mich auf eine Diskussion mit ihrem Chef einzulassen – sie helfen uns. Und für eine Diskussion mit dir, Ewert, fehlt mir die Kraft. Ich bitte dich, den letzten Namen auf ihrer Liste zu übernehmen. Sie schickt ihn dir gleich.«

Stadtauswärts.

So begann seine Fahrt.

Der Kriminalkommissar entzifferte die winzigen Buchstaben der SMS und gab die Adresse ins GPS ein.

Eine Straße und eine Hausnummer, die ihm absolut nichts sagten. Er hatte nie einen Grund gehabt, sich die Adresse einzuprägen oder aufzuschreiben. Nicht einmal, als er fünfundvierzig Minuten südlich von Stockholm die Schnellstraße gegen eine Bundesstraße eintauschte, die zu einer Landstraße wurde, sondern erst, als auch die Landstraße zu einer noch kleineren Straße wurde, schmal und schlecht asphaltiert, und kurz darauf in einen gewundenen und holprigen Schotterweg überging.

Hier?

Erst da fuhr er voller Panik rechts ran.

Es kann doch nicht ...

Schaltete den Motor aus und griff zum Handy, das auf dem Beifahrersitz lag.

... *hier sein?*

Hinter der nächsten Wegbiegung lag er. Der Maltesholmsgården.

Jetzt las er die komplette SMS über den vierten jungen Mann, bei dem er einen Speicheltest durchführen sollte. Richardsson. Aber sowenig er auf die Adresse reagiert hatte, sowenig reagierte er auf den Nachnamen. Er hatte ihn nie zuvor gehört; das hatte ihr Umgang nicht mit sich gebracht. Aber der Vorname in der nächsten Zeile. Jetzt sah er ihn. Der Vorname sagte ihm etwas.

Michél.

Richardsson, Michél.

Etwa ... *sein* Michél? Der labile junge Mann, der im Zimmer gegenüber gewohnt hatte? Der ihm das Leben gerettet hatte, weil er die richtigen Fragen stellte und die richtigen Antworten gab, der mit der Zeit zu einem seiner wenigen guten Freunde geworden war?

Ewert Grens' Panik rührte nicht daher, weil er Angst davor hatte, Michél zu treffen. Oder davor, ihn zu bitten, seine DNA auf einem Stückchen Watte zu hinterlassen. Deswegen war er nicht auf die Bremse gestiegen und mit den Vorderreifen halb in den Straßengraben geschlittert, ohne einen Schimmer, wie er die Kraft aufbringen sollte weiterzufahren. Was das anging, hatte er die Begegnungen mit dem klassischen Behördengegner, dem schwer Krebskranken und dem selbstgefälligen Jungschauspieler als deutlich unangenehmer empfunden.

Es war der Maltesholmsgården. Er war noch nicht so weit. Noch nicht wieder genug er selbst, um an den Ort zurückzukehren, an dem er ein vollkommen anderer gewesen war.

Grens saß auf dem Fahrersitz, umgeben von mehr Arten

von Laubbäumen, als er dem Namen nach kannte, öffnete die Tür, schaffte es irgendwie, über den Graben ins hohe Gras hinüberzuspringen, und lief los, horchte auf Vogelgezwitscher und einen Wind, der alte Baumstämme knarzen ließ, und verlor sich in der Betrachtung eines Eichhörnchens, das von Ast zu Ast sprang und Nahrung für den morgigen Tag sammelte.

Versuchte zu verstehen, warum ein Ort, der Geborgenheit vermittelt hatte, ihn auf einmal ängstigte.

Warum er so große Angst davor hatte, daran erinnert zu werden, dass er freiwillig den Tod gesucht hatte.

Warum er sich womöglich vor der Entdeckung fürchtete, dass sich sein Zustand alles andere als gebessert hatte und er sich noch immer nach der Stille sehnte.

Das Eichhörnchen in dem Baumwipfel über ihm sammelte nicht nur Nahrung für den kommenden Tag, es schien einen ganzen Wochenvorrat anzulegen. Zwei laut krächzende Elstern verscheuchten einen über dem Baum kreisenden Mäusebussard, und es war eine Freude zu sehen, wie zwei physisch unterlegene Gefährten einen Angreifer in die Flucht schlugen. Und die Hirschfamilie, die ganz in seiner Nähe vorbeiwanderte, betrachtete den Fremden in ihrem Revier für einen Moment verdutzt, um gleich darauf unbekümmert weiterzuziehen.

Eine Stunde. So lange dauerte es.

Dann saß er wieder im Auto, steuerte durch die letzte Wegbiegung und rollte das lange Gefälle zum Maltesholmsgården hinunter.

Der erste Mensch, den er sah – und hörte –, war Miranda. Er war kaum aus dem Wagen gestiegen, als sie mit einem *Möge der Engel Gabriel mit dir sein, Ewert!* auf ihn zueilte und ihn so ungestüm umarmte, dass er fast hintenüberkippte.

»Und mit dir, Miranda.«

Eine weitere Umarmung.

»Du bist zurück!«

»Nicht zurück, ich muss …«

»Was hast du diesmal verbrochen?«

»Verbrochen?«

»Um wieder im Gefängnis zu landen. Genau wie ich. Und alle anderen hier.«

Jetzt war Grens an der Reihe, sie zu umarmen, nur etwas weniger ungestüm.

Dann lief er den langen Kiesweg zum Eingang hinunter, wo ihn der nächste Bewohner begrüßte. Der ehemalige Mörder, den er vor dreißig Jahren eingesperrt hatte und der jetzt, obwohl frei, noch immer in dem inneren Gefängnis saß, von dem Miranda eigentlich sprach. Sie nickten einander zu, wie sie es stets getan hatten.

Drinnen roch es wie immer. Essensdunst und verbrauchte Luft.

Auch die Geräusche waren die gleichen. In der Nähe jammerte jemand, eine Frau. Grens wusste nicht, wie sie hieß, er hatte nie ein Wort mit ihr gewechselt, aber sie kannten sich. Er kannte die Ursache ihrer Qualen. Aus dem Aufenthaltsraum drangen aggressive englische Stimmen herüber. Irgendwer hatte den Fernseher zu laut aufgedreht. Und in der Küche klapperten Schüsseln und Töpfe mit frisch gespültem Besteck um die Wette.

Ein Betreuer erkannte ihn überrascht wieder, als sie sich im Flur begegneten. Hastig versicherte Grens, er fühle sich unverändert gut und er sei nur hier, um Michél zu besuchen, seinen ehemaligen Zimmernachbarn und Vertrauten.

Und dann tat er es.

Er besuchte Michél. Klopfte an dessen Zimmertür.

Und er war froh, der Tür den Rücken zukehren zu können, die vor nicht allzu langer Zeit seine eigene Zimmertür gewesen war. Es war ihm gelungen, den Flur hinunterzugehen, ohne sie in sein Blickfeld geraten zu lassen, fest entschlossen, sich auf alles andere zu fokussieren. Er hatte auf den Fußboden geblickt, auf die Wände, auf die Decke, hatte Details herangezoomt und alles andere unscharf gestellt.

Er klopfte ein zweites Mal, hörte die schlurfenden Schritte. Und dann standen sie sich gegenüber.

»Du? Ewert!«

»Darf ich reinkommen?«

Eine Umarmung. Nicht so stürmisch wie Mirandas. Aber Antwort auf Grens' Frage.

Michéls Zimmer war eine spiegelverkehrte Kopie seines eigenen. Das Bett und der schlichte Schreibtisch tauschten die Plätze. Ebenso wie Schrank und Sessel.

In diesem Sessel nahm Grens Platz und begegnete Michéls beunruhigtem Blick.

»Warum bist du hier? Geht es dir gut? Ist etwas …«

»Michél – es geht mir bestens. Stabil. So fühle ich mich.«

Sein Freund war nicht überzeugt.

»Der Ewert Grens, den ich kenne, hätte sich, wenn er sich *bestens* fühlt, vorher gemeldet und seinen Besuch angekündigt.«

»Ich hatte keine Ahnung, dass ich herkommen würde.«

Der letzte Satz klang nicht richtig. Er hatte versprochen, zu Besuch zu kommen, oft. Ein Versprechen, das er nicht ansatzweise eingehalten hatte.

»Ich meine, ich *wollte* kommen. Aber nicht heute. Und nicht aus diesem Grund.«

»Aus welchem Grund?«

»Gleich, Michél. Zuerst möchte ich wissen, wie es dir geht. Wie es dir ergangen ist, seit ich … ja, seit ich entlassen worden bin. Wenn man es so nennen kann.«

Sie redeten. Die meiste Zeit redete Michél. Eine gute halbe Stunde später hatte Grens fast vergessen, dass er in einer anderen Rolle hier saß, dass dies nicht einer jener Abende war, an dem er später seine eigene Zimmertür hinter sich schließen und ein bisschen besser verstanden haben würde, wie er, dank eines jungen, klugen Mannes, den Weg zurück ins Leben fand.

»Michél – mein Freund?«

»Ja?«

»Ich habe vorhin gesagt, dass ich aus einem anderen Grund hier bin, obwohl ich aus keinem anderen Grund hier sein sollte, als hier bei dir zu sitzen und dich zu besuchen. Ab heute wird das mein kunftiger Grund sein, versprochen. Ich werde dich besuchen, so oft du es mir erlaubst.«

»Jeden Tag?«

Grens lächelte.

»Vielleicht nicht ganz so oft. Schließlich möchte ich nicht wieder hier wohnen.«

Dann nahm er eine Plastiktüte aus seiner Aktentasche und legte sie auf den Schreibtisch.

»Deswegen bin ich hier.«

Grens erklärte. Dass es sein Job sei, Verbrechen aufzuklären. Dass es in Ermittlungen manchmal Details gebe, denen sie weiter nachgehen müssten, in diesem speziellen Fall der DNA von vierhundertundvierzehn Männern, deren Alter und Zivilstand mit dem des Verdächtigen übereinstimmten und die innerhalb eines bestimmten Suchradius wohnten, und dass dieses letzte Kriterium ihn etwas verwirre, weil Michél hier wohne, im Maltesholmsgården, etliche Kilometer von ihrem Suchradius entfernt.

»Ja. Ich wohne seit einer ganzen Weile hier. Davor habe ich in anderen Krankenhäusern und psychiatrischen Einrichtungen gewohnt, aber gemeldet bin ich in Råby. Ich habe meine Wohnung untervermietet, sie in den kurzen Phasen, in denen ich nicht in Behandlung war, selbst genutzt, und dann wieder untervermietet. Die Wohnung hat meinen Eltern gehört, ich bin da aufgewachsen. Als meine Eltern starben, habe ich sie geerbt.«

Ewert Grens griff nach der versiegelten Plastiktüte, riss sie entlang einer gestrichelten Linie auf, pfriemelte ein Paar Plastikhandschuhe heraus und streifte es über.

»Wann hast du zuletzt etwas gegessen?«

»Gegessen?«

»Spül dir sicherheitshalber den Mund aus.«

Grens ging zu dem Waschbecken in einer Ecke des Zimmers, nahm ein sauberes Glas von der Ablage und füllte es mit Leitungswasser. Und während Michél seinen Mund ausspülte, nahm der Kriminalkommissar die Testkarte und den Umschlag aus der Tüte, in dem der Speicheltest zum NFC geschickt werden würde, und notierte Straftatparagraf, Straftatverdachtsnummer, Datum und Uhrzeit.

»Michél?«

»Ja?«

»Ist dir die Situation unangenehm?«

»Ein bisschen.«

»Gut – denn mir ist sie verdammt unangenehm. Hier zu sitzen und Polizist sein zu müssen. Bei *dir*, der … Ohne dich würde ich nicht mehr leben. Wäre nie von hier weggekommen. Das weißt du, oder?«

Michél nickte. Ja. Er wusste es.

»Mach bitte den Mund auf.«

Grens hielt Michél das Wattestäbchen hin.

»Führ es an den Innenseiten deiner Wangen entlang und zieh es auch über deine Zähne. Immerhin musst du nicht ins nächstgelegene Krankenhaus und eine Blutprobe abgeben wie früher üblich.«

Einen kurzen Moment, als sie einander gegenübersaßen

und sich direkt in die Augen sahen, mussten sie beide kichern, obwohl Grens das nie gekonnt hatte.

Er tauschte das Wattestäbchen gegen ein zweites aus, und als er fertig war, drückte er die Spitze auf die Testkarte, und die Feuchtigkeit aus Michéls Mund wurde zu einem weißen Fleck.

»*Unbekannt.*«

»Was?«

»So lautet das Laborergebnis, wenn die Probe keinen Treffer liefert. Damit hat es sich. Dein Speicheltest wird vernichtet. Du landest in keiner DNA-Datenbank, auch in keinem Straf- oder Verdachtsregister, in dem Menschen als Profile gespeichert werden, die durch etwas festgelegt werden, das irgendjemand auf den Namen Desoxyribonukleinsäure getauft hat. Unpersönlicher als Personenkennziffern, unbehaglicher als eine SMS, die mit einer Adresse und einem Nachnamen beginnt, sodass man erst vor der letzten Wegbiegung begreift, wohin man unterwegs ist.«

Sie redeten – redeten – eine weitere halbe Stunde. Grens wollte nicht gehen. Was er hier fand, die Gespräche zwischen Michél und ihm, fand er, so gern er sie auch hatte, weder bei Mariana noch bei Piet oder Hugo und hatte sie in einer anderen Zeit auch nicht bei Sven oder Lena gefunden. Er hatte so etwas noch nie zuvor erlebt. Vielleicht weil er in dem Zustand hier angekommen war, in dem er hier angekommen war: leer, hohl, und weil er diese Leere selbst verursacht hatte. Doch das war nicht alles. Hin und wieder sind Vertrauen und Gegenseitigkeit ganz selbstverständlich vorhanden, sie müssen nicht ausgesprochen werden und werden erst richtig greifbar, wenn sie nicht mehr da sind.

Es war ein gutes Gefühl, in dem Wissen vom Maltesholmsgården wegzufahren, dass er die Wahrheit gesagt hatte, als er versprochen hatte, bald wieder zu Besuch zu kommen.

Auf dem Rückweg, den Hügel hinauf, als alles und jeder aus dem Rückspiegel verschwand, dachte Grens, dass es vielleicht sogar so hatte kommen sollen, dass Michéls Name auf seiner Liste gelandet war, um einen Kriminalkommissar zu zwingen, seinen Mut zusammenzunehmen und die Tür des Maltesholmsgården zu öffnen. Damit er verstand, dass sein Zustand sich wirklich gebessert hatte, dass er nie wieder die Form von Stille herbeisehnen würde, die ihn dort hingeführt hatte.

Null Tage (und eine letzte Nacht) als Polizist.

Marianas Hoffnung erfüllte sich. Aber vor allem erfüllte sich Ewert Grens' Hoffnung.

Am Abend waren alle fünf Listen abgearbeitet, die letzten fünfzehn Namen abgehakt.

Als auch die NOA-Kollegen ihre eingesammelten Speichelproben per Expressversand ins NFC geschickt hatten, hieß es wieder warten. Was in Grens' Fall hieß: die diensthabenden Forensiker telefonisch zu drangsalieren, ihnen zu drohen und sie zur Eile anzutreiben; vierhundertundvierzehn DNA-Proben *umgehend* zu analysieren, sie *umgehend* mit der Täter-DNA abzugleichen und der Stockholmer Mordkommission *umgehend* die kompletten Ergebnisse zuzuschicken.

Kronoberg war das größte Polizeipräsidium in Schweden, hatte sich aber noch nie so beengt angefühlt.

Er hatte keinen Platz.

Er lief vor und zurück und im Kreis, immer wieder, und blieb vor geschlossenen Türen stehen.

Die ausbleibenden Antworten des NFC gingen auf Kosten seiner letzten Stunden als Polizist, und mitten in der Nacht lief er zu seinem Auto, das er in der Bergsgatan abgestellt hatte, und fuhr durch Regen und Dunkelheit von Kungsholmen raus in die Idylle von Äppelviken. Erik Wilson wohnte mit Blick auf den Mälaren, und trotz heftigen Niederschlags und wirbelnder Windböen war die Aussicht atemberaubend schön. Der Kriminalkommissar hatte seinen Chef noch nie zu Hause besucht und verstand nun, warum Wilson es stets so eilig hatte, den Heimweg anzutreten – vor einem der großen Panoramafenster zu sitzen und auf vorüberfahrende Boote und schaukelnde Wellen zu schauen, wog vermutlich jeden neuen Stapel mit neuen Verbrechen auf, und vermutlich auch einen störrisch-hartnäckigen Ewert Grens.

Das Haus war genauso dunkel wie die Umgebung, und Grens drückte den Klingelknopf lange und ausdauernd, ein monotones Dingdong erklang. Mehrmals. Bis ein verschlafener und halb nackter Erik Wilson die Tür öffnete.

»Ewert, verflucht ...«

»Kann ich reinkommen?«

Der Regen wurde stärker, und während Wilson überlegte, ob er auf Angriff schalten oder die Tür zuziehen sollte, wurden sie beide nass.

»So ersparst du dir, dass ich hier stehen bleibe und in fünf Minuten wieder klingele.«

Anders als der in die Jahre gekommene Mann, der vor ihm stand, war Wilson nicht der Typ, der schrie oder tobte. Er wusste, dass das selten etwas änderte, und winkte Ewert Grens herein.

»Wir bleiben hier. Im Hausflur.«

Dann wartete er. Er war nicht derjenige, der ein Anliegen hatte.

Grens rückte das Stück Stoff zurecht, das sein linkes Auge verdeckte. Es war nass geworden und klebte auf der Haut.

»Meine Zeit, Wilson, läuft in wenigen Stunden ab. Bei Tagesanbruch.«

Erik Wilson wartete weiter.

»Ich brauche mehr. Einen Tag, vielleicht zwei. Ich verfolge mehrere Fährten und warte auf Antwort.«

Dann sagte Grens' Chef etwas. Aber nicht sehr viel.

»Nein.«

»Nein?«

»Ganz recht. Nein, Ewert.«

Ewert Grens verschlug es einen kurzen Moment lang die

Sprache. Als habe er eine andere Reaktion erwartet und mit einer Verlängerung gerechnet.

»Du sagst also ...«

»Nein – du kriegst nicht mehr Zeit.«

»Ich kriege die Antwort bald! Ich nähere mich!«

Das Labor. Oder Hoffmann.

Wenn eine seiner beiden verbleibenden Spuren zum Ziel führte, zu einer Antwort, die alles veränderte, sollte es dann ... zu spät sein?

»Ewert – hör zu. Ich habe mich gegen die gesamte Chefetage gestellt, als ich dir diese Probewoche zugebilligt habe.«

»Vier Morde.«

»Das kann ich nicht noch einmal tun. Du kriegst keine einzige Minute mehr.«

»Vier Morde, Wilson! Du weißt, dass ich sie aufkläre! Wie ich funktioniere! Ich höre nie auf! Verstehst du? Wenn ich zu diesen ...«

»Du hast gute Arbeit geleistet, Ewert.«

»... verfluchten Personalabteilungsmenschen marschieren und ihre Fragen beantworten muss, Fragen, die sie jemandem stellen, der seit über vierzig Jahren Mordfälle aufklärt, wenn ich bei der Befragung gerade einen vierfachen Mörder aus dem Verkehr gezogen hätte, ich meine ...«

»Und ich möchte, dass du das begreifst. Du hast gute Arbeit geleistet, dich gut geführt. Ich werde alles tun, was ich kann, um das den Leuten zu vermitteln, die über deine Zukunft entscheiden.«

Das war der springende Punkt.

Das war es, worum es eigentlich ging.

Es war ihm nicht bewusst gewesen.

Nicht bevor er durch Regen und Wind und Dunkelheit zurück zum Auto ging, eine Weile hinterm Lenkrad sitzend in der Garageneinfahrt stehen blieb, ohne loszufahren, und dabei zusah, wie in Wilsons Haus nach und nach die Lichter ausgingen.

Dass es darum ging, zu seinen eigenen Bedingungen aufzuhören. Wenn *er* es wollte. Nicht irgendein fremder Personalgutachter, dem er nie begegnet war und der nach einem einzigen Gespräch entscheiden sollte, ob er noch etwas taugte.

Ewert Grens hatte sich hin und wieder, wenn er bei Einsätzen auf dem Rücksitz Platz genommen hatte, weil junge Kollegen und Kolleginnen besser Auto fuhren und besser Straßenkarten lesen konnten als er, mit einem alternden Fußballspieler verglichen, der nach und nach in die hinteren Reihen abgeschoben wurde. Der Stürmer, der einmal ganz vorne mitgemischt und die Tore geschossen hatte, wurde irgendwann zum Mittelfeldspieler, der dem Ball hinterherjagte und sich abrackerte, um schließlich auf den Posten des Verteidigers zu rutschen, der hart und erfahren und unsportlich genug spielte, damit der Gegner die Waffen streckte. Jetzt war er also wieder genau der. Der alternde Fußballspieler. Diesmal einer, der sich spät in der Karriere eine schwere Verletzung zugezogen hatte, der aber, statt seinen Abschied zu nehmen, beschlossen hatte, die Reha durchzuziehen und eisern zu trainieren, um eine letzte Saison zu spielen und *dann* seinen Abschied zu nehmen. Weil *er* es wollte, nicht der Körper.

Deswegen hatte der Kriminalkommissar seinen Mörder gebraucht. Weil Personalgutachter selten Fußballmetaphern verstehen.

Oder wie es sich anfühlt, wenn die Wut, die daher rührt, den Folgen von Gewalt gegenüberzustehen, in die Genugtuung übergeht, einen Täter festzunehmen und weitere Taten verhindern zu können, und gelegentlich sogar in ein Glücksgefühl, wie bei der Sorte abscheulicher Verbrechen, in denen er jetzt gerade ermittelte, wenn er das Monster einsperren und den Schlüssel wegwerfen konnte.

Grens setzte rückwärts auf die friedliche Vorortstraße, verließ das Viertel mit schlafenden Familien, und fuhr langsam an den Gleisen der Nockebybanan entlang, die in Alvik zur grünen Linie des Stockholmer U-Bahn-Netzes wurde. Auf dem Scheitelpunkt der Tranebergbrücke mit der einmaligen Aussicht über die westlichen Viertel der Stockholmer Innenstadt wurde es ihm klar. Wohin ein Mensch geht, wenn es keinen Ort mehr gibt. Nach Hause. Dorthin ging man. Nicht um sich an einen zersägten Küchentisch zu setzen oder sich in ein Bett zu legen, das in Einzelteilen auf den Sperrmüll gewandert war. Sondern um zu reden. Mit jemandem, der vorübergehend dort wohnte. Um zu erklären, dass es vorbei war.

Null Tage (und null Nächte) als Polizist.

Als der Kriminalkommissar seine Wohnungstür aufschloss, fand er seinen vorübergehenden Gast nicht. Piet Hoffmann lag nicht in seiner Schlafecke auf dem Fußboden. Er war auch nicht in den anderen Räumen, war weder im Badezimmer noch draußen auf dem Balkon. Bei seinem zweiten Rundgang mit kreuz und quer durch die Leere hallenden Schritten vernahm Grens regelmäßige Atemzüge. Die lauter wurden, als er sich der ehemaligen Bibliothek näherte. Er blickte hinein – und trat ins Zimmer. Da, hinter der hohen Rückenlehne des neuen Lesesessels, im einzigen Möbelstück der Wohnung, saß Hoffmann. Und schlief.

»Guten Morgen.«

Ewert Grens rüttelte leicht an einer schlummernden Schulter.

»Hier. Echter Kaffee, in einem echten To-go-Pappbecher.«

Der Kriminalkommissar hatte die beiden Kaffees aus dem 24-Stunden-Kiosk unten an der Ecke länger mit sich herumgetragen, als er es geplant hatte, und stellte den einen Becher nun auf der breiten Armlehne des Sessels und den zweiten auf dem Fußboden ab. Er war nie besonders gelenkig gewesen, und als er jetzt mit lautem Knacken ein schmerzendes Knie und eine gleichfalls schmerzende Hüfte anwinkelte und auf das Holzparkett sank, folgte sein massiger Körper mit einem dumpfen Aufschlag.

Ewert Grens war gekommen, um zu reden.

Also tranken sie ihren Kaffee aus unterschiedlichen Gründen.

Hoffmann, um wach zu werden, Grens, um wach zu bleiben.

»Die Zeit. Die ich hatte. Meine Probewoche. Sie ist gerade abgelaufen.«

Die beiden Pappbecher waren ungefähr zur gleichen Zeit geleert, und in Grens' Stimme kehrte die Schärfe zurück.

»Ich habe es nicht geschafft. Es ist zu spät. Du kannst deinen Auftrag abbrechen.«

Genau wie in Hoffmanns Augen.

»Abbrechen?«

»Ja.«

»Ich habe ein Kilo Kokain in Umlauf. Eine riesige Ladung ist auf dem Weg hierher. Leute sollen mich beliefern. Andere, zu denen ich Kontakt aufgenommen habe, sollen … Ich habe Dinge in Bewegung gesetzt, Ewert!«

Ewert Grens kramte in seinen diversen Taschen. In der Innentasche seines Jacketts, da lag sie.

»Siehst du? Meine Schlüsselkarte für Kronoberg.«

Er hielt das Stück Plastik hoch.

»Sie funktioniert nicht mehr. Ich komme nicht mehr ins Präsidium. Darf nicht mehr in meinem Büro sitzen. Meine vierzig Jahre als … Sie zählen nicht.«

»Ich bin davon ausgegangen, dass du mehr Zeit kriegst. Ich habe etwas in Gang gesetzt! Was genau dorthin führen wird, wohin du willst. Wenn du nur …«

Der Kriminalkommissar versuchte aufzustehen. Genauso ungelenk wie eben, als er sich gesetzt hatte. Er schwankte, stützte sich mit einer Hand an der Wand ab, verhinderte einen Sturz.

»Piet, das habe ich auch gedacht. Aber du hörst doch, was ich sage. Es ist …«

»Geh zu deinem Chef, Ewert. Fordere, dass er dir noch ein paar Tage gibt.«

»… vorbei.«

Teil 3

Das Frühstück war auch jetzt noch die beste Zeit des Tages. Sich aus Rasmus' Bett mit Spiderman-Laken und König-der-Löwen-Kopfkissen zu schleichen und in der Küche drei unterschiedliche Saftsorten und drei unterschiedliche Müslipackungen auf die Plätze von drei unterschiedlich großen Kindern zu stellen, währenddessen ein Vier-Minuten-Ei für Zofia und ein Sieben-Minuten-Ei für Piet zu kochen, das Geschirr vom Vortag aus der Spülmaschine zu räumen und die Kerze in der Mitte des Küchentischs anzuzünden, war eine sichere und schöne Insel aus Routinen inmitten eines Meeres, in dem die restliche Zeit zu einem Nichts zusammenfloss.

Sie erschienen stolpernd, manchmal schlurfend oder hüpfend, einer nach dem anderen.

Zuallererst Rasmus, quirlig und lachend und so munter wie alle anderen zusammen; er begrüßte den Kriminalkommissar mit einer Umarmung, die noch immer nur fast herum und hinauf reichte, eine Umarmung voller Aufrichtigkeit und so selbstverständlich, dass Grens sich manchmal dabei ertappte, sie herbeizusehnen. Piet kam mit Luiza an der Hand, hob sie in den hohen Kinderstuhl, sagte um diese Tageszeit nicht viel, streckte sich aber nach der Kaffeekanne, und ganz allmählich kehrte die Farbe in sein Gesicht zurück. Zofia erschien mit einem Handy am Ohr, murmelte ein *Guten Morgen*, während sie jemandem am anderen Ende der Leitung zuhörte, drückte Rasmus und Luiza Küsse auf die Wangen und griff im fliegenden Wechsel zur Kaffeekanne, sobald Piet seine Tasse gefüllt hatte. Als Letzter kam Hugo, wie jeden Morgen, mit wirren, in alle Richtungen abstehenden Haaren, roten Kissenabdrücken auf der Stirn und einem Blick, der in einem letzten Albtraum gefangen war.

Eine großartige Familie, die ihn in jeder Hinsicht in ihrem Zuhause willkommen hieß, die ihm nie das Gefühl gab, der unfreiwillige Gast zu sein, der er war. Und dennoch. Als er zwischen ihnen saß, seine Brote strich und mehr Milch in Luizas Erdbeerjoghurt gab, kribbelte die Rastlosigkeit in ihm, und die Atemzüge stauten sich an, ohne übereinzukommen, in welcher Reihenfolge sie geholt werden wollten.

Wie es kommt, wenn der Rest des Lebens inhaltslos ist.

Es kam vor, dass er ein Möbelgeschäft betrat, einen Teppich oder eine Deckenlampe kaufte, den jeweiligen Gegenstand vom Taxi in den Fahrstuhl und weiter in seine Wohnung schleppte und sorgfältig den richtigen Platz im richtigen Zimmer ausprobierte. Vor ein paar Tagen war er im Kaufhaus gewesen, hatte Einkaufskörbe mit Tellern und Gläsern gefüllt und daran gedacht, wie er im Keller gestanden hatte und sämtliches Geschirr kaputt geschlagen hatte.

Grens liebte alle drei Kinder der Familie Hoffmann, genauso wie er es liebte, nach dem Abendessen im Wohnzimmer zu sitzen und eine Weile mit Zofia zu plaudern. Aber sechsundsechzigjährige Kriminalkommissare sollten weder in Kinderbetten mit Pu-der-Bär-Tagesdecken aufwachen noch das Frühstück am nächsten Morgen herbeisehnen, damit irgendetwas in ihrem Leben sinnvoll schien.

Trotzdem saß er genau da. Auf der Tagesdecke. Mitten auf dem pelzigen Bauch der Kinderbuchfigur, als sein Handy klingelte und immerhin diesen Tag veränderte.

»Ewert?«

Mariana. Es war eine Weile her.

Er war nicht sicher, ob er froh darüber war, wieder zu existieren, oder verärgert, so lange nicht existiert zu haben.

»Mmm?«

»Ich habe Wilson gebeten, dir einen weiteren Probetag zu geben. Vor der Evaluation der Personalabteilung.«

»Ach ja?«

»Wir haben einen Treffer.«

»Einen Treffer?«

»Es war deine Idee, also sollst du auch dabei sein und sie zu Ende führen.«

Marianas Stimme. Grens hatte sie selten so voller Eifer erlebt.

»Wenn wir den Mörder fassen.«

»Ein Treffer.«
»Was?«
»Deswegen habe ich vorhin im Flur so aufgewühlt gewirkt und hatte es so eilig hierherzukommen.«
»Wovon re...«
»Danke fürs Fahren.«
»Ewert – warte.«
Ewert Grens hatte die Beifahrertür geschlossen und war bereits auf dem Weg zum Polizeipräsidium, als Piet Hoffmann das Seitenfenster herunterkurbelte und den Kriminalkommissar wieder zu sich winkte.
»Was für ein: ›Treffer‹?«
Grens zögerte. Er wollte ins Präsidium. Sofort. Gleichzeitig hatte er die ganze Fahrt über von Hoffmanns Gartentor bis hierher geschwiegen, obwohl er derjenige gewesen war, der Piet vor nicht allzu langer Zeit angefleht hatte, in sein altes Leben zurückzukehren und ihm zu helfen, nur um kurz darauf mit der Nachricht anzukommen, es sei vorbei.
»Eine Plus vier auf der schwedischen Wahrscheinlichkeitsskala. Anders ausgedrückt: der höchstmögliche Übereinstimmungsgrad. Das DNA-Profil des Blutes, das auf den Mordopfern sichergestellt wurde, stimmt zu hundert Prozent mit dem DNA-Profil eines unserer getesteten Verdächtigen überein.«
»Da hol mich doch der Teufel.«
»Ja, das kann man wohl sagen.«
»Der Mörder? Kein Zweifel?«
»Laut NFC. Laut aller heutigen Wissenschaft.«

»Und du sitzt einfach nur da, vorhin zu Hause, eben im Auto und sagst kein Wort? Ewert, verdammt, Gratulation!«

Piet Hoffmann streckte ihm die Hand entgegen, und Grens ergriff sie nach kurzem Zögern.

»Danke.«

»Was ist los?«

»Nichts. Ich bin nur überrascht. Noch immer.«

»Ewert – sieh mich an. Vergiss nicht, inzwischen gibt es Menschen, die dich wirklich kennen. Und du bist ... alles andere als glücklich. Was ist los mit dir?«

Ewert Grens fuhr mit der Hand über seine schiefe Wange und an dem Gummizug entlang, der die schwarze Augenklappe an ihrem Platz hielt.

»Ich habe einen weiteren Probetag bekommen. Einen einzigen Tag, um bei der Festnahme dabei zu sein. Danach werde ich wieder von hier verschwinden und zu eurem schönen Haus fahren, zu Menschen, die ich sehr gerne mag. Aber nicht zu einem Leben, das *mich wirklich kennt*.«

Der Kriminalkommissar betrat das Gebäude, in dem ihm der Geruch, die Stimmen und sogar das Stickige vertraut waren; er tauschte Fahrstühle gegen Flure, und als er den Flur der Mordkommission hinunterging und an dem Raum vorbeikam, der noch immer niemand anderem als ihm gehörte, lächelte er wohl doch ein wenig.

Zwei Türen weiter wartete Mariana, und als Grens vor ihrem Schreibtisch Platz nahm, wurde noch deutlicher, dass sie die Chefin ihres Chefs war; vielleicht gestand er sich diese Tatsache auch nur zum ersten Mal in aller Deutlichkeit ein.

»Geht es dir gut, Ewert?«

»Raus mit der Sprache. Wer ist es?«

Sie sah ihn an. Er war so voller Eifer. Er hatte nicht einmal einen Zwischenstopp am Getränkeautomaten gemacht – sie hatte ihn noch nie ohne einen dampfenden Kaffeebecher in der Hand in ihr Büro kommen sehen.

»Gleich.«

Sie ging in den Flur und kam mit zwei Bechern zurück.

»Ein einziger Tag, ich weiß, Ewert, aber trotzdem sollte es ein bisschen sein wie immer.«

Auf ihrem Schreibtisch lag ein Papierstapel. Grens betrachtete ihn. Die Buchstaben waren lächerlich klein, trotzdem erkannte er das Layout der Antwortschreiben des NFC. Die Analyseergebnisse der Speicheltests, die DNA-Nummern, die zu Aktenzeichen geworden und der Auswertung beigefügt waren.

»Erinnerst du dich …«

»Mariana – sag mir endlich das Ergebnis!«

Er rührte seinen Kaffee nicht an.

»Erinnerst du dich daran, wie wir darüber gesprochen haben, dass es bei den Morden um das Ausleben von Fantasien geht?«

»Ja.«

»Dass der Täter seine Opfer ohne rationalen Impetus verletzt?«

»Ja.«

Er war ungeduldig.

Mariana fuhr fort.

»Wir haben richtig geraten.«

»Wir haben nicht geraten.«

»Okay – wir hatten recht. Der Treffer. Der Täter ist wirklich psychisch krank. Genau die Sorte Täter, von der wir wissen, dass sie sich bei ihren Taten von ihren Fantasien steuern lässt.«

Mariana hielt inne, suchte nach Worten, während Grens' Geduld ein Ende hatte.

»Red weiter!«

Sie fühlte sich nicht wohl in ihrer Haut.

So wirkte es jedenfalls, als sie das oberste Blatt vom Stapel nahm und es hochhielt, das DNA-Profil, um das sich alles drehte und das nun in die erkennungsdienstliche Datenbank über tatverdächtige Personen eingespeist werden würde.

»Wir, das heißt du, Ewert, hattest auch beim nächsten Punkt recht. Die interessantesten Kandidaten eines Massentests sind immer die, die nicht erscheinen.«

»Ja?«

»Unser Täter kommt aus dieser Gruppe, wurde zur Lösung. Und er stand auf deiner Liste. Du hast den Schuldigen aufgesucht und ihm eine DNA-Probe abgenommen.«

Ewert Grens starrte auf das Blatt, folgte ihm mit dem Blick, während Mariana damit wedelte und an seinem inneren Auge Erinnerungsbilder vorbeizogen. Der Angestellte der öffentlichen Verkehrsbetriebe, der sich allem verweigerte, weil die Gesellschaft die Wurzel allen Übels war. Der Krebspatient, der in einem Krankenhausbett lag und nicht mehr viele Tage zu leben hatte. Der Schauspieler in der Garderobe des Königlichen Dramatischen Theaters, der seine Arroganz weit mehr zur Entfaltung gebracht hatte als sein Schauspieltalent.

Bis er begriff.

Warum Mariana Hermansson, die die beste und kompromissloseste Polizistin war, die er kannte, hilflos wirkte.

Weil das Erinnerungsbild, das in diesem Moment vor seinem inneren Auge aufflackerte, eine Bundesstraße war, die zuerst in eine Landstraße und dann in einen gewundenen und holprigen Schotterweg überging und ihn zu der vierten Person führte, deren Namen am Tag der Speicheltests auf seiner Liste hinzugekommen war.

»Was …«

Schwindel erfasste ihn. Wie früher, wenn er nicht gewusst hatte, wer er war.

»… sagst du da, Mariana?«

»Dass das, was du gerade denkst, stimmt. Es geht um die Person, die in derselben Einrichtung behandelt wird, in der du behandelt worden bist.«

Ewert Grens klammerte sich an die Armlehnen seines Stuhls.

»Vier Leichen. Alle mit identischen … *Ewert? Sieh mich an. Bist du okay?*«

Sie kam zu ihm. Jedenfalls glaubte er das; ihre Umrisse waren da, aber sie waren nicht ausgefüllt. Sein gesundes Auge sah nur Unschärfe, eine unnahbare Welt.

»Ewert, wie …«

»Mir geht es gut, Mariana.«

»Sicher?«

Er nickte. Schwach.

»Also – vier Leichen mit identischen DNA-Spuren eines einunddreißigjährigen Mannes, der derzeit im Maltesholmsgården psychiatrisch betreut wird. Nachname Richardsson, Vorname Michél.«

Sie hatte ihn ausgesprochen.

Den Namen, den seine schmerzende Brust und seine verkrampften Hände schon gehört hatten.

Michél.

Sein Michél?

Sein wunderbarer Freund Michél?

Sein rettender Engel Michél?

Dann stürzte er.

Von Mariana Hermanssons Besucherstuhl ohne Halt zu Boden.

MARIANA WUCHTETE GRENS' schweren Körper auf ihren Besucherstuhl, holte ein Glas Wasser, einen Becher Kaffee und ein paar Kekse, die auf dem Tisch in der Teeküche lagen, dann schloss sie sorgsam die Bürotür hinter sich. Niemand sollte den Kriminalkommissar so sehen, bis die Blässe aus dessen Wangen verschwunden war und seine Hände aufgehört hatten zu zittern.

Sie wusste, warum er so reagierte. Es hatte nichts mit seiner langen Krankschreibung zu tun. Dieses Mal war es nicht sein Kopf, der Schwierigkeiten hatte, Gedanken zu sortieren – es war sein Herz, das fühlte. So wie jeder empfinden würde, wenn sich herausstellte, dass ein naher Freund doch ein anderer war.

Als sie etwas später an Erik Wilsons Tür klopften, war Mariana sicher, dass weder der auf dem Fußboden liegende Kriminalkommissar noch die Kriminalinspektorin, die panisch zu ihm hingestürzt war und nach seinem Puls getastet hatte, zu erkennen waren, sondern nur zwei zufriedene Ermittler, die soeben die Ziellinie überquert und vier Morde aufgeklärt hatten und sich nun auf die eigentliche Krönung vorbereiteten: die Festnahme.

Ihr gemeinsamer Chef strahlte.

Ging mit ausgebreiteten Armen auf Ewert Grens zu.

Und zum allerersten Mal in den langen Jahren ihrer Zusammenarbeit umarmte er seinen schwierigsten Mitarbeiter.

»Was für ein Timing!«

Der Kriminalkommissar stand mitten im Zimmer, unschlüssig, zwiegespalten. Als sie das letzte Mal so dicht beieinandergestanden hatten, war es mitten in der Nacht gewesen, es hatte wie aus Eimern geschüttet und heftig gestürmt, und sie hatten sich alles andere als umarmt, als Wilson ihm zu verstehen gegeben hatte, dass er keine einzige Stunde weiter im Dienst bleiben würde.

»Wir sitzen hier und warten auf die abschließende Evaluation der Personalabteilung – und bis es so weit ist, wirst *du* die Festnahme leiten! Unsere größte Festnahme seit etlichen Jahren! Genau, wie du es geplant hattest!«

Grens zuckte zusammen.

»Ich?«

»Ja.«

»Ich sollte bei der Festnahme *dabei sein*. So war es ausgemacht.«

»Willst du Polizist bleiben, oder nicht?«

»Doch, aber ...«

»Dann beschwer dich nicht! Das ist der Schlüssel, an den du geglaubt hast, für den du gearbeitet hast!«

Wilson hatte ein elegantes Eckbüro, und der Ausblick war deutlich schöner als aus Grens' Bürofenster. Im Kronobergspark schlenderte eine Frau barfuß über das Gras, schloss die Augen und drehte ihr Gesicht in die Sonne. Eine Blaumeise landete in dem Baum vor ihr, kräftige Krallen hielten einen rundlichen Körper, der über Kopf an einem Ast hängend nach Nahrung pickte. Ein Mann trat auf die Frau zu, versuchte, ihren Blick auf sich zu ziehen, gab seinen Versuch auf und ging weiter. Die Blaumeise wechselte den Ast, blieb dabei aber weiter unbeirrt über Kopf hängen.

»Ich wurde selbst im Maltesholmsgården behandelt.«

»Dessen bin ich mir bewusst.«

»Ich kenne den Verdächtigen.«

Wilson trat zu Grens ans Fenster und schaute auf das, worauf der Kriminalkommissar schaute.

»Erstens, Ewert: Der Mann ist nicht ›verdächtig‹, er ist

identifiziert und steht nachweislich mit allen vier Morden in Verbindung. Zweitens: Das war ausgezeichnete Polizeiarbeit. Drittens: Diesen verfluchten Serienmörder nimmt niemand außer dir fest, weil *du* hier bei uns im Haus bleiben willst, und *ich* will, dass du bleibst.«

Kurz darauf verließen drei Wagen die Tiefgarage des Polizeipräsidiums Kronoberg.

Zwei Beamtenteams in Streifenwagen und ein ziviles Fahrzeug an der Spitze, mit Mariana Hermansson am Steuer und Ewert Grens auf dem Beifahrersitz.

Dieses Mal war dem Kriminalkommissar sehr wohl bewusst, wohin sie fuhren.

Was hinter der letzten Biegung des Schotterwegs zwischen Wäldern und grünen Wiesen wartete.

Sie sagten nicht viel. Es war nicht nötig. Grens wusste, *weshalb* sie unterwegs waren. Weil die Wirklichkeit immer schwieriger zu deuten war. Weil sich das, was ihm einmal so leicht vorgekommen war und was ihn zu einem verflucht guten Polizisten gemacht hatte – Menschen zu lesen, hinter Masken und Verkleidungen zu schauen, über sie hinwegzusehen –, in Schwäche und Untergang verkehrt hatte. Erst Elins Mutter und ihr Verrat, der zu einem Schuss in den Kopf geführt hatte, und jetzt Michél. Er verstand sich nicht nur weniger gut auf das Lesen von Menschen, er war ein kompletter Analphabet. Was hieß, dass sie recht hatten. Die anderen. Damit, dass er inzwischen zu alt war und sich aus Kronoberg und vom Polizeiberuf verabschieden sollte, solange sich noch jemand daran erinnerte, dass er einmal ein anderer gewesen war, und damit, dass der Mensch, der Michél Richardsson hieß und dem er sich mit seinen abhandengekommenen Instinkten anvertraut hatte, hinter *seiner* Maske einen wahnhaften Mörder verborgen gehalten hatte.

Während der Autofahrt las er ein letztes Mal die Berichte des NFC, die Spurenauswertungen vier verschiedener Tatorte, und er hatte selten überzeugendere Beweise vor sich gesehen. Als sie Södertälje passierten, war seine Verwirrung komplett, bei Nykvarn kämpfte er mit abgrundtiefer Enttäuschung und dem Gefühl, vollkommen verlassen zu sein, und als sie die Bundesstraße verließen, saß er nur noch reglos da, unendlich traurig.

Noch jemand, dem ich mein Vertrauen geschenkt habe.

Sie hielten vor dem Tor des Maltesholmsgården, während die Streifenwagen sich vor den anderen Gebäudeausgängen postierten. Sie kamen genau zwischen Frühstück und Mittagessen. Es war ein schöner Tag mit wolkenlosem Himmel, und mehrere Patienten und Patientinnen hielten sich im Freien auf. Ein rascher Überblick, und Grens entdeckte Miranda und ein paar andere bekannte Gesichter, aber Michél war nicht darunter. Das verschlossene Tor wurde vom Heimleiter an der Rezeption geöffnet, und ihr kurzer Spaziergang zur Eingangstür führte an grünen Büschen und bunten Beeten entlang.

Michél war in seinem Zimmer.

Sein Freund – der Mensch, der zumindest einmal sein Freund gewesen war – verbrachte den Vormittag grundsätzlich in Einsamkeit. Sodass, als Grens an seine Tür klopfte und eine Stimme rief *Geh weg, ich fühle mich nicht gut*, alles war wie immer. Als der Kriminalkommissar ein zweites Mal anklopfte und seinerseits rief *Mach auf, Michél*, dauerte es hingegen nur ein paar Sekunden, ehe die Tür aufging und die blassen Wangen des Zimmerbewohners im Spalt zwischen Tür und Rahmen erschienen.

»Ewert? Bist du das? Wieder?«

»Ja.«

»Wie ich mich freue!«

Michél stieß die Tür weit auf und trat einen Schritt in den Flur.

»Nur ein paar Wochen – und du bist wieder hier!«

Der junge Mann breitete die Arme aus, so wie Wilson es vor gut einer Stunde getan hatte, ließ sie aber wieder sinken, bevor es zu einer Umarmung kam.

»Was ... ist los?«

»Es ist besser, wenn wir reingehen. In dein Zimmer.«

»Ich sehe es dir an, Ewert. Irgendetwas ist passiert.«

Jetzt erst bemerkte Michél Mariana Hermansson und nickte ihr zu. Sie kannten sich von Marianas Besuchen im Zimmer gegenüber.

»*Wir gehen jetzt hinein, Michél.*«

Michél schrak zusammen. Die Stimme. Hart und distanziert – kalt, so kannte er Ewerts Stimme nicht. Er kam Ewerts Aufforderung nach, trat zurück und wartete, während seine beiden Besucher ihm folgten.

Das Zimmer war abgedunkelt, das Bett ungemacht. Was das anging, war Michél normalerweise äußerst penibel. Er hatte sich gerade ausgeruht, als sie gekommen waren.

»Ewert ... worum geht es hier?«

»Setz dich.«

»Was ist los mit dir? Ich verstehe nicht. Warum ...?«

»*Setz dich, verflucht noch mal.*«

Das Zimmer wurde noch dunkler, noch enger, als fünf Wörter alles kaputt schlugen.

Michél setzte sich zwischen zerwühlte und verschwitzte Laken, während Grens den Sessel wählte und Mariana sich an die Schreibtischkante lehnte.

Der schöne Tag draußen vor dem Fenster war weit entfernt.

»Entschuldige, Michél. Wenn ich Angst habe ... greife ich an.«

»Du hast Angst?«

»Weil ich rein gar nichts mehr verstehe. Weil ich geglaubt habe, gesund zu sein. Weil ich ...«

»Ewert, was ...«

»... hier bin, um dich festzunehmen.«

Der blasse Mann saß reglos auf seinem ungemachten Bett, rührte sich nicht, hörte vielleicht nicht einmal zu.

»Verstehst du, was ich sage, Michél?«

Sie sahen sich an. Wirklich.

Ewert Grens fror, wie am Morgen, als ihm klar geworden war, was Mariana ihm begreiflich zu machen versuchte. Kämpfte, wie vorhin, als sie an Nykvarn vorbeigefahren waren, gegen die Enttäuschung an. Spürte die Trauer wie eben, als sie von der Bundesstraße abgefahren waren.

»Ewert ... was ...«

»Ich muss dich festnehmen, *und ich bitte dich, keinen Widerstand zu leisten.* Vor beiden Ausgängen sind Streifenwagen postiert.«

»Du willst ... mich festnehmen?«

»Ja. Und – mein Freund – du weißt, weshalb.«

Ab diesem Punkt ging es nicht mehr.

Ewert Grens stand auf, möglicherweise weinte er, Mariana konnte es von ihrem Platz nicht genau erkennen, aber sie sah, wie er die Handschellen aus seiner Jacketttasche nahm und sie ihr hinhielt. Als sie Michél bat, seine Arme auszustrecken, um die Handschellen um seine mageren Handgelenke zu schließen, hatte ihr Chef das Zimmer und das Gebäude bereits verlassen, in das er nie mehr zurückkehren würde.

DER FUSSBODEN DES Untersuchungsgefängnisses Kronoberg war spiegelblank, grelle Leuchtstoffröhren schickten ihr Licht jedem neuen Schritt voraus.
Zelle 8409.
Eine graue, massive, verschlossene Eisentür.
Eine kleine zu öffnende Luke in der Mitte und ein Blatt Papier, das schwarz auf weiß erklärte, dass dies die Grenze für vollständige Restriktionen war – kein Fernseher, kein Radio, keine Zeitungen und kein Besuch, absolut kein Kontakt zur Außenwelt. Sieben Quadratmeter nackte Wände, Holzpritsche, Waschbecken, ein am Boden verschraubter Stuhl, ein vergittertes Fenster.
Dort saß er nun. Der Freund. Der die ganze Zeit über ein anderer gewesen war – jemand, der einem Polizisten nahegekommen war, während er zur selben Zeit die Grenze zwischen Leben und Tod ausgetestet hatte, ein Mörder, der lernte, wie ein Ermittler denkt, um sich noch besser tarnen zu können.
Ewert Grens hatte während der gesamten Autofahrt zurück nach Stockholm kein Wort gesagt.
Michél hatte auf der Rückbank abwechselnd geweint und geschrien, hatte um eine Erklärung gefleht, hyperventiliert, panisch gelacht. Genau wie auf der kurzen Strecke zwischen Auto und Fahrstuhl und der Fahrt sechs Stockwerke nach oben. Am lautesten schrie er auf dem spiegelblanken Weg in die Zelle und während des langen Wartens hinter einer geschlossenen Sicherheitstür.
Jeder verzweifelte Hilferuf drang in den Kopf des Kriminalkommissars, starke, grenzenlose Angst, die aus dem jun-

gen Mann herausbrach und in den älteren Kriminalkommissar hineinfuhr.

Wenn dies Ewert Grens' letzter Tag im Polizeidienst sein sollte, war es erheblich einfacher geworden, sich nicht zurückzusehnen.

Als er hinterher mit einem Automatenkaffee in der einen und einem Mazariner in der anderen Hand den Flur der Mordkommission hinunterlief und sein unbenutztes Büro mit dem Vorsatz betrat, sich auf dem Cordsofa auszustrecken, saß bereits jemand darauf.

Im Dunkeln und wartete auf ihn.

»Es ist glänzend gelaufen, Ewert.«

Erik Wilson. Sein Chef. Er hatte noch nie auf dem Cordsofa gesessen.

»Während Mariana und du zum perfekten Zeitpunkt die perfekte Festnahme durchgeführt habt – die im ganzen Präsidium für Aufsehen gesorgt hat, wir hatten noch nie einen vierfachen Mörder in einer unserer Zellen sitzen –, habe ich den Termin für deine Anhörung und deine Evaluation vereinbart.«

»Ja?«

»Und bis dahin, Ewert, wird jede Führungskraft oben in der Chefetage und jeder Personalgutachter und jede Personalgutachterin davon erfahren; beim Frühstück, während sie ihr Ei oder ihren Haferbrei essen und die Morgenzeitung lesen, und abends, wenn sie mit einem Glas Single-Malt-Whisky auf dem Sofa sitzen und die Nachrichten schauen. Keine Nachrichtenredaktion wird die Entwicklung der Ereignisse übergehen, mit der ich sie regelmäßig versorgen werde.«

Grens machte kein Licht.

Öffnete nicht das Fenster, um frische Luft hereinzulassen.

Als Erik Wilson aus dem Raum ging, sank der Kriminalkommissar auf dieselbe Stelle des Sofas. Ohne die Energie oder die Hoffnung zu verspüren, die sein Chef ausgestrahlt hatte. Ewert Grens hatte nicht den leisesten Schimmer, wer er war und was er fühlen sollte. Er hatte sie alle gezählt – jeden Tod, jede Jagd, jede Festnahme. Dreihundertzweiundzwanzig gelöste Mordfälle in einer über vierzig Jahre währenden Polizeikarriere waren heute zu dreihundertsechsundzwanzig gelösten Mordfällen geworden. Aber er empfand nicht so wie bei allen anderen Gelegenheiten. Der Rausch, ein wundervolles Gefühl von Freiheit, das ihn in dem Moment von Kopf bis Fuß durchströmte, wenn er einen Menschen einsperrte, der sich das Recht herausgenommen hatte, ein anderes Menschenleben zu beenden, steckte in der Magengrube fest. Dort saß es, belastete ihn von innen heraus und verkehrte sich in sein Gegenteil – in Unfreiheit –, während ihn gegensätzliche Gefühle quälten: Glück darüber, einen Mörder gefasst zu haben, der zu einer lebenslangen Gefängnisstrafe verurteilt werden und keine weiteren Opfer fordern würde, und Trauer darüber, den *falschen* Mörder gefasst zu haben; nicht falsch für den *Polizisten* Ewert Grens, der Verbrechen aufklärte auf Grundlage von Beweisen, von Wahrheit, auf Grundlage dessen, was Wirklichkeit war; aber falsch für den *Menschen* Ewert Grens, der nicht viele Menschen hatte, die er als seine Freunde bezeichnete.

Er blieb, während der Abend langsam zur Neige ging.

Bis er es nicht länger aushielt.

Er gab sein Vorhaben auf, seinen zusätzlichen Probetag voll auszusitzen. Es behagte ihm nicht mehr, wenn sich Freiheit in Unfreiheit verkehrte und der richtige Mörder der falsche war. Zum zweiten Mal innerhalb kurzer Zeit verließ Grens den Ort, an dem er den Großteil seines Erwachsenenlebens verbracht hatte, ohne zu wissen, ob er je wieder zurückkehren würde. Dann tat er das, was er schon getan hatte, als Anni noch seine Hand gehalten hatte und er seiner Unruhe nicht hatte Herr werden können – er lief durch die nächtliche Dunkelheit, um seiner eigenen Dunkelheit zu entkommen. Straße um Straße, vorbei an zu dünn angezogenen Menschen, die auf dem Heimweg von der Kneipe waren, vorbei an Zeitungsausträgern und Taxifahrern und an Obdachlosen, die sich an Hauswänden zusammenkauerten, vorbei an denen, die einmal schön gewesen waren, vorbei an dem Mann vor dem 7-Eleven, der lautlos weinte, und an der Frau, die rosa Pillen kaufte, die sie fliegen lassen würden.

Seinen Morgendämmerungskaffee trank er in einem kleinen Café in der Rådmansgatan, und nach dem dritten Nachschenken und zwei Zimtschnecken mit süßer Nussfüllung wurde die Ursache seiner Unruhe ein bisschen weniger vage, glitt ihm nicht mehr zwischen den Fingern hindurch. Er bekam sie zu fassen. Begriff. Dass die Rufe eines jungen Mannes, der sein Freund gewesen war, dass dessen Angst, die auf ihn als Kriminalkommissar übergegangen war, in ihm festsaß. Störte. Störte. Und als Michéls Panik auf sein eigenes Gefühl stieß, den falschen Mörder gefasst zu haben – wie zwei Güterzüge, die in hoher Geschwindigkeit aufeinander zurasten –, zerbarst kurzzeitige Ruhe wieder zu Unruhe.

Aus diesem Grund schob er die Hand in die Innentasche seines Jacketts, vergewisserte sich, dass seine Schlüsselkarte noch darin lag, und beugte sich dann vor, um einen Blick auf die Wanduhr des Cafés zu werfen. Der Fußweg zurück zum Präsidium dauerte zwanzig Minuten, und seine Schlüsselkarte war noch für gut zwei Stunden freigeschaltet. Er würde sich also noch eine ganze Weile ohne Nachfragen und Erklärungen frei in allen Abteilungen und Stockwerken der Polizeibehörde bewegen können.

Es war nicht das erste Mal, dass Ewert Grens vor allen anderen im Haus eintraf.

Aber zum ersten Mal fuhr er mit dem Fahrstuhl direkt hinauf ins Untersuchungsgefängnis, um sich dort Zugang zu verschaffen, um allein zu einer verschlossenen Zellentür zu gehen und mitten in der Nacht einen mutmaßlichen Mörder zu wecken.

Aber Michél schlief nicht.

Als Grens den Schlüssel herumdrehte und der Schließmechanismus seufzend seinen Griff lockerte, sah er sich einem Mann in zu großer Strafvollzugskleidung und mit rot verweinten Augen gegenüber.

Es dauerte eine Weile.

Ehe Michél aus seiner inneren Welt in die äußere kam. Bis er begriff, dass tatsächlich ein Mensch vor ihm stand – und sich Grens an den Hals warf, sich an ihn klammerte, mit aller Macht, und Grens nicht wusste, wie er ihn zurückhalten sollte. Er war nicht hier, um zu trösten.

»Wer bist du?«

Michél weigerte sich, ihn loszulassen, schlang seine Arme fest um Grens' so viel breitere Schultern.

»Ich sagte: *Wer bist du, Michél?*«

Keine Antwort.

Bis der Kriminalkommissar fremde Hände von seinem Körper riss und den mageren Mann auf die Zellenpritsche hinunterdrückte.

»Das weißt du, Ewert! Du kennst mich!«

»Ich habe *geglaubt*, dich zu kennen. Wir haben alles miteinander geteilt. Unser Inneres voreinander nach außen gekehrt. Du hast gesagt, du wärst bipolar, und ich habe dir geglaubt. Du hast gesagt, du wärst paranoid, und ich habe dir geglaubt. Du hast gesagt, du hättest schwere Depressionen, und ich habe dir geglaubt – aber du hast kein Wort davon gesagt, dass du ein Psychopath bist!«

Grens sah einen Menschen an, den er für seinen Freund

gehalten hatte, so wie Michél seinerseits auf das blickte, was *er* für Freundschaft gehalten hatte.

»Ich bin kein Psychopath.«

»Genau da liegt das Problem: Ein Psychopath weiß nicht, dass er ein Psychopath ist. Wüsste er es, wäre er keiner.«

»Ich bin kein …«

»Halt den Mund!«

Sie waren beide gleichermaßen bestürzt, erschrocken über Angst, die in Wut umschlug.

Als ein Vollzugsbeamter die Zellentür öffnete und sich erkundigte, ob alles in Ordnung sei, sahen sie sich an und nickten zögernd. Die Zellentür fiel wieder ins Schloss, und Grens senkte die Stimme. Er würde nicht mehr brüllen.

»Das Einzige, was ich weiß, Michél, ist, dass du keinen blassen Schimmer hast, was ich empfinde. Was irgendjemand empfindet. Menschen mit sozialen Persönlichkeitsstörungen, Psychopathen, *Menschen wie du*, empfinden keinen Schmerz wie wir anderen. Sie empfinden gar nichts.«

Grens lehnte sich an die Zellenwand.

Wünschte, er hätte nie darauf beharrt zurückzukommen, wünschte, es hätte keine Probezeit gegeben.

Wünschte, er hätte keinen Massentest gefordert und Beweise zutage gefördert, die weder Staatsanwälte noch Rechtsanwälte anzweifeln konnten – nicht einmal er selbst, sosehr er es auch versuchte.

»Ihr ahmt nach. Das ist es, was ihr tut, Michél.«

»Ich habe niemanden ermordet. Du kennst mich!«

»Und ihr ahmt so verflucht gut nach, dass naive Trottel wie ich es glauben. Glauben, dass es zu spüren ist. Obwohl es das nicht ist.«

»Ich habe niemals … Du kennst mich, Ewert! *Du kennst mich!«*

Genau in diesem Moment – als Michél sich abermals der

Panik näherte – verlor Ewert Grens sein letztes Quäntchen Kraft und machte einen Schritt nach vorn.

Er hatte Michéls Blick im Maltesholmsgården vom allerersten Tag an erwidert, war von seinem Blick erreicht worden. Er hatte Michél auf dieselbe Weise vertraut, wie er Lena vertraut hatte, der Frau, die der Grund dafür war, weshalb er im Maltesholmsgården gelandet war.

Als Mensch wollte er Michéls Blick noch immer erwidern, wollte Michél ansehen, in ihn hinein, wollte glauben. Als Polizist, als denkendes Individuum, vor dem Hintergrund der Fakten, die er gesehen und ausgewertet hatte, wollte er es auf gar keinen Fall.

Als er sich umwandte und ging, bebte er genauso sehr wie der eingesperrte Gefangene, den er verließ.

Teil 4

»Guten Morgen, Ewert.«

»Guten Morgen, Hugo ... schon wach?«

»Ich hab dich vom Bett aus gesehen, als du an meinem Zimmer vorbeigegangen bist. Es fühlte sich nicht gut an.«

»Nicht ... gut?«

»Deine Kleidung.«

»Ja?«

»Sie ...«

»Was ist mit meiner Kleidung?«

»Du arbeitest nicht. Hast keine Termine. Keine Probetage. Das ist Ewigkeiten her! Und heute ... trägst du auf einmal diese Sachen. Einen Anzug. Elegante Schuhe. Irgendetwas ist passiert.«

»Nichts ist passiert, Hugo.«

»Du hast gesagt, dass diese andere Sache vorbei ist. Diese Sache mit den ... Morden. Bei der Papa dir helfen sollte und womit ich einverstanden war. Aber das hier? Wie du aussiehst, aber vor allem ... wie du wirkst. Gestern Abend warst du die ganze Zeit nervös. Und ich habe Papa gesehen. Fährt er mit? Dahin, wohin du musst? Im Anzug und mit Augen, die nicht sind ... wie sonst? Und wenn du oder Papa nicht so seid wie sonst, bedeutet das nie was Gutes.«

»Ich verstehe nicht, was du meinst.«

»Es ist was Gefährliches, oder, Ewert? So was, was am Ende immer hierherkommt, hierher zu uns, nach Hause.«

»Hugo?«

»Mmm.«

»Komm in die Küche. Hilf mir, das Frühstück zu machen. Dann können wir dabei reden.«

»*Du* redest.«

»Nimm den Joghurt aus dem Kühlschrank. Alle drei Sorten.«

»Was hast du vor? Was hat Papa vor?«

»Wir haben gar nichts vor. Nicht mehr.«

»Aber ...«

»Und den Käse. Auch alle drei Sorten. Die vom Regal in der Mitte.«

»Hör auf, Ewert. Du redest mit mir, nicht mit Luiza. Sie ist zwei. Ich bin dreizehn.«

»Hör zu, Hugo. Ich verspreche dir – es ist vorbei. Ein für alle Mal. Bei der Sache heute geht es um das, womit dein Vater und ich uns beschäftigt haben, und wir fahren dahin, um ... ja, um das eigentliche Ende zu sehen. Es zu hören. Zu verstehen, dass es *vorbei ist*. Okay?«

EWERT GRENS VERMISSTE die unbequemen Holzbänke des alten Sicherheitssaals, als der noch Teil seines Alltags gewesen war. Im obersten Stock des imposanten Stockholmer Amtshauses, mahagonibraun und einschüchternd, Vergangenheit, die zwischen steinernen Mauern und steinernen Fußböden widerhallte. Momente, in denen eine lange und intensive Ermittlung gegen einen Menschen, der einen anderen Menschen verletzt hatte, in einer parallelen Wirklichkeit zu Urteil und Strafe führte und eine Form von Gerechtigkeit geschaffen wurde. Wenn ein Täter ein letztes Mal auf sein Opfer traf und sich das Machtverhältnis zwischen zwei Menschen für alle Zeiten veränderte.

Dieser neue, moderne Sicherheitssaal hingegen, ein futuristischer Bestandteil des Polizeipräsidiums, blieb der kälteste Raum, in dem er sich je aufgehalten hatte.

Person für Person wurde die lange Schlange der Prozessbesucher durch die Sicherheitskontrolle – Metalldetektor, Röntgenscanner, Leibesvisitation – in eine sterile, feindliche Welt geschleust. Eine schusssichere Glasscheibe bildete die Barriere zwischen Zuschauersaal und den Hauptprozessbeteiligten, Überwachungskameras, Fernsehern und Zellen mit codierten Automatikschlössern, dem gläsernen Käfig mit weiteren uniformierten Polizeibeamten.

Von hier kam niemand frei.

Hier drinnen herrschte Krieg.

Hier gab es kein Zögern, keine Zwischenräume.

Kein Leben.

Und unter diesen Umständen – gab es überhaupt Ordnung? Recht? Gerechtigkeit?

Ungefähr die Hälfte der Publikumsplätze nahmen Presse- und Fernsehleute ein, die vor und hinter ihm ihre technische Ausrüstung auspackten, um live vom Prozess zu berichten. Laut Beschluss des Oberlandesgerichts begründete sich das besondere Recht der Öffentlichkeit auf Transparenz aus der großen Aufmerksamkeit, die der Fall im Vorfeld erregt hatte. Die Plätze im Sicherheitssaal waren seit Langem ausgebucht gewesen, und von den Bürgern und Bürgerinnen, die sich frühzeitig in die Warteschlange gestellt hatten, ergatterten auch nur die wenigsten einen Platz im Nebensaal mit Bild- und Tonübertragung.

Deswegen war Grens froh, Piet Hoffmann nur ein paar Bänke entfernt sitzen zu sehen, inmitten der sonderbaren Stille.

Wie in einer Kirche vor dem Gottesdienst.

Zuschauer, die einander verstohlen musterten, verunsichert in einem Raum, in dem man darum bemüht war, alle Gefahren auszusperren und Sicherheit auszustrahlen. Wo man sich dem Tod und den Folgen des Todes annahm. Wo man sah, zuhörte, um anschließend ein Urteil zu fällen.

Von Zeit zu Zeit wandte Grens den Blick nach links, zu der Barriere zum Gefängnistrakt, wo Michél in Kürze durch den unterirdischen Gang von der U-Haft hereingeführt werden würde, in Handschellen, flankiert von Sicherheitsbeamten. Der Kriminalkommissar verabscheute, was sein Freund getan hatte. Doch sosehr er es auch versuchte, *ihn* verabscheute er nicht. So hatte er es stets gehalten: Hasse Taten, nicht die Menschen, die diese Taten ausführen. Das war selten leicht, und oft scheiterte sein hehrer Vorsatz komplett, doch diesmal gelang es. Er mochte Michél noch immer. Das Problem bestand darin, dass er Michéls Gehirn nicht verstand, was ihn dazu brachte, sich die unbehaglichsten und absurdesten Gewalttaten auszudenken und auszuführen, in denen Grens je ermittelt hatte, welche Prozesse abliefen, wenn eigene Ängste dadurch kanalisiert wurden, indem man anderen Menschen Gewalt zufügte.

Vielleicht stand er schon dort.

Ein paar Meter entfernt.

Wartete darauf, dass das Codeschloss summte und seine Zellentür aufging, darauf, in den Gerichtssaal geführt zu werden und alle Augen auf sich gerichtet zu sehen.

Als der vorsitzende Richter und die Schöffen den Saal betraten und ihre Plätze hinter dem einnahmen, was an ein riesiges Lehrerpult erinnerte, war der Ernst zu spüren. Niemand von ihnen machte einen unbeteiligten oder abwesenden Eindruck, wie Grens es häufig bei Richtergremien erlebt hatte, während sie den wechselseitigen Darlegungen von Anklagevertretung und Verteidigung lauschten; dies war kein Routineprozess. Der Verteidiger traf ein, der Generalstaatsanwalt, die Protokollführerin. Die Stille hielt an. Ein Zusammenspiel von Unbehagen und Ehrfurcht.

Erst als zu linker Hand eines Vertreters der Klägerseite die Tür geöffnet wurde, ging ein Raunen durch den Saal. Kurze geflüsterte Sätze zwischen Sitznachbarn.

Da kam er. Der Tatverdächtige.

Der mutmaßliche Mörder, der auf so grausame, so vollständig irrsinnige und irrationale Weise vier Leben beendet hatte.

Er war abgemagert. Das war Grens' erster Gedanke. Noch blasser als sonst. Für die Gerichtsverhandlung in ein weißes Hemd mit blau gestreifter Krawatte gekleidet. Er starrte zu Boden. Schlurfte. Als einer der Justizvollzugsbeamten unter dem mittleren Tisch einen schlichten Holzstuhl hervorzog und ihn anwies, sich neben den Strafverteidiger zu setzen, mit dem Rücken zu den Zuschauern und dem Gesicht zur Richterbank, zogen sich die schmalen Schultern hoch und zusammen. Ewert Grens hätte ihm so gerne in die Augen gesehen. Michéls Augen verrieten ganz genau, wie er sich fühlte. Wahrscheinlich, so Grens' Schätzung, waren sie in diesem Moment sehr klein und sehr schwarz, alle Farbe erloschen.

Eigentlich hätte ein einziger Verhandlungstag genügt – Verlesung der Anklageschrift und Sachverhaltsfeststellung.

Weil es so deutlich war, so eindeutig.

Als der Oberstaatsanwalt die Anklagepunkte verlas, Ermittlungsschritt nach Ermittlungsschritt schilderte, das Auffinden fremder Blutspuren, das Ergebnis unterschiedlichster DNA-Auswertungen, das Anlass zu einem Speicheltest bei einem Michél William Richardsson gegeben hatte, wünschte Ewert Grens, jemand würde die Zeit ein paar Tage vorspulen, hin zu Schlussplädoyers und Urteilsverkündung, und alles wäre vorbei.

Aber es war *nicht* vorbei. Es hatte noch nicht einmal angefangen. Jetzt erfolgte die erste Beweisführung.

Der Oberstaatsanwalt richtete eine Fernbedienung auf einen Bildschirm an der Wand und präsentierte dem Gericht eine rote Zeitleiste, auf der exakte Zeitpunkte verzeichnet waren, Mord für Mord. Über dieser roten Zeitleiste erschien eine zweite Zeitachse, in Blau, auf der Michéls Ausgänge aus unterschiedlichen Sanatorien und Psychiatrien markiert waren; Informationen, die Hermansson in Erfahrung gebracht hatte, während Grens, sämtlicher Arbeitsaufgaben beraubt, im Haus der Familie Hoffmann gesessen hatte.

Wie Messerstiche.

Ins Herz. So fühlte es sich für den Kriminalkommissar an.

Während der rote und der blaue Strich sich übereinanderlegten und zu einem wurden.

Die Zeitachse der Morde und die Zeitachse mit Michéls Ausgängen waren identisch. Vier junge Männer waren auf vier unterschiedliche wahnhafte Methoden getötet worden, und jedes Mal, bei jedem Mord, hatte der Angeklagte, der in diesem Moment vor der Richterbank saß, sich auf freiem Fuß befunden.

Noch schmerzvoller waren die Stiche, die darauf folgten.

Ich sollte nicht hier sein!

Als Michél aufsprang.

Ich verstehe das nicht!

Schrie.

Ich verstehe es nicht!

Etwa gleichzeitig plädierte der Oberstaatsanwalt auf lebenslange Freiheitsstrafe, zu verbüßen in einer regulären Haftanstalt.

Die Festsetzung des Strafmaßes muss ausschließlich auf Grundlage juristischer Erwägungen erfolgen, keiner der Morde wurde unter Einfluss einer psychischen Erkrankung begangen.

Michél stand noch immer da, weinte.

Ich habe niemanden ermordet.
Niemals.
Nie!

Und während der Richter Michél anwies, sich wieder zu setzen, führte der Oberstaatsanwalt weiter aus, weshalb weder eine umfassende gerichtspsychiatrische Untersuchung noch eine Unterbringung in der geschlossenen Psychiatrie in Erwägung zu ziehen seien.

> *Die Morde weisen psychopathische Züge auf.*
> *Psychopathische Züge mit Geistesgegenwart.*
> *Die Morde sind zu kalkuliert.*
> *Hinter ihnen steht ein Gedanke. Eine Art Experiment.*
> *Und dies steht in keinem Zusammenhang mit den Diagnosen, derentwegen der Angeklagte sich in Behandlung befindet, ist keine Folge seiner Krankheit.*
> *Wir haben es nicht mit einem Menschen zu tun, der mit einem Eisenrohr durch die Gegend läuft und willkürliche Opfer erschlägt.*
> *Wir haben es zu tun mit systematischen, geplanten Hinrichtungen.*

Als der Richter den Angeklagten weder durch Anordnung noch durch eine Bitte dazu bewegen konnte, sich wieder auf seinen Stuhl neben dem Strafverteidiger zu setzen, wurde die Verhandlung unterbrochen und die Mittagspause vorgezogen, während ein hysterisch weinender Michél in seine vorübergehende Zelle in unmittelbarer Nähe des Gerichts geführt wurde.

Ewert Grens streckte einen schmerzenden Rücken, der von dem Sitz zusammengedrückt worden war, der genauso feindlich war wie alles andere in diesem Saal, dann folgte er Hoffmann zum Ausgang und zum Rest der Welt.

»Nanu, schon wieder? Ist das nicht …«

Ein Mann in Jackett und Jeans aus der letzten Zuschauerreihe erreichte die Tür gleichzeitig mit Grens.

»… der Kommissar?«

»Ja, bitte?«

»Erkennst du mich diesmal auch nicht? Jon aus Råby, allerdings in Zivil.«

Ewert Grens sah den Mann an, der ihm ein warmes Lächeln schenkte.

»Entschuldige, ich war ganz in Gedanken ... Hallo, Michéls bester Freund – und mein Polizeikollege. *Orts*polizeikollege.«

In diesem Moment tauchte auch der andere Ortspolizist neben Jon auf, wie damals, als sich ihre Wege in Råby gekreuzt hatten. Alex irgendwer. Die Morde, die am heutigen Tag verhandelt wurden, waren alle in ihrem Bezirk verübt worden.

Sie begrüßten sich.

Nach einer Weile streckte auch Hoffmann seine Hand aus. Der Versuch, nicht aufzufallen, wäre erst recht aufgefallen.

»Und mein Name ist Piet. Ich bin ein Bekannter von Grens.«

Die Ortspolizisten schüttelten seine Hand mit einem festen Händedruck – Gott sei Dank ohne zu fragen, wer er war oder warum er hier war.

»Hallo – Jon und Alex. Wie gesagt, Kollegen aus Råby. Schön, euch zu treffen, auch unter diesen Umständen.«

Dann verstummten sie alle vier; Grens hatte sich bereits in Bewegung gesetzt, während Jon versuchte, ihn mit Blicken und Körpersprache zum Bleiben zu bewegen.

»Kommissar – Ewert – hast du's eilig?«

Grens drehte sich um.

»Eigentlich ja. Ursprünglich hatte ich vor, etwas in den Magen zu bekommen, bevor die Verhandlung weitergeht. Aber jetzt ... ich habe das Gefühl, dass ... ach, ich weiß nicht. Ich glaube, ich schaffe es nicht, wieder in den Saal zu gehen, dazusitzen und zuzusehen, wie alles kaputtgeht.«

Sie versperrten anderen Zuschauern, die den Saal verließen, den Weg und traten ein kleines Stück zur Seite, in eine Nische, in der eine große, grüne Topfpflanze stand. Sie war aus Plastik. Aus der Nähe ließ es sich erkennen. Hier, wo nichts lebte, fügte sie sich wunderbar ins Bild.

»Es ist die Wahrheit. Ich bin mir sicher, Ewert. Michéls Schreien, seine Tränen, das ist alles echt. Es ging ihm hundsmiserabel, er ist bipolar und paranoid, er hatte Blackouts und Psychosen, aber er ist kein Mörder. Michél geht in Psychiatrien ein und aus, aber er ist so weit von einem Mörder entfernt, wie man es nur sein kann.«

Piet stand ein Stück von ihnen entfernt, zu klug, um ihr Gespräch zu unterbrechen, und Grens gab ihm ein Zeichen, dass er etwas essen gehen sollte, anders als der Kriminalkommissar würde Hoffmann sich die Nachmittagsverhandlung ansehen.

»Ewert?«

Der Name hallte zwischen den Betonwänden, und Jon beugte sich dichter zu Grens.

»Wenn ich Alex bitte, den zweiten Teil der Verhandlung ohne mich zu verfolgen, gehst du dann mit mir einen Kaffee trinken? Um zu reden. Über unseren gemeinsamen Freund?«

Ins Café Ritorno in der Odengatan. Dorthin gingen sie. Es stand für eine Zeit, in der Grens jung gewesen war, seinen Weg gesucht hatte, für all das, was Michél jetzt sein und tun sollte.

Es gab einen Tisch ganz hinten, an dem der Kriminalkommissar oft saß, mit einer Zimtschnecke und einem schwarzen Kaffee. Anders als sein älterer Kollege war Jon jung und schlank und durchtrainiert, konnte sich aber gerade so auf den Stuhl zwängen, der ein bisschen zu dicht an der Wand stand.

»Für gewöhnlich kann ich es immer erkennen.«

»Was kannst du erkennen, Ewert?«

»Jedenfalls *konnte* ich es immer erkennen. Ob ein Mensch imstande ist zu töten. Und bei Michél ... ich bin deiner Meinung. Oder ich *war* deiner Meinung. Es gibt nichts an ihm, das darauf hindeutet. Aber es gibt Beweise, und diesmal – siegen die Fakten. Besiegen den Menschen, der ich nicht länger bin. Die Leute, die mich aus dem Polizeipräsidium, aus dem Polizeiberuf entfernen wollen, haben vielleicht nicht ganz unrecht.«

Die ursprünglich einmal weiße Wand hinter Jons Schultern wirkte abgenutzt und ein wenig schmuddelig. Ewert Grens gefiel es, dass niemand das Café renoviert und aufgestylt hatte, es durfte bleiben, wie es war, und im Gleichtakt mit seinen Gästen altern. Er erinnerte sich daran, als dicke Rauchschwaden über den Tischen gehangen und allem eine nikotingelbe Patina verliehen hatten und er selbst einer der Raucher gewesen war, eine Tasse Kaffee vor sich, in der einen Hand eine Zigarette und die andere Hand in Annis Hand.

»Wir sind zusammen aufgewachsen. Ich im Haus Råby Backe Nummer drei und Michél im Haus Råby Backe Nummer fünf, Treppenaufgang an Treppenaufgang. Ich war sogar unter den Hunderten Männern, die du zum DNA-Reihentest geladen hast, Kommissar. Ich wohne nicht mehr in Råby, bin aber trotzdem nicht weit gekommen. Ich wohne in Hallunda, genau wie meine Schwester. Man bleibt. Deshalb bin ich wohl auch Polizist geworden, und zwar genau da. Ich weiß, wie es sich da lebt. Genau wie Alex und viele unserer Kollegen.«

Der gleiche Hintergrund wie Mariana Hermansson. Der gleiche Grund, einen Beruf zu ergreifen, den sie genannt hatte, aufgewachsen in einem Vorort von Malmö, den sie geliebt und gehasst hatte. Sie hatten ihre Richtung sicher vor Augen gehabt – anders als er selbst. Auch nach über vierzig Jahren als Polizist wusste er nicht zu sagen, warum es für ihn lebenswichtig war, Polizist zu bleiben und als Polizist zu sterben.

»Michél.«

Jon trank von seinem Kaffee, wartete, dass auch Grens einen Schluck nahm.

»Er war sensibel. Von Anfang an. Ich kann mich an nichts anderes erinnern. In der Schule. Auf dem Pausenhof. Auf dem Schulweg, auf dem Nachhauseweg. Wir sind immer zusammen gewesen, und er hat mir vertraut. Er hat sich getraut, sensibel zu sein.«

Jon senkte die Stimme. Das Zurückgehen in der Zeit war ein behutsames Annähern.

»Aber irgendwie kam er damit durch. Die Kids haben ihn in Ruhe gelassen. Vermutlich haben sie gespürt, wie es um ihn stand, dass er alles andere als böse war, und wie soll man da einen Brass auf jemanden entwickeln? Wie gesagt, es ging gut – bis zu seiner Psychose. Wir waren damals sechzehn, und alles veränderte sich. Michél kam zum ersten Mal in psychiatrische Behandlung. Er hatte schwere Stimmungsschwankungen. In einem Moment war er in Tränen aufgelöst, in der nächsten Sekunde konnte er sich aufführen wie ein verfluchter Despot. Tyrannisch. Launisch. Als seine Mutter keine Kraft mehr hatte, musste er zu seinem Vater ziehen, bei dem Drogen und Alkohol an der Tagesordnung waren. Das ging nicht gerade gut. Michél wandte sich den Hare Krishna zu. Experimentierte mit Essen. Und dann, als er eines Morgens verschwunden war, da wusste ich, dass irgendetwas passiert war.«

Jon schaute Ewert Grens zögernd an. Der Kriminalkommissar nickte, er hörte zu, wollte mehr erfahren, mehr verstehen.

»Ich habe ihn gefunden. Ein paar Tage später, unten in der U-Bahn, mit einem alten Rechenschieber im Arm. Er brüllte, das sei eine Zeitmaschine, die grünen und gelben Kugeln seien der Treibstoff, und die anderen Farben ... Er war splitternackt und wurde direkt in die Psychiatrie gebracht.«

Jons Wangen und Hals waren feuerrot – sich zu erinnern, war selten so einfach, wie es schien.

»In den ersten Jahren wurde er von Einrichtung zu Einrichtung geschickt. Ich weiß noch, einmal, da war er im Skarsätra Herrgård auf Lidingö, einem dieser großen, imposanten Herrenhäuser voll mit Verrückten. Ich war bei einem Familienessen dabei. Michéls Mutter wollte, dass ich dabei war, Michél und ich waren ja fast wie Geschwister, und es gab nicht viele andere Familienangehörige. Michél wirkte wie ein Zombie, komplett weggetreten, er lag stundenlang auf seinem Bett, das Gesicht zur Wand gedreht. Am Nachmittag wurde ein Spiel gespielt, ein Quiz, und als er der Einzige war, der jede Frage richtig beantwortete, verstand keiner der Anwesenden, wie dieser stumme Zombie plötzlich sprechen konnte. Und in Västberga Gård, einer Einrichtung für Jugendliche mit psychischen und sozialen Problemen, sollten wir einmal einen dieser lächerlichen Stuhlkreise bilden, für ein Familiengespräch, und der Psychologe starrte mich mit seinen unbehaglichen Augen an und meinte zu mir: ›Und, Jon, wie fühlst du dich bei all dem?‹ Und so ging es weiter, eine geschlossene Anstalt nach der nächsten, und bei einem unbegleiteten Ausgang warf er sich vor einen Zug. Aber es ging komplett schief. In etwa so wie bei dir.«

Jons Stimme, die mit jedem Satz leiser und schwächer geworden war, war jetzt nur noch ein Flüstern, und Grens musste sich anstrengen, seine Worte zu verstehen; aber die letzten Sätze, als Jon sich über den Tisch beugte, kamen deutlich und mit Kraft, vielleicht weil sie der Grund dafür waren, weshalb sie hier saßen und redeten.

»Michél ist mein bester Freund, ist es immer gewesen. Und

ich weiß, genau wie du, Ewert, *dass er kein Mörder ist.* Dass er jetzt in diesem Gerichtssaal sitzt, dass er ...«

Dann gab es keine Worte mehr. Wie es eben ist, wenn alles gesagt ist.

Ewert Grens trank den letzten Schluck Kaffee aus und tupfte zerstreut die Hagelzuckerkörner von seinem Teller, die von seiner Zimtschnecke abgefallen waren.

»Ich habe auch nicht geglaubt, dass er ein Mörder ist.«

Und als der Kriminalkommissar etwas sagte, im Grunde zum ersten Mal, seit sie sich jeder auf einer Tischseite niedergelassen hatten, flüsterte er genauso leise wie Jon.

»Aber ich wurde gründlich hinters Licht geführt.«

Vom Café Ritorno war es nicht weit zu Ewert Grens' Wohnung im Sveavägen. Zehn Minuten zu Fuß am Nachmittagsverkehr der Odengatan entlang, an Bussen, die andere Busse überholten, an Autos im Leerlauf vor roten Ampeln und an Schulkindern auf dem Nachhauseweg, die sich quer über die Straße, von Bürgersteig zu Bürgersteig, etwas zuschrien.

Jons Verzweiflung war schon sehr lange Grens' eigene Verzweiflung. Das Gefühl, dass etwas seinen Gang nahm, das nicht stimmte, weil Michél stimmte, *seine* Verzweiflung. Vielleicht hörte der Kriminalkommissar deswegen sein Handy nicht, das laut in der Innentasche seines Jacketts klingelte – so viele Gedanken schwirrten ihm im Kopf herum und waren im Weg. Aber vielleicht lag es auch am Straßenlärm.

Erst als er vor seiner Haustür stand und ihm bewusst wurde, dass er zurzeit gar nicht hier wohnte, dass die Gewohnheit seine Beine hergeführt hatte, nahm er das Telefon aus der Tasche und sah, dass er drei verpasste Anrufe und eine SMS hatte. Alle von derselben unbekannten Nummer. Auch die kurze Textnachricht *Ewert, ruf mich an*, machte ihn nicht viel schlauer, aber neugierig genug, um genau das zu tun.

Es klingelte sieben Mal.

»Hallo, Ewert.«

Eine Frauenstimme. Vielleicht eine Mädchenstimme.

»Stimmt das?«

Eine Stimme, die er nicht kannte.

»Was?«

»Ich will nur wissen, ob es stimmt.«

Aber vielleicht doch wiederzuerkennen begann.

»Wer ...«
»Du hast einen Brief an die Haustür geklemmt.«
Ja. Oder? Sie musste es sein.
»Hallo, Elin.«
»Ist das wahr, Ewert?«
So unerwartet. Wie froh er war.
»Was?«
»Was du geschrieben hast. Ist das wahr?«
Er musste nicht nachdenken. Trotzdem tat er es.

Es kam auf jedes Wort an, und er drückte sich oft ungeschickt und unbeholfen aus, wenn er über Dinge sprach, mit denen er sich nicht gut auskannte.

Wie Gefühle.
»Ja, Elin. Es ist wahr.«

Er war mitten in der Nacht dorthin gefahren. Zu der Pflegefamilie in der Reihenhausidylle. Fest entschlossen, an der Tür zu klingeln und das ganze Haus aufzuwecken. Aber das, was er Elin dann stattdessen geschrieben hatte, ja, das war so wahr, wie etwas nur wahr sein konnte. Dass er um Verzeihung bat. Dass es seine Schuld war, nicht ihre, wenn sie sich gegenseitig nicht verstanden. Dass keiner von ihnen Verantwortung für die Taten ihrer Mutter trug. Und – dass er mit ihr reden wollte, sie treffen wollte.

Wenn sie es wollte.
»Jedes Wort, das ich geschrieben habe, ist wahr.«
Jetzt war sie es, die schwieg. Die nachzudenken schien.

Vielleicht zu entscheiden versuchte, ob es eine kluge Idee war, ihn zu treffen.

Oder ob sie ihn bitten sollte, sich zum Teufel zu scheren.
»Gut.«
»Gut?«
»Tschüs, Ewert.«
Damit legte sie auf. Grens stand auf dem Bürgersteig,

umgeben vom Verkehrslärm der Innenstadt, und hielt ein stummes Telefon in der Hand.

Er begriff absolut gar nichts.
Tschüs? Was bedeutete das?
Tschüs – für den Moment?
Oder Tschüs – für immer?

Ewert Grens hatte Tausende Vernehmungen geführt. Mit Tatverdächtigen, die an die Wand gestarrt oder jede Frage mit lautem Lachen beantwortet oder sich ganz einfach Stunde um Stunde durch die Befragung hindurchgeschwiegen hatten. Aber bis zu diesem Moment war er noch nie selbst vernommen worden. Hatte noch nie in hartem Licht in einem kahlen Raum vor jemandem gesessen, der an sein Inneres herankommen, es nach außen stülpen und – wenn das nicht genügte – in Stücke reißen wollte. Augen, die ein plötzliches Zögern analysierten oder darauf achteten, ob seine Hand öfter als einmal zu seiner linken Wange wanderte. Doch vor allem schienen die beiden Gutachter vor ihm auf die schwarze Augenklappe fixiert zu sein und all das zu deuten, was sie verbarg.

Er hätte sich genauso gut ausziehen und den Kleiderhaufen zwischen sie und sich auf den Fußboden legen können.

Er war nackt, zeigte Übergewicht und vernarbte Haut, während sie sein Inneres ausleerten. Zuletzt war nichts mehr übrig. Dreiundvierzig Jahre Liebe zum Beruf, Zeit, die er bedingungslos geopfert und zu seinem Lebensinhalt gemacht hatte, waren keinen Pfifferling wert. Die Personalgutachter des Polizeipräsidiums hatten keinen Dunst von den unzähligen Straftätern, die er aus dem Verkehr gezogen hatte, damit sie ihnen abends auf dem Heimweg zu ihren Familien nicht über den Weg liefen.

Er wurde beurteilt. Bewertet.

Wenn alle Fragen gestellt wären, sein Körper eine bloße Hülle, würden sie auf einem Stück Papier ihre Meinung ausformulieren, ob die Polizeibehörde noch ein wenig länger für ihn Verwendung hatte oder ob man ihn gegen jemand Jüngeren und Gefügigeren eintauschen sollte, gegen jemand, dessen Seele noch nicht davon zerstört worden war, Tag für Tag den Folgen von Gewalt begegnen zu müssen.

Während des gesamten Evaluationsgesprächs, eines mehrere Stunden dauernden Termins, kam mit keinem Wort zur Sprache, dass er im Verlauf einer nicht autorisierten Probewoche die treibende Kraft hinter der Aufklärung von vier Mordfällen gewesen war. Als sei sie unwesentlich. Seine eigentliche Arbeit! Ob er sich später, in drei Jahren, wenn er der Polizeibehörde noch mehr seiner Zeit geopfert haben würde und in Pension gehen *musste*, auch noch eine Kugel durch das rechte Auge jagte, war in der Welt eines Kriminalkommissars, die nur dieses Präsidium umschloss, nur diesen Lebensinhalt und nichts anderes, nicht von Belang.

Nach seinem Termin in der Personalabteilung, der genauso verlaufen war, wie Grens es befürchtet hatte, nutzte er die Gelegenheit, jetzt, wo man ihn schon einmal ins Gebäude hineingelassen hatte, einen Umweg über sein eigenes Büro zu machen. Und wie beim letzten Mal saß jemand auf seinem Cordsofa und wartete.

Erik Wilson. Wieder.

»Ich habe die Kollegen gebeten, mich zu informieren, sobald ihr fertig seid. Ich war mir sicher, dass du nicht direkt nach Hause gehen würdest.«

Weiter kam Ewert Grens' Chef nicht. Grens machte auf dem Absatz kehrt und ging wieder hinaus auf den Flur, er hatte für einen Tag genug Beurteilungen hinter sich.

»Ewert, komm zurück. Ich bin auf *deiner* Seite.«

Die hinkenden Schritte verstummten. Zögernd spähte der Kriminalkommissar in das Zimmer, das zumindest für eine kleine Weile noch sein Büro war.

»Komm her – setz dich. Neben mich. Aufs Sofa.«

Grens war zu müde, um zu protestieren. Er nahm in einer Ecke des Cordsofas Platz, einen Arm auf der verschlissenen Lehne, bereit zuzuhören.

»Ich habe mir schon vor dem Evaluationsgespräch zusichern lassen, dass du eine zweite Chance bekommst. *Falls* unsere internen Personalgutachter zu dem Schluss kommen, dass du nicht in den Dienst zurückkehren sollst.«

»Sie haben ihre Entscheidung längst gefällt. Dieses ganze Pseudogespräch lief von vornherein darauf hinaus. Um das zu begreifen, muss ich kein Kriminalkommissar sein.«

»Und *falls* es tatsächlich darauf hinausläuft, wird die zweite Evaluation extern erfolgen. Weil du ein komplexer Fall bist.«

Es war kein guter Tag für Behördensprech. *Externe Evaluation. Komplexer Fall.* Grens hatte eine Überdosis an Worthülsen verabreicht bekommen, die einen Dreck wert waren und absolut nichts bedeuteten, und war im Begriff, zum zweiten Mal sein Büro zu verlassen, als Erik Wilson ihn zurückhielt.

»Einen Moment noch, Ewert.«

»Ich weiß deine Bemühungen zu schätzen, aber …«

»Die externen Gutachter werden den Umstand, wie entscheidend es für dich ist, in einen Zusammenhang eingebunden zu sein, und dass du dich in deiner Probewoche tadellos geführt hast auf ganz andere Weise in ihre Entscheidung miteinfließen lassen. Gut möglich, dass sie auch mit dem Maltesholmsgården Rücksprache halten. Wo du gesundet bist. Die Leute, die dort arbeiten, kennen dich, haben dich erlebt, als du am anfälligsten warst.«

Ewert Grens hatte zugehört. Auch wenn es nicht so aussah.

»Und was ist, wenn unsere externen Gutachter dieselbe Entscheidung fällen, wie sie unsere internen Gutachter ganz sicher schon gefällt haben?«

»Dann verlierst du nur die Hälfte.«

»Die Hälfte?«

Sie sahen einander an. Bis Wilson den Blick abwandte.

»Wenn unsere Chefetage deinen Dienstausweis einzieht, kannst du stattdessen als ziviler Mitarbeiter auf Stundenlohnbasis für uns weiterarbeiten. Das machen viele pensionierte Polizeibeamte. Bewandert und respektiert lösen sie alte Fälle. Du verlierst vielleicht die Hälfte von dem, was du hast, gewinnst aber gleichzeitig die andere Hälfte zurück.«

»Wenn ich die Hälfte verliere, verliere ich alles. Das weißt du. Ich habe keine Kinder, keine Enkel. Keine Frau, kaum Freunde. Es gibt keinen Ort, an den ich reisen will, nichts anderes, was ich machen will. *Und deswegen muss mich niemand bemitleiden. Ich habe mich bewusst gegen all diese Dinge entschieden.* Aber an dem Tag, an dem ich nicht mehr hierherkommen kann, wann ich will, wie ich es will, um das Einzige zu tun, was ich kann, an dem einzigen Ort, an dem ich je zu Hause gewesen bin – Wilson, an dem Tag gibt es mich nicht mehr.«

EWERT GRENS BLIEB, nachdem Erik Wilson gegangen war, noch lange auf dem Cordsofa. Unfähig, sich zu bewegen. Er wollte es schlichtweg nicht. Jedes Mal, wenn jemand seine Schlüsselkarte freischaltete, gleichgültig, ob für eine Probearbeitswoche oder für einen Termin bei irgendwelchen Personalgutachtern, fühlte es sich an wie das letzte Mal. Wie so oft ließ er seinen Blick an den Rissen an der Zimmerdecke entlangwandern. Sie führten nirgendwo- und überallhin. So lag er da, als sein Handy klingelte. Dieselbe Nummer wie vor einer Woche auf dem Rückweg vom ersten Verhandlungstag. Da hatte er alle Anrufe von ihr verpasst, diesmal meldete er sich sofort.

»Elin? Bist du das?«
»Hey, Ewert.«
»Ich freue mich! Wie ...«
»Ich habe heute bei dir zu Hause geklingelt.«
»Was?«
»Aber du warst nicht da.«
Grens setzte sich auf. So ließ es sich leichter atmen.
»Ich wohne ... zurzeit nicht zu Hause.«
»Wieso nicht?«
»Ich ... mir ging es ein bisschen so wie dir. Ich bin ausgezogen, weil zu Hause nicht mehr zu Hause war.«
Elin antwortete nicht. Legte aber auch nicht auf.
Hatte er unfreundlich geklungen?
Desinteressiert?
Oder vielleicht ...
»Willst du dich mit mir treffen?«
»Treffen, Elin?«

»Das hast du geschrieben.«

Grens wurde unendlich nervös. Der Kloß in seinem Magen teilte sich und wurde zu einem zweiten, der in seine Brust und hinauf in seine Kehle wanderte.

»Ja, das habe ich geschrieben.«
»Wo?«
»Es gibt ein Café, in das ich oft ...«
»Gut.«
»Gut? Willst du das wirklich, Elin?«
»Ja.«
»Wann?«
»Jetzt. Schick mir die Adresse.«

Er kam nicht dazu zu antworten. Sie hatte aufgelegt. Verwirrt. So fühlte er sich. Und froh.

Vor allem froh.

Das Urteil wurde an einem regengrauen Vormittag verkündet.

Ewert Grens und Mariana Hermansson standen in der Kanzlei des Amtsgerichts an dem hölzernen Tresen, an dem früher eine summende Traube aus Zeitungsjournalisten und Fernsehreportern gewartet hatte, während die Zeiger auf der Uhr an der Wand auf 10:00 Uhr vorgerückt waren. Seit die ganze Welt nach Passwörtern verlangte und über digitale Tastenklicks kommunizierte, hatte es etwas Entspannendes, kopierte Papierexemplare vorzubestellen, die von einem Gerichtsdiener zu einem vorher angekündigten Zeitpunkt ausgeteilt wurden.

Auch die Lektüre des Urteils war regengrau.

Ewert und Mariana traten auf den steinernen Korridor des alten Gerichtsgebäudes, steckten die Köpfe zusammen und schlugen die Seite mit dem Urteilsspruch auf.

Lebenslänglich.

Zu verbüßen in einer regulären Haftanstalt.

Zu Beginn der Untersuchungshaft war bei Michél die sogenannte Paragraf-sieben-Examination vorgenommen worden, die weniger umfassende Untersuchung zur Feststellung eines möglichen psychischen Krankheitswerts, deren Resultat – wie der Oberstaatsanwalt es bereits in seinem Eröffnungsplädoyer vorausgesehen hatte – jedoch *nicht* die Empfehlung einer umfassenderen Diagnostik nach sich gezogen hatte. Der Verdächtige habe die ihm zur Last gelegten Straftaten nicht unter Einfluss einer psychischen Erkrankung verübt, weshalb keine medizinischen Implikationen für eine Unterbringung in der geschlossenen Psychiatrie gegeben seien.

Was hieß: Hochsicherheitsgefängnis. In einem Zellentrakt. Inmitten anderer Mörder.

Für mindestens dreißig Jahre. Bis der junge Mann sechzig Jahre alt sein würde.

Zusätzlich zu dem inneren Gefängnis, in dem er bereits einsaß.

Solange Ewert und Mariana auch auf dem Korridor des Amtsgerichts verweilten und das Urteil drehten und wendeten, es gab keinen Zweifel, keine Schwachstellen in der Begründung des Gerichts. Wahnsinnsmord für Wahnsinnsmord wurde die überzeugende Beweislage schwarz auf weiß summiert.

Michél war schuldig.

Der Kriminalkommissar entschuldigte sich, bat Mariana, das Handout aufzuheben, und eilte von einem Gebäude für Recht und Ordnung ins nächste. Vom Amtsgericht ins Polizeipräsidium. Zu derselben Zelle wie in Michéls erster Nacht in Untersuchungshaft, in der der Verurteilte bis zum Inkrafttreten des Urteils weiterhin untergebracht bleiben würde.

Grens schwatzte sich am Einlassposten im Erdgeschoss vorbei, in den Fahrstuhl hinein, zu dem er offiziell keinen Zutritt mehr hatte, am Sicherheitsbeamten der Untersuchungshaft vorbei, in den Zellentrakt hinein. Der Fußboden war ebenso spiegelblank wie bei seinem letzten Besuch, und er wollte eben Zellentür 8409 aufschließen, als sein Arm nicht heranreichte und ihm der Schlüsselbund aus der Hand fiel.

Es ging nicht. Es gab nichts mehr zu sagen.

Er musste nicht noch einmal fragen *Wer zum Teufel bist du?*, nicht noch einmal die Antwort *Du kennst mich, Ewert* abwarten, musste Michél nicht ein allerletztes Mal ansehen und erwidern *Ja, ich habe geglaubt, dich zu kennen – mögest du hinter Gittern verrotten.*

Langsam sackte Ewert Grens vor der Zelle zu Boden, den Rücken an die Eisentür gelehnt, an kaltes Metall.

Er war nicht länger auf dem Weg irgendwohin.

Der Schuss. Der zu Krankenhaus geworden war, zu Verrücktheit, zu Maltesholmsgården, zu Probewoche, zu Mörderjagd, zu Personalgutachten.

Mit diesem Urteil war er am Ziel. Und wenn er nicht in das einzige Gebäude zurückkehren durfte, in dem er sich zurechtfand, musste er hinausgehen.

In die andere Wirklichkeit.

Teil 5

Die erste Woche verlief akzeptabel.
Die zweite war die Hölle.
Als die dritte Woche anbrach, fiel es Hugo zu, die Verantwortung zu tragen und als Repräsentant der Hoffmanns zu sprechen. Im Namen der ganzen Familie.
»Ewert?«
Er hatte gewartet, bis alle anderen aus dem Haus gegangen waren. Rasmus in die Schule, Papa in seine Sicherheitsfirma, Mama in ihre Schule und Luiza in die Kita.
»Ja?«
»So geht es nicht mehr weiter.«
Ewert Grens saß auf seinem Bett. Oder richtiger: auf der Pu-der-Bär-Tagesdecke, die auf Rasmus' Bett lag.
»Was geht nicht mehr weiter, Hugo?«
»Du kannst so nicht weitermachen.«
»Weitermachen?«
»Oder so sein.«
»Jetzt verstehe ich erst recht nicht. Sein?«
Hugo hatte gehofft, es würde weniger peinlich werden, wenn sie beide allein wären. Aber es wurde peinlich.
»Du bist hier. Aber du bist nicht *da*. Du lachst nicht, brüllst nicht. Schweigst. Du *bist* nichts. Und das ist nicht gut für uns.«
Der Dreizehnjährige setzte sich neben den Sechsundsechzigjährigen. Nahm dessen Hand.
»Wir wollen, dass du bei uns wohnst. Aber dazu musst du … jemand *sein*. Du musst etwas tun, etwas wollen. *Da* sein. Verstehst du?«
Der Kriminalkommissar drückte die kleine Hand, die so klein nicht mehr war.

»Ich verstehe, Hugo.«

»Und?«

»Dein Vater hat recht. Du bist der Klügste von uns allen. Der Mutigste.«

Grens drückte Hugos Hand ein wenig fester. Und stand auf.

»Du musst zur Schule.«

»Meine Lehrerin weiß, dass ich heute ein bisschen später komme.«

»Ach so?«

»Ich habe gesagt, es geht um etwas Wichtiges. Um meinen Freund.«

Diesmal drückte Grens nicht nur Hugos Hand, sondern den ganzen Jungen.

»Beeil dich jetzt.«

»Und was ist mit dir, Ewert?«

»Ich gehe auch aus dem Haus. Und tue etwas. Versprochen.«

»Jetzt?«

»Jetzt.«

Sie verließen das Haus – zusammen. Seite an Seite liefen sie die Straßen hinunter, bis sich ihre Wege am Nynäsvägen trennten. Hugo ging weiter zur Schule, Grens weiter zur Bushaltestelle.

Er fuhr nicht oft mit dem Bus, aber er war schneller in der Stadt, als er es in Erinnerung hatte, und nach einem Umstieg in der Vasagatan waren es nur noch ein paar Haltestellen bis in die Scheelegatan und einige letzte Meter zu Fuß.

Als er das Polizeipräsidium Kronoberg erreichte, hatte er das Gefühl, all das schon einmal erlebt zu haben.

Weil er es schon einmal erlebt *hatte*.

»Wilson, verflucht, ich bin noch nicht fertig! Ich brauche kein Gehalt. Geld habe ich, aber kein Leben!«

Als er das letzte Mal darum gebettelt hatte, in den Dienst zurückkehren zu dürfen, hatte er das Präsidium betreten, an die Bürotür seines Chefs klopfen können und war mit einer Probewoche wieder herausgekommen.

Dieses Mal ließ man ihn nicht einmal hinein.

»Ich muss weitermachen! Wilson?«

»Nein.«

»Ich weiß, dass etwas nicht stimmt!«

Ewert Grens war, genau wie alle anderen Bürgerinnen und Bürger mit einem polizeilichen Anliegen, in die Rezeption des Präsidiums gelangt, doch dann kam er ohne gültige Schlüsselkarte nicht mehr weiter. Und keinem der momentan im Wartebereich Anwesenden entging, dass dieser Besucher am Handy mit jemandem sprach, der nicht mit ihm einer Meinung war.

»Ewert, willst du dir deine Chance verbauen?«

»Lass mich endlich rein!«

»*Willst* du nicht zurückkommen können?«

»Erik, verflucht ...«

»Hör mir zu! Ich stehe im ständigen Kontakt mit den Ärzten des Maltesholmsgården, die, sollte es aktuell werden, deine zweite Evaluation vorbereiten. Und ich weiß aus sicherer Quelle, dass das Gerichtsurteil – ein Vierfachmörder, den *du* überführt hast, Ewert – dein Freifahrtschein zurück ins Präsidium sein wird. Geh nach Hause und warte ab, bis es so weit ist. Hör auf, alles zu verkomplizieren, und hör auf, einen abgeschlossenen Fall aufzurollen, und alles zu verderben!«

Erik Wilson legte auf. Ewert Grens stand mit einem stummen Handy in der Hand im öffentlichen Wartebereich des Präsidiums und spürte alle Blicke auf sich. Aber wenigstens hatte er das Versprechen, das er Hugo gegeben hatte, gehalten. Er hatte vielleicht nicht übermäßig viel gelacht und geredet, dafür aber ziemlich viel gebrüllt. Hatte etwas getan, etwas gewollt.

Sein Wagen stand seit einigen Tagen in der Hantverkargatan, und damit würde er nun zu den Hoffmanns zurückfahren und darauf warten, dass die Familienmitglieder am späten Nachmittag einer nach dem anderen heimkehrten. Um Gesellschaft zu haben. Doch der Kriminalkommissar kam nicht weit. Jemand hatte tiefe Löcher in die Asphaltdecke der Straße gebohrt und mal hier, mal da rot-gelbe Absperrgitter aufgestellt. Straßenarbeiten. Etlicher Versuche zum Trotz kam der Kriminalkommissar nicht von dort weg. Es war wie eben im Präsidium – man ließ ihn nicht hinein. Unter Gefährdung anderer Personen drückte er aus Frust das Gaspedal voll durch, fuhr auf den Bürgersteig, wechselte kurz darauf auf den gegenüberliegenden Gehweg und holperte und schlängelte sich vorwärts. Aber auch so kam er nicht weit. An der Ecke Hantverkargatan und Pipersgatan trat er so fest auf die Bremse, dass die Reifen quietschten, um einen Zusammenstoß mit einem heranrasenden Taxi zu vermeiden, das ihm die Vorfahrt nahm und nicht einmal anhielt, um nachzusehen, ob etwas passiert war. Damit war das Maß voll. Grens gab Gas, bretterte mit überhöhter Geschwindigkeit weiter, holte das Taxi am Stadthaus ein, überholte es und scherte direkt vor ihm wieder ein. Diesmal musste der Taxifahrer eine Vollbremsung hinlegen. Der Kriminalkommissar sprang aus dem Wagen, lief auf die Fahrerseite des Taxis, schlug mit der Faust gegen das Fenster und wartete darauf, dass der Taxifahrer die Scheibe herunterließ.

Er tat es nicht. Grens hämmerte gegen das Fenster.

»Kurbel die Scheibe runter! Hörst du, was ich sage?!«

Nichts passierte.

Als Grens das Taxi umrundete und wutentbrannt an der Beifahrertür zerrte, riss der Taxifahrer das Lenkrad scharf nach rechts, lenkte seinen Wagen über die Einfahrt zum Stadthaus, manövrierte sich an seinem Vordermann, der ihm den Weg versperrte, vorbei und raste davon.

Erschrocken.

So hatte der Taxifahrer ausgesehen, als er den wütenden Berserker anstarrte, der versuchte, in seinen Wagen zu gelangen.

Auch Grens erschrak. Als ihm allmählich bewusst wurde, was er getan hatte.

Er war wie ein Verrückter über Bürgersteige gefahren, um Straßenarbeiten auszuweichen, war dann wie ein Verrückter hinter einem Taxifahrer hergerast, den er ohnehin niemals eines Besseren belehren konnte, und hatte versucht, in dessen Wagen einzudringen.

Der Kriminalkommissar erschrak, weil er dieses Verhalten kannte. Ungleichgewicht. Es war bei Weitem nicht das erste Mal, dass er ausgerechnet mit Taxifahrern aneinandergeriet, wenn sein Kopf und sein Herz nicht im Einklang waren, und es hatte stets auf ungefähr die gleiche Weise geendet.

Vielleicht blieb er deshalb noch eine Weile vor dem Stadthaus in seinem Wagen sitzen.

Und fuhr anschließend nicht direkt nach Hause zu den Hoffmanns.

Sondern zum Möbelgeschäft. Dorthin wollte er zuerst. Ein Schreibtisch, ein Schreibtischstuhl und eine große Pinnwand, an die er Hinweise und Ermittlungsergebnisse heften würde. In seiner Wohnung war genug Platz, um dort ein Büro einzurichten. Im leeren Wohnzimmer vielleicht? Oder in einem der gleichfalls leeren Gästezimmer?

Ein Ort, um Ungleichgewicht in Gleichgewicht zu verwandeln und dem nachzugehen, dem er nicht vom Präsidium aus nachgehen durfte. Michél. Solange es nur um Ermittlungsarbeit ging, um das Einzige, was er wollte und konnte, würde er sich im Sveavägen eingewöhnen können, ohne Gegenstände kaputt zu schlagen und zu zertrümmern.

Als er sehr viel später tatsächlich zu den Hoffmanns zurückfuhr, schliefen drei Kinder längst in ihren Betten. Er würde sich morgen früh bei Hugo bedanken, dem mutigen Jungen, der so recht gehabt hatte. Nach einem Glas Wein mit Zofia am Küchentisch suchte er Piet in dessen Arbeitszimmer im Keller auf und schloss behutsam die Tür hinter sich.

»Piet? Ich würde dich bitten, morgen … Aber! Was zum Teufel! Jetzt sage ich das, was alle zu mir sagen – wie siehst du denn aus?«

Piet Hoffmanns Gesicht wurde von unten her von einer Stehlampe angeleuchtet, und der Schein verlieh seinen Konturen etwas Geisterhaftes. Doch deswegen hatte Grens nicht gestockt. Piets Stirn und seine linke Wange waren mit tiefen Wunden übersät, sein Gesicht war stark geschwollen und schillerte in Blau-, Gelb- und Rottönen.

»Piet? Was ist passiert?«

Auch seine Arme bedeckten Blutergüsse.

»Nichts.«

»Nichts?«

»Nichts.«

Grens lächelte.

»Gut. Dann einigen wir uns darauf. Nichts.«

In Piets Kellerbüro gab es keine zweite Sitzgelegenheit, weshalb der Kriminalkommissar auf der Kante der Werkzeugbank Platz nahm.

»Piet – ich brauche morgen bei einer Sache deine Hilfe. Aber zuerst brauche ich die vier Ermittlungsakten zurück, die ich heimlich für dich kopiert habe.«

Piet Hoffmann lächelte seinen Gast an.

»Du hast gesagt, es ist vorbei. Zweimal. Nach der Festnahme und noch einmal nach dem Urteilsspruch.«

Grens zuckte mit den Achseln. Das war Antwort genug.

»Aber?«

»Kein Aber. So wie bei dir.«

»Nichts?«

»Mmm.«

»Dann einigen wir uns darauf, Ewert. Du hast auch nichts am Laufen.«

Der Safe, der im ehemaligen, in die Luft gesprengten Haus der Hoffmanns in einem Geheimzimmer gestanden hatte, zusammen mit Piets anderen Infiltrator-Arbeitsutensilien – Waffen, Schutzwesten, gefälschte Ausweise –, stand nun offen in einer Ecke des Büros. Piet öffnete ihn und nahm vier Papierstapel heraus.

»Hier. Mit diversen angestrichenen Stellen, hier und da.«

Grens nahm die Kopien entgegen, ging aber nicht.

»Und dann wäre da noch diese Sache, Piet, bei der ich morgen deine Hilfe benötige.«

»Worum geht's?«

»Das erkläre ich dir, wenn wir da sind.«

»Wenn wir wo sind, Ewert?«

Grens erhob sich, um die Kellertreppe hoch und weiter in das Kinderzimmer im zweiten Stock zu gehen, das vorübergehend sein Zimmer war.

»Im Untersuchungsgefängnis Kronoberg.«

DIE FAHRSTUHLSPIEGEL VERVIELFACHTEN alles. Piet Hoffmann war von sich selbst umzingelt. Wie in einer Zeit, als er derjenige gewesen war, der eingesperrt wurde. Als seine Arme von Handschellen zusammengedrückt wurden und bewaffnete Polizisten ihn grob an den Schultern packten.

Diesmal stand Ewert Grens neben ihm, und sie waren auf dem Weg zu einem anderen Insassen. Aber es war sein eigenes übel zugerichtetes Gesicht, das ihn anstarrte.

Er verstand es nicht. Dass die Vergangenheit nie aufgab. Überall war er frei, nur nicht hier, im Fahrstuhl des Untersuchungsgefängnisses Kronoberg. Es spielte keine Rolle, dass er als Besucher kam, vorgab, Polizist zu sein, um einem Kriminalkommissar unter die Arme zu greifen.

Sie stiegen im sechsten Stock aus, und die Luft, der Geruch aus dem Zellentrakt waren ekelerregend.

Hier hatte er eingesessen.

Piet verspürte einen Brechreiz, war kurz davor, stinkende, verschwitzte Matratzen von wichsenden Amphetaminjunkies zu erbrechen. Er kam mit Konfrontationen aller Art klar, aber nicht mit der Erinnerung, im Vorfeld eines Gerichtsprozesses in einer sieben Quadratmeter großen Zelle zu sitzen, eingesperrt hinter einer Sicherheitstür, ohne menschlichen Kontakt. Entsozialisiert. Frau, drei Kinder und das Wissen, was Familie ist, warum ein Mensch andere Menschen braucht, hatten ihn von Grund auf und unwiderruflich verändert, und die Zellen, zu denen sie nun auf dem Weg waren, standen für Tod.

Der Justizvollzugsbeamte, der sie hereinließ und zwei Schritte vor ihnen den Korridor hinunterlief, schob die Luke in der Zellentür mit der Nummer 8409 auf, blickte zum Gefangenen hinein, rasselte mit seinem sperrigen Schlüsselbund und schloss auf.

Auf der Pritsche lag ein sehr blasser Mann, der die Augen geschlossen hielt, die Welt aussperrte – den Gedanken, dass es eine Welt *gab*.

»Michél?«

Ewert Grens näherte sich dem ausgestreckten Körper, legte seine Hand auf eine Schulter.

Während Piet Hoffmann nur die halb geöffnete Packung Frühstücksflocken auf dem Boden der Zelle sah; wie er selbst, in Erwartung einer neuen Gefängnisstrafe, nur mit Boxershorts bekleidet, hochgeschnellt war, als der Justizvollzugsbeamte mit einem *Guten Morgen*, einer 300-Milliliter-Tüte Milch und einer Packung Cornflakes seine Zelle betreten hatte. Eine Scheibe Käse auf einer Scheibe Brot und Kaffee, so wässrig, dass er den Boden der Tasse hatte sehen können. Und das Geräusch der zuschlagenden Tür, wenn er wieder ohne jeden Kontakt zur Außenwelt zurückblieb, abgeschirmt von allem und jedem.

»Ich bin es, Ewert.«

Michél öffnete Augen, die nicht anwesend waren.

»Und ich habe einen Kollegen dabei. Piet – du erinnerst dich vielleicht noch an ihn? Er hat mich im Maltesholmsgården besucht, und jetzt besucht er dich.«

Michél und Piet nickten sich zu, und Piet wusste nur zu gut, wie es sich anfühlte, wenn Zellenwände auf einen zurückten und das Leben aus einem herauspressten.

»Ich habe dir etwas mitgebracht. Ich weiß ja, wie du deinen Tag am liebsten beendest.«

Der Kriminalkommissar achtete darauf, Michél zu zeigen, dass er sein Mitbringsel in der Innentasche seines Jacketts eingeschmuggelt, sich Mühe gegeben hatte.

»Mit diesem roten Tee, den du so gerne trinkst. Das nächste Mal, wenn abends die Thermoskanne mit heißem Wasser vor deine Zellentür gestellt wird, kannst du den Pulverkaffee Pulverkaffee sein lassen und dir deinen eigenen Spezialtee zubereiten.«

Der Gefangene wurde ein wenig munterer. Die Augen bedankten sich.

»Und – Michél? Weißt du noch, dass wir immer dachten, Miranda wäre die Verrückteste von uns allen? Tja, wie sich herausgestellt hat, scheint sie die Einzige zu sein, die normal und gescheit ist.«

Grens achtete ebenfalls darauf zu zeigen, dass er aus einem anderen Grund gekommen war als beim letzten Mal.

Als Freund. Nicht als Richter.

»Ich meine ihren Spleen, dass wir alle im Gefängnis sitzen. Nimm uns beide. Wir haben uns in einer Einrichtung für Halbverrückte kennengelernt, und jetzt sehen wir uns hier wieder. Der eine als verurteilter Straftäter und der andere als ermittelnder Polizist, der endlich nachgedacht hat und zu dem Schluss gekommen ist, dass alles, was du gesagt hast, dass du unschuldig bist, die Wahrheit ist.«

Unvermittelt setzte Michél sich auf. Hellwach.

»Was ... hast du gesagt, Ewert?«

»Genau das, was du meinst, gehört zu haben.«

»Dass du glaubst ... dass ich ...«

»Ja.«

Der labile Gefangene fiel Grens um den Hals, ungefähr so wie bei seiner Festnahme, als er zum ersten Mal seine Unschuld beteuert hatte. Aber nicht aus Panik, wie damals. Sondern aus Erleichterung.

»Ich ...«

Was er sagte, war schwer zu verstehen, sein Schluchzen zerhackte und übertönte die Worte.

Als die Tränen nachließen und die Atemzüge länger wurden, gab Michél Piet die Hand und sagte *Hallo, ich habe Sie gar nicht ordentlich begrüßt.*
Dann trat die lange Stille ein.
Der Ernst.
Vor der Frage, die zu stellen Grens hergekommen war, ein zweites Mal, obwohl er und alle anderen die Antwort bereits gehört hatten.
»Michél?«
»Ja?«
»Ich möchte, dass du jetzt zuhörst.«
»Okay.«
»Dass du den Grund meiner Frage verstehst und sie gründlich überdenkst. Sieh mich an und sag mir die Wahrheit. Deinetwegen. Meinetwegen. Wenn ich jeden Stein umdrehen und meine eigene Zukunft aufs Spiel setzen soll.«
»Was, Ewert? Was sagst ...«
»Michél – hast du jemanden ermordet?«
»Nein. *Nein!*«
»Bist du dir sicher?«
»Ja!«
»Absolut sicher?«
»Ewert, ich ... das weißt du. Du musst nicht fragen. *Du kennst die Antwort!*«
Sie sahen sich an. Lange. Wie sie es früher getan hatten. Als sie einander vertraut hatten. Sich alles gesagt hatten. Den Mut aufgebracht hatten, alles zu sagen.
»Aber ... manchmal ...«
»Ja?«
»Manchmal kommen mir Zweifel, Ewert. Psychosen hinterlassen Spuren. Ich habe dir das nie erzählt. Als ich sechzehn war, haben sie mich gefunden, Jon hat mich gefunden, unten in der U-Bahn, vollkommen nackt. Ich bin mit einem

Rechenschieber im Arm durch die Gegend gelaufen, felsenfest davon überzeugt, es wäre eine Zeitmaschine. Und wenn Psychosen bleiben und einen Menschen verändern ... Vielleicht habe ich dann ... könnte ich ... Manchmal weiß ich es nicht. Ich bin wie zwei Personen. Also, wenn ... Wenn.«

Bei den letzten Worten blickte Michél zu Boden.

Dann hob der den Kopf und sah von Ewert zu Piet, als erwartete er ihren Protest, er würde sich das alles nur einbilden.

»Ich weiß, dass ich nicht morde. Nicht morden *will*. Aber es gibt Spuren. Meine Spuren. An jedem Tatort. Und ich habe Gedächtnislücken. Blackouts. Momente, in denen alles schwarz ist. Auch während meiner Ausgänge. Du weißt, dass ich seit vielen Jahren in Behandlung bin. In wechselnden Einrichtungen, die bei Weitem nicht so gut waren wie der Maltesholmsgården. Ich war in schlechter Verfassung. Und wenn deine Kollegen mir die Bilder der Opfer zeigen. Mit meiner DNA. Dann kommen mir Gedanken. Ja, vielleicht habe ich es getan. Vielleicht habe ich gemordet.«

Bis hierhin.

Aber nicht weiter.

Piet Hoffmann ertrug keine weiteren Gerüche, keine weiteren Erinnerungen. Die Zellenwände waren weiter zusammengerückt, während Michél gesprochen hatte. Der Fußboden wölbte sich nach oben, die Decke senkte sich nach unten. Er sagte nichts, verabschiedete sich nicht von dem Gefangenen, der den Großteil seines Lebens hinter Gittern verbringen würde, entschuldigte sich nicht bei Grens, der gehofft hatte, ihn an seiner Seite zu haben.

Er zog die Zellentür hinter sich zu, blieb davor auf dem spiegelblanken Fußboden stehen und wartete. Zweiundzwanzig Minuten. Dann kam Ewert Grens aus der Zelle. Noch genauso irritiert wie eben, als Piet sie ohne Vorwarnung verlassen hatte.

»Was war das für eine Nummer?«

»Ich habe es nicht mehr ausgehalten.«

»Ich hole dich her, erteile dir einen Auftrag, und du machst einfach auf dem Absatz kehrt.«

»Ich musste nicht mehr wissen. Sein Händedruck. Als wir uns begrüßt haben.«

»Was soll damit sein?«

Sie liefen den Zellentrakt entlang, zum Ausgang, wo der Justizvollzugsbeamte sie hinausließ, und gingen zu den Fahrstühlen.

»Weiche, zaghafte Hände. Wenn er etwas anfasst, geht nichts kaputt.«

»Piet – wovon redest du?«

»Dass du verflucht richtigliegst. Dieser Typ hat nicht getan, wofür man ihn verurteilt hat.«

»Und das weißt du, nachdem du ... ihm die Hand gegeben hast?«

»Unter anderem. Aber vor allem, weil ein Profi einen Profi erkennt. Ein Mörder erkennt einen Mörder. Und dieser Typ hat keine Ahnung, wie es ist, dabei zuzusehen, wenn ein anderer Mensch seinen letzten Atemzug macht, und diese Gewissheit hast du ihm genommen.«

Die Fahrstuhlspiegel waren noch genauso zahlreich wie vorhin, und Piet sah noch genauso aus, aber sein Gefühl, als er seinem eigenen Blick begegnete, war ein anderes. Befreit, so fühlte er sich. Frei.

»Und wenn er sagt, *Ich bin unschuldig. Aber manchmal kommen mir Zweifel*, dann klingt er wie ein verwirrtes Kind. Er sagt es ohne Nachdruck. Verstehst du, Ewert? Er hätte sonst was tun können. Über eine rote Ampel laufen, eine Tüte Chips klauen, seine Stimme hätte genauso geklungen. Zwischen ›*Vielleicht* habe ich es getan‹ und ›Ich *habe* es vielleicht getan‹ liegt ein himmelweiter Unterschied.«

Auch als Piet Hoffmann sich umdrehte und in den anderen Spiegel blickte.

Auf dem Weg nach unten, von hier fort, fühlte er nichts mehr.

»Kannst du mir folgen, Ewert? Er hat keine Verbindung zu seinen Reflexionen. Es geht dabei nicht um ihn. Er *weiß*, dass er es nicht getan hat – auch wenn er von Blackouts redet. Klar, die hat er sicher. Aber nur kurze, in stressigen Umgebungen. Ich garantiere dir, diese kurzen Aussetzer lassen nicht genug Zeit für die Kunstwerke, die die Rechtsmediziner und Kriminaltechniker in deinen Ermittlungsakten beschreiben.«

Der Fahrstuhl hielt an. Sie konnten das Gebäude verlassen, hinaus auf die Straße treten, tief einatmen.

Und die Luft roch nach nichts.

»Ewert?«

»Ja?«

»Er war es nicht.«

Ein kurzer Spaziergang führte Piet Hoffmann fort vom Polizeiviertel Kronoberg, fort von Erinnerungen, die er nicht mehr haben wollte, in die Vasagatan und zur Hoffmann Security GmbH und zu dem ganz normalen Leben, von dem er gleichfalls nie ein vollständiger Teil sein würde.

Aber er unternahm diesen Spaziergang nicht allein.

Ewert Grens war vom Ausgang des Untersuchungsgefängnisses weiter neben ihm hergelaufen, hatte weitergeredet.

Dass er eine Entscheidung getroffen habe – egal, wie sehr Erik Wilson auch versuchte, es ihm auszureden. Dass er verwirrt und verzweifelt gewesen sei und es deswegen länger gedauert habe, er sei schwächer gewesen als sonst, habe Schwierigkeiten gehabt, klar zu sehen, würde es nun aber tun.

Irgendetwas stimmte nicht.

Er würde weitergraben, die Sache nicht auf sich beruhen lassen.

Er sei derselben Überzeugung wie Piet Hoffmann: Michél hatte niemanden ermordet.

Und irgendwo da draußen lief ein Vierfachmörder frei herum.

Grens redete noch immer, als Hoffmann die Alarmanlage ausschaltete, Sicherheits- und Gittertür aufschloss und die Erkerwohnung betrat.

»Ewert?«

»Ja?«

»Tut mir leid, dass ich dich unterbreche, aber ich muss arbeiten.«

Jetzt erst wurde dem Kriminalkommissar bewusst, wo sie sich befanden.

»Aber ich bin noch nicht fertig.«

»Na gut. Ein Kaffee, in der Küche. Weil ich dir auch etwas zu erzählen habe.«

Ewert Grens war schon hier gewesen. Aber noch nie so. Hatte sich nie hingesetzt, war nie lange geblieben.

Es war ein hübsches, kleines Büro. Der Kriminalkommissar blickte sich von seinem Platz am Küchentisch in der Wohnung um und trank den Kaffee, den Piet in einer dieser glänzenden Maschinen zubereitet hatte, die heutzutage in den Cafés standen. Ungefähr so könnte er sich sein eigenes Homeoffice vorstellen.

»Zuerst etwas vollkommen anderes, Ewert. Dir ist klar, welche Stellung Michél innehat, oder?«

»Was für eine Stellung?«

»Er hat Status. Den höchsten.«

»Nicht in der wirklichen Welt.«

»Aber da, wo er jetzt gerade ist und wo er sich den größten Teil seines restlichen Lebens befinden wird. Als verurteilter Mörder steht er in der Hierarchie ganz oben. Die anderen Insassen verneigen sich vor ihm. Schon in der U-Haft. Sogar die Wärter gehen anders mit ihm um. Sie hofieren ihn nicht, aber sie machen ihm auch keinen Ärger, denn dann würden sie sich jede Menge Ärger mit den anderen Gefangenen einhandeln.«

»Und was ist mit dir, Piet? Welchen Status hattest du?«

»Kannst du dir das nicht denken?«

Grens wollte noch einen zweiten Maschinen-Kaffee. Hoffmann brühte gleich zwei, sicherheitshalber. Während der Kriminalkommissar wartete, fiel sein Blick auf den Papierstapel in der Mitte des Küchentisches. Sämtliche Auskünfte, die in den Datenbanken und Registern der Polizei über das Mordopfer namens Daniel De La Renta zu finden gewesen waren und die Grens auf Hoffmanns Wunsch hin in Erfahrung gebracht hatte. Sämtliche Vernehmungen mit einem schwerkriminellen Jugendlichen, sämtliche Unterbringungen in Heimen und Jugendstrafanstalten, sämtliche Zeugenaussagen, in denen andere ihn und seine Taten beschrieben. Ausgedruckte Seiten, die inzwischen vielfach durchgeblättert, vielfach gelesen worden waren. Dieses Opfer, dieser junge Mann, bedeutete Piet Hoffmann etwas, und Ewert Grens wünschte, dass er ihm eines Tages erzählen würde, was.

»Jetzt die zweite Sache, über die wir reden müssen. Oder von der ich dich in Kenntnis setzen möchte.«

»Ja?«

»Ich habe nicht getan, worum du mich gebeten hast.«

»Aha?«

»Ich habe nicht aufgehört.«

Piet Hoffmann trat einen Schritt zurück und zog die Tür der Speisekammer auf.

»Komm her.«

Grens stand auf und blickte in den großen Küchenschrank, der keine Lebensmittel enthielt.

Auf den oberen Regalen standen der Reagenzglasständer sowie etliche Dosen, auf deren Etiketten er die Namen von Chemikalien entzifferte. Die unteren Regale waren mit Koffern von der Art bestückt, wie er sie ebenfalls bereits gesehen hatte.

»Erkennst du diese Dinge von deinem letzten Besuch wieder?«

Grens nickte. Hoffmann nahm einen der Koffer heraus.

»Nach dem ersten Koffer, den ich zu Hause hatte und der als Produktprobe hergehalten hat, habe ich fünf weitere geordert.«

»Geordert?«

»Man könnte es auch Einschmuggeln nennen.«

»Wir sagen geordert.«

Piet platzierte den Koffer auf der Spüle.

»Drei habe ich hier, und drei andere sind auf dem Markt.«

»Du hast nicht …«

»… aufgehört. Wie ich gesagt habe.«

Piet Hoffmann zeigte auf den Papierstapel, den der Kriminalkommissar eben betrachtet hatte.

»Ich hatte es ihm sozusagen versprochen.«

»De La Renta?«

»Seinem Vater. Wir kannten uns. Ich hatte versprochen, mich um einen kleinen Jungen zu kümmern, sollte dessen Vater eines Tages nicht mehr da sein. Dieses Versprechen habe ich nie eingelöst. Ich hatte genug damit zu tun, mich um mich selbst zu kümmern.«

Ewert Grens fror. Zutiefst. Seltsam. Piet beschrieb, was er selbst zurzeit durchmachte. Nicht fähig gewesen zu sein, ein Versprechen gegenüber einem Kind zu halten und Jahre später zu glauben, er könnte es wiedergutmachen.

Aber einen Unterschied gab es. Elin lebte.

»Was hast du, Ewert?«

»Vergiss es.«

»Du scheinst …«

»Nicht jetzt, Piet.«

Hoffmann sah Grens an. Lange. Dann fuhr er fort.

»Ich habe mir jedenfalls eingebildet, dass ich es nur Daniels wegen tue. Ich wollte es glauben. Aber es stimmt nicht. Ich *kann* nicht aufhören. Ich *will* nicht aufhören. Es fühlt sich so verflucht gut an. Wie früher. Und gleichzeitig das andere zu haben, die Familie. Adrenalin da draußen – und Ruhe zu Hause. Das ist, was ich bin.«

»Die Verletzungen an deiner Stirn und deiner Wange, die Prellungen. Was du als *Nichts* bezeichnet hast. Ich schätze, das hängt mit dem zusammen, was du mir gerade erzählt hast?«

»Ja.«

Piets lädiertes Gesicht. Die Koffer in der Speisekammer. Ewert Grens dachte an Hugo.

Im Anzug und mit Augen, die nicht sind ... wie sonst.

An die Besorgnis eines klugen Jungen am Morgen des ersten Verhandlungstags.

Und wenn du oder Papa nicht so seid wie sonst, bedeutet das nie was Gutes.

Dies hier hatte Hugo gespürt.

Es waren nicht nur der Gerichtsprozess und das quälende Gefühl eines Kriminalkommissars gewesen, dass etwas falsch war, obwohl alle anderen sagten, es sei richtig.

Hugo hatte die Veränderung seines Vaters gespürt. Die Veränderung, die nicht aufgehört hatte, als Grens Piet gebeten hatte, alles zu beenden – obwohl Piet ihm sein Wort gegeben hatte. Hugo hatte es gespürt, ohne zu verstehen. Dass Piet immer tiefer eingedrungen, immer weiter vorgedrungen war und nicht zurückgefunden hatte aus dem, was Kriminalität und vertraut war.

»Weiß Zofia davon?«

»Wovon?«

»Dass es nicht, wie ihr es vereinbart habt, nur um eine verdeckte Ermittlung geht. Weiß Zofia, dass sich diese Sache zu etwas anderem entwickelt? Zu etwas Umfassenderem? Dass du auf dem Weg zurück bist, komplett?«

»Nein.«

»Und da bist du sicher?«

»Ich habe nichts gesagt, sogar beschlossen, nicht zu Hause zu schlafen, um niemanden zu gefährden, um nicht ... Warum fragst du?«

»Ich glaube, sie weiß es. Und du glaubst es auch, Piet. Früher oder später werdet ihr miteinander reden müssen.«

Es dauerte eine Weile. Bis Piet nickte.

Dann fuhr er sich mit der Hand über sein ramponiertes Gesicht.

»Es ist nicht ganz konfliktfrei verlaufen. Wie erwartet. Ich wurde verwarnt. Musste kämpfen. Stehe aber aufrecht.«

Piet stieß die Speisekammertür ein Stück weiter auf, nahm die Chemikalien und den Reagenzglasständer heraus und stellte sie neben den Koffer auf die Küchenzeile.

»Ich lege da draußen ein hohes Tempo vor. Ein Lieferant, ein Spieler, der die anderen Lieferanten mit Eins-a-Schnee zu Eins-a-Preisen herausfordert.«

Piet hantierte mit einem Dosenöffner. Die erste Dose enthielt ein bläuliches Pulver.

»Ich habe nicht einmal einen vollen Tag abgewartet. Am Abend nach dem ersten Deal mit Abdi und seiner Råby-Gang habe ich zwei weitere Deals abgeschlossen. Dieselben Bedingungen. Zwei andere Vorortgangs im südlichen Bezirk, die ebenfalls extrem gewaltbereit sind und denselben Preis für eine Ware bezahlt haben, die sich statt einmal viermal strecken lässt. Und natürlich habe ich jeder Organisation das Monopol zugesichert.«

Das Pulver in der nächsten Dose besaß einen gelblichen Farbton und war etwas grobkörniger. Grens konnte sich nicht daran erinnern, dass es so stark gerochen hatte.

»Es hat ein paar Wochen gedauert, bis die Öre zu fallen begann. Den Leuten, die das Zeug weiterverkaufen, kam zu Ohren, dass ein bisschen zu viel Bewegung am Kokainmarkt herrsche; zu viele kleine Straßendealer, die mit Superangeboten warben, bester Stoff zu absoluten Billigpreisen. Ungefähr da hat es auch beim Letzten klick gemacht. *Nanu, drei wichtige Akteure im Drogenhandel, die allesamt das Monopol auf die gleiche Ware besitzen?* Man kann verstehen, dass sie ein kleines bisschen wütend waren. Auf mich. Aber vor allem aufeinander.«

Hoffmann hielt den Reagenzglasständer ins Licht der Dunstabzugshaube, prüfte die Gläser der Reihe nach und spülte ein paar von ihnen aus.

»Du hast vielleicht von dieser Imbissbude gehört, die vollkommen verwüstet wurde und ein paar Tage später abgebrannt ist? Ein Burgergrill in Jordbro, den ihr seit einer Ewigkeit auf dem Radar hattet, mitten in der Pampa, kilometerweit weg vom Zentrum. Kein Laden, in den du in deiner Mittagspause gehst, um gesund zu essen. Die Angestellten haben sich in eurem Präsidium die Klinke in die Hand gegeben, ohne auch nur ein einziges Mal verurteilt zu werden. Die Ware hing eben nicht im Bratdunst, wenn ihr auf der Matte standet. Die Jungs in den Grillschürzen haben eine Hotdog-Bestellung entgegengenommen und, wo sie schon mal dabei waren, auch noch eine Coke von der Art, die man nicht trinkt, und Waffen oder was auch immer dazugepackt und die Bestellung überallhin ausgeliefert und serviert, nur nicht im Kiosk selbst. Ich bin der Familie, die den Imbiss betrieben hat, hin und wieder begegnet, als ich ... ja, ein paar Geschäfte mit ihr laufen hatte, und ich fand, sie wäre eine gute Wahl für Gruppierung Nummer zwei mit Monopolstellung.«

Piet Hoffmann öffnete den Koffer und kontrollierte die gehärtete Kokainpaste, die Boden, Fächer und Innenseiten ausmachte.

»Als Abdis Råby-Gang dahinterkam, dass jemand versuchte, ihnen *ihr* Revier und *ihre* Monopolstellung streitig zu machen, tauchten sie eines späten Abends im Imbiss auf und knöpften sich die beiden Anführer, Vater und Sohn, vor, als sie ihren Imbiss eben schließen und sich auf den Heimweg machen wollten. Drückten sie zwischen Hotdogs und Burger-Pattys an die Wand, auf Getränkekisten und Herdplatten. Maskierte Gäste, die den Vater zusammenschlugen, während der Sohnemann jammerte *Was wollt ihr? Wollt ihr Geld? Wollt ihr* ... Irgendwann stellten die maskierten Gäste ihre Handgreiflichkeiten ein und erklärten, sie wollten bloß zwei Dinge: die Schließung des Familienbetriebs und den Namen ihres Lieferanten. Verdammt, Ewert – es lief einfach perfekt!«

»Perfekt?«

»Die Flamme war entfacht, die Imbissbude Geschichte. Der Vater im Krankenhaus. Eine angesehene Familie in diesen Kreisen, die immer Schutz genossen hat – diese Blume pflückt man nicht.«

»Dir ist klar, was du da tust? Mit was für Leuten du dich anlegst?«

»Ja.«

»Du solltest verdeckt ermitteln. Informationen beschaffen. Darum habe ich dich gebeten.«

»Der Weg funktioniert nicht. Nicht so schnell, wie wir es brauchen.«

»Piet. Ich habe Hugo versprochen, dass nichts passieren wird. Aber das hier ...«

»Es *wird* etwas passieren – *ich* werde die Zielscheibe sein. Wenn deine Theorie stimmt. Wenn jemand da draußen aus irgendeinem Grund Menschen ermordet, die den Drogenhandel kontrollieren, der wiederum Schießereien und anderen Mist nach sich zieht, dann ist dies deine einzige Chance, den Irren zu finden, der anstelle von Michél hinter den Mauern eines Hochsicherheitsgefängnisses sitzen sollte. Der *mich* sieht, *mich* auswählt, sobald die Spatzen von den Dächern Lieder über den neuen Lieferanten pfeifen, der mehr und bessere und günstigere Ware in Umlauf bringt als der ganze Rest zusammen.«

Ewert Grens hatte Schwierigkeiten, still zu stehen.

Was er hörte, gefiel ihm sehr – und zugleich ganz und gar nicht.

Ein Zugang, der, wenn alles glattlief, sein Leben rettete, aber Piets aufs Spiel setzte.

»Die dritte Gruppierung ist ein Spiegel der ersten. Man muss nur die Råby-Hood-Kings gegen die Alby-Hood-Kings austauschen. Auch diese Leute haben das Monopol auf das beste Koks, das sie je gesehen haben. Als ich Abdi und seiner Gang die zweite Lieferung gebracht habe, standen die Chancen also gut, dass etwas passieren würde. Ich hatte ihnen das Monopol zugesichert, der Angriff musste kommen. *Ich wollte es.* Ein Eisenrohr, als ich aus dem Auto gestiegen bin. Zwei Typen. Du wolltest wissen, was mit meinem Gesicht passiert ist, Ewert. Ich habe den ersten Schlag kassiert. *Gehört und gesehen werden.* Aber mit der kleinstmöglichen Angriffsfläche und den Armen wie einen Helm über dem Kopf. Als der zweite Schlag kam, habe ich mich nach unten weggeduckt, einen schnellen Einwärtsschritt gemacht, und dann war ich derjenige, der den nächsten Schlag ausgeteilt hat. Mit demselben Eisenrohr. Ich hab den Typen gegen meinen Wagen gedrückt, das Eisenrohr an seinen Hals, und habe mich freundlich erkundigt, ob es irgendwelche Beschwerden gibt, erklärt, dass ich es respektieren würde, wenn sie unsere Geschäftsbeziehung beenden wollten, aber dass ich zuerst mein Geld haben will. In Råby machen sich die Leute vor Angst in die Hosen, wenn diese Typen aufkreuzen, aber in dem Moment … Den zweiten Typen musste ich nur anschauen, er war vollkommen paralysiert. Bis er doch einen Angriff startete und direkt in sein eigenes Eisenrohr lief. Es war mitten in der Nacht – zahlreiche Zeugen. Die Leute wissen jetzt Bescheid. Wer ich bin. Ich bin völlig gelassen davonspaziert, das ist wichtig, wie ein Reklameschild, sie *sollten* mich sehen. Was wohl der Grund war, warum bei meinem nächsten Besuch zuerst jemand versucht hat, mich von der Straße zu drängeln, und kurz darauf mein Auto abgefackelt wurde.«

Ewert Grens hörte einem Piet Hoffmann zu, dem er noch nie zuvor begegnet war.

Sogar seine Art zu reden war anders.

Was Piet eben gesagt hatte, stimmte. Er wollte diese Sache wirklich durchziehen und war auf dem besten Weg, in eine Zeit zurückzugleiten, von der sie alle geglaubt hatten, er habe sie ein für alle Mal hinter sich gelassen.

»Ich bin mir inzwischen ziemlich sicher, dass niemand etwas weiß. Die Leute da draußen haben keine Ahnung, wer hinter den Morden steckt. Das Einzige, was sie wissen, ist, dass es, genau, wie du sagst, Ewert, nichts mit Bandenkriegen zu tun hat. Diese Leute pusten einander weg, weil sie ihr Revier erweitern wollen, nicht, weil sie irgendwelche kranken Fantasien ausleben.«

Piet Hoffmann begann mit der Vorbereitung des Vorgangs, den er beim letzten Mal erst eingeleitet hatte, nachdem der Vertreter der Ordnungsmacht die Wohnung verlassen hatte: das Kokain zum Leben zu erwecken, dem Kofferleder seinen Geruch zurückzugeben.

»Niemand weiß etwas. Es spricht auch niemand von Rache. Es gibt niemanden, an dem man Rache nehmen müsste. Alle sind genauso ratlos wie du und ich. Diese Gangster erschießen einander, wenn sie zu irgendetwas einen bestimmten Standpunkt haben, kurz und schmerzlos und ohne Plan. Sie geben sich nicht mit größeren Kunstwerken ab, als jemandem eine Kugel in den Rücken zu jagen oder eine Handgranate durch ein Fenster zu werfen, bevor sie das Weite suchen, um die Folgen ihrer Tat nicht mitansehen zu müssen. Es kursieren keine Gerüchte, keine Vermutungen, nichts.«

Jetzt, wo er es selbst sehen konnte, sich nicht mit Nacherzählungen begnügen musste, verfolgte Grens aufmerksam jeden Handgriff. Wie Piet Hoffmann ein erstes längliches Lederstück aus dem Koffer herausschnitt, es in eine von drei verschiedenen Chemikalienmischungen tauchte und es rieb, bis das Leder eine pastenartige Konsistenz annahm und die braune Farbe sich zu einem durchsichtigen Weiß wandelte.

»Ich habe mich auch bei alten Freunden in den Haftanstalten umgehört. Wenn jemand etwas weiß, dann hinter den Mauern. Einige haben etwas von einem tschechischen Auftragskiller munkeln hören, andere von einem Vater, dessen Tochter Opfer einer Gruppenvergewaltigung geworden ist. Gerüchte. Nichts Handfestes. Dieser Psychopath arbeitet allein, da bin ich ganz sicher. Wenn Leute gemeinsame Sache machen, spricht es sich irgendwann herum. Es gibt immer irgendwen, der das Maul nicht halten kann. Aber in diesem Fall: Totenstille.«

Die Hälfte der Reagenzgläser war inzwischen mit Chemikalien gefüllt, und Hoffmann gab Tropfen für Tropfen auf die weiße Paste. Der Effekt trat unmittelbar ein: Das Verfestigte verflüssigte sich.

»Ich werde mich also weiterhin bemerkbar machen, sichtbar sein. Früher habe ich falsche Nummernschilder vorgezogen, heute fahre ich mit Diplomatenkennzeichen durch die Gegend. Und ich setze voraus, Ewert, dass du, zumindest von jetzt an, alles tust, was du kannst, damit deine Kollegen mich in Ruhe lassen.«

»Ich tue keinen Handschlag. Weil ich es nicht kann. Ich habe dich gewarnt, bevor du angefangen hast: Dieses Mal wird niemand im Präsidium deine Straftaten unter den Teppich kehren. Dieses Mal landest du im Gefängnis, wenn du gefasst wirst.«

Die Paste im Topf auf dem Herd zu erwärmen und sie anschließend auf Backbleche zu streichen, nahm nicht viel Zeit in Anspruch.

Es war ein seltsames Gefühl, hier zu sitzen, in seiner Eigenschaft als noch nicht komplett hinausgeworfener Kriminalkommissar, und zu wissen, dass in ein paar Stunden, sobald die Substanz auf den Blechen getrocknet war, reinstes Kokain von höchster Qualität vor seinen Augen glänzen würde.

Rauschgift und Drogenhandel standen direkt oder indirekt mit fünfundachtzig Prozent aller kriminellen Aktivitäten in Zusammenhang, und der eigentliche Zweck seiner Arbeit, der er sein Leben gewidmet hatte, war die Vernichtung des Drogenhandels. Aber Grens wusste auch, dass Piet Hoffmann, der an der Arbeitsfläche die nächste Kokainpaste vorbereitete, seine Rolle als Spitzel und Beobachter, seine Rolle als Infiltrator, der einen Mörder aufspüren sollte, abgelegt hatte. Weil der Ausgangspunkt – dass die Lösung in kriminellen Netzwerken zu finden sein würde – sich in einen einzelnen Täter mit vollkommen anderen Motiven verwandelt hatte.

Weil es nicht mehr darum ging zu jagen, sondern darum, das nächste Opfer zu sein.

Es war bei Weitem nicht so elegant wie Hoffmanns Sicherheitsfirma, aber sein eigenes Homeoffice gefiel Ewert Grens von Tag zu Tag besser; allmählich gewöhnte er sich daran, von Piet morgens nicht vor dem Präsidium, sondern im Sveavägen abgesetzt zu werden. Schreibtisch und Schreibtischstuhl, sogar ein Papierkorb, in einer Wohnzimmerecke einer leeren Innenstadtwohnung. Wenn er seine neueste Anschaffung anknipste, eine Schreibtischlampe aus dem etwas hochpreisigeren Möbelgeschäft in der Tegnérgatan, vergaß er häufig ganz und gar, wo er sich befand, und ab und zu einen Post-it-Zettel oder wichtige Ermittlungsdokumente an die Pinnwand zu heften, fühlte sich fast genauso gut an, als täte er es in Kronoberg. Und manchmal, wenn ihm bewusst wurde, dass er allein in einem mehrere Hundert Quadratmeter großen Büro saß, während seine Kollegen sich im Präsidium in Dienstzimmern in der Größe von Vogelhäuschen zusammendrängten, kam es vor, dass er laut kicherte, wie Michél und er es getan hatten, als sie versucht hatten, sich in die Augen zu sehen und dabei gleichzeitig mit Wattestäbchen und behandschuhten Händen einen Speicheltest durchzuführen.

Und ebendieser Morgen wandelte sich noch dazu in einen jener seltenen und wunderbaren Tage, an denen eine Ermittlung eine völlig neue und unvermutete Wendung nahm, die zwar keine Antworten, dafür aber einen sehnlichst erwarteten Energieschub lieferte, wenn alles zu Ende zu sein schien.

Gerade sah er sich den letzten Mord an.

Genau genommen den ersten, aber den zuletzt hinzugekommenen. Das eingegipste Opfer, das an seinem eigenen

Speichel erstickt war und das die Cold-Case-Abteilung aus einem fünf Jahre alten Ermittlungsgrab hervorgeholt hatte.

Drei einzelne Haare.

Ein Anfang.

In einer Ritze zwischen zwei Gipsstücken, auf Rumpfhöhe des Toten, dort waren sie dem Bericht der damaligen Kriminaltechniker zufolge gefunden worden. Und sie stammten nicht vom Mordopfer.

Vor fünf Jahren, als jemand anderes die Ermittlung geleitet hatte, hatten die Haare, ebenso wie die fragmentarischen Blutspritzer, keine weiterführende Spur ergeben, und waren jetzt, bei der Wiederaufnahme des Falls, vernachlässigt worden; sie standen lediglich mit einem der Tatorte in Verbindung, und Blut, das vier Leichen miteinander verband, machte weniger zuverlässiges Beweismaterial überflüssig. Ein hundertprozentiger Täter stand bereits fest.

Und dennoch.

Irgendetwas war mit diesen Haaren. Sie passten ganz einfach nicht ins übrige Bild, das bis ins kleinste Detail durchdacht gewesen zu sein schien. Oder bildete er sich das nur ein? Hoffnung und Ungeduld. Der Wille, etwas zu finden, das ihn vorwärtsbrachte, der so übermächtig war, dass er Reflexion und Scharfsinn verdrängte.

Zeit für einen Gedankenaustausch. Mit jemandem, der dachte wie er.

»Hallo.«

Mariana. Sie rief er an. Man hatte ihn rausgeworfen, aber miteinander reden durften sie doch wohl noch?

»Ewert?«

»Ich sitze hier und ... ja, habe nachgedacht. Über dich.«

»Du brauchst also Hilfe. Wobei?«

Sie kam immer ohne Umschweife zur Sache. Ein weiterer Grund, jemanden wertzuschätzen.

»Bei etwas, worüber ich nicht am Telefon sprechen möchte.«
»*Wobei*, Ewert?«
»Und weil ich nicht zu dir kommen kann.«
»Ja?«
»Könntest du vielleicht zu mir kommen.«
Mariana überlegte, während einer kurzen Stille. Oder seufzte. Vermutlich beides.
»Wohin?«
»Hierhin. Zu mir nach Hause.«
»Ich dachte, du wohnst bei Hoffmann?«
»Da wohne ich auch.«
»Aber?«
»Ich versuche, mich einzugewöhnen. Kommst du?«
»Gib mir eine halbe Stunde.«
Grens schaute auf die Uhr. Neunundzwanzig Minuten später klingelte sie an der Tür.
»Danke, dass du gekommen bist.«
»Sonst hättest du keine Ruhe gegeben, bis ich gekommen wäre.«
»Ja. Aber trotzdem.«
Mariana konnte es nicht lassen. Zuallererst drehte sie eine Runde durch die Wohnung und betrachtete die Leere. Seit dem Tag, an dem Ewert Grens aus dem Maltesholmsgården entlassen worden war und mit dem Koffer in der Hand die Tür zu einer Vergangenheit geöffnet hatte, die hallte, war sie nicht mehr hier gewesen. Es war ein feiner Zug von Hoffmann, Ewert bei sich aufgenommen zu haben.
»Was …?«
Im Wohnzimmer, dessen eine Ecke als Arbeitsplatz diente, blieb sie stehen.
»… ist das hier?«
Mariana betrachtete die Pinnwand und die Papierstapel

auf dem Schreibtisch. Etwas Ähnliches hatte sie in dieser Wohnung schon einmal gesehen; eine Ermittlung, die insgeheim von Grens' Küche aus geführt worden war; ein ausgesourctes Präsidium, zwischen Kühlschrank und Herd.

»Das, wofür du es hältst.«

Mariana beugte sich dichter über die Stapel, begann, ein paar Dokumente zu lesen.

»*Diese* Ermittlung?«

»Ja.«

»Obwohl der Mörder verhaftet und verurteilt ist?«

»Ja.«

»Und obwohl sich keine Kopien dieser Unterlagen in deinen Händen befinden dürften und – *erst recht nicht hier*?«

»Ja.«

Grens blickte nicht einmal schuldbewusst drein. Mariana hätte am liebsten gelächelt, dieser Anblick war ihr mehr als vertraut und machte sie glücklich, ein Chef und ein Freund, den sie wiedererkannte und den sie vermisst hatte. Aber zurzeit bekleidete sie die Chefrolle und machte zumindest den Versuch, ungehalten zu klingen.

»Woher hast du Kopien?«

»Daher, wo sie gelegen haben.«

»Auf meinem Schreibtisch.«

Grens nickte. Während Mariana erneut zu überlegen schien.

Nach einer Weile nickte sie ebenfalls.

»Ewert – warum bin ich hier?«

Grens verließ das Wohnzimmer. Seine Schritte hallten den endlosen Flur entlang, und als er wiederkam, schleppte er einen großen Sessel.

»Die zweite Sitzgelegenheit in diesem Heim.«

Er trug den Sessel in die Schreibtischecke und machte eine ausholende Geste.

»Deine Sitzgelegenheit. Bitte sehr, nimm Platz.«

Der Kriminalkommissar reichte ihr eine Seite aus einem Abschlussbericht der Spurensicherung und fuhr mit dem Zeigefinger unter ein paar Zeilen entlang, die von drei einzelnen Haaren mitsamt Wurzel handelten.

»Ja?«

»Hast du das hier gesehen, Mariana?«

»Natürlich.«

»Was weißt du darüber?«

»Was ich weiß? Das, was da steht. Genau wie du.«

»Ich frage mich – bist du dem weiter nachgegangen? Hast du vielleicht damit begonnen, die Auswertung aber abbrechen lassen, als die Ergebnisse der Blutanalyse vorlagen?«

»Nein.«

»Keine inoffiziellen Informationen, die nie den Weg in die Akten gefunden haben?«

»Nein, Ewert. Dafür gab es keinen Grund. Das weißt du genauso gut wie ich. Dein Michél hat leider eindeutige Spuren hinterlassen. Das Gericht war derselben Auffassung, und nicht einmal du konntest das anzweifeln.«

»Und es gibt auch niemand anderen, der Hinweise untersucht hat und auf weiteren Informationen sitzt?«

»Nein.«

»Ich frage nur, weil ... du immer alle losen Enden bis zum Schluss verfolgst. Sehr viel geschickter als ich und alle anderen.«

»Ewert, genau das ist der Punkt. Es gab keine losen Enden! Drei Haare mit Fremd-DNA, nur an einem der Tatorte und laut Analyse ohne Übereinstimmung, während Michéls Blut an sämtlichen Tatorten gefunden wurde und den höchsten Übereinstimmungsgrad ergeben hat, den Blut überhaupt erzielen kann.«

Mariana hatte den Bericht der Spurensicherung zu Ende

gelesen; Grens nahm ihr das Blatt aus der Hand und legte es zurück auf einen Stapel.

»Gut. Dann weiß ich Bescheid.«

»Was weißt du?«

»Eine Spur, der nicht bis zum Ende nachgegangen wurde.«

»Nicht *bis zum Ende* nachgegangen?«

Mariana sah ihn an, wartete auf eine Erklärung. Die nicht kam. Sie kannte diese Miene, egal wie sehr sie insistierte, sie würde keine Antwort bekommen.

Stattdessen ließ sie ihren Blick durch ein Wohnzimmer wandern, in dem es nur eine einzige möblierte Ecke gab.

»Ewert?

»Ja?«

»Willst du zurückkommen? Vermisst du uns?«

»Was glaubst du, Mariana?«

»Ich glaube, wir fehlen dir. Fast so sehr wie du mir fehlst.«

Grens sah auf die Schreibtischplatte.

Mariana war nach wie vor der einzige Mensch, dem es gelang, ihn verlegen zu machen.

»Möchtest du eine Tasse Kaffee?«

»Beim nächsten Mal, Ewert.«

Sie stand auf und ging hinaus in den Flur, wo sie ihre Schuhe ausgezogen hatte, obwohl es in der Wohnung nichts gab, was man hätte schmutzig machen können.

»Ewert?«

»Ja?«

»Akzeptiere es. Versprich es mir. Michél ist schuldig. Und es ist weder deine Schuld noch die Schuld eines anderen, der es nicht früher gesehen hat – es ist *Michéls* Schuld.«

Die leeren Zimmerfluchten wurden noch leerer, als Mariana die Wohnungstür hinter sich schloss.

Grens dachte daran, wie inhaltslos das Leben ohne andere Menschen manchmal sein konnte. Dass es das vermutlich schon immer gewesen war, seit Anni verschwunden war, dass es aber erst den Schuss und einen Zusammenbruch in einem Möbelstück für Möbelstück demontierten Zuhause gebraucht hatte, damit er sich dieses Gefühl eingestand, es akzeptierte.

Der Kriminalkommissar begann, langsam durch ein ödes Zuhause, durch Nichts zu wandern.

Er hatte Marianas abschließende Frage deutlich gehört und es vermieden, sie zu beantworten.

Bisher hatte er keine Antworten, bloß weitere Fragen.

Wenn es an einem von insgesamt vier Tatorten eine zusätzliche Spur gab, handelte es sich dann um einen Zufall?

Oder um die Linie, die ein Muster durchkreuzte?

Stammten die Haare von einer Person, die sich zu einem früheren Zeitpunkt in der Wohnung des Opfers aufgehalten hatte, und waren sie damit für die Ermittlung irrelevant?

Oder stammten sie von einem ermittelnden Kommissar, einem Polizeibeamten, einem Polizeischüler, einem Kriminaltechniker, einem Rechtsmediziner, dessen DNA nicht in der polizeilichen Eliminierungsdatenbank gespeichert war?

Oder – und das war der Punkt, der ihm nicht aus dem Kopf wollte und um dessentwillen er weiter durch seine eigene Ödnis wanderte – waren die Haare mit Fremd-DNA ein Hinweis auf *einen zweiten Täter*?

Eine Million Kronen.
So hatte er kalkuliert. Eine ausreichend hohe Summe, um in Rage zu geraten.

Bei einem Straßenpreis von siebenhundertfünfzig Kronen pro Gramm für absolutes Mistkoks und tausenddreihundert Kronen für beste Ware hatte er sich für einen Tausender das Gramm entschieden; bei doppelter Qualität.

Ein unbezahltes Kilo – eine Schuld von einer Million. Die er nun eintreiben würde.

Um gesehen, wahrgenommen, gehört zu werden.

Um bemerkt und kontrolliert zu werden.

Herausgefordert werden oder selbst herausfordern, beide Varianten würden funktionieren, solange er Chaos stiftete.

Piet Hoffmann war sich über die neue Skrupellosigkeit im Klaren, die in der Zeit, als er im kriminellen Milieu unterwegs gewesen war, nicht existiert hatte: jeden Moment abgeknallt werden zu können, völlig willkürlich, aus jedem x-beliebigen Grund; dass die Gruppierungen, in die er nun eindrang, auf eine Art gewalttätig waren, wie er sie in Schweden noch nie erlebt hatte. Trotzdem war es nicht ihre Aggressivität, auf die er sich vorbereitete, mit ihr konnte er umgehen, sie konnte er verstehen und entsprechend reagieren. Was ihm weniger behagte, als er es sich Grens gegenüber anmerken ließ, war die Brutalität der Person, von deren Existenz der Kriminalkommissar nach wie vor überzeugt war und die er, Piet, hervorlocken, an die er herankommen sollte. Eine Person ohne Gesicht, die ohne Zeugen mordete.

Er parkte – für alle Augen sichtbar – mitten in Råby und ging auf das zur Hälfte leer stehende Einkaufszentrum zu.

Abdi und dessen Gang schuldeten ihm eine Million Kronen für ein Kilo Kokain, das ihnen vier Millionen einbringen würde, sobald sie es gestreckt, verkauft und das Geld eingetrieben hätten. Aber deshalb war er nicht hier – das war nicht der Wert, um den es ging.
Macht.
Das war die Währung, in der sich das Rechnen lohnte und die etwas bedeutete.
Ihre Macht, nicht zu bezahlen. Seine Macht, das Geld einzufordern.
Diese Leute waren es gewohnt, unangefochten durch ihre Königreiche zu promenieren, selbst ernannte und unumstrittene Herrscher, bewaffnet und in Schutzwesten.
Deshalb musste er sie entwaffnen. Ihnen ihren Schutz nehmen.
Symbolwerte nutzen – Geld, Revierkämpfe –, um so viel Lärm wie möglich zu schlagen.
Lärm, der sich in dem Augenblick fortpflanzte, als der Geldeintreiber Hoffmann zu exakt dem Zeitpunkt, den die Råby Soldiers selbst bestimmt hatten – *vor* seinem falschen Spiel hinsichtlich ihrer Monopolstellung, *vor* ihrem Überfall auf ihn und *vor* einem Eisenrohr, das sie plötzlich an ihren eigenen Kehlen gespürt hatten –, ihre Pizzeria betrat und erneut mitten im Gastraum Platz nahm, nicht in der hintersten Ecke und mit dem Rücken zur Wand, wo der Pizzeriabesitzer ihn platzieren wollte. Lärm, der anschwoll, als sämtliche Fahrradspäher meldeten, dass der Eindringling lange an seinem Tisch sitzen blieb, seelenruhig seinen Kaffee trank und dem Pizzeriabesitzer schließlich eine mündliche Nachricht für Abdi übermittelte – *Richte meinem Freund Abdi aus, dass wir uns morgen um zwölf Uhr in der Tiefgarage treffen und dass es besser für ihn ist, wenn er erscheint.*

Doch dann wendete sich das Blatt. Als sein Plan womöglich über den Haufen geworfen wurde.

Als er aufstand, um zu bezahlen und zu gehen, kamen auf der anderen Seite des Einkaufszentrums zwei uniformierte Polizisten in Sicht, die geradewegs auf die Pizzeria zuhielten. Zwei Polizisten, die ihm vage bekannt vorkamen, bis ihm einfiel, wo er sie gesehen hatte. Es waren Ewert Grens' Kollegen, denen er in der Pause an Michéls erstem Verhandlungstag im Gericht begegnet war und mit denen sich der Kriminalkommissar anschließend weiter unterhalten hatte – und die ihn, Piet, kurz begrüßt hatten.

Die beiden arbeiteten also hier?

Gingen hier Streife?

Könnten ihn wiedererkennen und ihn auffliegen lassen – hier?

Das durfte nicht passieren. Nicht jetzt, wo er so dicht dran war.

Dass Piet Hoffmann, der sich Peter Haraldsson nannte, mit den Bullen redete, sogar persönlich mit ihnen bekannt war und gemeinsam mit ihnen zu Gerichtsverhandlungen ging, durfte unter keinen Umständen ans Licht kommen. Das würde nicht nur unmittelbarer Lebensgefahr gleichkommen, das wäre das definitive Ende seines Versuchs, Grens' Mörder aufzuspüren. Diese beiden Polizisten könnten, unbeabsichtigt, ohne es zu wollen und ohne sich über die Konsequenzen im Klaren zu sein, Abdis Gang zu verstehen geben, wer der Mann, der sich als skrupelloser Drogendealer ausgab, in Wirklichkeit war.

Hoffmann wollte schleunigst verschwinden und verabschiedete sich hastig. Was alles noch schlimmer machte. Weil die beiden Streifenpolizisten geradewegs auf die Pizzeria zusteuerten, auf den Besitzer und damit auch auf den Gast, um einen kleinen Plausch zu halten, wie jeden Tag, wenn sie hier vorbeikamen, ein Hallo und Wie geht's bei den wenigen Geschäften des Einkaufszentrums, die noch geöffnet waren.

Sie trafen sich. Es war unvermeidlich. Die beiden Polizisten betraten die Pizzeria in dem Moment, als Hoffmann sie verließ.

Ihre Blicke. Neugierig.

Mehr als das.

»Hallo.«

»Hallo.«

Augen, die musterten, wiedererkannten, ohne sich zu erinnern, woher.

»Sind wir uns schon einmal begegnet?«

»Ich glaube nicht.«

Durch die Tür des Restaurants, die Ladenzeile runter.

Raus aus dem Einkaufszentrum.

Piet Hoffmann drehte sich nicht um. Er war sich nicht sicher.

Hatten sie ihn erkannt? Und wenn nicht unmittelbar, würde es ihnen vielleicht später einfallen, wenn die Gedanken zurückkehrten, wie sie es immer taten.

Und in dem Fall war eben alles zum Teufel gegangen.

EWERT GRENS LEGTE das Handy auf seinen neuen Schreibtisch. Er durfte kommen. Liz Fleming hatte weder gezögert noch unbequeme Fragen gestellt, als sie ihn zwischen zwei seit Langem feststehende Termine geschoben und Zeit geschaffen hatte, die es nicht gab.

Er riss den Post-it-Zettel von der Pinnwand – ein einzelnes, mit rotem Filzstift geschriebenes Wort, von dem er nicht sicher war, ob er es richtig buchstabiert hatte, PARABON, gefolgt von großen Fragezeichen, und eilte zu seinem Mantel, der in seinem leeren Flur auf dem Boden lag.

Bei den drei einzelnen Haaren, dort würde er ansetzen.

Er musste dem nachgehen, was nicht ins Bild passte. Falls es mehr war als bloße Hirngespinste in seinem Kopf – falls Michél zwar trotz allem schuldig sein, es aber einen Mittäter geben könnte, mit dem er zusammengearbeitet hatte.

Liz Fleming war genauso effektiv, wie er sie bei ihrer ersten Begegnung erlebt hatte. Als er auf den wachhabenden Beamten am Eingang des Präsidiums zuging, war er bereits angemeldet und konnte ungehindert passieren. Und als er im Stockwerk der Cold-Case-Abteilung aus dem Fahrstuhl trat, stand sie da und führte ihn zu einem der Besprechungsräume.

Aber sie öffnete nicht die Tür.

»Grens, eine Sache vorab.«

»Ja?«

»Sie haben keine eigene Schlüsselkarte?«

Liz Fleming schaute ihn an, mit diesem Blick, der eine Antwort bekam, wenn sie es so beschlossen hatte.

»Ja?«

»Weshalb nicht?«
»Das ist nur vorübergehend.«
»*Wie* vorübergehend?«
Sie schaute ihn nicht an – sie durchschaute ihn.
Es gefiel ihm sehr.
»Noch für einen Tag. Oder ein Leben lang. Ich habe keine Ahnung.«
»Aber Sie arbeiten trotzdem?«
»Ich war mitten in einer Ermittlung. Ich bringe Dinge gerne zu Ende. Und ich glaube, dass Sie, wenn ich Sie richtig einschätze, eine der wenigen Personen in diesem Haus sind, die das verstehen.«
Ihr Blick blieb unverändert, ihr konnte man nichts vormachen.
Aber sie lächelte, ein wenig.
»Ja. Das kann ich verstehen.«
»Sie lassen mich also rein? Sie helfen mir?«
»Ich lasse Sie rein, höre Ihnen zu – und entscheide dann, *ob* ich Ihnen helfen will.«
Er erzählte. Alles.
Von Michél und wo und weshalb sie sich kennengelernt hatten. Von seiner Probewoche und von vier Morden und von einer lebenslangen Freiheitsstrafe. Und von drei Haaren, die ihm keine Ruhe ließen.
In ungefähr der gleichen Zeitspanne, die es braucht, zwei Tassen hervorragenden Kaffees zu trinken.
Das konnte sie auch.
»Und dann sind Sie eines Morgens aufgewacht, Grens, und haben an Parabon gedacht?«
»Dass ich alle anderen DNA-Methoden ausgeschöpft habe und dass dies die einzige verbleibende Möglichkeit ist. Das habe ich gedacht.«
Es ist seltsam. Ein Mensch lebt ein ganzes Leben. Er

kämpft und entwickelt sich, tut das Richtige und macht Fehler, isst Eis und schaut fern, übernimmt Verantwortung und bezahlt Rechnungen, begräbt seine Frau und sein Kind und seine Eltern und seine besten Freunde, und trotzdem sitzt ebendieser Mensch eines Vormittags in einem Polizeipräsidium und glaubt, seine gesamte Zukunft würde von drei Haaren entschieden, die weniger wiegen als ein tausendstel Gramm.

An Tagen wie diesem wurde ihm bewusst, dass er eine Ewigkeit rastlos gewandert war und dennoch stillstand.

»Okay.«

»Okay wie in …?«

»Haben Sie die Parabon-Methode schon einmal benutzt, Grens?«

»Nein.«

»Das haben auch noch nicht viele. Wir reden von einer sehr begrenzten Zahl von Fällen, bei denen die schwedische Polizei diese Methode zurate gezogen hat, wenngleich sie zahlreicher werden. Das NFC hat darauf mit vehementem Widerstand reagiert und uns geraten, *auf gar keinen Fall* mit Parabon zusammenzuarbeiten. Das NFC meint, die Oberhoheit über das gesamte DNA-Verfahren, über die gesamte DNA-Technik in Schweden zu haben. Aber letzten Endes guckten sie in die Röhre, und ich bekam recht. In diesem Land sind es noch immer Polizisten, die entscheiden, wie eine Ermittlung geführt wird, nicht Biologen.«

Grens hatte große Lust, seinen Stuhl ein wenig näher heranzurücken. Was für eine beeindruckende Frau. Hatte er Liz Fleming noch vor Kurzem als eine Person empfunden, der er nicht in einer Diskussion gegenüberstehen wollte, empfand er nun das Gegenteil – er könnte dafür kämpfen, ihr jeden Tag begegnen zu dürfen.

Ein plötzliches und überraschendes Gefühl.

Er hatte sich geschworen, sich nie mehr etwas zu wünschen. Nie mehr das Wagnis einzugehen, jemandem zu vertrauen.

Gesund. Vielleicht war er auf dem Weg, gesund zu werden.

»Sie bekommen eine vollständige Personenbeschreibung. Parabon hat Kunden auf der ganzen Welt. Sie erstellen ein Erscheinungsbild, ein Phantombild der Person, von der die Haare stammen. Können Sie mir folgen, Ewert?«

Es war ein schönes Gefühl.

Zum ersten Mal nannte sie ihn beim Vornamen.

»Diese Methode ist alles andere als unumstritten. Aus diesem Grund muss ich – sollte ich darüber hinwegsehen, dass Sie keine Schlüsselkarte mehr besitzen – mit Fingerspitzengefühl vorgehen. Es ist nicht belegt, wie die Firma Parabon bei der Rekonstruktion von Gesichtern vorgeht, und in unseren Kreisen möchte man ja gerne wissenschaftliche Fachartikel lesen, die das Wie und Warum ausführlich erläutern. Aber diese Methode ist ungemein erfolgreich, mit ihr ist gelungen, was bisher noch nirgendwo sonst auf der Welt gelungen ist. Gleichzeitig, und das ist der Punkt, an dem es kontrovers zu werden beginnt, führt sie hin und wieder alles andere als zum Erfolg, sondern läuft im Gegenteil Gefahr, den Verdacht auf unschuldige Personen zu lenken.«

Gut möglich, dass dies der ungastlichste Besprechungsraum war, in dem Ewert Grens jemals gesessen hatte.

Aber er merkte es nicht. Er wollte hier sitzen bleiben, für immer.

Und stellte deshalb weiter Fragen.

»Habe ich das richtig verstanden? Man gibt einen kleinen Tropfen Blut – oder in diesem Fall Haare mitsamt Wurzel von einem Tatort – in irgendeine Apparatur, und heraus kommt ein Bild des ehemaligen Trägers dieser Haare?«

»Idealerweise. Ein Phantombild. Wenn man die vorhandene DNA kopiert, um genug Material für eine Analyse zu haben. Ein Verfahren, das vor Gericht nicht unbedingt Bestand hat, einem Kriminalkommissar aber, auch einem Kriminalkommissar, der momentan vom Dienst suspendiert ist und von zu Hause aus arbeitet, zeigen kann, in welche Richtung er gehen muss.«

Liz Fleming machte Anstalten, sich zu erheben, gab ihm zu verstehen, dass ihre eilig eingeschobene Unterredung von einem im Vorfeld vereinbarten Termin ersetzt werden würde.

»Eine letzte Sache, Ewert.«

Ewert. Sie hatte es wieder gesagt.

»Bei welcher Kostenstelle reiche ich die Auswertung der amerikanischen Firma ein, die nicht unentgeltlich arbeitet? Bei der Mordkommission? Sofern Erik Wilson keine Einwände hat?«

Ihr scharfer Blick. Er konnte ihm nicht entgehen.

Dann lächelte sie wie vorhin. Ein schönes Lächeln.

Mit Augen und Mund.

»Oder – wenn ich darüber nachdenke – ist es vielleicht besser, ich schiebe die Sache ein klein wenig hinaus und warte, bis wir wissen, ob Sie das Ergebnis bekommen, das Sie sich erhoffen und bei einem Gespräch mit Ihrem Vorgesetzten bessere Argumente haben. Wie klingt das?«

Grens war sich bewusst, dass er zuweilen die Zeit vergaß und freundliche Hände ein kleines bisschen zu lange hielt, was er nun definitiv tat, als er sich bedankte und verabschiedete, aber gleichzeitig ihre Hand nicht loslassen wollte. Erst als Liz Fleming ihre Hand behutsam aus seiner befreite und zum nächsten Besprechungszimmer eilte, ging Ewert Grens in Richtung Fahrstuhl und zum Ausgang des Präsidiums.

Seinerseits auf dem Weg zu einer zweiten Begegnung. Einen Spaziergang entfernt. Mit einem Menschen, den er auch gerne weiterhin in seinem Leben haben würde.

Sie hatten sich inzwischen zweimal im Café Ritorno getroffen. Ihr erstes Treffen war ein zögerliches Abtasten gewesen, beim zweiten hatten sie mindestens zweimal zusammen gelacht, und heute Morgen hatte Elin die Initiative ergriffen, ihn angerufen und ein Treffen vorgeschlagen, weshalb sein Herz jetzt wie wild hüpfte und pochte, als er sich der Odengatan näherte. Sie hatten alle Entschuldigungen hinter sich gelassen. Er hatte versucht, ihr zu erklären, warum er nicht die Kraft gehabt hatte, sein Versprechen ihr gegenüber einzuhalten und seiner Pflicht als Erwachsener und als Patenonkel nachzukommen. Warum er es, als engster Freund der Familie, nach dem Tod ihres Vaters und der Gefängnisstrafe ihrer Mutter, zugelassen hatte, dass sie bei einer Pflegefamilie untergebracht wurde, in einem Zimmer von der Größe einer Abstellkammer und weit entfernt von ihrem Freundeskreis und der Geborgenheit dort, die trotz allem noch vorhanden gewesen war.

Sie wartete am selben Tisch wie bei ihrem letzten Treffen. An seinem Lieblingstisch. Er bestellte Kaffee und Tee und Mille-feuille, und es ging leicht, Hallo zu sagen und zu reden. Bis sie sich, mitten in einem Satz, unvermittelt vorbeugte, seine schwarze Augenklappe packte, sie vom Auge wegzog und dahinterschaute.

»Was machst du da, Elin?«

»Ich musste es einfach sehen.«

»Lass los.«

»Deswegen wollte ich dich treffen.«

»Weswegen?«

»Wegen dieser Piratenklappe. Wegen deinem Auge. Deinetwegen.«

Sie hatte ihn schon einmal nach seinen Verletzungen gefragt. Nach dem Schiefen, das gerade gerückt werden und dem Eingesunkenen, das ausgefüllt werden sollte, war aber verstummt, als er auf das Auge zu sprechen gekommen war und erklärte, dass er es so belassen werde. Dass er sich daran gewöhnt habe, seine Entscheidung feststehe und wie schön es sei, sich nicht mehr länger den Kopf darüber zerbrechen zu müssen.

»Ich hab es verstanden. Das weißt du, Ewert.«

»Was meinst du?«

»Wie es war. Damals. Nach Mama. Ich hatte ein langes, verfluchtes Scheißjahr, aber ich bin nicht mehr wütend. Es war nicht meine Schuld. Aber es war auch nicht deine, Ewert. Manchmal ist es einfach so, wie es ist, und jetzt sitzen wir hier, du und ich.«

»Ja?«

»Aber dein Auge. So kannst du nicht rumlaufen. Das sieht total daneben aus.«

Elin ließ die Augenklappe los, behutsam, strich mit den Fingerspitzen über das Schwarze, wie um sich zu vergewissern, dass es ordentlich abdeckte.

»Ich kann dich begleiten.«

»Wohin?«

»Wenn du dieses Ding abnimmst und ein richtiges Auge einsetzen lässt.«

»Ich habe doch gesagt, dass ich das nicht mache. Niemals. Dann bin ich nicht mehr ich. Mein neues Ich.«

Jetzt rückte er die Augenklappe zurecht, schob sie ein kleines Stück zur Seite und nach oben. Vielleicht um zu zeigen, dass noch immer er derjenige war, der entschied, wie er aussah.

»Ich glaube nicht, dass es darum geht, Ewert.«

»Nein?«

»Ich glaube, dass es genau umgekehrt ist. Man kann auch

dann innerlich ein anderer bleiben, wenn man äußerlich der Alte ist. Ich finde es sogar schön, dass es niemand weiß.«

Elin zupfte ihr langes Haar zurecht. Sah gleichzeitig klein und groß aus.

Ernst.

»So muss ich nicht darüber reden. Dass etwas passiert ist. Dass ich mich, seit du Mama festgenommen hast und sie ... nicht mehr da ist, jeden Tag ein kleines bisschen verändere. Ich kann Mama besuchen, in einer Zelle in einem Frauengefängnis, ich kann vor ihr sitzen, ohne wirklich zu wissen, wen ich vor mir habe, wer sie ist. Und trotzdem sehe ich genauso aus wie vorher. Niemand hat auch nur den Hauch einer Ahnung, dass sich meine Gedanken verändern, weil *diese Sache passiert ist*. Es lässt sich nicht ändern. Bei dir ist es genauso, Ewert. Weil das, was passiert ist, nicht deine Schuld ist, musst du nicht mit diesem Ding durch die Gegend laufen und ...«

Elin zerrte erneut an der schwarzen Augenklappe, entblößte das Loch dahinter.

»... es den Leuten ins Gesicht schreien. Das bist nicht du. Der Ewert Grens, den ich als Kind kennengelernt habe, schert sich keinen Deut darum, was andere denken, und erklärt sich nicht.«

Sie verabschiedeten sich wie immer draußen vor dem Café. Elin umarmte ihn zum ersten Mal, und Grens tat sein Bestes, ihre Umarmung zu erwidern.

Auf dem Weg zurück in seine Schreibtischecke in einer hallenden Wohnung, die ihm immer weniger Angst machte, sang er laut vor sich hin, gut möglich, dass er hier und da sogar ein paar Tanzschritte machte, genau wie früher. Einige Passanten hechteten vom Bürgersteig auf die Straße, auch das genau wie früher, verschreckt von dem groß gewachsenen Mann, der ihnen, ohne einen einzigen Ton zu treffen, die Musik der Sechzigerjahre entgegenträllerte. Doch Grens bemerkte es gar nicht; es war ein absolut wundervoller Vormittag gewesen, und er war glücklich.

Überglücklich darüber, mit Elins Hilfe wieder das Leben zu spüren, von dem er vergessen hatte, wie es sich anfühlte.

Und darüber, mit Liz Flemings und Piet Hoffmanns Hilfe der Person näher zu kommen, die das Rätsel über einen Vierfachmörder in ein Rätsel über zwei Täter verwandelte, die möglicherweise zusammen gehandelt hatten; der eine festgenommen und verurteilt, während der andere noch frei herumlief – und weitere Morde begehen konnte.

Es klingelte an der Tür. Wieder. Es klingelte nie jemand an seiner Tür. Und erst recht nicht, wenn er nicht einmal hier wohnte.

Es klingelte ein drittes Mal.

Ewert Grens erhob sich von seinem neuen Schreibtischstuhl und verließ die einzige möblierte Ecke der Wohnung. Es war lange her, dass er sich aufs Schleichen verstanden hatte, und leere Zimmer, die jedes Geräusch verstärkten und zwischen den Wänden hin- und herhallen ließen, machten sein Bemühen nicht gerade einfacher. Seine Anwesenheit war mit Sicherheit bereits aufgeflogen, trotzdem blieb er leise atmend vor der Wohnungstür stehen, beugte sich vor und spähte durch das Guckloch.

Sie?

Jetzt?

Ein zweites Mal?

Er drehte den Schlüssel herum, öffnete.

»Darf ich reinkommen?«

»Du darfst jederzeit hier hereinkommen. Ich bin derjenige, der noch immer nicht zu euch hereindarf.«

Mariana fand den Weg zum Schreibtisch allein, und er bat sie, kurz zu warten, während er den Lesesessel aus der Bibliothek holte.

»Ich wusste nicht, dass du … Ich kann dir nur Kaffee anbieten. Dafür aber frischen. Wenn du diesmal Zeit für eine Tasse hast?«

»Ein Kaffee auf deine Art, Ewert, wäre perfekt.«

Grens trug Milch und Zucker und saubere Kaffeelöffel in seine Arbeitsecke. Auf einem kleinen Tablett. Er fand selbst, dass es richtig hübsch aussah, als er ein paar Unterlagen zur Seite schob und das Tablett zwischen sie stellte.

Mariana trank ihre Tasse zur Hälfte aus und vertiefte sich dabei neugierig in seine Pinnwand.

»Du scheinst fleißig zu sein. Deutlich mehr Post-it-Zettel und Dokumente mit rot unterstrichenen Passagen als neulich.«

»Ich habe nicht viel anderes zu tun.«

»Warum, Ewert?«

»Du weißt, warum. Weil gewisse Leute im Präsidium nicht wollen, dass ich arbeite. Und das verschafft mir eine Menge freie Zeit.«

»Ich meine – warum das hier?«

»Du kennst die Antwort.«

»Sag sie mir trotzdem.«

»Was soll ich dir sagen?«

»Ob du glaubst, dass Michél unschuldig ist, weil du als sein Freund *willst*, dass er unschuldig ist – oder weil der beste Polizist, dem ich jemals begegnet bin, *weiß*, dass er unschuldig ist.«

Er sah sie an.

In Augen, die nicht hier waren, um Kaffee zu trinken oder einfach nur Hallo zu sagen.

»Mariana, es ist verdammt schön, dass du mich besuchst, und du kannst bleiben, solange wie du willst, weil ich jede Sekunde genieße, aber worum geht es hier?«

»Gibt mir einfach eine Antwort.«

Sie würde nicht nachgeben. Also musste er es wohl tun.

»Ich – der Polizist Ewert – will weder etwas, noch weiß ich etwas. Wovor ich im Moment am meisten Angst habe, ist der Gedanke, dass das Gericht am Ende doch das richtige Urteil gefällt hat und Michél schuldig ist. Dass er aber – und das ist die Spur, der ich gerade nachgehe – möglicherweise nicht allein gehandelt hat. Dass ihm jemand, zumindest bei einem Mord, geholfen hat.«

»Die Haare?«

»Die Haare.«

Mariana hatte eine Tasche dabei, aus der sie jetzt eine Mappe mit dem Siegel der Stockholmer Mordkommission in der rechten oberen Ecke nahm. Eine Ermittlungsakte, die in etwa das enthielt, was alle Ermittlungsakten enthielten. Einen Stapel loser Blätter, die Puzzleteil für Puzzleteil die Geschichte von zwei Menschen erzählten, deren Wege sich gekreuzt hatten.

»Jetzt, wo ich weiß, dass ich mit Kriminalkommissar Ewert Grens rede, nicht mit dem Freund, der hofft, dass die Welt ein schöneres Gesicht bekommt, ohne zu wissen, weshalb, könnte es sein, dass diese Kopien, wenn ich gehe, auf deinem Schreibtisch zurückbleiben. Und genau wie deine anderen Kopien haben sie das Präsidium niemals verlassen.«

Mariana trank ihren Kaffee aus und stand auf. Grens fasste sie am Arm.

»Was ist das, Mariana?«

»Lies.«

»*Was?*«

»Sagen wir so: Wenn du der Meinung bist, dass Michéls Fall und vier Morde keine zufriedenstellenden Antworten geliefert haben, macht das, was dich zwischen diesen Aktendeckeln erwartet, die ganze Angelegenheit noch sehr viel weniger zufriedenstellend. Für uns alle.«

Mariana setzte sich wieder hin, schlug die Akte auf, teilte ihren Inhalt in verschiedene Stapel und deutete auf einen von ihnen.

»Fang damit an.«

»Was ist das?«

»Die Zusammenfassung des Rechtsmediziners. Von Mord Nummer fünf.«

Grens zog den Stapel zu sich herüber. Las aber noch nicht.

»Nummer fünf?«

»Ich habe dich gewarnt. Der Reihentest. Das Risiko weiterer Taten.«

»Fünf ...?«

»Es könnte unsere Schuld sein, Ewert. Unsere Verantwortung. Weil wir es provoziert haben. Ich habe es dir gesagt. Falls ein Täter aufgrund eines Massentests erfährt, dass wir ihm auf den Fersen sind, könnte es für ihn keine Rolle mehr spielen, was er tut, weil er dann denkt: *Wenn sie mich so oder so bald schnappen, kann ich genauso gut noch mehr Menschen töten.*«

»Sagtest du *fünf*, Mariana?«

»Ja.«

»Du meinst ...«

»Eindeutige Spuren. Und ein hundertprozentiger Treffer.«

»Also ...«

»Michéls Blut. An einem frischen Tatort. Ein Mensch, der *gestern* ermordet wurde! Als Michél in Untersuchungshaft saß, in einer sieben Quadratmeter großen Zelle, mit nicht einmal dem Hauch einer Chance auf Freigang!«

Ewert Grens' erste Gedanken gingen nicht in die Richtung, die Mariana Hermansson erwartet hatte.

Sie wusste nichts von Piet Hoffmanns Mitwirken. Von seinem Plan.

Dass es nicht darum ging zu jagen, sondern darum, das nächste Opfer zu sein.

»Und ... wer?«

»Ich sagte doch. Michél.«

»Ich meine das Opfer.«

Es tat so weh. Fühlte sich so falsch an.

Mariana blätterte einen anderen Papierstapel durch und hielt ungefähr in der Mitte inne.

»Hier.«

»Ja?«

»Diana Galvez Vega. Vierundzwanzig Jahre, wohnhaft in Tumba. Eine der wenigen hochrangigen Frauen innerhalb der Drogenhandel-Netzwerke. Ihre Leiche wurde auf dem Wasser gefunden, irgendwo zwischen Masmo und Råby. *Auf* dem Wasser, nicht *im* Wasser. Sie lag in einem untergehenden Kahn.«

Grens atmete aus. Langsam. Hoffte, dass sie es nicht merkte. War aber genauso verwirrt, wie Mariana es erwartet hatte.

»Michél?«

»Ja.«

»Der in Kronoberg in einer Zelle sitzt und auf seine Überführung in ein Hochsicherheitsgefängnis wartet, um eine lebenslange Freiheitsstrafe zu verbüßen?«

»Ja.«

»Und niemand hat ... Es gibt niemanden, der ... Mariana – *Michél?*«

»Kein Polizeiermittler, der gepatzt hat, keine fehlerhafte Laborauswertung; so lautet das Ergebnis.«

Sie stand wieder auf. Ohne sich zurückhalten zu lassen.

»Und dieser fünfte Mord ist anders, Ewert. Genauso irrsinnig, genauso weit von gesundem Menschenverstand entfernt, aber es ist das erste Mal, dass der Täter in Eile war. Er hat seine Tat nicht bis zum Ende durchdacht, hat bei seinen Vorbereitungen geschludert. Diesmal hat er große Blutspritzer hinterlassen, du wirst es gleich sehen, wenn du die Berichte liest, nicht nur winzige Fragmente. Deshalb bin ich sicher, dass wir ihn unter Druck gesetzt haben. Er hat diesen Mord nicht so gründlich geplant wie die vorherigen, und das Opfer hat unerwarteten Widerstand geleistet.«

Er brachte sie zur Tür.

»Ich muss dich das noch einmal fragen, ich muss einfach, Mariana, diese Blutspur stammt wirklich von ...«

»Ich habe Forensik und Rechtsmedizin doppelt und dreifach prüfen lassen, ob es sich um altes Blut handeln könnte. Um Blut, das irgendwie aufbewahrt gewesen sein könnte, das von irgendwem ... Nein. Es ist frisch. Und es ist Michéls Blut.«

Mariana ließ ihn zurück in Einsamkeit und Verwirrung, und Grens trug den Lesesessel zurück in das Zimmer, in dem er stehen sollte, holte sich eine neue Tasse Kaffee, knipste die Stehlampe an und sank auf seinen Schreibtischstuhl.

Er schwankte ein wenig.

Weil die ganze Welt schwankte.

Die Blutspritzer waren für ihn nachvollziehbar. Ein Täter, der sich beim Angriff verletzt, weil das Opfer um sein Leben kämpft, sich mit einem Messer oder einem anderen scharfen Gegenstand verteidigt. Sein ganzes Berufsleben hatte er sich mit der Deutung von Blutspuren befasst, hatte Winkel und Richtungen berechnet, wie und weshalb eine bestimmte Menge Blut gefallen war, um Opfer und Täter am Tatort platzieren zu können. Diesen Schritt übersprang er diesmal, wartete, bis die Welt ein kleines bisschen weniger schwankte, und begann dann, die Berichte zu lesen, die Mariana ihm dagelassen hatte. Über das makaberste Verbrechen, das ihm je untergekommen war, ein Wahnsinniger, der seinen eigenen Wahnsinn übertroffen hatte.

Ein Fäustel.

Das war die mutmaßliche Tatwaffe des Mörders.

Rechtsmediziner und Kriminaltechniker beschrieben in ihren jeweiligen Berichten einen Menschen, der, wie bei den vorherigen Morden, die Grenze zwischen Leben und Tod ausgelotet hatte und so lange wie möglich an ihr entlangbalanciert war, der gewusst hatte, wo diese Grenze verlief, und nicht zu schnell zu viel zerstört hatte. Der gewusst hatte: Breche ich meinem Opfer alle Knochen im Leib, ist der Akt des Tötens zu schnell beendet. Zertrümmere ich beispielsweise zuerst die Oberschenkelknochen, können die Gefäßschäden unmittelbar zum Tod führen. Zertrümmere ich aber stattdessen – und hier war der Täter vor dem Hintergrund dessen, worauf er es abgesehen hatte, richtig vorgegangen – der Reihe nach sämtliche Körpergelenke, Schultern, Schlüsselbein, Ellbogen, Fingergelenke, Handgelenke, Hüftgelenke, Kniegelenke, Fußgelenke, Zehengelenke, kann ich den Tötungsvorgang sehr viel länger ausdehnen.

Der Täter hatte zuallererst die Füße zertrümmert. Das Opfer hatte nach seinem unerwarteten Widerstand nirgendwohin laufen sollen. Danach hatte er die Kabelbinder von den Unterarmen der Frau gelöst und sich methodisch aufwärts gearbeitet.

Gelenk für Gelenk zertrümmert.

Während Opfer und Täter aller Wahrscheinlichkeit nach Augenkontakt gehabt hatten.

Zum Schluss, als auch Schlüsselbein und Schultern zertrümmert gewesen waren, hatte der Täter die junge Frau, die zu diesem Zeitpunkt noch gelebt hatte, am Masmo-Strand in einen alten Kahn gelegt, ein Loch in den Boden gebohrt und den Kahn aufs Wasser hinausgestoßen, wo er langsam untergehen sollte, ohne dass das Opfer fähig wäre, sich zu bewegen.

Die allerletzte Überfahrt.

Ewert Grens ließ den Papierstapel auf seinen Schreibtisch fallen. Das Schwanken war zurück. Seines und das der Welt. Er stand auf und begann, in der Leere auf und ab zu laufen.

Das Schwanken ließ nicht nach. Wurde im Gegenteil immer schlimmer. Ein Beben, das nichts mit Irrsinn zu tun hatte – mit Irrsinn konnte er umgehen.

Es hatte mit Michél zu tun. Der an einem der bestbewachten Orte Schwedens in einer abgeschlossenen Zelle saß und sich den Berichten der Spurenanalytiker zufolge zur selben Zeit auf freiem Fuß befunden und sein Blut auf einem neuen Opfer hinterlassen hatte. Grens bebte, weil er nicht verstand.

Weil er, je mehr er nach Antworten suchte, umso mehr Fragen erhielt.

Er kam noch nicht einmal an den ersten vorbei.

Wie etwa: *Wie wäre Michél in dem Fall aus seiner Zelle gekommen?*

Oder: *Wie sollte er, Ewert Grens, aus einem Kriminalroman mit Serienmördern herausfinden, Serienmördern, mit denen er sich nie befasste, weil es sie hierzulande weder gab noch je gegeben hatte?*

Was hieß: *Wie sollte er zurück in die Wirklichkeit finden?*

Piet Hoffmann bremste den Wagen, den die Bewohner des Viertels schon mehrmals gesehen hatten und der ihnen bestens bekannt war. Ein neuer Besuch, um sich zu zeigen. Um wahrgenommen zu werden. Allerdings um ein Vielfaches drastischer.

Wenn er wieder von hier wegfuhr, würden sie darüber reden, wer in dem Revier geschossen und gedroht hatte, in dem es anderen zustand, das zu tun.

Er tippte den Code ein, wartete, dass das über und über mit Graffiti beschmierte Rolltor zur Seite glitt, und fuhr langsam hinein in eine stumme und finstere Betonunterwelt. Es sah aus wie beim letzten Mal.

Leere Parkplätze und drei dunkle Gestalten, die mitten in der Tiefgarage in einem asymmetrischen Dreieck vor einem Wagen standen, den wiederum Hoffmann schon gesehen hatte.

Es war exakt zwölf Uhr.

Sie hielten sich an die vereinbarte Zeit.

Ein Treffen aus unterschiedlichen Beweggründen. Hood-Kings, die hier waren, um Hood-Kings zu bleiben, Piet Hoffmann, der unter dem Vorwand kam, sein Drogengeld zu kassieren, aber in Wahrheit Lärm schlagen und jemanden auf sich aufmerksam machen wollte.

Er parkte so dicht bei ihnen wie möglich. Parallel zum Wagen des Feindes, die Beifahrerseite ihnen zugewandt. Nicht zu viel Raum gewähren.

Es ging um einige wenige Sekunden.

Volle Kraft. Um die Arena zu beherrschen.

Ein Echo dessen, was vermutlich eben gerade hier besprochen worden war – volle Kraft, wenn das Arschloch auftaucht.

Abdi und seine Plus-zwei-Gorillas. Alle drei in Schutzwesten. Die beiden Bodyguards sichtbar bewaffnet, locker sitzende Pistolen, als Botschaft, als Warnung, als Einschüchterung.

Sie starrten ihn an. Respektheischend. Wir starren den Eindringling so lange an, bis er aufgibt und aus dem Wagen steigt.

Aber ihre Formation war so verflucht hirnrissig.

Abdis Plus-zwei-Gorillas standen drei Schritte *hinter* Abdi statt vor ihm.

Wie in einem schlechten Action-Streifen.

Oder als wähnten sie sich auf einer Filmpremiere.

Gut möglich, dass noch mehr Leute hier waren. Im Verborgenen. In einem Winkel. Mit Waffen in den Händen, die auf ihn zielten. Das Risiko musste er eingehen. Piet Hoffmann war sich ziemlich sicher, dass es bei früheren Begegnungen nicht so gewesen war – Abdi und seine Råby Soldiers behaupteten ihren Überlegenheitsanspruch in ihrem Revier wie ehedem. Ein Überlegenheitsanspruch, auf der Grundlage von zweiwöchigen Thailand-Urlauben, wo sie zugedröhnt Schießübungen veranstalteten, auf der Grundlage von Hip-Hop-Videos, wo sie im Hintergrund mit Waffen in den Händen herumliefen, auf der Grundlage, dass sie im Auto an anderen Achtzehnjährigen aus rivalisierenden Gangs vorbeirasten und Schüsse aus dem Seitenfenster abfeuerten, ohne eine Ahnung zu haben, wen sie trafen.

Während der Besucher, der gleich angreifen würde, sein ganzes Erwachsenenleben mit Waffen trainiert und gelebt, den südamerikanischen Drogendschungel und europäische Mafiaorganisationen *überlebt* hatte.

Es war nicht ihre Aggressivität, die ihn beunruhigte, sondern die Person, die kein Gesicht hatte und ohne Zeugen mordete.

Alles musste – wie es nun geschah – in einer einzigen Bewegung passieren.

Die Autotür mit der rechten Hand öffnen, mit der linken nach der auf seinen Oberschenkeln liegenden Pistole greifen und ein Schritt aus dem Auto hinaus. Ein zweiter Schritt bis zur Motorhaube, das Ziel im Visier, und schießen. Zwei Schüsse. Auf je eine Schulter. Eintrittswunden, ohne bleibende Schäden, aber ausreichend, damit die Bodyguards zu Boden gingen und nicht zurückfeuern konnten.

All das sollte ganz automatisch ablaufen. Und es *lief* automatisch ab. Seine Bewegungen, die Kraft, die Muster.

Aber gleichzeitig, auf einer zweiten Ebene, geschah das Verbotene: Er dachte.

Piet Hoffmann versuchte zu verstehen, ob er nur als V-Mann hergekommen war, um einen geisteskranken Irren zu enttarnen – oder um auch sich selbst zu enttarnen.

Ja. Er war hier, um zu handeln. So weit stimmte seine Geschichte. Wenn er überleben wollte, musste er seine Rolle verkörpern, derjenige sein, der die Eskalation herbeiführte; man konnte nicht arglos auf Leute zuschlendern, die geladene Waffen in den Händen hielten.

Aber das war bei Weitem nicht die ganze Geschichte.

Weil er es wirklich nicht mehr wusste.

Ob er nur seine Rolle verkörperte oder ob er schlussendlich zurückgekehrt war, zurück ins Herz, zur vollen Wahrheit. Zu dem, was er in Wirklichkeit immer gewesen war und das er nun hinter einer Fassade verbarg, die vorspiegelte, dass er hier war, um Gutes zu bewirken, das Richtige zu tun, zum Wohle anderer.

Piet Hoffmann machte die letzten Schritte auf die unter Schock stehenden, verwundeten, am Boden knienden Bodyguards zu, trat ihre Waffen mit dem Fuß außer Reichweite, und weil dies, wie sie erwartet hatten, ein Action-Streifen war, versetzte er auch dem Bodyguard in seiner unmittelbaren Nähe einen Fußtritt, sodass der gegen seinen Kollegen kippte und sie beide umfielen: In meiner Welt seid ihr nichts als Dreck, Zigarettenkippen.

Blieben nur noch zwei:

Abdi und Hoffmann und dessen erhobene Pistole.

Die er jetzt hart gegen Abdis Schläfe presste, ein roter Kreis auf dünner Haut.

Und es schien, als ginge dem sehr jungen, sehr schlaksigen Mann in diesem Moment auf, wie leicht man alles verlieren kann. Wie sich der Tod anfühlen könnte. Wie schnell ein fremder Zeigefinger einen Abzug betätigen kann.

Wenn er bisher nicht durchgeblickt hatte, mit wem er es zu tun hatte, tat er es jetzt.

Piet Hoffmann presste die Mündung seiner Pistole weiter gegen Abdis Schläfe, stieß ihn vor sich her und zwang ihn, auf den Beifahrersitz seines Wagens zu rutschen.

»Für wen zum Teufel hältst …«

Ein kräftiger Hieb mit der Pistole gegen die Stirn.

»Kein. Verfluchtes. Wort.«

Und als sie langsam aus der Tiefgarage hinausfuhren, dem Tag entgegen und an Menschen vorbei, die ihnen neugierig nachblickten, presste Hoffmann Abdis Gesicht an das Seitenfenster, sorgfältig darauf achtend, dass die Waffe, die auf Abdis Stirn zielte, gut zu sehen war.

Der ganze Zweck.

Hier bin ich mit eurem King!

Erzähl es weiter!

Als sie den U-Bahn-Eingang passiert hatten, kurz vor der Abfahrt zur Autotrasse, hielt Hoffmann an.

»Jetzt kannst du das Maul aufmachen. Wohin geht die Fahrt?«

Die Pistolenmündung abwechselnd gegen Schläfe und Stirn.

»Was?«

»Wir holen mein Geld. Du bestimmst, wohin wir fahren.«

»Ich hab keine scheiß Ahnung, wo deine Kohle ist.«

Die erwartete Antwort.

Wohnungsnutten.

So hatte man sie zu Hoffmanns Zeiten genannt. Leute, die Drogen einschmissen, aber keine Straftaten begehen wollten und für ihren Stoff bezahlten, indem sie die Dinge aufbewahrten, die er nicht zu Hause hatte haben wollen. Bei den Wohnungsnutten hatte er das Gold sortiert und Geld und Drogen gebunkert. Bei den Wohnungsnutten wurde alles gebunkert.

»Keine Ahnung, sagst du?«

»Deine Lauscher funktionieren einwandfrei.«

»Na dann.«

Die Fahrt zu dem abgelegenen Schotterweg am Rand des Naturreservats von Nacka, den Piet Hoffmann schon bei früheren Gelegenheiten aufgesucht hatte, dauerte fünfundzwanzig Minuten. Hier war er ungestört. Als Erstes zwang er Abdi, doppelte Pulloverschichten und die Schutzweste auszuziehen.

»Mein Geld.«

»Ich sag doch, Mann. Keine scheiß Ahnung. Mit dem Geld hab ich nix zu schaffen.«

Hoffmann hielt die Schutzweste hoch.

»Weißt du, was das hier ist?«

Keine Antwort.

»Das teuerste Kleidungsstück, das du jemals getragen hast.«

Keine Antwort.

»Was meinst du, wie viel die wert ist? Nur eine ungefähre Schätzung?«

Keine Antwort.

»Exakt so viel, wie du mir schuldest.«

Dann schoss er. Ein Laut, der die Stille durchbrach.

Und einen Schwarm Elstern aus dem Baum neben ihnen erschrocken aufflatterten ließ, alle zugleich.

»Glaubst du, das Ding hier kann dich schützen?«

Hoffmann hielt die Weste weiter hoch. Ein wenig dichter vor Abdis Gesicht.

»Wenn das Geld beim nächsten Mal nicht auf dem Tisch liegt.«

Sodass sie sich sehen konnten. Durch das Loch.

»Dann bekommt diese Weste ein neues Loch – während du sie trägst.«

Der Rückweg ging schneller. Jedenfalls fühlte es sich so an. Mitten in Råby Centrum inszenierte er den Showdown. Vor aller Augen.

»Zwölf Uhr. Wieder. Aber heute Nacht. Und in der Pizzeria.«

Hoffmann langte über seinen Beifahrer hinweg und stieß die Tür auf.

»Da serviert der Besitzer mir einen Kaffee, und neben meiner Tasse liegt das Geld.«

Als Abdi aus dem Wagen stieg, sahen alle dasselbe.

Jemanden, der entwaffnet war. Ohne Schutz.

Nackt.

Piet Hoffmann hatte ausgeführt, weshalb er hergekommen war – die Demütigung des Hood-Kings, die die Runde machen, von der man sprechen würde, die vielleicht den Täter erreichen würde, für den er all das hier tat. Er sollte froh sein, erleichtert. Aber etwas anderes hatte längst die Oberhand gewonnen. Der Rausch. Die Erinnerungen. Das, was *seine* Droge war, schon immer, es immer bleiben würde.

Es war nicht länger eine Frage.

Er wusste es jetzt – er verstellte sich nicht, schlüpfte weder in Rollen, noch trug er Masken.
Er hatte sich selbst enttarnt.

Unlust. Unbehagen.

Die einzigen Gefühle, die Ewert Grens identifizieren konnte.

Weil genau die vor ihm standen und darum baten, hereinkommen zu dürfen.

»Hallo? Ewert? Lässt du mich rein oder nicht?«

Grens trat ein winziges Stück zur Seite, und Piet Hoffmann drängte sich an ihm vorbei, lief den leeren Flur entlang ins Badezimmer, drehte den Kaltwasserhahn voll auf, beugte sich über das Waschbecken und wusch ein paar schweigende Minuten lang sein Gesicht. Dabei spritzte er so stark, dass sich auf dem Fußboden große Pfützen bildeten.

»Handtuch, Ewert?«

»Ich habe erst eins gekauft. Meins.«

»Gib es mir.«

Das Wasser lief weiter in breiten Rinnsalen von Haaren und Gesicht über Pullover, Hose, Strümpfe, Schuhe. Piet schien es nicht zu merken. Und Grens' Gefühle verstärkten sich: Unlust und Unbehagen. Hier war jemand, den er nicht kannte. Das zweite Gesicht eines Menschen, hässlich und unheimlich, so wie es vermutlich ausgesehen hatte, als sie sich noch nicht begegnet waren.

»Bist du zugedröhnt?«

»Nein.«

»Wenn du etwas genommen hast, Piet, bist du hier nicht willkommen. Das weißt du.«

»Das ist das Leben, Ewert! Wenn du eines wunderbaren Tages endlich nach Hause findest.«

»Nein. Nicht das Leben. Du bist stoned. *High.* Du hast was genommen.«

»Hörst du nicht, was ich sage?!«

Piet Hoffmann fuchtelte mit dem Handtuch, den Blick auf Angriff programmiert.

Bis er stockte, sich bewusst wurde, wo er sich befand. Wen er herausforderte.

Und abrupt die Arme sinken ließ.

»Ja, vielleicht bin ich high, Ewert.«

»Dann bitte ich dich, umgehend von hier …«

»Aber nicht von dem, was du denkst – chemischer Scheiß. Ich bin high von dem, was auch mein wahres Leben ist. Adrenalin und Chaos. Ich habe … Ich bin … *Ich*. Verstehst du?«

Das Handtuch lag auf tropfnassen Schultern, während Piet Hoffmann durch die Wohnung lief, herumirrte, vor und zurück. Zappelig, rastlos. Bis er endlich in einer Ecke des Wohnzimmers stehen blieb, vor den wenigen Quadratmetern, die möbliert waren.

»Du arbeitest, Ewert?«

»Du auch? Warum seid ihr alle so erstaunt darüber?«

»Ich dachte, sie hätten dich rausgeworfen, bis das Gutachten vorliegt.«

»Und wann hätte das je eine Bedeutung gehabt?«

Hoffmann zog sich den Schreibtischstuhl heran, ließ sich darauf fallen und betrachtete Grens' Pinnwand und eine Ermittlung, die noch umfangreicher geworden war.

»Ich will, dass du mir einen Termin bei deinem Rechtsmediziner besorgst, Ewert.«

»*Du* willst Errfors treffen?«

»Ja.«

»Warum?«

»Weil er Rezepte ausstellen kann. Und keine Fragen stellt, wenn du ihn darum bittest.«

Die Unterlagen, die Pinnwand und den ganzen Schreibtisch bedeckten. Hoffmann überflog sie, mal hier, mal da, willkürlich.

»Als du mich gebeten hast, die Ermittlungsakten zu lesen, bin ich auf den zweiten gemeinsamen Nenner gestoßen, der die Morde miteinander verbindet. Erinnerst du dich? Morphin. Als Betäubungsmittel. Statt Chloroform oder Äther, was ich selbst immer verwendet habe.«

»Wenn du es sagst.«

»So werde ich mich vorbereiten. Auf den Moment, an dem ich das fünfte Opfer sein werde.«

Ewert Grens antwortete nicht. Hoffmann stieß ihn leicht in die Seite.«

»Ewert?«

»Das sechste.«

»Das sechste was?«

»Es gibt schon ein fünftes Opfer.«

»Wie bitte?«

»Seit gestern.«

»Scheiße! Und du hältst es nicht für nötig, mir das zu sagen?«

»Ich habe es erst heute Morgen erfahren.«

Der Kriminalkommissar zog eine Schreibtischschublade auf und nahm noch mehr Unterlagen heraus.

»Von Hermansson. Und sie ist mit ihren Kopien sehr viel pingeliger als ich, damit du Bescheid weißt. Ich bin noch nicht komplett durch. Es gibt ein paar Passagen, die ich noch einmal abklopfen will.«

Piet Hoffmann ließ das nasse Handtuch auf den Fußboden fallen und begann zu blättern.

Bis er den Obduktionsbericht fand.

Und die Zeilen überflog, rauf und runter.

»Gut.«

»Gut?«

»Hier, Ewert. Siehst du?«

Hoffmanns Zeigefinger verharrte in der Mitte einer Seite mit sehr wenig Text.

»Ich habe meine Lesebrille nicht auf.«

»Morphin. Auch beim fünften Mordopfer.«

»Und?«

»Ein Antidot.«

»Was ist damit?«

»Das soll Errfors mir verschreiben. Ein Antidot. Ein Gegengift. Gegen Morphin. Den gemeinsamen Nenner.«

Grens betrachtete den V-Mann, den er vor noch nicht allzu langer Zeit um Hilfe angefleht hatte. Vollkommen von Sinnen. So sah sein Freund in diesem Moment aus. Aufgeputscht. Bereit anzugreifen, was auch immer, wen auch immer.

Das fühlte sich alles andere als gut an.

Menschen unter Drogeneinfluss, ganz gleich, welche Droge – und hier ging es um Kicks und Adrenalin –, verloren früher oder später die Kontrolle.

»Weil ich ganz dicht dran bin, Ewert.«

Kontrolle, die stets Piets Stärke und Rettungsanker gewesen war.

»Ich rühre die Werbetrommel, ziehe eine gewaltige Show ab, bis zu dem Punkt, an dem ich das nächste Opfer bin.«

Auf die er sich blind verlassen hatte, in der sicheren Gewissheit, dass sie ihn auffangen würde, sollte er stürzen.

»Bis ich überfallen und irgendwo gefangen gehalten werde. Um getötet zu werden.«

Und die, falls sie nicht mehr vorhanden war, wenn er sich dem Täter genähert hätte, sich in der Gewalt des Mörders befand, genau das bedeutete.

Tod.

Als Ewert Grens die Treppe des Rechtsmedizinischen Instituts hinaufging, konnte er die Anzahl seiner Besuche an diesem Ort auf etliche Hundert beziffern. In Stockholm kehrte man als ermittelnder Kriminalkommissar stets zum Tod zurück. Aber auch Piet Hoffmann war schon einmal hier gewesen, zusammen mit Grens, zwischen geöffneten Brustkörben und obduzierten Organen, unter den grellen Lampen inmitten der beißenden Gerüche, weshalb Errfors, der Pathologe, keine Erklärungen verlangte. Nicht einmal die Tatsache, dass dieser ermittelnde Kriminalkommissar vom Dienst suspendiert war, warf Fragen auf. Vertrauen erwuchs nur aus Zeit, und Ewert Grens und Ludvig Errfors verbanden viele gemeinsame Jahrzehnte im Angesicht der Folgen von Gewalt.

Zu dem Schritt, das von Hoffmann gewünschte Gegengift einem kriminellen V-Mann ohne medizinischen Sachverstand zu verschreiben, fand sich der Rechtsmediziner jedoch nicht ohne Weiteres bereit.

Als Experte auf seinem Gebiet, der feststellte, wie und wann und weshalb ein Mensch aufgehört hatte zu atmen, gerichtstaugliche Beweise, die einen anderen Menschen für viele Jahre ins Gefängnis bringen würden, akzeptierte er nur Genauigkeit – und dieses Arzneimittel war alles andere als genau.

»Chloroform, das Sie, wenn ich Sie richtig verstehe, bei anderen Gelegenheiten selbst eingesetzt haben, besitzt ein sehr schmales Spektrum und kann schnell überdosiert werden. Sodass Menschen ihr Leben verlieren.«

»Das kam vor.«

»Was kam vor, Hoffmann?«

»Dass Menschen ihr Leben verloren haben.«

Ein steriler und kalter Obduktionssaal. Errfors machte eine kurze Pause. Seine Plastikschürze war genauso verschmiert wie seine Plastikhandschuhe, als er behutsam ein grünes Tuch über die Leiche breitete, die er gerade aufschnitt – ein älterer Mann, der nicht das Geringste mit ihrem heutigen Anliegen zu tun hatte.

»Dann ... ja, dann wissen Sie, wie schwierig die korrekte Dosierung ist. Und – bitte hören Sie mir jetzt zu – *die Dosierung des Gegengifts von Morphin ist ebenso schwierig*. Bei Naloxon, so heißt das entsprechende Antidot, kann man nie wirklich sicher sein, ob man die richtige Menge trifft. Und erst recht nicht, wenn man kein Fachmann ist. Ist Ihnen klar, was das bedeutet?«

Ewert Grens trat ein Stück beiseite, wobei er sorgfältig darauf achtete, dem reglosen Körper auf dem großen glänzenden Metalltisch sowie dessen sämtlichen Innereien auf einem ebenso glänzenden Metalltisch daneben den Rücken zuzukehren. So ließ es sich leichter reden.

»Ludwig?«

»Ja?«

»Gib ihm, was er haben will.«

»Willst du deinem Freund das Sterben erleichtern, Ewert?«

»Mir zuliebe. Du hast schon fünf Opfer dieses Täters obduziert – es ist genug.«

Errfors sah Grens an. Dachte nach. Und wandte sich dann an Piet Hoffmann.

»*Ihr* Körper. *Ihr* Leben. In Ordnung?«

»Mein Körper. Mein Leben.«

Der Rechtsmediziner zog Schürze und Handschuhe aus und warf sie in einen Mülleimer.

»Wenn das so ist, Hoffmann, wenn Sie das wirklich machen

wollen, bis zur letzten Konsequenz, dann müssen Sie sich das Mittel spritzen. Vor jeder Begegnung. Intravenös oder intramuskulär. Mit einer Wirkdauer von, sagen wir, zwischen ... fünfundvierzig Minuten und vier Stunden. Dann, sobald die Wirkung des Naloxons nachlässt, werden Sie schläfrig.«

Errfors nahm eine neue Schürze und neue Handschuhe aus einem Spind an der Wand. Die Organe des älteren Mannes würden gleich seziert werden, der Reihe nach.

»Ewert?«

Nun sah er ausschließlich seinen Kollegen an. Seinen Freund. Seit den frühen Tagen, als sie, getrennt voneinander, begonnen hatten, sich beruflich mit dem Irrsinn der Menschheit zu befassen.

»Ich warne dich nur ein einziges Mal. Du und dein Mitarbeiter, für den du die Verantwortung trägst, seid euch nicht annähernd darüber im Klaren, wie gefährlich euer Plan werden kann. Solltet ihr wirklich vorhaben, den Angriff eines ... entschuldige, ich weiß, wie sehr dir dieser Begriff gegen den Strich geht ... Serienmörders zu provozieren, der Hoffmann Morphin injiziert und ihn irgendwohin verschleppt, um ihn zu töten.«

Errfors war selten aufgebracht. Grens nahm an, dass es, wenn man sein ganzes Berufsleben damit verbracht hatte, das Innere der Menschen zu erforschen, kaum noch etwas gab, worüber man sich ereifern konnte, aber nun war er es. Weil er zur Abwechslung einmal die Möglichkeit hatte einzugreifen, *bevor* jemand unter dem grellen Licht auf einem seiner Metalltische landete.

»Folgendes, Ewert: Hoffmann darf die Dosis, die ihm sein Widersacher verabreichen wird, unter keinen Umständen unterschätzen. Injiziert er sich eine zu geringe Menge des Gegengifts, ist alles aus! Das ist eine extrem gefährliche Gratwanderung. Aber wie soll er die richtige Dosierung einschätzen können? Jeder Mensch reagiert individuell, und keiner von euch hat irgendeine Erfahrung mit diesem Mittel.«

Damit wandte der Rechtsmediziner sich wieder an Piet Hoffmann.

»Wenn euer Plan scheitert, wenn *Sie* scheitern, werden Sie auf eine Art ausgeliefert und verwundbar sein, mit der Sie nicht gerechnet haben, mit Konsequenzen, die Sie sich nicht vorstellen können.«

Der grauhaarige und leicht gebeugte Mann, der alles über den Tod wusste, oder zumindest über leblose Körper, griff nach einem Gebilde, das aussah wie ein Herz, und dann nach einem sehr scharfen Skalpell. Vielleicht mit Absicht. Vielleicht war es ein Automatismus, wenn es an der Zeit war, wieder an die Arbeit zu gehen. »Hoffmann – ich bitte Sie, einen anderen Plan in Erwägung zu ziehen. Wenn Ihre Vorbereitungen fehlschlagen, wenn Sie sich die falsche Dosis injizieren, befinden Sie sich in der Gewalt eines Menschen, der keine Grenzen kennt. Genau wie fünf andere vor Ihnen.«

In der Ferne schlug eine Kirchturmuhr elfmal, ein leichter Wind trug die Zeit mit sich fort, verlor eine Minute, mal hier, mal da, bis das Geräusch verklang.

Noch eine Stunde bis Mitternacht.

Piet Hoffmann traf mit viel zeitlichem Spielraum in Råby ein, er musste sich einen Überblick verschaffen, zentrale Orte sichern.

Zum ersten Mal fuhr er nicht in dem silbergrauen Saab, den alle Augen wiedererkannten, zu dem dunklen Einkaufszentrum. Heute Abend begleitete ihn Ewert Grens, und zwar am Steuer eines Lieferwagens, an dessen Seiten in bunten Buchstaben die Aufschrift STOCKHOLMS REINIGUNGSSERVICE prangte, eines der Fahrzeuge, die Hoffmann sich, im Gegenzug für ein paar gelegentliche Leibwächter-Aufträge, hin und wieder von alten Kontakten ausborgte. Sie parkten auch nicht wie gewöhnlich in der angewiesenen Zone auf der Vorderseite, sondern fuhren um den gesamten Gebäudekomplex herum, zu der gemeinsamen Laderampe der Pizzeria und des früheren Supermarkts.

»Hier. Alles ist vorbereitet. Du musst es dir nur noch spritzen. Errfors meinte, am besten in den Oberschenkel.«

Grens reichte Hoffmann eine Kühltasche. Piet entnahm ihr das Gegengift und ein Spritzenset, zog seine Hose herunter, säuberte seinen linken Oberschenkel mit Alkohol, schraubte die Kanüle auf, steckte die Nadel in das Fläschchen mit Naloxon und zog die Flüssigkeit auf. Dann rammte er sich die Spritze regelrecht in den Oberschenkelmuskel und injizierte die Menge, von der er hoffte, dass es die richtige sein würde.

»Mir gefällt das nicht, Piet.«

»Daniels wegen. Deinetwegen.«

»Es ging um mich. Und vielleicht geht es immer noch um diesen Jungen, um dein schlechtes Gewissen, aber es geht genauso sehr um dich selbst. Weil du nicht aufhören kannst, du balancierst gleichermaßen auf der Grenze. Leben. Tod. *Dein* Leben. *Dein* Tod. Piet – ich rede von einem Menschen, dem keiner von uns je begegnet ist, weil es ihn eigentlich nicht gibt, und von mindestens fünf Morden! Ich habe Errfors gehört. Und ich weiß, dass du ihn auch gehört hast. Du hast keine Ahnung, wie hoch die Dosis sein wird, die der Täter dir verabreicht. Was bedeutet, wenn du das Gegengift zu hoch oder zu niedrig dosierst, geht alles zum Teufel.«

»Und wie soll ich mich deiner Meinung nach stattdessen vorbereiten? Sprengladungen am Körper verstecken? Pistolen, Messer? Das wäre das Erste, was dieses Arschloch mir abnehmen würde, nachdem er mir seinen Dreck injiziert hat.«

»Ich bin derselben Meinung wie Errfors, bereite einen anderen Plan vor. Aber das wirst du nicht tun. Weil du dann keine Gratwanderung mehr machen, nicht mehr mit deinem Leben spielen kannst und keinen Rausch mehr spürst. Habe ich recht?«

Piet Hoffmann öffnete den Mund, um zu protestieren, aber es ging nicht. Ewert hatte recht. Oder zumindest nicht ganz unrecht. Dies war etwas anderes. Das erste Mal in all den Jahren und in all den Kriegen und allen Konfrontationen, dass er überfallen werden *wollte*, einen Überfall bewusst herbeiführte, als einzigen Weg, als einzige Möglichkeit, um zurückzuschlagen.

Und er war vorbereitet. Präpariert mit Gegengift.

Eine Waffe, die, anders als Pistolen, Messer oder Sprengladungen, nicht zu sehen war und geradewegs in die Höhle des Löwen geschmuggelt werden konnte.

Er griff nach der Plastiktüte, die auf dem Mittelsitz des Lieferwagens lag, öffnete die Beifahrertür und stieg aus.

»Piet?«

Grens kurbelte das Seitenfenster herunter, seine Stimme war leise.

»Sei vorsichtig, okay?«

Der Hintereingang der Pizzeria befand sich zwischen einem Abfallraum und einem überquellenden Recyclingcontainer. Die Laderampe war unbeleuchtet, aber Piet Hoffmann war sich ziemlich sicher, im Dunkeln eine offene Tür zu erkennen. Er bewegte sich darauf zu, blieb aber im nächsten Moment wieder stehen, als der Pizzabäcker erschien.

Ihm entgegenkam.

»Sie können Ihrem Freund sagen, dass er nicht wegzufahren braucht.«

»Was?«

»Sie müssen nicht reinkommen. Sie waren schon hier.«

Der Pizzabäcker hatte eine Plastiktüte in der Hand.

»Die soll ich Ihnen geben.«

Hoffmann nahm die zerknitterte Tüte entgegen. Die gefüllt war mit ebenso zerknitterten Geldscheinen.

Grob geschätzt und ohne nachzurechnen, exakt die Million, die Abdi und seine kriminellen Netzwerkkumpel ihm schuldeten.

»Sie haben auch eine Nachricht für Sie. Sie wollen sich noch einmal mit Ihnen treffen. Derselbe Ort und dieselbe Zeit wie das letzte Mal.«

Piet Hoffmann musterte erst das Geld, dann den Überbringer. Unsicher, was die Botschaft bedeutete. Hoffentlich das, was alles in dieser Wirklichkeit bedeutete: dass Geld wichtiger war als Stolz. Dass er ausreichend Grund haben würde, hier aufzukreuzen und sich zu zeigen, als treibende Kraft, um einen Überfall auf seine Person zu provozieren.

Sie blickten sich an, und der Pizzabäcker wirkte nicht sonderlich glücklich. Er hatte den Befehl, den er erhalten hatte, ausgeführt, nickte Hoffmann zu und wandte sich zum Gehen.

»Einen Moment.«

Piet hielt ihn zurück.

»Ich habe auch etwas für Sie.«

Er griff in die ausgehändigte Plastiktüte, und als seine Hand voll war, zog er sie wieder heraus und hielt sie dem Mann hin.

»Für die Unannehmlichkeiten.«

Der Pizzabäcker nickte ein zweites Mal, diesmal zum Dank, und schob das Geldbündel in seine Hosentasche.

»Und die hier können Sie Abdi geben. Darin ist etwas, das ihm gehört. Mit leichten Gebrauchsspuren. Eine Schutzweste mit einem Loch. Als Erinnerung an unsere Regeln.«

Sie wandten sich auf der unbeleuchteten Laderampe zum Gehen. Hoffmann in Richtung des Lieferwagens, der Pizzabäcker in Richtung der offenen Hintertür. »Ach, eins noch.«

Als Piet sich noch einmal umdrehte.

»Eine Frage.«

Genau wie der Pizzabäcker.

»Ja?«

»Nur aus Interesse. Aus Neugier. Was springt für Sie dabei raus?«

»Für mich?«

»Ja, für Sie.«

Der stark untersetzte Mann mit einem Bauchansatz, der vornüberragte und nach unten zog und ihn noch kleiner aussehen ließ, wies mit einer weit ausholenden Geste auf das Gebäude, in dem unter anderem seine Pizzeria, sein Lebenswerk, untergebracht war.

»Können Sie sich das nicht denken? Haben Sie den Rest

dieses Geistergemäuers gesehen? Wie viele Geschäfte hier noch existieren und geöffnet haben? Wie viele Geschäfte, deren Schaufenster noch ganz sind, wie viele Geschäfte noch …«

Hoffmann hielt eine Hand hoch.

»Wir sehen uns. Viel Glück.«

Er verschwand in der Laderampendunkelheit, und als der Kriminalkommissar kurz darauf den Lieferwagen startete und in Richtung Autotrasse fuhr, teilten sie seltsame Gefühle.

Unbehagen, Unlust.

Dieselben Gefühle, mit denen Grens seinen Tag heute Morgen begonnen hatte.

Piet Hoffmanns Unbehagen erwuchs aus dem Umstand, etwas gehofft zu haben, das er nie zugeben würde und das Grens ihm gerade erst vorgeworfen hatte: die Konfrontation, die nun ausgeblieben war, zum Teil aus eigenen Beweggründen gesucht zu haben. Den Kampf, der zu Gefahr werden sollte, zum Rausch, zur Droge. *Seiner* Droge.

Ewert Grens' Unlust rührte daher, bereits an seinem ersten Morgen nach der Rückkehr ins Präsidium all das hier ins Rollen gebracht zu haben und nun gezwungen zu sein, zwei Freunden zuliebe eine Wahl zu treffen: Entweder mit aller Kraft weiter vorzupreschen oder augenblicklich alles abzubrechen.

Eine Wahl zwischen Michél, der darum flehte, dass man ihm glaubte, und den es nach seinem Leben und seiner Freiheit verlangte, und Piet, der sich immer schneller abwärtsbewegte, hin zu Gefangenschaft und Tod.

WEITERE TREFFEN FOLGTEN. Die gleiche Prozedur wiederholte sich in den Wochen darauf regelmäßig, während die Lüge des V-Manns zur Wahrheit wurde. Eine mit Naloxon gefüllte Spritze in einen Oberschenkelmuskel, gefolgt von: Riechen, Probieren und Aushandeln von Kilopreis und Qualität, gefolgt von der Übergabe zerknitterter Plastiktüten und Kontrolle ihres jeweiligen Inhalts. Als Bedingung für die Aufrechterhaltung ihrer Geschäftsbeziehung hatte Abdi verlangt, dass die parallel existierende Vereinbarung mit Gruppierung Nummer drei aufgelöst wurde – die parallel existierende Vereinbarung mit Gruppierung Nummer zwei, der Imbissbuden-Familie, hatten Abdi und seine Gang selbst bereits aufgelöst –, sodass das Fischschuppenkokain-Monopol wieder einzig und allein in den Händen der Råby Soldiers ruhte. Hoffmanns Gegenforderung bestand darin, feste Treffpunkte und festgelegte Zeiten einzuhalten. Immer um zwölf Uhr. In der Tiefgarage bei Tag und in der Pizzeria im Råby Centrum bei Nacht, und die Käufer mussten sich grundsätzlich als Erste vom Treffpunkt entfernen. Jemand, der ihn suchte, sollte schnell ein Muster erkennen können: den Zeitpunkt, an dem der neue Drogenlieferant vor Ort war, allein und ungeschützt.

Das erste Mal war es vor allem eine Ahnung.

Das Gefühl, beobachtet zu werden.

Atemzüge, die nicht zu hören, Augen, die nicht zu sehen waren.

Ein paar Treffen später war Hoffmann sich sicher. Jemand beobachtete ihn.

Hier in der Tiefgarage? Aus einem Auto heraus? Aus einer der Nischen mit den schweren Metalltüren? Hinter den Autowasch-Utensilien, die in einer Ecke standen? Oder aus der Ferne, aus einer Wohnung, wo auch immer, über einen Monitor, der mit einer der Kameras oben an der hässlichen Betondecke verbunden war?

Anwesenheit, die Treffen für Treffen spürbarer wurde.

Piet Hoffmann horchte auf jede winzige Stille, ließ seinen Blick umherschweifen, sobald es nicht auffiel.

Aber er hörte nie etwas, sah nie etwas.

Bildete er es sich nur ein?

Spürte das, was er so gerne spüren wollte, glaubte das, was er so gerne glauben wollte?

Oder hatte er trotz allem recht? War jemand hier drin oder da draußen, der ihn jetzt, genau in diesem Moment, beobachtete?

Der Maß nahm, prüfte, beurteilte?

Der seine Hinrichtung vorbereitete?

ZEHN MINUTEN NACH zwölf.

Abdi und seine Plus-zwei-Gorillas hatten gerochen und probiert und die Produktprobe vor ihrem bis dato größten Kauf abgenommen, drei Kilo Kokain glänzend wie Fischschuppen, und Piet Hoffmann hatte ihnen mitgeteilt, wo sie ihre Lieferung finden würden.

Bei jedem Treffen parkte er seinen Wagen an derselben Stelle, in Sichtweite, aber in der dunkelsten Ecke der Tiefgarage – um es der Person, von der er sicher annahm, dass sie hier irgendwo war, leicht zu machen. An der Rückseite mit den zahlreichen Nischen und unverschlossenen Abstellräumen. Bei den Schatten. Wenn der Täter seinen Angriff hier plante, hätte er die Möglichkeit, sich diesem Opfer ungesehen zu nähern.

Das Tor der Tiefgarage glitt langsam zur Seite, und die Käufer verschwanden hinaus ins Tageslicht. Piet Hoffmann blieb allein zurück, wie jedes Mal. Das Muster. Gewohnheiten, die jeder, der ihn womöglich auskundschaftete, auswendig konnte.

Das Gefühl war noch nie so stark gewesen.

Beobachtet zu werden. Überwacht.

Atemzüge – er wusste, dass sie da waren.

Er war nicht allein.

Hoffmann spürte dem zweiten Gefühl nach, der Ahnung des Gegengifts. Das noch nichts gefunden hatte, wogegen es wirken konnte, mit dem er aber, nach den vielen Malen, vertraut geworden war und das er beschreiben konnte; das Kribbeln in Armen und Beinen, die unbestimmte Unruhe in der Brust, Gedankenfetzen, die sich nicht vollenden ließen.

Kein Laut war zu hören.

Abgesehen vom dumpfen Brummen der Lüftungsanlage. Und dem Gescharre der Ratten in den Bodenabläufen.

Auf dem Weg zu seinem Wagen und der rückwärtigen Wand nahm er sich viel Zeit.

Falls der Moment da war. Falls sein Gefühl stimmte.

Jetzt, du Arschloch.

Seine Position war wichtig, er musste so stehen, dass es einen Angriff auf ihn erleichterte; alle fünf Morde waren mit einem Schlag von hinten eingeleitet worden. Den Obduktionsberichten zufolge war der Morphin-Spritze, die die Opfer betäubt hatte, stets dieselbe Vorgehensweise vorausgegangen: stumpfe Gewalteinwirkung gegen den Hinterkopf.

Willensstärke.

So viel, wie er aufbringen konnte. Um es geschehen zu *lassen*. Ein Modus, der gegen seine innere Natur verstieß, gegen alles, was er gelernt und wodurch er überlebt hatte. Piet Hoffmann wurde niemals angegriffen – er griff an. Hatte es immer getan. Schon lange vor seinem Leben als Infiltrator.

Willensstärke brauchte er für das Gegenteil.

Kein Anspannen des Nackens, um den Schlag abzuwehren. Keine Distanzverringerung, um die Angriffsfläche zu minimieren. Keine Abwehr, sondern das Gegenteil: Anfälligkeit.

Kein reflexartiger Widerstand, keine Gegenwehr, sondern den Körper entspannen und gefügig machen; er wollte nicht zusammengeschlagen werden, der erste Angriff sollte in unmittelbarer Bewusstlosigkeit enden.

Anfangs hatte er sich immer über den Kofferraum gebeugt und so getan, als krame er darin herum, um eine leichte Beute abzugeben, aber nach ein paar Treffen war ihm klar geworden, dass der Schlag ihn vorteilhafter treffen und er unversehrter davonkommen würde, wenn er aufrecht neben der Fahrertür stand. Mit einem gebeugten Nacken riskierte er alle möglichen Folgen.

Es war noch stiller geworden.

Nicht einmal die Lüftungsanlage oder die Ratten waren zu hören.

Und – jemand war in der Nähe.

Piet Hoffmann musste nicht die Bewegung selbst wahrnehmen – eine Veränderung in den Schatten an der Wand –, jetzt würde es passieren. Er war das sechste Opfer. Also blieb er an der Fahrertür stehen. Fummelte absichtlich länger am Schloss herum.

Wartete.

Wartete.

Nichts geschah.

Er drehte sich um.

Niemand da.

Er hatte sich getäuscht, hatte sich von seinen Instinkten ins Bockshorn jagen lassen – wieder einmal. Das geglaubt, was er glauben wollte, bis es real werden würde – wieder einmal.

Er öffnete die Fahrertür, warf Portemonnaie und Schlüsselbund auf den Beifahrersitz, neigte den Kopf, um einzusteigen.

Da kam der Schlag.

Härter, als er es erwartet hatte, irgendwo zwischen Nacken und Hinterkopf. Er war bewusstlos, lange bevor sein Körper auf den Betonfußboden sackte.

***

Wahrscheinlich Geräusche.

Wahrscheinlich Licht.

Und ein Fußboden. Auf dem er lag. Aber es roch und fühlte sich an wie Linoleum – nicht wie Beton.

Er musste weiteratmen wie bisher.
Er musste vollkommen reglos bleiben.
Falls der Täter ihn bewachte, neben ihm auf einem Stuhl saß und wartete, darauf, dass sein Opfer wie die vorherigen das Bewusstsein zurückerlangte, ehe die Gratwanderung vom Leben hin zum Tod beginnen würde.
Ein tropfender Wasserhahn. Das war das Geräusch, das er hörte.
Das Licht kam von einer Leuchtstoffröhre, grell und unbarmherzig.
Gedanken schwirrten durch seinen Kopf.
Wer, wo, wie lange.
Nur begriff er sie nicht. Bekam sie nicht zu fassen.
Wer wo wie lange wer wo wie lange wer wo wie lange.
Zurück zum Wasserhahn. Zur Leuchtstoffröhre.
Zu dem höllischen Schmerz in Nacken und Hinterkopf.
Aber die Gedanken, die durch seinen Kopf schwirrten und kreisten, waren keine Folge von körperlicher Gewalt, ihre Ursache war eine chemische, sie waren eine Folge von Morphin. Sein Hals, schätzte er. Eine der Venen hinter dem Schlüsselbein. Da hatte die Spitze der Kanüle ihn getroffen. Er spürte, wie sich die Haut an der Einstichstelle spannte. Eine Hand, die in Eile gewesen war.
Er lag auf dem Bauch.
Wenn er das rechte Auge öffnete. Vorsichtig.
Vorsichtig.
Es ein wenig weiter aufmachte und … Eine Küche. Er lag auf einem Küchenfußboden. Und das Glänzende war eine verchromte Spüle – das Tropfen musste von dort kommen.
Dann.
Ein Mensch.
Ganz sicher.
Ein verschwommener Rücken, ihm zugewandt.

Ein Mann. Jeans. Pullover. Normale Kleidung. Aber den Kopf, das Haar, konnte er nicht sehen.

Bist du es? Daniels Mörder? Der mein Mörder sein wird?

Ein Mensch, der voraussetzte, dass sein Opfer betäubt war, dass das Morphin wirkte. Ohne zu wissen, dass auch das Gegengift wirkte.

Ein Opfer, das vorzeitig zu Bewusstsein kam, obwohl es eigentlich unmöglich war. Hoffmann sollte Ruhe empfinden, Vertrauen in seinen Plan, in den Augenblick, an dem sich alles verändern, wenn *er* der Angreifer sein würde. Aber etwas war verkehrt. Schwach. Er war zu schwach. Und als der verschwommene Rücken in einem angrenzenden Raum verschwand, vielleicht ein Flur, vielleicht ein Schlafzimmer, versuchte Piet Hoffmann, das Verkehrte zu verstehen.

Er hob seinen Oberkörper leicht an, streckte die Arme aus, um sich an der Küchenwand abzustützen – und da merkte er es.

Er war gefesselt. Seine Handgelenke waren mit Kabelbindern zusammengebunden.

Und er hatte keine Kontrolle, keine Kraft.

Er war sehr viel schwächer, als er es sein sollte.

Hatte er sich trotz allem verschätzt? Die Morphindosis unterschätzt?

Er hatte das Gegengift ausgehend von den Angaben in den Obduktionsberichten dosiert, ausgehend von den bisherigen Mordopfern, und sicherheitshalber noch einige Prozent hinzugefügt. Hatte der Täter die Morphinmenge so stark erhöht? War er, Piet, zu stark aufgetreten, als er seinerseits Gewalt eingesetzt hatte, um sichtbar zu sein, gehört zu werden und den Täter hervorzulocken? Hatte der es einkalkuliert und sich noch besser vorbereitet?

Tropf, tropf.

Der Wasserhahn.

Tropf, tropf.
Konzentration auf das Geräusch.
Tropf, tropf.
Bis sein Körper wach werden würde.
Es half nicht. Nichts geschah.
Dies war sein Ziel gewesen, genau hierhin hatten ihn die Planung, die Drogengeschäfte und das tägliche Hineinschlüpfen in eine Rolle führen sollen.
Aber nicht so. Vollkommen kraftlos.
Er dachte an den einzigen Auftrag zurück, in dessen Verlauf das Gleiche passiert war. Unter Drogen gesetzt, ohne Kontrolle über den eigenen Körper. Gefangen in sich selbst, in der Finsternis seines Kopfes. Damals hatte die Droge ihn erniedrigen sollen. Am Ende war es ihm gelungen, die Kraft in sich selbst zu finden, ohne aber in der Lage zu sein, einschätzen zu können, ob er zu hart oder zu schwach zuschlug.
Diesmal gab es in ihm gar keine Kraft.
Er war schwach und würde es bleiben, so lange, wie das Morphin wirkte.
Bis der Täter sein Vorhaben beendet haben würde.

***

Piet Hoffmann hob seinen Oberkörper noch ein kleines Stück weiter an, so weit, wie es seine zittrigen Arme zuließen.
Er konnte die Schritte des Täters im Nebenraum hören. Er hatte nur Zeit für einen Blick – im günstigsten Fall einen Überblick.
Küchentisch. Spüle.
Auf der Spüle lagen die notwendigen Utensilien, bei ihnen würde der Täter nicht von seiner üblichen Vorgehensweise abweichen. Hoffmann kannte diese Instrumente aus einer von Grens' Ermittlungsakten. Aus der Akte des Opfers, das bei lebendigem Leib ausgeblutet worden war.

Mehrere Zweihundert-Milliliter-Spritzen, sogar eine Dreihundert-Milliliter-Spritze war dabei. Auffangeimer, Plastikhandschuhe, Desinfektionsmittel, sterile Kompressen. Und ein Skalpell, mit dem der Täter das Opfer anschließend aufgeschlitzt hatte.

***

Er fiel. Seine Arme konnten ihn nicht länger aufrecht halten. Ein dumpfer Aufprall, als sein Gesicht auf den Küchenfußboden schlug.

Oder existierte das Geräusch nur in seinem Kopf?

Ein eingebildeter Laut, der, wie das Tropfen des Wasserhahns, in einem verworrenen Gehirn anschwoll?

Genau wie die Schritte?

Waren auch sie ein Hirngespinst? Bildete er sich nur ein, dass der Täter zurückkam – zurück zu ihm?

***

Es war keine Einbildung. Die Schritte. Sie verstummten.

In der Küche. Neben seinem Gesicht.

Scharrende Schuhsohlen. Nahebei. Jemand beugte sich zu ihm herab.

Piet kämpfte gegen das Verbotene an, dagegen, die Augen zu öffnen.

Dem Blick zu begegnen.

Es musste andersherum ablaufen. Der Täter würde *Hoffmanns* Blick begegnen.

Zwei Hände packten ihn grob bei den Schultern, zerrten ihn in eine aufrechte Position, pressten seinen Rücken an die Wand. Hände, auf Höhe seiner Schläfen, um geschlossene Augenlider nach oben zu schieben. Seine Pupillen. Die wollte der Täter kontrollieren, die tiefe Bewusstlosigkeit seines Opfers bestätigt sehen.

Zwei Menschen dicht beieinander. Warmer, feuchter Atem auf seinen Wangen. Und genau in dem Moment, als scharfe Fingernägel das erste Augenlid nach oben zwangen, als der Täter sich vorbeugte und in ein leichtes Ungleichgewicht geriet, schlug Piet Hoffmann zu.

Mit gefesselten Armen. Die er geradewegs in die Luft schleuderte.

Er traf das Kinn, vielleicht den Hals.

Ohne Kraft. Und ohne zu verletzen.

Aber unerwartet.

Der Täter taumelte einen schwankenden Schritt zurück, und Hoffmann schlug ein zweites Mal zu. Von unten, mit den Unterarmen, ein neuer Treffer, gleichermaßen kraftlos, während er sein ganzes Körpergewicht auf die Beine seines Gegenübers warf, ungeschickt, wie ein Betrunkener, der sein Limit überschritten hat. Ein, zwei Sekunden, bis der Täter wieder auf die Füße kommen würde; ein, zwei Sekunden, bis Hoffmann den Küchentisch erreichte und das, was darauf lag: Spritzen, Handschuhe, Kompressen. Aber sein Ziel war der letzte Gegenstand in der Reihe – das Skalpell.

Das schmale Chirurgenmesser mit gefesselten Händen zu greifen, war schwierig.

Er bekam nur eine eingeschränkte Bewegung zustande. Ein Zustechen auf gut Glück.

Als er herumfuhr, gerade in dem Moment, als der Täter sich auf ihn stürzte, landete er weit oben einen Treffer, vielleicht an der Schulter, vielleicht am Hals, an derselben Stelle, die der Täter bei ihm aufschlitzen würde, um ihn auszubluten.

Dies war seine einzige Chance.

Es würde ihm kein zweites Mal gelingen.

Er musste fliehen, jetzt.

**

Piet Hoffmann hatte nicht die geringste Ahnung, wo er sich befand, als er die Klinke der Wohnungstür nach unten drückte. Wer oder was ihn auf der anderen Seite erwartete.
Ein letzter Blick.
Auf den Unbekannten, der sich blutend vom Küchenfußboden erhob und wieder auf die Beine kam.
Piet stieß die Tür auf und taumelte ungelenk hinaus auf einen Gang, der ein Laubengang in einem höheren Stockwerk eines Mietshauses zu sein schien. In einem Wohngebiet mit identischen Häuserblocks drum herum, über- und nebeneinander, Wohnungen überall.
Nachtdunkel. Leichte, sauerstoffreiche Luft.
Er begann zu laufen, schwere Füße, gefesselte Hände, er stolperte, stürzte, ließ dabei das Skalpell über das Geländer des Laubengangs fallen, rappelte sich hoch, lief weiter.
Er warf keinen Blick zurück.
Noch nicht.
Rein ins Treppenhaus, zwei Stockwerke nach unten, raus aus der Eingangstür. Er glaubte zu wissen, wo er war. In Råby oder in einem der anderen Stockholmer Vororte, die ganz genauso aussahen, endlose Asphaltwüsten. In Schwärze und Dunkelheit war alles eins.
Er lief an Fahrradständern, Spielplätzen und Hochhäusern vorbei, blieb zwischen zwei kaputten Straßenlaternen stehen und rieb die Kabelbinder über die raue Betonfassade einer Hausfront. Er sah sich um, noch war er allein, rieb weiter, sah sich noch einmal um – und der harte Kunststoff brach.
Seine Arme waren frei.
Wieder imstande, das Gleichgewicht zu halten, begann er zu rennen und überquerte einen erleuchteten Fußballplatz, hinter dem die U-Bahn-Station lag. Er hörte das Geräusch eines einfahrenden Zugs, zwängte sich durch die Sperre, lief die Rolltreppe hinauf und auf den Bahnsteig hinaus.

»Ewert?«

»Gib mir mein Handy zurück, du alter Knacker!«

»Ewert – antworte.«

»Gib mir mein Handy!«

»Antworte endlich, Ewert! Was zum Teufel treibst du …«

»Piet, beruhige dich. Ich bin hier.«

»Gut. Gut! Wir müssen …«

»Gib mir mein scheiß Handy zurück, wenn dir dein Leben …«

»Halt einfach die Klappe. Ich behalte dein Handy, bis ich fertig bin. Verstanden?«

»Piet, was ist bei dir …«

»Ich sitze in der U-Bahn. Irgendein Rotzbengel. Ich telefoniere mit seinem Handy.«

»Ein Rotzbengel? Sein Handy?«

»Hör zu: Wir müssen uns sehen, Ewert. Jetzt.«

»Warum?«

»Es ist gerade passiert.«

»Was?«

»Das, worauf wir gewartet haben. Wo bist du?«

»Zu Hause.«

»Wo zu Hause?«

»In meiner Wohnung. Schreibtischecke. Ermittlung.«

»Zwanzig Minuten.«

Sie standen sich direkt gegenüber. Wie schon einmal. Mit Unlust, Unbehagen. Ewert Grens, der seine Wohnungstür öffnete, und Piet Hoffmann, der am ganzen Körper bebend versuchte, sich an ihm vorbeizudrängen. Grens, der nach einer Weile zur Seite trat, und Hoffmann, der ins Badezimmer lief.

Doch diesmal war das Wasser kälter.

Frenetisch wusch er sich Stirn, Wangen, Hals und musste nicht darauf warten, dass Grens ihm das Handtuch gab.

»Wie sah er aus?«

»Ich weiß es nicht.«

»Versuch es.«

»Ich weiß es nicht, zum Henker!«

Das letzte Mal hatte der Kriminalkommissar Hoffmanns Rausch fälschlicherweise auf Drogen zurückgeführt, heute sah er nichts als Flucht, Jagd, die überbordende Kraft, die dem Überleben entsprang.

»Piet, du musst doch wohl ...«

»Ich musste kämpfen, verflucht noch mal! Mich verteidigen, ich ... sollte sterben! Ich ...«

»Wenn wir am entgegengesetzten Ende anfangen, uns von unten nach oben arbeiten.«

»... habe sein Gesicht nicht gesehen. Aber ich ...«

»Die Methode führt oft zum Erfolg. Die Füße, die Beine. Konzentriere dich zuerst auf ...«

»... habe ihm eine Stichwunde verpasst.«

»Was?«

»Auf der rechten Seite. Ziemlich weit oben. Mit einem Skalpell.«

»Eine Stichwunde?«

»Verstehst du nicht?«

»Was?«

Der leere Flur. Jedes Wort hallte. Jede Bewegung wirbelte umher, setzte sich fort, an den Wänden entlang.

»Was soll ich verstehen, Piet?«

»Ich habe den Täter berührt. Ihn angefasst.«

Es spielte keine Rolle, ob sie aneinander anschrien oder ob sie flüsterten.

Alles wurde zurückgeworfen und schwoll an.

»Sein Blut, Ewert.«

»Ja?«

»Das Blut des Täters klebt an dem Skalpell.«

Ewert Grens war zurück in seinem Kreis. In dem Kreis, der einen Ausgangspunkt besaß, zu dem er immer wieder zurückkehrte. Der Kreis, der keinen Anfang und kein Ende hatte und andauernd Größe und Namen änderte, jetzt hieß dieser Kreis offenbar Råby.

Dorthin fuhren sie, in einem von Piet Hoffmanns zahlreichen Mietwagen, und parkten am Westeingang der U-Bahn-Station. Morgendämmerung, alles sah verändert aus, wirkte größer und leicht durchscheinend; von hier aus würden sie den Ausgangspunkt suchen. Zu Fuß und in umgekehrter Richtung würden sie denselben Weg gehen, auf dem Hoffmann in der Dunkelheit geflohen war.

Zuerst von der U-Bahn-Station zum erleuchteten Fußballplatz.

»Bist du sicher, Piet?«

Dann über den Hof zwischen den Hochhäusern.

»Ja.«

Vorbei an Fahrradständern. Am Kiosk. Über den Spielplatz.

»Du standest unter Einfluss von Opiaten. Morphin. Und Gegengift.«

Über den Vorplatz der Flachbauten.

»Ich *bin* ganz sicher.«

Am Zaun der Kita entlang.

»Sollen wir zurückgehen, Piet? Zum Ausgangspunkt und eine andere Richtung einschlagen?«

Über den nächsten von Hochhäusern gesäumten Platz.

»Ewert, komm her. Siehst du diese Fassade?«

»Ja?«

»An dieser Hauswand habe ich die Kabelbinder durchgescheuert.« Hoffmann ging in die Knie, kroch über den Kiesweg.

»Hier.«

Er hielt einen dünnen, grauen Plastikstreifen hoch. Durchgescheuert, mit ausgefransten Enden.

»Zufrieden? Wir sind fast da. Komm mit.«

Ein neuer Spielplatz, den sie überquerten.

»Ich bin bewaffnet, Piet. Damit du Bescheid weißt.«

Der leere Parkplatz. Hier war Hoffmann vorbeigelaufen.

»Das ist nicht nötig. Das Arschloch ist längst über alle Berge.«

Jetzt erreichten sie die Gegend mit den etwas niedrigeren Häuserblocks, sieben Stockwerke hoch.

»Wie fühlst du dich? Schaffst du das? Piet?«

Ein ausgebranntes Auto. Rußgeschwärzt, ausgehöhlt. Er erinnerte sich daran.

»Wir sind ganz in der Nähe.«

Die offene Asphaltfläche, wo ihm der Wind um die Ohren gepfiffen hatte. Er war diagonal darübergelaufen.

»Hier sieht alles gleich aus. Wie kannst du dir sicher sein? In der Dunkelheit, unter Drogeneinfluss, gestresst. Ich meine …«

»Hier, Ewert.«

»Hier?«

»Wir sind da.«

Piet Hoffmann sah nach oben. Der Laubengang, im dritten Stock. Da hatte seine Flucht begonnen.

»Ich bin über irgendwas gestolpert, habe das Gleichgewicht verloren, und dabei ist mir das Skalpell aus der Hand gefallen.«

Sie standen vor einer Anpflanzung stacheliger, ausladender grüner Büsche; einer von wenigen Versuchen, den Asphalt zu beleben.

»Es ist über das Balkongeländer gefallen und muss irgendwo hier gelandet sein.«

Sie suchten den Boden ab, jeder aus einer Richtung, aufeinander zu, wie zwei Suchtrupps, die die Umgebung durchkämmten, um sich in der Mitte zu treffen.

Ohne Erfolg.

»Auf den Knien, Ewert. Jeder aus einer Richtung.«

»Wenn du die hier überstreifst.«

Der Kriminalkommissar nahm zwei Paar Plastikhandschuhe aus der Innentasche seines Jacketts. Dann krochen sie aufeinander zu, Grens' schwerer Körper und Hoffmanns nach wie vor unkoordinierte Glieder, das trockene Erdreich mit den Fingern abtastend.

»Piet?«

Bis Grens innehielt.

»Komm her.«

Vorsichtig zog der Kriminalkommissar das Skalpell aus einem Beet. Es hatte sich tief in die Erde gebohrt und war mit Sand bedeckt – aber das Blut war deutlich zu erkennen.

Das Blut des Täters.

Grens, der keine Beweismitteltüte bei sich hatte, umwickelte die scharfe Klinge des Skalpells mit einem weiteren Plastikhandschuh.

»Da oben, sagst du?«

Der Kriminalkommissar zeigte auf das rotorange Balkongeländer des Laubengangs, der vor dem dritten Stock des Hauses entlang verlief.

»Ja.«

Danach deutete er auf die metallene Eingangstür mit seitlichem Sichtfenster, durch dessen Scheibe ein langer Riss ging.

»Dieser Treppenaufgang?«

»Ja.«

Die Kabel der Türschlossanlage baumelten lose aus dem Aufputzkasten des Tastenfelds, sie drückten die Tür auf und gingen hinein.

»Genau hier, Grens.«

Die Tafel mit den Namen der Mietparteien war verdreckt und ein Teil der Namen kaum noch zu lesen, die Schrift auf den braunen Klebestreifen stark verblasst.

Aber die Liste der Mietparteien im dritten Stock war vollständig.

Sie mussten nicht lange suchen.

Die zweite Tür von links. Vorname und Nachname. Deutlich und unmissverständlich.

MICHÉL RICHARDSSON

»Piet, wenn diese Tafel stimmt.«

»Ja?«

»Versuch es noch mal. Das Gesicht? Wer?«

»Ich habe doch gesagt, ich konnte das Gesicht nicht sehen.«

»Streng dich an!«

»Wir haben das Skalpell. Mehr brauchen wir nicht.«

»Ich verstehe das nicht.«

»Ewert, zum Teufel! Ich habe das Gesicht nicht …«

»Ich verstehe nicht, warum dich jemand in einer Tiefgarage überfallen, dich betäuben und in eine Wohnung bringen sollte, die – wenn wir beide nicht komplett den Verstand verloren haben – Michél gehört?«

MARIANA HERMANSSON HATTE ein Café am Götgatsbacken vorgeschlagen. Laute Musik und junge Leute, die mit sich selbst beschäftigt waren. Niemand kümmerte sich um einen in die Jahre gekommenen Mann, der kaum noch Haare hatte, und eine Frau, die zu schön und zu klug war, um seine Tochter sein zu können.

Grens war noch nie hier gewesen. Aber der runde Tisch zwischen ihnen sah aus wie immer. Zwei Tassen Kaffee, Zimtschnecken in der Größe von Blumentöpfen und Akten mit Dokumenten einer Polizeiermittlung über die Folgen von Gewalt.

»Ich will noch immer eine Antwort auf meine Frage.«

»Und ich kann dir noch immer keine Antwort geben.«

»Wenn das so ist, Ewert, wirst du *diese Antworten hier* nicht zu sehen bekommen.«

Mariana legte die Hand auf den geschlossenen Aktendeckel. Wie um die beschriebenen Seiten davon abzuhalten herauszuspringen.

»Ich kann nicht darüber reden, über wer, wie oder wann. Noch nicht.«

»Aber du kannst, vom Dienst suspendiert und ohne Ermittlungsbefugnis, mich mitten in der Nacht aus dem Bett klingeln und mich bitten, die Analyse eines blutigen Skalpells in Auftrag zu geben, ohne mir zu erklären, *wer dieses Skalpell in der Hand hatte*.«

»Ja. Und ich bitte dich, mir zu vertrauen. Wie du es immer tust.«

»Wie ich es getan *habe*.«

Sie sahen sich an. Lange.

Mariana hatte ihm zuliebe zuerst eine Anzeige fingiert und anschließend Spurensicherung wie Labor angelogen, um eine Analyse des Skalpells zu erwirken, und Grens war klar, dass sie sich alles andere als wohl dabei fühlte.

Bis die Stille größer war als die Blumentopfzimtschnecken und Mariana sie brach.

»Hoffmann.«

Sie sprach den Namen deutlich aus.

»Hoffmann, Ewert.«

Während Grens weiter schwieg.

»Oder?«

Schwieg.

»Ich nehme dein Schweigen als ein Ja. In dem Fall weißt du, dass das, was hier auf dem Tisch liegt, vollkommen wertlos ist. Die Polizeibehörde arbeitet nicht mit Spuren, deren Herkunft wir nicht belegen können. Und was noch viel ausschlaggebender ist: Wir können nicht mit Beweisen vor Gericht gehen, die nur existieren, weil wir rechtswidrige Beschaffungswege genutzt haben – kriminelle V-Männer.«

Bis er den Mund aufmachte.

»Dann passt es doch wunderbar, dass du keine Ahnung hast, wie es zugegangen ist.«

»Ich bitte dich, Ewert.«

»Und dass ich zurzeit kein Polizist bin, sondern als Privatperson handele, passt doch noch viel besser. Du bist über einen anonymen Hinweis gestolpert. Und ein Hinweis, Mariana, mag vielleicht nicht immer etwas beweisen, aber hin und wieder kann er eine glasklare Richtung aufzeigen.«

Sie sahen sich wieder an. Sie kannten einander. Im Guten wie im Schlechten.

»Die Auswertung des Skalpells findest du auf der ersten Seite, ganz oben.«

Sie schob die Mappe über den Tisch. Er schlug sie auf, las.

»Ich verstehe nicht.«
Las ein zweites Mal.
»Ich verstehe das nicht!«
Die Gäste am Nebentisch drehten sich zu ihm um, und ein junges Paar, das gerade zur Tür hereinkam, blieb abrupt stehen.
»Er sitzt in einer Zelle!«
Der in die Jahre gekommene Mann, der mitten zwischen ihnen Kaffee trank und ein Blatt Papier in der Hand hielt, hatte begonnen, laut zu brüllen.
»Im sichersten Untersuchungsgefängnis dieses Landes! Und trotzdem ... *und trotzdem!*«
Ewert Grens starrte auf Textzeilen, die bestätigten, dass die Welt soeben ein noch viel unbegreiflicherer Ort geworden war, las ein allerletztes Mal den Bericht des NFC.
Das DNA-Profil des Blutes an dem Skalpell, das Piet Hoffmann während eines Kampfes in die rechte Schulter oder den Hals des Täters gestoßen hatte, um sein eigenes Leben zu retten, stimmte der Laboranalyse zufolge zu einhundert Prozent mit dem DNA-Profil des verurteilten Fünffachmörders überein.
Mit Michéls DNA-Profil.
Der mehrere Stockwerke über der Erde in einer Zelle des Untersuchungsgefängnisses Kronoberg saß.
Der nicht die geringste Chance auf Freigang hatte.
Der sich aller zugänglichen Dokumentation zufolge hinter einer dicken Sicherheitstür befand, die von mehreren Kameras gleichzeitig überwacht wurde.
»Wie, Mariana?«
Was wohl der Grund war, weshalb der in die Jahre gekommene Mann fortfuhr zu brüllen.
»*Wie zum Teufel ist das möglich?*«

EWERT GRENS LIESS das Café und die Ermittlungsunterlagen mit dem möglicherweise sonderbarsten Inhalt, den er jemals gelesen hatte, hinter sich. Auf dem Weg zu seinem Wagen am Mosebacke Torg fiel ihm aus seinen vierzig Jahren als Polizist nur ein einziger Fall ein, in dem ein bereits verurteilter Mörder ihn auf diese Weise gezwungen hatte, alles, was er gelernt hatte, abzulegen, seinen Instinkt, seine Erfahrung. Damals hatte er eine Leiche festgenommen – einen jungen Mann, der sechs Jahre zuvor verstorben war, während er im Todestrakt eines US-amerikanischen Gefängnisses gesessen hatte. Das war gleichermaßen absurd und unverständlich gewesen.

Als Erstes fuhr er nach Süden, zu einem Haus in Enskede, dem Zuhause der Familie Hoffmann und vorübergehend auch seines. Zofia und die Jungen befanden sich ein paar Gehminuten entfernt in ihren Klassenzimmern, unterrichteten oder wurden unterrichtet, Klein-Luiza spielte in einer Kita, von der er nie begriffen hatte, wo sie genau lag, aber Piet war zu Hause, und als Grens ihn bat, sich zu ihm an den Küchentisch zu setzen, um das Ergebnis einer Laboranalyse zu erfahren, die dem Mann, der ihn überfallen, der seinen Tod geplant hatte, einen Namen gab, reagierte er genauso, wie der Kriminalkommissar eine gute halbe Stunde zuvor reagiert hatte.

»Niemals, das ist unmöglich.«

Aber ohne laut zu werden.

»Ich habe der Polizei noch nie vertraut, das weißt du. Du und Wilson seid eine Ausnahme. Aber Ewert, das hier kannst du doch nicht ernsthaft glauben?«

»Es ist sein Blut. Seine DNA. Ich habe es selbst gesehen.«

»Der Typ hockt in einem Zellentrakt, in dem ich selbst gesessen habe. Da spazierst du nicht einfach für ein paar Stunden raus, wenn du Lust auf einen kleinen Stadtbummel bekommst. Ich bin aus ausbruchsicheren Hochsicherheitsgefängnissen getürmt, aber aus dem Loch bin ich nicht rausgekommen. Dass dein Freund das hinkriegen sollte ... Vergiss es.«

»Du hast ihm das Skalpell in den Körper gestoßen, nicht ich. Das Blut, das im Labor der Polizeibehörde analysiert worden ist, war absolut frisch. Und Hermansson und ich können beide lesen. Es ist Michéls Blut, Michéls DNA.«

Grens' nächste Fahrt führte nach Kungsholmen und zum Untersuchungsgefängnis Kronoberg, und diesmal saßen sie zu zweit im Auto. Heute dauerte es länger, die wachhabenden Beamten von der Richtigkeit zu überzeugen, ihnen die Türen aufzuschließen, und Grens musste mit seinem Verstand ringen, um nicht zu brüllen: *Wer von euch manipuliert Überwachungskameras, wer steckt mit ihm unter einer Decke – wer von euch lässt ihn raus?*

Als sie zu guter Letzt auf dem spiegelblanken Fußboden vor Zellentür 8409 standen und darauf warteten, dass das letzte Schloss aufgesperrt wurde, packte Grens der Wunsch, einfach auf dem Absatz kehrtzumachen, diesen ganzen Irrsinn hinter sich zu lassen und genau das zu tun, was er sich einmal geschworen hatte: einen Menschen, den er zu kennen geglaubt hatte, hinter Gittern verrotten zu lassen.

Michél schlief. Zusammengekauert auf dem Bauch. Laut schnarchend.

»Michél?«

Der Justizvollzugsbeamte schloss die Zellentür hinter ihnen.

Sie waren allein.

»Wach auf, Michél.«
»Was?«
Der Körper in der farblosen und schlecht sitzenden Gefängniskleidung fuhr zusammen.
»Guten Morgen. Wir möchten mit dir reden.«
»Was ... ich ... Du, Ewert?«
»Setz dich bitte auf.«
Michél war genauso verwirrt, wie er klang.
»Ich verstehe nicht ... Und Sie auch, Hoffmann? Wieder?«
Drei Erwachsene, eine an der Wand verschraubte Pritsche, ein am Boden verschraubter Stuhl und ein schmuddeliges Handwaschbecken, zusammengepfercht auf ein paar wenigen Quadratmetern.
Ewert Grens stellte sich so hin, dass sie sich alle drei ansehen konnten.
»Wir bleiben nicht lange. Ich habe Piet gebeten, mich zu begleiten, um dich zu begutachten.«
»Um mich zu begutachten?«
»Ja. Und um mir zu helfen, das alles zu verstehen. Zieh dich bitte aus.«
»Wie bitte?«
»Der Oberkörper genügt.«
Michél blickte verständnislos von Grens zu Hoffmann.
Dann zuckte er mit den Schultern und zog das Oberteil über den Kopf.
»Das T-Shirt auch.«
Grens behagte die Situation nicht. Panik stieg in ihm auf. Wie eben wünschte er sich fort von hier.
»Dein Oberkörper muss komplett frei sein, Michél.«
Michél zog auch das T-Shirt aus und begann augenblicklich zu zittern, obwohl es in der Zelle nicht sonderlich kalt war.
»Du sagtest, rechte Seite, Piet?«

Grens wechselte abermals seine Position. Hoffmann war derjenige, der suchen, der zeigen sollte.

»Die Schulter. Oder weiter unten am Hals, vielleicht auch am Nacken.«

Die beiden Besucher musterten den unbekleideten Oberkörper, begannen ganz oben und ließen ihren Blick Stück für Stück abwärts wandern.

»Dreh dich um.«

Und wieder.

»Dreh dich um.«

Und wieder.

»Dreh dich ...«

»Das genügt, Ewert.«

Piet Hoffmann legte Grens eine Hand auf den Arm.

»Wir sehen es doch beide. Egal, wie oft du ihn bittest, sich umzudrehen.«

Und Ewert Grens dachte, wenn ein verurteilter Mörder ihn soeben zum ersten Mal dazu gebracht hatte, alles, was er gelernt hatte, abzulegen, seine Instinkte und seine Erfahrung, dann hatte er seinerseits zum ersten Mal einen verurteilten Mörder dazu gebracht, seine Kleidung abzulegen, um noch weniger zu verstehen.

Michéls Haut war bleich. Fast unbehaart. Mit vereinzelten trockenen, geröteten Stellen, möglicherweise ein Ausschlag. Oder ein Ekzem.

Seine Gänsehaut war verschwunden. Vielleicht fror er nicht mehr.

Doch nirgends war die Stichwunde eines Skalpells zu sehen.

Keine offene Wunde am Körper.

Nicht die geringste Spur eines verzweifelten und tiefen Hiebs mit einem Chirurgenmesser.

GRENS FREUTE SICH, als sie anrief. Ein warmes Lächeln, das zu einem vorsichtigen Lachen wurde.

Der Schreibtisch war zu klein. Stattdessen lief er durch die Wohnung in die Küche und zur Spüle. Sie war lang genug.

Er breitete sein Jackett zwischen Herd und Spülbecken aus, spritzte einige Tropfen Wasser auf die gröbsten Knitterfalten und strich ein paarmal mit den Händen über den Stoff. Anschließend richtete er vor dem Badezimmerspiegel seine Haare und rieb ein paar Schmutzflecken von seinen Schuhen. Es war bei Weitem nicht so wie mit Anni oder wie mit Elins Mutter, aber es gab ihm ein gutes Gefühl, an diesem Punkt in der Brust, wo alles seinen Platz hatte, von Angst bis hin zu Verliebtheit.

Ihm war natürlich bewusst, dass Liz Flemings Anruf rein beruflich motiviert gewesen war, um ihm das Ergebnis der Parabon-DNA-Methode zu präsentieren, die sie für ihn veranlasst hatte – aber trotzdem. Gelegentlich ertappte er sich dabei, an die bemerkenswerte Frau zu denken, der er gerne jeden Tag in einer Diskussion gegenüberstehen würde.

Diesmal holte sie ihn unten am Eingang ab und schleuste ihn durch die Seitentür, die von einem Sicherheitsbeamten für Leute geöffnet wurde, die nicht im Besitz einer gültigen Schlüsselkarte waren.

»*Vorübergehend* scheint in Ihrem Fall ein relativ dauerhafter Zustand zu sein. Ihre Zeit außerhalb des Präsidiums, meine ich.«

Sie betraten den Fahrstuhl.

»Ich habe es kontrolliert, Ewert. Sie sind nach wie vor nicht im Dienst. Sie leiten auch keine Mordermittlung. Weder die Ermittlung rund um die vier Morde, für die der Schuldige bereits verurteilt wurde, noch die Ermittlung im fünften, neu hinzugekommenen Mordfall.«

Sie hatte ihn Ewert genannt. Wie beim letzten Mal.

Ein gutes Zeichen.

»Laut internem Log leitet Ihre Kollegin Mariana Hermansson sämtliche Ermittlungen. Weiß sie von Ihren Besuchen hier im Haus? Von unserer ... Zusammenarbeit?«

»Nicht in vollem Umfang.«

»Und was ist mit Erik Wilson, Ihrem Vorgesetzten?«

»Die beiden haben ungefähr den gleichen Wissensstand.«

Dieses Mal führte Liz Fleming ihn in einen anderen Raum. Einen sehr bewohnten Raum. Ihr Büro.

»Nehmen Sie Platz.«

Gestern hatte er mit einer anderen großartigen Frau in einem Café gesessen und sich die Auswertung einer anderen geheimen Analyse angesehen, die den Tag wie die Zukunft verändert hatte.

Kluge Frauen und Mordermittlungen.

Das Leben war nicht komplett verkorkst, trotz allem.

Liz Fleming drehte ihren Computerbildschirm so weit, dass er, wenn er nah genug bei ihr saß, genauso gut sehen konnte wie sie. Mit einem Tastenklick öffnete sie den Grund seiner Anwesenheit, das Resultat des kontrovers diskutierten DNA-Verfahrens, das die schwedische Polizei bisher nur in einigen wenigen Fällen am eheren Widerstand des NFC vorbei eingesetzt hatte. Weshalb das Ergebnis, ebenso wie die Analyse des Blutes an Hoffmanns Skalpell, vor einem schwedischen Gericht zwar keine Beweiskraft haben, ihm aber möglicherweise den weiteren Weg weisen würde.

»Sie haben mir ein paar Haare gegeben, Ewert, auf deren Grundlage ein Phantombild erstellt worden ist. Ich habe dieses Verfahren selber noch nicht oft verwendet und dachte, wir sehen uns die Auswertung gemeinsam an.«

Grens beugte sich vor. Liz Fleming klickte, und sie lasen komplizierte Zeilen, die erklärten, wie die Analyse erfolgt und das Ergebnis zu deuten war.

Verglichen mit Grens' Englischkenntnissen, war Liz Flemings Englisch tadellos, und seinetwegen konnte es Ewigkeiten dauern – er wollte nichts anderes als hier sitzen, genau so, für immer.

Dann wurde der Bildschirm von einem Gesicht ausgefüllt. Dem Phantombild.

»Kommt Ihnen das Gesicht bekannt vor, Ewert?«

Es war kein Foto. Bei Weitem nicht. Das Bild erinnerte ihn an andere Phantombilder von Verdächtigen, die er im Laufe der Jahre betrachtet hatte. Nur lebensechter. Mehr Mensch und weniger Comic-Zeichenfigur.

»Sind Sie sicher, dass dieses Ergebnis auf den Haaren basiert, die ich Ihnen gegeben habe?«

Haare, die vor fünf Jahren in eine Gipsmasse hineingefallen waren, die dazu gedient hatte, einen Menschen zu ermorden. Eine Spur, die damals zu keinem Ergebnis geführt hatte und die, als der Fall neu aufgerollt worden war und die Blutspritzer an sämtlichen Tatorten ein und derselben Tatperson hatten zugeordnet werden können, unter den Tisch gefallen war.

»Ja. Ich bin sicher.«

»Diese Person?«

»Behauptet das Verfahren, das es heutzutage gibt und um dessen Verwendung Sie mich gebeten haben.«

»*Diese Person?*«

»Ewert?«

»Die Haarfarbe stimmt mit der Farbe der am Tatort sichergestellten Haare überein.«

»Ewert, sehen Sie mich an. Wovon reden Sie?«

»Davon, dass ich absolut nichts mehr verstehe.«

Dann sagte Ewert Grens nichts mehr, blieb reglos vor dem Phantombild einer Person sitzen, deren Blick auf ihm ruhte, und blieb auch dann noch sitzen, als Liz Fleming sich schon längst entschuldigt hatte und anderen Arbeitsaufgaben nachging.

Je länger er das Gesicht anblickte, desto mehr verschwamm es.

Sein guter Freund aus dem Maltesholmsgården hatte seine DNA nachweislich auf vier Leichen hinterlassen und war aufgrund dessen zu einer lebenslangen Gefängnisstrafe verurteilt worden: *Michél ist der gesuchte Mörder.*

Dann, während Michél in einer Gefängniszelle saß, war ein neues Mordopfer entdeckt worden: *Jemand anderes ist der Mörder.*

Dann war Michéls DNA auch auf dem fünften Mordopfer sichergestellt worden: *Michél ist der Mörder, und gleichzeitig ist er es nicht.*

Dann, während Michél in einer Gefängniszelle saß, war Piet von dem mutmaßlichen Täter überfallen und unter Drogen gesetzt worden: *Jemand anderes ist der Mörder.*

Dann hatte Piet den Täter mit einem Skalpell verletzt, während Michél ohne einen einzigen Kratzer am Oberkörper in einer Gefängniszelle saß, obwohl sein frisches Blut, seine DNA an ebendiesem Skalpell klebte: *Michél ist der Mörder und gleichzeitig ist er es nicht.*

Und nun saß ein suspendierter Kriminalkommissar, nachdem er eine neue Spur verfolgt hatte, vor einem Phantombild und starrte ein Gesicht an, das zurückstarrte. Ein Phantombild, das auf der modernsten DNA-Technik beruhte, die weltweit viele Polizeibehörden einsetzten, und das an diesem Nachmittag einen Menschen zeigte, den Grens sehr wohl wiedererkannte. Doch es war nicht Michél.

Nach der Unterredung mit Liz Fleming konnte er es sich nicht verkneifen, am Haupteingang des Präsidiums an der Bergsgatan vorbeizugehen, um das Gefühl zu haben, alles sei wie immer. Als würde Kriminalkommissar Ewert Grens in wenigen Augenblicken durch die schwere Eisentür treten und erst stehen bleiben, wenn er sich in seinem eigenen Büro auf ein Cordsofa legte. Und wenn schon nicht alles wie immer sein konnte, so doch wenigstens etwas. Statt nach links, die Treppe hoch zum Präsidium, ging er nach rechts und geradewegs in das Café hinein, das von einem Mann geführt wurde, der wusste, dass er seinen Kaffee schwarz trank und das Stück Apfelkuchen auf seinem Teller in Vanillesoße schwimmen sollte, sodass es nicht ertrank.

Er setzte sich an den Tisch mit Blick auf das imposante Gebäude, das im Lauf der Jahre mit neuen Häuserkomplexen verwachsen war, die zusammen ein komplettes Stadtviertel an Polizeiautorität bildeten. Ein Ort, ein Zuhause, an dem er sich über vierzig Jahre lang jeden Tag aufgehalten hatte. Das Erste, woran er dachte, wenn er aufwachte, und wohin er sich sehnte, wenn er sich schlafen legte.

Darum merkte er nicht, dass er nicht mehr der einzige Cafébesucher war, bis der zweite Gast den anderen Stuhl an seinem Tisch hervorzog und gegenüber von ihm Platz nahm.

»Ich habe dich von Weitem hier reingehen sehen. Ich habe dich gerufen, aber du hast mich nicht gehört.«

Ein hochgewachsener, schlanker und vermutlich attraktiver Mann, der obendrein den schwierigsten Job der Welt innehatte und seine Sache mittlerweile ziemlich gut machte. Ewert Grens' Chef zu sein.

»Was führt dich heute zu uns, Ewert? Fällt dir das Fernbleiben so schwer?«

Grens hatte keine Lust zu lügen. Er blieb ganz einfach stumm.

»Oder bist du rein zufällig hier vorbeigekommen?«

Erik Wilson hatte keinen Apfelkuchen bestellt. So jemand war er nicht.

»Wie auch immer. Es ist gut, dass wir uns über den Weg laufen. Wir müssen reden.«

Draußen gingen Kollegen vorbei. Und er selbst saß hier und manschte in Vanillesoße herum. Das Letzte, was Ewert Grens in diesem Moment wollte, war reden.

»Hörst du zu, Ewert?«

»Sag, was du zu sagen hast, und dann geh.«

»Wenn du mich ansiehst.«

Der in die Jahre gekommene Kriminalkommissar trank seinen Kaffee und aß seinen Kuchen in aller Ruhe. Er hatte keine Eile. Er wusste, was sein Chef ihm sagen würde. Als er aufgegessen hatte und der letzte Klecks Vanillesoße vom Teller gekratzt war, sah er auf.

»Ja?«

»Deine Evaluation.«

»Ja?«

»Wie du es selbst vorausgesehen hast, ist sie nicht so ausgefallen, wie wir es uns gewünscht haben. Unsere Personalabteilung ist zu dem Schluss gekommen, dass du nicht bleiben kannst und dein Dienst beendet ist.«

Reglos.

So saß Grens da.

Jemand, der immer laut wurde, Aggressivität ausstrahlte, wenn er sich bedroht fühlte.

»Aber das werden wir nicht akzeptieren. Das habe ich dir versprochen. Du kriegst eine zweite Evaluation. Von *externen* Gutachtern und den Ärzten im Maltesholmsgården.«

Wilson wartete darauf, dass der Mann, der reglos dasaß und ihn ansah, reagieren würde. Auf irgendeine Weise. Sogar Gewüte und Gebrüll wären besser als nichts.

»Klingt das fair, Ewert? So, wie wir es vereinbart haben? Du wirst Menschen gegenübersitzen, die dich wirklich kennen. Die deinen Heilungsprozess begleitet haben. Die den Unterschied beurteilen können, zwischen einem Ewert Grens, der verwundbar ist, und einem Ewert Grens, der in einer Woche vier Mordfälle aufklärt und den ersten schwedischen Serienmörder hinter Gitter bringt.«

Noch immer vollkommen reglos.

Als habe der Kriminalkommissar nicht verstanden.

Oder als sei es ihm egal.

»Bist du fertig?«

»Ewert, ich ...«

»Wenn du fertig bist, wäre es schön, wenn du aufstehen und gehen könntest. Ich würde gerne meinen Kaffee austrinken.«

Ihm war die Lust vergangen, zu den Hoffmanns zu fahren. Oder einen Spaziergang nach Hause zu seiner Schreibtischecke zu machen. Aber genauso wenig war ihm danach, in einem Café zu sitzen, in das gerade jemand hereingestürmt war, der den Frieden mit sich genommen hatte.

Was er in Magen und Brust gespürt hatte, hatte sich bewahrheitet, als Michéls Oberkörper keine Stichwunde aufgewiesen hatte, und nun existierte das Phantombild eines anderen Gesichts, um dem Rest der Wahrheit auf die Spur zu kommen.

Grens wählte die Nummer eines Taxiunternehmens, und während er in der Warteschleife hing, wurde ihm jedoch bewusst, dass sein Maß an Streit heute schon voll war, und steuerte die nächstgelegene U-Bahn-Station mit Zugang zur Unterwelt an. Mittlerweile verfügte er über einige Übung im U-Bahnfahren und stieg fünf Stationen später in Skanstull aus. Wenn der Kriminalkommissar nicht zum Präsidium kam, musste das Präsidium eben zu ihm kommen.

Die prachtvolle Baumallee der Katarina Bangata war junigrün und junibelaubt und verlieh einem windigen und wolkenverhangenen Tag einen etwas freundlicheren Anstrich. Der Fahrstuhl war nicht größer geworden, öffnete sich eng und klaustrophobisch, und der Kriminalkommissar stieg, laut keuchend und auf glatten Treppenstufen, bis in den fünften Stock hinauf. Oben angekommen, tat er das, was er immer tat, drückte auf eine scheppernde Türklingel, wartete und schellte wieder – so oft, wie es erforderlich war, bis der Wohnungseigentümer aufwachte.

»Kommissar …?«

»Darf ich reinkommen?«

»Also ... wie viel Uhr ist es? Und wie sehen Sie eigentlich aus? Eine Augenklappe und völlig deformiert?«

Billy blinzelte und versuchte, dem grellen Deckenlicht der Treppenhausbeleuchtung auszuweichen. Er war noch blasser und zerknitterter als üblich.

»Lange Nacht?«

»Die ganze Nacht und der ganze Morgen. Und dann ... Ich bin eben erst in die Federn gekrochen.«

Die kleine Wohnung war hingegen unverändert. Abgesehen von einem ungemachten Bett, gab es nur ein einziges Möbelstück – einen mit vier großen Computermonitoren bestückten abgestoßenen Tisch sowie zig über den Fußboden verteilte Festplattenlaufwerke.

»Wieder mal suspendiert, Kommissar? Weil Sie herkommen und mich nicht ins Präsidium bestellen?«

Billy war eigentlich Marianas Entdeckung. Ein sehr junger Mann, der einmal zu einem Verband gehört hatte, den die Zeitungen als die gefährlichste Hackergruppe Schwedens bezeichnet hatten, der sein Geld aber inzwischen auf legale Art und Weise verdiente, indem er Verschlüsselungssysteme entwickelte, Handys auslas und den Zugang zu Netzwerken öffnete, wenn die IT-Experten der Polizeibehörde nicht mehr weiterkamen. Der, ohne einen einzigen sichtbaren Muskel am Körper, in ausgewaschenen T-Shirts und Jogginghosen herumlief und dabei eine Ausstrahlung hatte, die den meisten groß gewachsenen, durchtrainierten, uniformierten Polizeibeamten fehlte. Und der sich, genau wie Grens, nicht gut auf Menschen verstand und daher am liebsten ins Bett ging, wenn andere aufstanden.

»Nun ja ... suspendiert ist vielleicht nicht ganz zutreffend.«

»Sie sind also im Dienst?«

»Das ist auch nicht ganz zutreffend.«

»Was sind Sie dann, Kommissar?«
»Fertig.«
»Was?«
»Rausgeworfen. Aussortiert. Verbraucht. Zu alt, zu verrückt und zu hässlich.«
»Wie lange?«
»Hässlich? Alt?«
»Das waren Sie schon vorher, und es ist ein bisschen spät, um daran etwas zu ändern, Kommissar. Aber rausgeworfen?«
»Bis ich diejenigen, die so etwas entscheiden, vom Gegenteil überzeugen kann. Dass ich bin, wie ich bin, aber zurechnungsfähig. Das ist die Sache, bei der ich dich gerne um Hilfe bitten würde.«

Billy sah unerwartet glücklich aus. Als würde er sich über den erneuten Besuch eines Menschen freuen, der ihm nicht vollkommen unähnlich war. Er kochte Kaffee und füllte die Riesenjumbobecher, die eigentlich Suppenschalen waren, und schleppte den zusätzlichen Stuhl herbei, auf dem er selber sitzen würde, während er Grens bat, auf seinem Stuhl Platz zu nehmen, dem »guten Stuhl«. Als der Kriminalkommissar Phase eins seines Anliegens erläuterte, in deren Verlauf Billy sich in die DNA-Datenbank der schwedischen Polizei hacken sollte, grinste der junge Mann mit den blassen Wangen breit und bat Grens, die Zeit zu stoppen. Siebzehn Sekunden später hatte er sich Zugang zu drei verschiedenen, vermeintlich unhackbaren Registern der Polizeibehörde verschafft.

»Ich habe einen privaten Express-Highway in eure Systeme, seit ihr meine Dienste das erste Mal in Anspruch genommen habt.«

»Ich dachte, unsere Datenbanken wären gar nicht online. Nicht übers Internet zugänglich.«

»Erinnern Sie sich noch an unsere erste Begegnung? In

Ihrem Büro im Präsidium? Als das komplette System abgestürzt ist?«

»Ich erinnere mich. Du hast uns gerettet, Billy.«

»Ich habe niemanden gerettet. Ich habe den ... Es gibt Befehle, die einen Systemabsturz verursachen. Ich habe euch einen davon geschickt. Ihr wolltet eure ITler rufen, aber es ging um Sekunden. Und ich meinte, ich würde das Problem in fünf Sekunden lösen, wenn ich Zugang zu eurem Serverraum bekäme. Ich habe das Problem gelöst, das komplette System rebootet. Aber dabei habe ich gleichzeitig den Router eures internen Netzwerks mit dem Router verkabelt, der mit dem Internet verbunden ist. Ich habe den Crash behoben, um mir meinen eigenen Zugang zu schaffen. Und das Beste, Kommissar? Dieser Zugang funktioniert noch immer, weil Ihre Kollegen zu träge sind, um ihn zu finden.«

Das aus drei Haaren mit Wurzel gewonnene DNA-Profil der Reihe nach durch Verdachtsregister, Spurenregister und DNA-Datenbank laufen zu lassen, nahm ein wenig mehr Zeit in Anspruch. Ohne Ergebnis. Grens wunderte das nicht. Er hatte die wahrscheinlichste Trefferquelle bewusst bis zum Schluss aufgehoben. Die Eliminierungsdatenbank der Polizei. In der Polizisten wie er selbst gespeichert wurden, nachdem sie ihre Speichelprobe abgegeben hatten, um aus einem Kreis von Verdächtigen ausgeschlossen werden zu können.

Wie der Polizist, der seine Haare in einer Gipsmasse verloren hatte.

Weil sie einen Treffer erhielten.

Derselbe Polizist, der ihm ein paar Stunden zuvor als Phantombild von Liz Flemings Computerbildschirm entgegengeblickt hatte.

Sie gehörten wirklich zusammen. Das Bild und die Haare. Die einzige weitere Spur in einer von fünf Mordermittlungen neben Michéls fragmentarischen Blutspritzern.

»Ist er das, Kommissar? Ein Bulle? Ein Kollege von Ihnen?«

»Jedenfalls sind es seine Haare. Weil sie mit seinem DNA-Profil übereinstimmen, das im Zusammenhang mit einer anderen Ermittlung in dieser Datenbank gespeichert wurde, die nichts mit dieser Sache zu tun hat.«

»Und?«

»Aber es ist nicht seine DNA, die wir auf fünf Leichen sichergestellt haben.«

»Nicht?«

»Er ist nicht der Mörder, der zu lebenslanger Haft verurteilt wurde.«

Billy sah Grens an.

»Also Kommissar – haben Sie vor, mir zu erklären, worum es hier eigentlich geht?«

Mit Augen, die nicht mehr müde waren.

»Oder wollen Sie wie üblich weiter hinter meinem Rücken sitzen, meinen Gratis-Kaffee schlürfen und einen auf großes Geheimnis machen?«

Augen, die wissbegierig waren. Aus demselben Grund, aus dem Billy als Zehnjähriger sein erstes Computerprogramm geschrieben und sich mit Hightech-Verschlüsselungen beschäftigt hatte, während seine Klassenkameraden Fußball spielten. Um Mysterien einer Welt aus Einsen und Nullen zu verstehen, weil die reale Welt zu viele Gefühle und Fragen bereithielt und sich in zu großer Entfernung abspielte. Also erzählte Grens von seinem Freund Michél und von fünf Mordermittlungen, von drei einzelnen Haaren, die zur letzten Hoffnung eines geplagten Kommissars geworden waren, und von einem verurteilten Mörder, der in einer verschlossenen Zelle saß und *gleichzeitig neue* Opfer überfiel.

»Das ist ... alles?«

»Es gibt noch viel mehr, das ...«

»Ich meine, ist das alles, worauf Sie Ihre Hypothese stützen? Weshalb Sie mich geweckt haben? Ich mag kein großartiger Mordermittler sein, ich bin auch nicht hässlich, verrückt und alt, aber Kommissar, hallo ... ein paar einzelne Haare?«

»Sichergestellt auf einem der Opfer. Im Mordwerkzeug.«

»Und Ihre These ist, dass ... *er* etwas damit zu tun hat? Obwohl dieser andere Typ seine frische DNA auf jeder Leiche hinterlassen hat?«

»Es gibt keine *These*. Nur einen Haufen unverständlicher Fakten, die keinen Sinn ergeben und denen ich nachgehen muss.«

»Moment.«

Billy rief eine neue Suchmaschine auf, auf einer Benutzeroberfläche, die das ganz normale Internet zu sein schien.

»Wie, sagten Sie, heißt der Kerl?«

Das Gesicht, das ihn von Liz Flemings Computerbildschirm angestarrt hatte.

Das er kannte, das aber nicht Michéls Gesicht war.

»Ich habe seinen Namen nicht gesagt.«

Sondern das Gesicht von Michéls bestem und ältestem Freund.

»Hansen.«

»Hansen?«

»Jon Hansen.«

»Und das hier ...«

Instagram. Das war die Seite, auf der Billy suchte.

»... ist er?«

»Ja, das ist er.«

»Das ist eines dieser Profile, die Sie und ich nicht nutzen können, Kommissar, weil man dafür Freunde haben muss. Aber dieser Jon scheint ein paar Buddies zu haben. 587, um genau zu sein. An welchem Datum hat diese Gipsmord-Ermittlung angefangen, sagten Sie?«

Ewert Grens hatte seinen mitgebrachten Papierstapel

in Billys tiefer Fensternische deponiert. Weiß gestrichenes Holz mit Schnörkeln an den Kanten. Er blätterte zur betreffenden Ermittlung.

»Am siebenundzwanzigsten Mai. Vor fünf Jahren.«

»Einen kurzen Augenblick.«

Sie scrollten rückwärts durch Jon Hansens Leben. Viele Bilder und Posts aus Råby und von Anwohnern, die den Arm um Jons uniformierte Schultern gelegt hatten oder plaudernd neben ihm auf einer Bank saßen. Bilder, auf denen er mit dem Segway durch die Gegend rollte. Eine Weile schien er mit einer Frau liiert gewesen zu sein, viele Kussbilder. Auf zahlreichen Fotos war Michél zu sehen. Ein Teil der Fotos war im Maltesholmsgården entstanden, eine Umgebung und Menschen, die Grens wohlvertraut waren, die aber, je weiter sie in der Zeit zurückgingen, von anderen Sanatorien mit anderen Menschen abgelöst wurden. Dass Jon und Michél sich nahestanden, war nicht zu übersehen. Michél hatte sie als Brüder bezeichnet.

»Hier, Kommissar. Sehen Sie? Am vierundzwanzigsten Mai. Drei Tage vorher.«

Die beiden sitzen nebeneinander und essen irgendwo. Ein Speisesaal vielleicht. In irgendeiner Einrichtung. Sie blicken beide in eine Kamera, die auf einem Wandregal zu stehen scheint.

»Und hier. Am sechsundzwanzigsten Mai. Am Tag vor Ihrem Gipsmord. Sehen Sie, Kommissar?«

Eine Umarmung. Zwei Freunde verabschieden sich. So hatte ihre Verabschiedung auch jedes Mal ausgesehen, wenn er sie von seinem Zimmer im Maltesholmsgården aus verfolgt hatte. Zwei sehr, sehr gute Freunde. Vielleicht war das Foto von einer Pflegekraft oder einem anderen Besucher gemacht worden.

»Verstehen Sie, worauf ich hinauswill? Wir Menschen verlieren pausenlos Haare. Schauen Sie in den Spiegel, Kommissar, Sie haben kaum noch eins auf dem Kopf. Diese drei Haare, von denen Sie faseln, können bei jeder x-beliebigen Umarmung von Jon zu Michél rübergewandert sein.«

Sie hatten beide noch ein paar letzte Schlucke Bodensatz-Kaffee auf dem Grund ihrer Suppenschalen und tranken schweigend vor vier großen Computermonitoren.

Als wollte keiner von ihnen, dass diese Begegnung ein Ende nahm.

»Und das war wirklich ... alles? Ihre einzige Spur, Kommissar?«

»Meine einzige und meine letzte.«

Billy konnte seiner Schale keinen Tropfen Kaffee mehr entlocken. Sie war leer.

»Ach, was soll's.«

Einen Moment lang blickte er unschlüssig hinein, als suche er etwas im Porzellan.

»Dann folgen wir eben dieser Spur.«

»Du bist nicht auf den Kopf gefallen, Billy.«

»Bis es nichts mehr zu folgen gibt.«

»Darum bin ich hier.«

Wieder diese Augen. Die wissbegierig waren und einen Sinn fanden. Etwas, für das es sich zu engagieren lohnte und das etwas bedeutete.

»Kommissar? Wenn Sie sich in der Küche für ein paar Stunden auf die Bank hauen oder einen Spaziergang durch die Stadt machen und schlaue Ermittlergedanken denken wollen, dann jage ich diese beiden Best-Buddies durch sämtliche Datenbanken. Von hier aus, auf meinen Monitoren, wo *ich* gerne durch die Gegend spaziere und wo ich mich, nebenbei bemerkt, ziemlich gut auskenne.«

Ewert Grens entschied sich für die Küchenbank. Das einzige Möbelstück, das in der winzigen Küche Platz gefunden hatte. Hier würde er sich aufhalten, während Billy sich in Welten bewegte, von denen ein in die Jahre gekommener Kommissar absolut nichts verstand. Grens hatte sich ausgestreckt, um auch hier mit dem Blick dem Verlauf umherirrender Risse an der Zimmerdecke zu folgen, als es in seiner Jacketttasche zu summen und zu vibrieren begann. Er hatte keine Lust, mit irgendjemandem zu reden. Mit ungeschickten Fingern tastete er nach dem glatten Gerät und versuchte, es aus dem widerspenstigen Stoff zu befreien und auszuschalten, und genau in dem Moment, als die hartnäckigen Klingeltöne endlich verstummten, gab das Futter das Handy frei.

Ein verpasster Anruf. Von Elin.

Er rief umgehend zurück.

»Ich war zu langsam.«

»Hey, Ewert.«

»Hallo.«

Sollte er etwas sagen, um zu zeigen, dass er sich freute? Oder abwarten, aus Respekt, immerhin hatte sie ihn angerufen? Oder vielleicht ...

»Wir müssen uns sehen.«

»Ich treffe mich gerne mit dir, Elin. Das weißt du.«

»Jetzt.«

»So schnell?«

»Keine Minute später.«

Hinter ihm erklang ein Trommeln. Billy. Er klopfte an den hölzernen Türrahmen. Mit Armen und Händen, die signalisierten, dass es vollkommen in Ordnung war, wenn Grens telefonierte, während er arbeitete, aber verflucht noch mal *leiser*.

»Ich arbeite ...«

Grens senkte die Stimme. Und Billy verschwand aus dem Türrahmen.

»... bei einem Bekannten, der auf Södermalm wohnt.«

»Du arbeitest? Ich dachte ...«

»Du könntest vielleicht herkommen, Elin? Du fährst mit der U-Bahn bis Skanstull, und von da ist es ganz leicht ...«

»Nein.«

»Nein?«

»Wir sehen uns draußen vor dem Café. Wie immer.«

»Kaffee und ...«

»In fünfundvierzig Minuten.«

Es ging schneller. Grens hastete aus Billys Wohnung, fiel die Treppenstufen förmlich hinunter und lief, so schnell es ihm möglich war, zum Taxistand gegenüber vom Finanzamt und stand schon eine geraume Weile vor dem Schaufenster des Café Ritorno und hatte Torten und Kuchen gezählt, als Elin die Odengatan herunterkam. Eine flüchtige Umarmung, und er öffnete die Tür, um ihr den Vortritt zu lassen, als sie stattdessen in Richtung Sankt Eriksgatan zeigte.

»Heute trinken wir keinen Kaffee, Ewert. Heute machen wir einen kleinen Spaziergang.«

»Wohin?«

»In diese Richtung.«

»Tja, warum nicht. Das Wetter ist ja schön geworden.«

»Es sind nur eintausendsechshundert Meter. Ich bin die Strecke gestern abgelaufen und habe zwanzig Minuten gebraucht. Bei langsamem Tempo. Bei Ewert-Tempo.«

Sie liefen los. Seite an Seite.

»Eintausendsechshundert Meter, sagst du? Bis wohin?«

»Zum Karolinska.«
»Das Krankenhaus?«
»Ja.«
Er blieb stehen.
»Elin? Bist du ... Geht es dir gut?«
»Nicht ich, Ewert. Du. Wir müssen in genau ...«
Hinter dem Bushäuschen, an dem sie gerade vorbeigingen, stand eine Uhr.
»... fünfundvierzig Minuten da sein. Wir kommen pünktlich. Mehr als pünktlich.«
»Was meinst du?«
Sie lief weiter, und Grens hatte keine andere Wahl, als ihr zu folgen.
»Elin?«
»Ich habe einen Termin vereinbart. Für dich.«
»Ich verstehe kein Wort.«
»Ich habe Hermansson gefragt. Sie hat mir deine Personenkennziffer gegeben. Damit habe ich im Krankenhaus angerufen und gesagt, du hättest deine Meinung geändert, du wolltest dein Auge doch in Ordnung bringen lassen. Wir sind auf dem Weg zu deiner Untersuchung.«
Diesmal blieb er ruckartig stehen.
»Niemals.«
»Komm schon, Ewert.«
»Niemals!«
»Aber du kannst ... es dir doch wenigstens einmal anschauen.«
»Ich will nicht! Und warum solltest *du* wollen, dass ich es machen lasse?«
»Weil es sich dann ... keine Ahnung, vielleicht normaler anfühlen würde, mit dir abzuhängen. Ohne deine Piratenaugenklappe.«
Sie standen im Weg, mitten auf dem Bürgersteig, und

die Passanten, die aus beiden Richtungen an ihnen vorbeiwollten, gaben ihnen das deutlich zu verstehen. Doch weder Grens noch Elin nahmen groß Notiz von ihnen, weder von der Sorte Fußgänger, die sich demonstrativ dicht an ihnen vorbeizwängte, noch von der, die auf die Straße hechtete und hektische Bögen um sie schlug.

»Mit mir abzuhängen?«

»Ja, das bedeutet, dass man ...«

»Ich weiß, was das bedeutet. Aber du ... du willst also mit mir *abhängen*?«

Dieser Fußgänger stieß ihnen seinen Ellbogen in die Rippen. Hätten sie sich nicht in einer lebensentscheidenden Diskussion befunden, wäre Grens ihm nachgelaufen und hätte ihm seinerseits einen Rippenstoß versetzt.

»Ja. Ich würde gerne weiter mit dir abhängen. Und es wäre erheblich einfacher, wenn uns die Leute nicht die ganze Zeit anstarren würden.«

Grens hatte von Anfang an aufmerksam zugehört. Diesen letzten Satz aber hörte er besonders deutlich.

»Sie starren?«

»Ja.«

»Tatsächlich?«

»Ja. Und du und ich, Ewert, wir sind sowieso schon seltsam genug. So, wie wir sind.«

Elin lief weiter.

»Ich habe sogar eine neue schwarze Augenklappe für dich gekauft.«

Grens holte sie rasch ein.

»Die Augenklappe, die du jetzt gerade trägst, und all die anderen, die es hier in den Apotheken zu kaufen gibt, sind einfach krass langweilig. Im Internet habe ich eine Augenklappe gefunden, die ganz in Ordnung ist. Aber als das Paket dann kam ... da habe ich mich entschieden und den Termin vereinbart. So kannst du nicht weiter rumlaufen! Ich weiß nicht, wie ich das erklären soll, aber die Atmosphäre ist nie locker. Verstehst du?«

Hätte es jemand anderes gesagt.

Wäre er umgedreht.

Doch sie gingen weiter. Ohne ein anderes gemeinsames Ziel, als es sich *wenigstens einmal anzuschauen*.

Er war im Grunde noch nie in dem umgebauten Universitätskrankenhaus gewesen. Vor nicht allzu langer Zeit hatte er im Haupteingangsbereich des großen Glaskomplexes mitten in der Bewegung innegehalten, war in der nächstgelegenen Toilette verschwunden und in einem frisch geputzten Spiegel ertrunken, im festen Glauben, niemals für einen Eingriff hierher zurückzukehren, der sich Kraniofaziale Chirurgie nannte. Und auch nicht, um den Hohlraum hinter seinem Auge mit der Art von Material ausfüllen zu lassen, mit der andere Leute die Fugen ihrer Fenster oder Badezimmerwände ausbesserten.

Aber elegant war es.

Das Zimmer, das seine hartnäckige Terminvereinbarerin ihm zeigen durfte und in dem er sich nach einer eventuellen Operation erholen würde, war größer als das Einzimmer-Appartement, in dem er als junger Mann gewohnt hatte, und verfügte über einen Flachbildschirm mit schwenkbarer Halterung wie in einem guten Hotel sowie über Panoramafenster vom Boden bis zur Decke.

Aber das Beste daran war, dass Elin seine Hand nahm und sie drückte und er ihren Händedruck erwiderte.

Er hörte sogar dem jungen Mann ein wenig zu, einem enthusiastischen Chirurgen, der von einer Silikonkugel mit Netz redete, mit dem Grens' restliche Augenmuskeln vernäht werden würden, und von der schwarzen Augenklappe, die er, während alles sieben Wochen lang verheilte, noch weiter tragen würde. Offenbar blieben Nahtmaterial und Narbengewerbe zurück, und während des Heilungsverlaufs passte sich selbst ein in die Jahre gekommener Körper dem neuen Material an.

Im nächsten Zimmer war der nächste Schritt in Reihen zu besichtigen. Ein durch und durch makabrer Anblick.

»Komm her. Du musst es dir anschauen, Ewert.«

Auch das hatte Elin organisiert; fünfzehn Jahre alt und so viel Durchsetzungsvermögen. Er war so stolz, als wäre sie seine Tochter.

Was sie ja auch ein klein wenig war.

Seine Patentochter.

»Komm jetzt her. Sie zeigen uns das alles deinetwegen. Okay?«

Als sie wieder seine Hand nahm und sie erneut drückte, kam Ewert Grens ihrer Aufforderung nach und trat an den Schaukasten mit Holzkanten und Glasdeckel.

Um gleich darauf erschrocken und aufgewühlt zurückzuweichen.

Wie in einem Science-Fiction-Film. So sah es aus. Und es könnte seine eigene Zukunft sein.

»Man sucht sich das Auge selber aus, Ewert.«

Elin zwang ihn, wieder dichter heranzutreten. Zusammen blickten sie durch den Glasdeckel.

Augen.

In Holzkästen.

In langen Reihen.

Schätzungsweise hundert pro Kasten. Wie Miniatur-Tischtennisbälle mit echter Pupille und echter Iris. Jedenfalls sahen sie echt aus. Starrende und entschlossene Augen, als habe sie jemand herausgerissen, gereinigt und in einer bizarren Sammlung zusammengetragen.

»Aus Kunststoff oder Glas, Ewert. Die Frau, die die Prothesen einsetzt, hat es mir erklärt. Kunststoff, wenn man ein leichtes Auge, und Glas, wenn man ein bisschen mehr Gewicht haben möchte.«

»Mehr Gewicht?«

»Das Auge, das sie auf diese Silikonkugel setzen, glaube ich.«

Es war zu viel. Elin sah es ihm an. Sie liefen eintausendsechshundert Meter in die entgegengesetzte Richtung und sprachen kein Wort über Augenprothesen und schwarze Stoffklappen. Auch in dieser Hinsicht war Elin klug. Sie verstand, dass es keinen Sinn hatte, ihn weiter zu bearbeiten. Er musste sich seine eigenen Gedanken machen.

Als sie ihm beim Abschied ins Ohr flüsterte, er sei sehr tapfer gewesen, als sei das Patenkind zur Patentante geworden, dachte er keine Sekunde an lange Reihen künstlicher Augen, die ihn anstarrten, sondern nur daran, dass sie *weiter zusammen abhängen* würden. Am Odenplan stellte er sich auf die Rolltreppe zur U-Bahn hinunter, um zurück zu Billy zu fahren, der vor vier Computermonitoren saß. Doch dann änderte er seinen Plan. Zu Billy würde er nicht fahren, noch nicht. Allmählich begann er, den Gedanken zu fassen zu kriegen, der in seinen Kopf hineinwollte, seit er einem Phantombild gegenübergesessen hatte, das haargenau wie Jon Hansen ausgesehen hatte.

Er dachte an seine erste Begegnung mit Jon außerhalb des sicheren Kokons des Maltesholmsgården zurück, als sie sich während eines Rundgangs zwischen drei Tatorten in Råbys Beton- und Asphaltwüste über den Weg gelaufen waren.

Dachte an ihre Unterhaltung zurück, daran, was Jon gesagt hatte.

Ich war sogar unter den Hunderten Männern, die du zum DNA-Reihentest geladen hast, Kommissar.

Es stimmte. Sie hatten Jon eine Speichelprobe abgenommen. Und Jon Hansens DNA hatte keine Übereinstimmung mit dem gesuchten DNA-Profil aufgewiesen.

Man bleibt. Deshalb bin ich wohl auch Polizist geworden, und zwar genau da.

Demnach lag Billy richtig.

Das Phantombild war eine Spur, die in eine vollkommen falsche Richtung wies. Ein paar Haare, die jemand verloren hatte, während er einen guten Freund umarmte.

Aber was, wenn es nicht so gewesen war? Wenn es Jon irgendwie gelungen war, die Speichelprobe zu manipulieren? Wenn er, in seiner Eigenschaft als Polizist mit besonderen Anlaufstellen, die Möglichkeit gehabt hatte, die Probe auszutauschen? Oder zu verunreinigen? Oder wenn der Beamte, der den Test bei ihm durchgeführt hatte, nicht sorgfältig genug vorgegangen war, sich vielleicht hatte ablenken lassen?

Umgeben von quietschenden U-Bahnzügen und von Pendlern, die auf dem Weg aus den Waggons heraus oder hinein miteinander zusammenstießen, griff Ewert Grens nach seinem Handy, wählte zuerst Liz Flemings Direktnummer und rief anschließend in der Telefonzentrale des Polizeipräsidiums an, um sich weiterverbinden zu lassen.

Vier Klingelzeichen. Dann meldete sich die Stimme, die er suchte.

»Ja?«

»Hallo. Hier ist Ewert Grens. Ich würde mich gerne mit dir treffen.«

»Ewert? Klar, kein Problem. Worum geht's?«

»Um unseren gemeinsamen Freund. Um Michél. Ich … ja, ich muss wissen, wie es ihm geht.«

»Wann?«

»Am liebsten jetzt gleich.«

»Für Michél tue ich alles. Ich habe heute frei. Also ja. Wo?«

»In dem Café gegenüber vom Haupteingang des Präsidiums. Ich habe da heute Vormittag ein Stück Apfelkuchen mit Vanillesoße gegessen, wurde dabei aber von meinem Chef gestört, der schlechte Neuigkeiten hatte, und könnte ein zweites Stück vertragen.«

»Ich kann in einer Dreiviertelstunde da sein.«

Ewert Grens war schneller dort, bestellte für zwei, setzte sich an seinen üblichen Tisch am Fenster und sah Jon die Straße entlangkommen. Ein völlig anderer Schritt als der des Kommissars. Jung, dynamisch, einnehmend. Gerader Rücken, geschmeidiger Körper. Die Zipperlein, die mit dem Beruf kamen, noch Jahrzehnte entfernt.

Sie begrüßten sich herzlich. Jon goss einen Schluck Milch in seinen Kaffee, und sie begaben sich jeder auf die Suche nach einem Stück Apfelkuchen, das sich irgendwo in den Tiefen eines gelblichen Sees auf ihren Tellern verbarg.

Ihre Unterhaltung verlief gleichermaßen zögerlich wie unvorbereitet. Es war deutlich, dass Jon sich zwischen den Bissen fragte, worauf der Kriminalkommissar eigentlich hinauswollte, als dieser zunächst von einer vagen Besorgnis über Michéls Lage im Allgemeinen sprach, nach einer Weile dazu überging, zusammenhanglos über Michéls Gesundheitszustand zu reden, und ihn zuletzt mit wirren Fragen bombardierte, wie Michél eine Zeit im Gefängnis überleben sollte.

Eine gute Stunde, dann ging es nicht mehr. Es gab nichts mehr, was eine weitere Konversation gerechtfertigt hätte. Grens dankte Jon dafür, dass er sich die Zeit genommen hatte herzukommen, versicherte, dass seine Besorgnis auf ein händelbares Niveau gesunken sei, und trug ihm auf, Michél bei der nächsten Gelegenheit von ihm zu grüßen.

Als Jon gegangen war, blieb der Kriminalkommissar noch eine Weile am Tisch sitzen, streifte die Plastikhandschuhe über, die er stets in der Innentasche seines Jacketts verwahrte, und öffnete die Plastiktüte, um die er den Cafébesitzer gebeten hatte. Jons Kaffeetasse und Kuchengabel. Grens schob sie in die Tüte und lief dann, mit der Tüte in der Hand, quer über die Straße, umrundete den Block und wartete unten an der Rezeption, bis Liz Fleming herunterkam und die Tüte in Empfang nahm. Sie hatte ihm höchste Priorität und eine Auswertung in Rekordzeit zugesichert, und wenn sie es sagte, kam es auch so.

Ewert Grens kehrte zur Rolltreppe der U-Bahn-Station zurück, auf der er sich befunden hatte, als er seine Gedanken zu fassen bekommen hatte, trat nun die Fahrt nach Skanstull an und ertappte sich bei einem Lächeln – wegen einer sichergestellten Kaffeetasse und einer sichergestellten Kuchengabel, aber auch, weil es ihm, nach einem ganzen Leben in der schwedischen Hauptstadt, immer noch wie ein Abenteuer vorkam, sich ein paar Stationen unter der Erde fortzubewegen.

Billy öffnete ihm verwirrt die Tür, sich offensichtlich nicht bewusst, dass Zeit vergangen war, verschluckt von einer Welt, von deren Existenz Grens nach wie vor nicht hundertprozentig überzeugt war, und sie setzten sich ein weiteres Mal nebeneinander vor die vier Monstermonitore.

»Sie wollen wissen, was ich gefunden habe, Kommissar.«

»Ja.«

»Nichts.«

»Nichts?«

»Ihre Ohren funktionieren besser als Ihre Augen, Kommissar.«

»Nichts?«

»Was soll ich Ihrer Meinung nach sagen?«

»Dass du etwas gefunden hast.«

»Selbst wenn Sie noch wochenlang da draußen durch den Sonnenschein spazieren, es würde nichts ändern.«

»Und ich dachte, du wärst der Beste.«

»Ich *bin* der Beste. Aber es gibt ganz einfach nichts Interessantes, was die beiden zusammen unternommen hätten. Null. Die zwei sind sogar noch langweiliger als Sie und ich.«

Grens blickte sich suchend im Zimmer um, blickte auf den Computertisch, in die hübsche Fensternische, wie um das zu entdecken, was nicht da war.

»Aber – *gar nichts?*«

»Das Einzige … also, scheiße … Krebs.«

»Was?«

Billy drückte ein paar Tasten seiner Computertastatur, öffnete einige Dokumente, verteilte sie über die Monitore.

»Da, Kommissar.«

Er deutete auf den Bildschirm vor Grens, und Grens versuchte, die winzigen Buchstaben zu entziffern, die überall auftauchten.

»Ich habe jede digitalisierte Patientenakte in jedem Krankenhaus dieses Landes durchforstet. Und der eine Typ, dieser Jon, der, obwohl er Bulle ist, das gesündere Oberstübchen haben soll, no offence, Kommissar, ist mit fünfzehn Jahren an Krebs erkrankt. Leukämie. Hat durch eine Knochenmarktransplantation überlebt.«

»Und?«

»Und diese Beste-Kumpel-Story scheint zu stimmen.«

»Ja?«

»Der andere, dieser Michél, der mit Ihnen in der Klapse gesessen hat, war der Spender.«

»Und das findest du nicht interessant?«

»Das ist normalerweise nicht die Art von Fakten, nach denen ich suche, wenn Sie mich bitten, Mörder zu jagen.«

»Billy ...«

»Wir reden von Krebs. Daran stirbt man – damit bringt man niemanden um.«

»Vielleicht hat es rein gar nichts zu bedeuten. Abgesehen davon, dass der eine ein Kämpfer und der andere ein Heiliger ist. Oder aber – und so fühlt es sich tief im Herzen eines alten Kriminalkommissars an – es bedeutet alles. Und dafür Billy, hast du dir ein Lob und einen Kuss verdient.«

»Kommissar, wagen Sie es nicht – denken Sie nicht einmal daran.«

DER ABEND WURDE zu Nacht, die in Morgendämmerung überging, während sie in Billys Einzimmer-Appartement in digitalen Wirklichkeiten nach Informationen über eine Knochenmarktransplantation suchten, die zwischen zwei besten Freunden durchgeführt worden war. Ohne tiefer vorstoßen zu können. Der initiale Hinweis, das auslösende Ereignis vor vielen Jahren, blieb der einzige.

Um mehr zu verstehen, brach der Kriminalkommissar auf. Ein langsamer Spaziergang durch Stockholm, von Billys Wohnung auf Södermalm zum Rechtsmedizinischen Institut in Solna; und Ewert Grens fühlte sich kräftig, lebendig, anders als jene, zu denen er auf dem Weg war. Er war an der Årstaviken-Bucht entlanggelaufen, hatte den Tantolunden-Park durchquert und soeben den Anstieg auf die Västerbron begonnen, als sein Handy klingelte.

Liz Flemings Nummer.

»Ewert – Ihre Auswertung ist gekommen.«

»Das war *wirklich* Rekordzeit. Wenn ich eine Analyse anfordere, dauert es Monate.«

»Aber diesmal habe ich sie angefordert.«

Sie verstummte, lauschte vielleicht auf seinen Atem. Er war noch ein gutes Stück vom Scheitelpunkt der Brücke entfernt, und jeder neue Atemzug traf auf das Mikrofon des Telefons.

»Und?«

»Ich vermute, dass das Ergebnis nicht so ausgefallen ist, wie Sie es sich erhofft haben.«

»Reden Sie.«

»Grad minus vier. Was so viel heißt, dass der Abgleich der

Speichelproben mit den sichergestellten Blutfragmenten absolut keine Übereinstimmung ergeben hat.«

Grens blieb auf dem höchsten Punkt der Brücke stehen. Eine malerische Aussicht auf Stockholm.

Doch er sah sie nicht.

Absolut keine Übereinstimmung.

Er hatte die Tasse und die Gabel eigenhändig beschafft, und Jon Hansen hatte keinen Ablenkungsversuch unternommen. Liz Fleming hatte die sichergestellten Gegenstände an sich genommen, und Jon Hansen hatte sie weder austauschen noch verunreinigen können.

Und Jon Hansens Speichelprobe schloss aus, dass der gute Freund und Ortspolizist seine DNA auf fünf Mordopfern hinterlassen hatte.

Dass er der Mörder war.

Mit einem Mal verlor Grens die Kraft und den Antrieb, die ihn gerade noch getragen hatten, erwog, ob der Besuch bei Errfors in der Rechtsmedizin überhaupt noch Sinn machte. Ob er ein weiteres Mal die Entscheidung getroffen hatte, in die falsche Richtung zu gehen, und darum wieder einmal nicht die geringste Ahnung hatte, wo er weitermachen sollte.

Deshalb wandte er sich am nördlichen Fuß der Västerbron nach rechts und wanderte ohne Ziel am Norr Mälarstrand entlang, vielleicht in Richtung Innenstadt.

Nach ein Paar Hundert Metern blieb er erneut stehen.

Änderte abermals seine Meinung.

Die Hoffnung, die er vor Billys Computermonitoren geschöpft hatte, verließ ihn nicht, ließ sich nicht abschütteln.

Er machte kehrt. Denn es ist einfach so. Jemand, der nicht weiß, wohin, kann genauso gut den Umweg über den Tod nehmen.

Jedes Mal, wenn er einen leblosen Körper auf einem Obduktionstisch liegen sah, überfiel ihn dasselbe Bild. Annis junger und schöner und zertrümmerter Kopf, der einzige Mensch, den er wirklich geliebt hatte. Ein Bild, das gelegentlich von zwei nahen Freunden abgelöst wurde, von Bengt, der in diesem kalten Saal wieder zusammengesetzt worden war, nachdem ihn eine Bombenexplosion verdientermaßen in Stücke gesprengt hatte, und von Sven, der freundlichste Mensch, der auf dieser Welt gewandelt war und den Grens in den Armen gehalten hatte, als das Leben aus vier Bauchschusswunden aus ihm herausgeronnen war. Manchmal sah er auch sich selbst. Groß und nackt, mit Haut im fahlen Weiß des Todes. Und fragte sich, wie in diesem Moment, wer wohl neben ihm stehen und ihn betrachten würde.

»Guten Abend, Ewert. Nachdenklich?«

»Ja.«

Ludvig Errfors hatte methodisch den Menschen geöffnet, der gegenwärtig im Obduktionssaal des Rechtsmedizinischen Instituts lag. Er streifte seine doppelten Handschuhe ab und gab Grens die Hand.

»Ich vergesse es manchmal. Wie dieser Ort auf Besucher wirkt. Dass man leicht dort landet. Bei den Gedanken.«

»Wie hältst du das aus?«

»Wie hältst *du* es aus, Ewert? Ob dir der Tod an einem Tatort ins Gesicht starrt oder hier, von einem Obduktionstisch. Was ist der Unterschied?«

Der Mundschutz des Rechtsmediziners baumelte für den Moment herab, und sein weißer Kittel nebst Plastikschürze wies deutliche Spuren des vor ihm liegenden Körpers auf.

»Viele Schießereien. Mehr Arbeit, als ich bewältigen kann. Wenn du reden willst, müssen wir es tun, während ich das Innere dieses Burschen weiter nach außen kehre.«

Der Mundschutz kehrte an seinen Platz zurück. Zwei frische Paar Plastikhandschuhe.

Dann wartete der Rechtsmediziner darauf, dass auch Grens Kittel und Schürze überzog.

»Bei deinem Anruf sagtest du etwas von einer Transplantation?«

»Einer Stammzelltransplantation. Einer Knochenmarktransplantation.«

»Ja?«

»Ich möchte wissen, worum es dabei geht.«

»Worum es dabei geht, Ewert?«

Der Geruch, der sie umgab.

Nach Fleisch, wie stets, aber intensiver als sonst.

Grens fragte sich weiter, wie ein Mensch das aushielt, Tag für Tag.

»Folgendes Szenario: Bei einem fünfzehnjährigen Jungen wird Leukämie diagnostiziert. Er überlebt, wenn ihm jemand hilft, wenn jemand Knochenmark für eine Stammzelltransplantation spendet.«

»Weiter.«

»Er bekommt die Spende. Neue Stammzellen. Von seinem besten Freund.«

»Ja und?«

»Noch einmal: Worum geht es dabei?«

Gefüllte Edelstahlschalen. Überall. Am Fußende des Obduktionstisches reihten sich bereits obduzierte Organe aneinander. Am Kopfende warteten die Innereien, die in Kürze seziert und ausgewertet werden würden.

»Dieser Fünfzehnjährige, Ewert?«

»Ja?«

»Wäre es denkbar, dass es ihn gibt?«

»Möglicherweise.«

»Und wenn wir sagen, dass es ihn gibt – liegt diese Geschichte schon lange zurück?«

»Fünfzehn, zwanzig Jahre.«

»In dem Fall kann es stimmen. Damals wurden häufig Stammzellen des Knochenmarks zur Behandlung von Leukämie eingesetzt. Heute setzt man eher auf andere Methoden. Stammzellen aus Fruchtwasser oder Nabelschnurblut. Daher das ganze Gerede, dass man direkt nach der Geburt ein paar Stammzellen einlagern sollte. Du lässt deine Zellen einfrieren, und wenn du krank wirst, kannst du deinen Körper mit einer Infusion kerngesunder, frischer Zellen boostern.«

»Kleinste Zellformen für einen runderneuerten und gesunden Ewert Grens. Ich bin nicht sicher, ob der Welt das recht wäre. Nicht einmal, ob es mir selber recht wäre.«

Der Rechtsmediziner tauschte eine langschenklige, schmale Schere – die vermutlich gar keine Schere war, sondern die Funktion zu haben schien, eine Nadel zu halten – gegen ein Lineal, das fast normal aussah. Eine Niere. Die würde Errfors nun vermessen.

»Du hast gefragt, worum es bei einer Stammzelltransplantation geht, Ewert. Dabei geht es um Tötung – um Abtötung des Knochenmarks. Um Strahlung. Um Vernichtung. Um die Auslöschung der gesamten Fabrik, die weiße Blutkörperchen produziert. Und wenn alle körpereigenen Stammzellen abgetötet sind, führt man neue Stammzellen ein. Die von einer gesunden Person stammen. Oder, heutzutage, sogar oft vom Patienten selbst.«

»Und ... die DNA?«

»Die DNA?«

»Der neuen Zellen.«

»Das ist doch ... Bist du *deswegen* hier, Ewert? Mit deinem krebskranken Fünfzehnjährigen?«

»Vielleicht.«

»Vielleicht?«

»Und wegen der DNA. Kann man sie ...«

»Kann man sie – was, Ewert?«

»... irgendwie austauschen?«

Zum ersten Mal unterbrach der Rechtsmediziner seine Arbeit und sah Grens an.

»Ich glaube, mir ist klar, worauf du hinauswillst. Worum es hier geht. Und dieser todkranke junge Mann, theoretisch könnte es so gewesen sein. Wenn seine eigenen Stammzellen abgetötet werden und er die Stammzellen eines Spenders erhält, dann ... Knochenmark, Ewert, ist wie ein Organ.«

»Ja?«

»Alle Zellen *innerhalb eines Organs* besitzen dieselbe DNA. Es ist wie ein eigenes System. Nach der Transplantation übernehmen die neuen Stammzellen die Produktion der weißen Blutkörperchen des Fünfzehnjährigen. Bis an sein Lebensende. Und das, Ewert, gilt für jedes beliebige Organ. Wenn ein Mensch zum Beispiel eine neue Leber bekommt, verfügt diese Leber ebenfalls über eine andere genetische Struktur. Aber dieses Phänomen wird dir in deiner Funktion als Kriminalkommissar niemals begegnen. Leute laufen für gewöhnlich nicht durch die Gegend und verlieren ihre Leberzellen, wie man hin und wieder Blut verliert. Was in der Leber ist, bleibt in der Leber. Oder in einem neuen Herz. Oder welches Organ man auch immer ausgetauscht hat. Aber das gilt nicht für Blut. Blut verliert man und lässt es zurück.«

Ewert Grens trat ein paar Schritte vom Obduktionstisch zurück. Alles um ihn herum in dieser Eiseskälte schien zu schwanken.

»Ewert?«

»Es könnte also so gewesen sein.«

»Wie fühlst du dich? Vielleicht ist es besser, wir setzen uns in Ruhe in mein Büro und ...«

»Das transplantierte Knochenmark könnte die Produktion der weißen Blutkörperchen im Körper eines Empfängers also tatsächlich übernehmen.«

Ewert Grens sank auf die erstbeste Sitzgelegenheit. Einen glänzenden Metallwagen mit Rädern.

Er merkte weder, dass der Wagen zur Seite rollte, ehe eine weiß gekachelte Wand die Fahrt stoppte, noch, dass diverse Edelstahlschalen sich scheppernd im Kreis drehten.

»Und wenn dieser Fall auftritt, stoßen ermittelnde Polizeibeamte, Richter oder andere, die nach unumstößlichen Beweisen suchen, auf ein DNA-Profil, das eine andere Person belastet.«

»Wo bist du?«

»Wo ich immer bin. In meinem Büro, zwei Türen von deinem leeren Büro entfernt, wo ich versuche, einen von zweiundzwanzig parallelen Fällen zu lösen, wo irgendein Idiot irgendeinem anderen Idioten Gewalt angetan hat.«

»Komm her, jetzt.«

»Wohin, Ewert?«

»Nach Solna. In die Rechtsmedizin.«

»Habe ich richtig gehört?«

»Ja, du hast richtig gehört.«

»Was machst du da?«

»Ungefähr das Gleiche wie du.«

»Ich bin nicht in der Rechtsmedizin, umgeben von ermordeten Leichen, noch dazu *vom Dienst suspendiert*.«

»Mariana – mach es nicht so verflucht kompliziert.«

»Und du beschäftigst dich mit dem, von dem ich … glaube, dass du es tust?«

»Ich denke schon.«

»Ich bin unterwegs.«

DAMIT WAREN SIE drei Lebende und eine Leiche.

Mariana stellte sich an die andere Seite des geöffneten Körpers, der darauf beharrte, sie anzustarren, und Grens hatte auf eine Art Verständnis dafür, ihm hätte es auch nicht gefallen, hier zu liegen, auf einem Obduktionstisch unter grellem Licht, umgeben von Leuten, die er im Leben nicht gekannt hatte.

»Ich glaube, ich verstehe, worauf du hinauswillst, Errfors. Ich verstehe auch Ewerts These. Aber was ich nicht verstehe, ist, dass dieser – Jon – einer unserer vierhundertundvierzehn Kandidaten war, die innerhalb eines roten Suchradius in Single-Haushalten leben und die wir aus ebendiesem Grund zu einem DNA-Test gebeten haben … *den er bestanden hat?*«

»Sogar zweimal.«

Ewert Grens unterbrach, suchte Marianas Blick.

»Er hat ihn zweimal bestanden.«

»Wovon redest du?«

»Ich habe ein paar neue Proben von ihm eingesammelt und einen zweiten Speicheltest auswerten lassen. Für den Fall, dass er beim ersten Test eine falsche Probe abgegeben oder das Ergebnis manipuliert hat.«

»Wenn das so ist, verstehe ich noch viel weniger, und formuliere meine Frage neu: Wie sollte es möglich sein, dass er unsere DNA-Tests *zweimal* bestanden hat?«

Der Rechtsmediziner nahm Maß, schnitt und sägte und stach Löcher in eine Leiche, während er geduldig Marianas Fragen beantwortete. Grens kam der Gedanke, dass es ihm selbst nach vielen Jahren noch Schwierigkeiten bereitete, sich die Zähne zu putzen und dabei gleichzeitig seine Knieübungen zu machen. Was der Grund dafür sein könnte, warum einer von zwei älteren Männern in diesem Obduktionssaal feststellte, weshalb Menschen nicht mehr lebten, und der zweite seiner Arbeit nicht mehr nachgehen durfte.

»Ihr habt Speicheltests gemacht. Habe ich richtig gehört?«

»Ja.«

»Ihr hattet Zugang zu der Speichel-DNA eures Kollegen. Sofern er sich zum Zeitpunkt der Tests nicht gerade in die Lippe gebissen hatte oder Ähnliches. Blutbildende Knochenmark-DNA ist im Speichel nicht nachweisbar. Aber das ist Theorie, Mariana. Ich besitze keine praktische Erfahrung auf diesem Gebiet. Ich denke rein theoretisch, aber es als Ding der Unmöglichkeit abzutun, sollte schwierig sein. Ewerts These ist schwer zu widerlegen. Als Ermittler würde ich ihr nachgehen.«

»Wir reden von einem Polizeibeamten.«

»Davon weiß DNA nichts.«

»Und Polizisten reden mit anderen Polizisten. Wenn wir dieser Sache weiter nachgehen, will ich ganz sicher sein, womit ich es zu tun habe. Du sagst, bei einer Transplantation wird alles vernichtet, ein eigenes System entsteht. Aber wir reden von einer anderen Zeit. Einer weniger weit fortgeschrittenen Medizin- und Gesundheitstechnologie.«

»Der Fünfzehnjährige lebt, Mariana. Viele Jahre später und ohne Leukämie. Es *wurde* alles vernichtet. Ich erinnere mich an einen Leukämie-Patienten, der HIV-positiv war. Die Knochenmarktransplantation hat auch die HIV-Infektion ausgeschaltet. Damit das gelingt, müssen ausnahmslos alle weißen Blutkörperchen vernichtet werden.«

»Und wenn wir stattdessen ... eine Bluttransfusion nehmen? Würde eine Transfusion auch ...?«

»Nein.«

»Nein?«

»Nur für ein paar Stunden. Danach werden die Blutkörperchen des Spenders abgebaut, erhalten bleiben nur die körpereigenen.«

Der Rechtsmediziner schien sich einem Ende zu nähern. Was diese Leiche anging. Er platzierte jedes entnommene Organ wieder in der Öffnung in Brust und Bauch, allerdings nicht unbedingt in der korrekten Reihenfolge, und bedeckte den jungen Mann anschließend mit einem grünen Tuch.

»Alle Zellen verändern sich. Haarzellen, Augenzellen, Hautzellen. Stammzellen haben nur eine begrenzte Lebensdauer. Aber blutbildende Zellen sind verhältnismäßig archaisch. Ich würde mindestens einem dieser beiden besten Freunde raten, einen Blick in seinen Kalender zu werfen und sich ein wasserdichtes Alibi zu besorgen.«

»Ewert, hast du eine Ahnung, was wir hier tun? Weil ich weiß es nicht.«

»Unseren Job. Wir lösen einen Mordfall.«

»Wir *haben* den Fall schon gelöst. *Du* hast ihn gelöst. Und darum sitzt ein verurteilter Mörder hinter Gittern und verbüßt eine lebenslange Haftstrafe. Sein Leben gegen vier. Vielleicht sogar fünf.«

»Du bist sehr viel klüger als ich, Mariana. Und wirst es immer sein. Wenn du aufhörst, dich partout dagegen zu sträuben und es zu bestreiten, wirst du sehen, dass wir ein verfluchtes Problem haben.«

»Das Einzige, was ich sehe, ist, dass wir im Auto sitzen und Diskutieren spielen.«

»Aber ...«

»Und versuchen, Gegenargumente für ein Gerichtsurteil zu finden, das Hand und Fuß hat und fest untermauert ist.«

»Also ...«

»Durch die Art von Beweisen, die, wie wir uns alle einig waren, gleichbedeutend sind mit absoluter Wahrheit.«

»Mariana?«

»Ja?«

»Du *weißt*, dass der Fall nicht gelöst ist.«

»Ich weiß, dass wir die bestmögliche Lösung gefunden haben, die Ermittlung ins Ziel gebracht haben. Und ich weiß auch, dass wir ein Gerichtsurteil nicht einfach infrage stellen und anfechten können, ohne etwas Konkretes in der Hand zu haben. Und bis dahin *ist* Michél verurteilt. Er ist schuldig. Rational und juristisch.

»Hör mir zu. Ja?«

»Ich höre dir zu.«

»In fünf Minuten sind wir zurück im Präsidium. Da würde ich dich bitten, mich zu zwei weiteren Unterredungen zu begleiten.«

»Zwei weitere Unterredungen?«

»Lass uns annehmen, die Theorie stimmt. Dass Jons und Michéls Blut dieselbe DNA haben.«

»Die Theorie stimmt. Sie haben dieselbe DNA.«

»Und nehmen wir weiter an, dass unser Kollege Jon das weiß und dieses Wissen ausgenutzt hat.«

»Jon weiß es.«

»Wenn das zutrifft – wie zum Teufel hat er es herausgefunden? Wie kann er darüber Bescheid wissen?«

»Findet eine dieser Unterredungen, bei denen du mich dabeihaben möchtest, im Büro unseres Chefs Erik Wilson statt?«

»Ja.«

»Und du rechnest damit, dass dies die erste Frage ist, die er stellen wird?«

»Ja.«

»Und ohne eine gute Antwort wird die Unterredung beendet sein?«

»Ja.«

»Okay.«

»Okay, was?«

»Lass uns die Theorie durchspielen.«

»Was denkst du?«

»Ein Vaterschaftstest.«

»Gut, Mariana. Das könnte funktionieren.«

»Oder irgendein anderer Zusammenhang, bei dem Bluttests gemacht werden, ein Unfall, und dabei wurde es entdeckt.«

»Zu vage.«

»Diese Webseiten, auf denen man heutzutage Ahnenforschung betreibt. Vielleicht hat Jon bei einer ersten Recherche eine Speichelprobe eingeschickt, wie ich es selbst einmal gemacht habe. Aber möglicherweise gibt es auch Unternehmen, die eine Blutprobe haben wollen. Damit hat er es ein zweites Mal versucht und zwei komplett verschiedene Stammbäume erhalten.«

»Auch eine gute Möglichkeit.«

»Oder einer dieser Konzerne, die Gentests vornehmen, um Krankheiten zu erkennen. Jon gehört zweifellos zur Risikogruppe für erblich bedingte Krankheiten.«

»Mariana – wie ich gesagt habe.«

»Nein, das …«

»Du bist sehr viel klüger als ich.«

Vor dem Haupteingang des Präsidiums wartete ein freier Parkplatz in der richtigen Größe. Grens stieg aus und hatte schon den halben Weg zur Eisentür zurückgelegt, als ihm bewusst wurde, dass er ihn allein zurücklegte.

»Noch nicht, Ewert.«

Mariana saß unverändert auf dem Beifahrersitz, rief durch das Seitenfenster.

»Erst unterhalten wir uns noch ein wenig.«

»Dafür haben wir keine Zeit, Mariana. Wir müssen mit Wilson reden und ihm klarmachen, dass wir einen zweiten Täter festnehmen müssen!«

Sie riefen sich weiter über den Parkplatz zu.

»Aber zuerst muss ich dir etwas erzählen.«

»Zu einem Plausch mit dir sage ich nie Nein, das weißt du, aber jetzt gerade ...«

»... werden wir uns unterhalten!«

Mariana war fest entschlossen. Grens sah es, hörte es. Er kehrte um, öffnete die Autotür, die er eben erst hinter sich geschlossen hatte, und setzte sich neben sie. Eine lange, unbehagliche Minute verstrich, dann fing sie an.

»Ich möchte dir ein paar Bilder zeigen.«

Mariana reihte insgesamt sechs Fotos vor ihnen auf dem Armaturenbrett auf, die eine Hälfte in Schwarz-Weiß und von Überwachungskameras aufgenommen – Einfallswinkel und Qualität ließen keinen Zweifel – und die andere Hälfte in Farbe und von Kollegen geschossen, die mehr von In-Deckung-Gehen und Beschattung als vom Fotografieren verstanden.

»Diese drei wurden in einem kleinen Einkaufszentrum

südlich der Stadt gemacht. In einem Stadtviertel, dem du und ich vor nicht allzu langer Zeit einen Besuch abgestattet haben.«

Mariana schob die drei Schwarz-Weiß-Bilder näher zu Grens herüber; alle drei stammten von einer Deckenkamera, die auf einen Restauranttisch mit kariertem Tischtuch gerichtet war.

Zwei Männer.

Sie saßen einander gegenüber und tranken Kaffee, vielleicht auch Tee.

Das war alles.

Mitternacht. Eine ziemlich ungewöhnliche Zeit für eine Pizzeria. Aber kein Ort und keine Überwachungskamera, die interessant gewesen wären – hätte es nicht auch diese Bilder gegeben.

Die nächsten drei Fotos, die Farbaufnahmen, waren bei Tag und aus großer Entfernung gemacht worden.

Auf den ersten Blick war ein Auto zu sehen, in dem einer der Männer aus der Pizzeria auf dem Rücksitz saß, der jüngere, die Kapuze seines Hoodies über den Kopf gezogen. Draußen vor dem Auto standen ein paar Jungen zwischen dreizehn und fünfzehn Jahren. Es erforderte nicht viel Fantasie, um zu erraten, dass das, was durch die geöffnete Autotür hinausgereicht und unter den Wartenden aufgeteilt wurde, portionsweise verpackte Drogentüten für den Weiterverkauf waren – Grens schätzte etwa hundert Gramm pro Tüte. Farbbild zwei und drei zeigten den Eingang einer großen Tiefgarage. Im Zentrum der Bilder und mit passabler Schärfe waren zwei Personen zu erkennen, die, den Zeitstempeln am unteren Bildrand zufolge, im Abstand von zehn Minuten in die Tiefgarage hineingingen. Die beiden Pizzeriabesucher.

»Kokain, Ewert, verschiedene Stufen der Absatzkette. Und einen der beiden Akteure, Ewert, erkennen wir beide wieder.«

Da war er. In der Pizzeria in Råby Centrum, zu der Grens ihn selbst gefahren hatte. Piet – sein Freund, sein Gastgeber und, zum gegenwärtigen Zeitpunkt, sein geheimer V-Mann. Und vor dem Eingang der Tiefgarage war er ebenfalls zu sehen, auf dem Weg zu einem Treffen mit einem Glied in der Absatzkette, zu der Spur, die Grens und der schwedischen Polizei den Weg zu einem zweiten möglichen Täter weisen sollte.

»Sieh mich an, Ewert.«

Ewert Grens tat es, ließ zu, dass Mariana in ihn hineinsah.

»Als ich dich nach einem blutbefleckten Skalpell gefragt habe, wo es herkommt, wie es in deinen Besitz gelangt ist, hast du mir nicht geantwortet. Und jetzt? Was hat das zu bedeuten? Was treibst du?«

»In welchem Zusammenhang sind diese Aufnahmen entstanden?«

»Antworte mir.«

»Im Rahmen welcher Ermittlung? Jemand hat ihn auf einem Bild eingefangen, ohne zu wissen ...«

»Antworte mir!«

Mariana hatte auf das Lenkrad geschlagen und laut geschrien.

»Beruhige dich, Mariana.«

»Wenn du antwortest!«

»Ja, es ist Piet Hoffmann. Und ja, er erledigt einen kleinen Extrajob für mich.«

»Diese Fotos.«

»Ja?«

»Ewert, das ist übel. Ich bin aus purem Zufall darübergestolpert. Und das ist nur der Anfang. Unsere Kollegen haben Massen. Eine gigantische Ermittlung gegen mehrere Drogennetzwerke. Bildbeweise, Abhörprotokolle, belastende Dokumente, Zeugen und Informanten. Aber die Ermittlung fällt nicht in meine Zuständigkeit, nicht einmal ansatzweise. Und Hoffmann hatten die Kollegen dabei überhaupt nicht auf dem Schirm. Aber dann taucht er urplötzlich auf, und alles passt zusammen, ist miteinander verknüpft, die ganze Kette. Wenn die Kollegen auch nur einen einzigen Akteur fallen lassen, würde alles andere … Eine Festnahme steht kurz bevor.«

»Dann lösen wir das Problem. So wie immer.«

»Hast du ihm das zugesichert?«

Dieses Mal tust du es einzig und allein für mich, Piet. Und ich bin nur noch drei Tage lang Polizist.

»Nein.«

Falls du in der Zwischenzeit unter Verdacht gerätst, weil du auf dem falschen Bild auftauchst oder deine Fingerabdrücke irgendwo hinterlassen hast, wo sie nicht sein sollten, werde ich nicht im Präsidium sein und nichts für dich tun können.

»Eher das Gegenteil.«

»In dem Fall …«

»Aber jetzt ist es passiert, und darum müssen wir es lösen. Er hat zehn Jahre für uns gearbeitet! Er hat jeden Tag sein Leben riskiert und uns Informationen verschafft, die große Teile der Stockholmer Mafia hinter hohe Mauern gebracht haben.«

Mariana tat es wieder. Sah in ihn hinein.

»Genau das ist das Problem. Das weißt du, Ewert. Du hast ohne jegliche Befugnis gehandelt. Dass du als suspendierter Polizeibeamter, gegenwärtig Privatperson, behauptest, eine andere Privatperson mit krimineller Vergangenheit dazu gebracht zu haben, in deinem Auftrag neue Straftaten zu begehen, was in diesem Fall heißt, Unmengen von Drogen anzupreisen und in Umlauf zu bringen, kauft dir kein Staatsanwalt ab und erst recht kein Gericht.«

Der Beifahrersitz wurde zu einem großen, schwarzen Abgrund.

Wie es sein Bett zu sein pflegte.

»Mariana – was willst du mir eigentlich sagen?«

»Dass wir Piet nicht helfen können.«

Grens ruckte mit dem Oberkörper vor und zurück. Ohne sich dessen bewusst zu sein.

Wenn Piet fiel, fiel er mit.

»Er hat Familie. Ein Leben! Und – wie du sagst – eine Vergangenheit. Wenn er angeklagt wird, wenn er … Gefängnis, Mariana. Er würde Luiza, seine Jüngste, die zwei Jahre alt ist, erst wiedersehen, wenn sie die neunte Klasse abgeschlossen hat!«

Mariana hatte die ganze Zeit angeschnallt hinter dem Lenkrad gesessen. Jetzt schnallte sie sich ab.

»Dafür ist es ein bisschen spät, oder, Ewert? Wir haben uns jahrelang darauf vorbereitet, Hoffmann oder andere V-Männer, mit denen wir offiziell nicht zusammenarbeiten dürfen, aus der Schusslinie zu holen, ihre Namen, wenn ein Undercoverauftrag – wie jetzt – schieflief, von den Fahndungslisten zu streichen. Aber du beauftragst ihn, ohne unser Wissen! Um so etwas wieder geradezubiegen, müssen wir anderen Mechanismen einen Schritt voraus sein! Aber jetzt … wie sollte das gehen?«

»Warte, Mariana! Warte! Bleib sitzen! Wir müssen weiter darüber reden!«

»Hoffmann ist schon längst drin. Im System. Wegen Verdachts auf schwere Drogendelikte. Die Kollegen können ihn mit großen Kokainlieferungen in Verbindung bringen. Kollegen, die keine Ahnung haben, wer er ist oder was er für uns getan hat. Das liegt außerhalb meines Einflusses. Ich begehe dir zuliebe keine weiteren Dienstvergehen. Das Maß ist voll.«

»Mariana? Hör zu! Ich …«

»Ich bin übrigens ganz deiner Meinung. Es kann auf Gefängnis hinauslaufen. Viele Jahre.«

Die Zweihundertneununddreissig Zellen des Untersuchungsgefängnisses Kronoberg blieben der seltsamste Ort, den Kriminalkommissar Ewert Grens je betreten hatte.

Hass. Drohung. Panik. Aggressivität. Fluchtversuche. Wutausbrüche. Zusammenbrüche. Katatonie. Suizid.

Doch was sie einzigartig machte, grundverschieden von den Gefängniszellen, in denen Hoffmann so lange verborgen gehalten worden war, oder von den Einrichtungen für psychisch Kranke, in denen er eingeschlossen gewesen war, waren die Extreme: Hoffnung und Verzweiflung. Keine Zwischentöne. Hier eingeschlossen zu werden, bedeutete Warten. Warten auf Revision, Anklage oder Urteil.

Auf die Extreme. Entweder in absolute Freiheit entlassen zu werden – oder den weiteren Weg anzutreten in ein von Mauern und Stacheldraht umgebenes Gefängnis, während das äußere Leben verschwand.

In diesem Moment waren Grens und Hermansson diejenigen, die warteten.

Aber darauf, hineingelassen zu werden, nicht hinaus.

Darauf, dass der wachhabende Beamte ihre Personalien überprüfte und ihren Anspruch, den Insassen, der in Zelle 8409 in Polizeigewahrsam saß, zu besuchen.

Ihr Weg vom Auto mit den Observationsfotos von Piet Hoffmann als Kokain-Großlieferanten ins Präsidium und in Erik Wilsons Büro war schweigend verlaufen. Es gab so vieles zu sagen, aber nicht in diesem Moment. Und die darauf folgende Unterhaltung mit Wilson hatte so geendet, wie Grens es befürchtet hatte.

»Wir brauchen mehr, Ewert.«

»Was verstehst du nicht, Wilson?«

»Ihr habt eine Theorie, zugegeben eine ziemlich gute, aber es reicht vorne und hinten nicht.«

»Wilson, verflucht ...«

»Ich meine, wie war das jetzt gleich? Ist dieser Michél der Täter, der Mann, den wir bereits eingesperrt haben und dessen DNA zweifelsfrei mit der Täter-DNA übereinstimmt? Oder ist es dieser andere, ein Kollege von uns, den unsere Experten zweimal hundertprozentig aus dem Kreis der Verdächtigen ausgeschlossen haben, der aber vor vielen Jahren ein Krebsleiden hatte und aus diesem Grund *möglicherweise* über ein Organ verfügt, das eine zweite DNA aufweisen könnte? Oder haben die beiden die Morde zusammen begangen, oder ... Es reicht ganz einfach nicht. Wir brauchen mehr. *Ich* brauche mehr, damit ihr weitermachen könnt.«

Ihr Warten hatte ein Ende. Der Einlassposten gab grünes Licht und übertrug die Verantwortung demselben Justizvollzugsbeamten, der schon bei Grens' früheren Besuchen Michéls Zellentür aufgeschlossen hatte.

»Wieder hier, Kommissar?«

»Sieht ganz so aus.«

»*Wieder*, Ewert?«

Mariana sah ihn mit ihrem typischen fordernden Blick an, aber diesmal blieb er ihr die Antwort schuldig.

Die massive Eisentür ging auf, sie betraten die Enge, und Grens wartete wie gewöhnlich, bis der Justizvollzugsbeamte sie allein ließ.

Michél hatte in den vergangenen Monaten in Kronoberg fast alle Stadien der Untersuchungshaft von Hass bis zum Suizidversuch durchlaufen. Es gab keine Aggressionen und keine Wutausbrüche mehr, nicht einmal Hoffnung war noch vorhanden. Bloß Verzweiflung.

Er hatte aufgegeben.

Michél lag auf dem Rücken auf der Pritsche, als Grens und Hermansson sich einen Meter von seinen Füßen entfernt an die Betonwand lehnten, schien sie aber nicht zu beachten, sagte weder *Hallo* noch *Geht weg*, als wären sie gar nicht da. Grens kannte diese Apathie von anderen Insassen, denen bis zum Inkrafttreten ihres Urteils und dem Antritt ihrer lebenslangen Haftstrafe im Hochsicherheitsgefängnis von Kumla nur noch wenige Tage geblieben waren.

»Guten Abend, Michél.«

Michéls verlorene Augen registrierten sie, mehr nicht.

»Ich bin hier, um dich zu besuchen – um ein wenig mit meinem guten Freund zu reden. Und heute begleitet mich meine Kollegin Mariana.«

Die Augen. Sie reagierten ein ganz klein wenig.

»Ich kenne Sie.«

Michél drehte sich auf die rechte Seite, hin zu Mariana.

»Ja, ich kenne Sie. Sehr gut. Sie haben Ewert im Maltesholmsgården besucht, und Sie waren dabei, als ich festgenommen wurde. Im Gerichtssaal habe ich Sie auch gesehen, im Zuschauerraum. Ich weiß genau, wer Sie sind.«

Grens setzte sich auf das Fußende der Pritsche, vielleicht um Michél näherzukommen.

Ein Gefühl von Nähe zu vermitteln.

»Wir sind hier, um mit dir über Jon zu reden.«

Michéls Augen waren schlagartig da.

»Jon?«

»Heute geht es nur um ihn.«

»Wieso?«

»Weil du mich gebeten hast, dir zu glauben.«

»Warum willst du über Jon reden, Ewert?«

»Damit ich dir auch weiterhin glauben kann, in Ordnung?«

Michél setzte sich auf. Umständlich, wie jemand, der nirgendwohin gehen würde.

»Also gut, Jon.«
»Wer ist er?«
»Leichte Frage. Mein bester Freund.«
Grens saß unverändert am Fußende der Pritsche. Umgeben von grauen Betonwänden, gab es nichts anzusehen außer einander.
»Und ich dachte, ich wäre dein bester Freund ...«
Ein vorsichtiges Lachen. In das Michél einstimmte. Kurz – aber fast wie früher.
»Du bist mein *ältester* Freund, Ewert.«
Dann, Ernst.
»Råby Backe war damals unsere ganze Welt. Jon und ich waren uns ähnlich, hatten ein ähnliches Zuhause, waren ... ja, in der gleichen Lage. Vielleicht gehörten wir deshalb einfach zusammen – ohne jemals ein Wort darüber zu verlieren. Es war einfach so. Unsere ganze Welt.«
Michél entspannte sich, ein wenig. Von Jon zu erzählen, gab ihm Sicherheit.
»Jon war der einzige Mensch, dem ich vertraut habe. Er verstand. Ich war ich, und er war er.«
»Du sagst, ihr wart euch ähnlich, hattet ein ähnliches Zuhause.«
»Meine Eltern haben gesoffen und Drogen genommen. Jons Eltern haben die Flasche übersprungen und nur Drogen genommen. Sie waren heroinsüchtig. Sein Vater ist früh gestorben, Jon und ich waren noch nicht sehr alt. Seine Mutter ist danach clean geworden oder hat zumindest den Versuch gemacht. Wir haben alles gesehen, verstehst du, Ewert? Wir waren die Leidtragenden von Sucht und Drogenmissbrauch und hatten einander.«
Michél zögerte, sein Blick flackerte zwischen seinen beiden Besuchern hin und her, aber er fuhr fort.
»Ich halte nichts von diesem Mitleidstheater, komme mit

diesem ewigen Ich-hatte-eine-schwierige-Kindheit-Gejammer nicht klar. Es ist, wie es ist, und kommt, wie es kommt. Aber ... wenn wir jetzt darüber sprechen. Unter uns gesagt. Scheiße, also. Wenn man in einer Suchtfamilie aufwächst ... die wenigsten Eltern verheimlichen ihre Abhängigkeit, Beschaffung, Dealerei, Spritzen, vor ihren Kindern. Man ist beim Konsum dabei. Das Leben ist eine Müllhalde. Die Mutter wird vergewaltigt, während der Vater im Nebenzimmer hockt und drückt.«

Die erloschenen Augen, jetzt lebten sie, durchlebten aufs Neue.

»Und Jon. Ihm haben seine Eltern obendrein noch Leukämie beschert. Aggressiven Krebs.«

Grens warf Hermansson einen hastigen Seitenblick zu. Sie machte es wie er, spielte die Unwissende.

»Ich kann nicht beweisen, dass seine Eltern schuld an seiner Erkrankung sind, aber so fühlt es sich an. Drogenkonsum während der Schwangerschaft ist immer ein beschissener Start ins Leben. Fünfzehn Jahre später lag er im Sterben – bis zu einer Knochenmarktransplantation.«

»Eine Transplantation?«

»Ich war der Spender. Er der Empfänger.«

Grens und Hermansson tauschten erneut flüchtige Blicke. Ihnen wurde Wahrheit angeboten. Bei einer Vernehmung markierte das einen Scheideweg, zwei mögliche Pfade, die sich auftaten. Entweder verhielt es sich genau so: Michél sagte schlicht und ergreifend die Wahrheit, womit alles andere, was er sagte, vermutlich ebenfalls der Wahrheit entsprach. Oder aber, Michél wusste, dass ein Lügner, der mit seiner Lüge durchkommen will, sich so weit wie möglich an die Wahrheit hält, dass er nur lügt, wenn es absolut unumgänglich ist, und dass ihm Glauben geschenkt wird, wenn der Großteil seiner Schilderung bewiesen werden kann. Nur zwanghafte

Lügner, die bei allem und jedem die Unwahrheit sagten und die Grenze zwischen wahr und falsch verwischten, flogen auf und wurden rasch durchschaut.

»Für mich hieß das, eine Narkosespritze in den Rücken und Bauchlage auf einem Operationstisch. Eine große Nadel, die sich in den Beckenkamm bohrte. Nicht besonders schmerzhaft, aber verdammt unbehaglich. Einfach ein seltsames Gefühl. Die Stammzellen wurden herausgesaugt. Die Spritze war nicht voll. Es kam auch noch eine Menge anderer Glibber mit, Knochenmark vermischt mit Blut. Zwei Entnahmen haben genügt. Jon habe ich währenddessen nicht gesehen. Er lag in einem anderen Raum. Aber ich weiß, dass es fünf vor zwölf war und die Ärzte ziemlich kämpfen mussten.«

Michéls Gesicht. Es war friedvoll.

»Jon hat überlebt. Mein Freund. Löwenzahnkinder waren mir schon immer die liebsten. Was ihm seine Eltern mitgegeben haben, waren abblätternde Tapeten, dreckige Matratzen und ein bisschen Leukämie.«

Friedvoll. Aber zugleich ernst. Wie bei den Gelegenheiten, als Grens in Michéls Zimmer im Maltesholmsgården gesessen hatte und sie geredet hatten. Wirklich geredet. Über das Leben und den Tod und darüber, was eigentlich der Sinn hinter alldem war.

»Eine andere Sache.«

Mariana hatte schweigend an der Betonwand gelehnt. Sie war klug, hatte die beiden, die einander kannten, zuerst zueinanderfinden lassen.

Bis jetzt.

»Der letzte Mord.«

»Es gibt keinen letzten Mord, weil es keinen ersten gibt.«

»Die zuletzt ermordete Person, auf der Ihre DNA sichergestellt wurde – während Sie in dieser Zelle hätten sitzen sollen.«

»Ich *saß* in dieser Zelle.«

»Danach ein Mordversuch. Wieder mit Ihrer DNA am Tatort. Diesmal auf einem Skalpell, in einer Wohnung, die *Ihnen* gehört, Michél. Erneut, während Sie hier sitzen. Oder, vielleicht zutreffender, während Sie mithilfe irgendeines der hier arbeitenden Beamten *behaupten*, hier gesessen zu haben.«

»*Ich habe hier gesessen!*«

»Wenn das so ist – erklären Sie es mir. Denn ich verstehe es nicht.«

Michél sah sie verloren an. Erst Mariana, dann Ewert – der wieder das Wort ergriff.

»Deswegen war ich neulich hier, Michél, und habe deine Schultern und deinen Hals kontrolliert.«

Zum dritten Mal in nur wenigen Stunden handelte sich ein suspendierter Kriminalkommissar von Mariana einen Wie-zum-Teufel-bist-du-hier-hereingekommen-Blick ein, und er tat weiterhin sein Bestes, ihn zu ignorieren.

»Was meinst du, Ewert? Was haben mein Hals und meine Schultern mit Jon zu tun?«

»Es könnte theoretisch sein, dass Jon und du seit der Stammzelltransplantation dieselbe DNA besitzt. Was euer Blut betrifft, nicht eure Körperzellen. Und wenn dir – wie du sagst – niemand dabei geholfen hat, deine Zelle und das Gefängnis zu verlassen, und du nicht in deiner Wohnung warst, wie könnte dann Jon dort gewesen sein?«

»Ich verstehe kein Wort.«

»Wir auch nicht.«

»Ich verstehe nicht, wie es möglich sein sollte, dass Jon und ich dieselbe DNA haben. Und was das mit dieser Sache zu tun hat.«

»Antworte auf meine Frage. Wie hätte Jon in deiner Wohnung sein können?«

»Das zu verstehen, ist leichter.«

»Ach ja?«

»Jon hilft mir ... Er vermietet die Wohnung für mich unter, schon seit Jahren, jedes Mal, wenn ich wieder in irgendeiner psychiatrischen Einrichtung sitze. Ohne seine Hilfe hätte ich die Wohnung nie behalten können, hätte keinen Ort, an den ich zurückkehren könnte, keinen Ort, den ich Zuhause nennen kann. Und dann, Ewert, dann wäre ich wirklich verrückt geworden.«

Grens und Hermansson wagten es nicht mehr, erneut Blicke auszutauschen. Wollten Michéls Aufmerksamkeit nicht von seiner Geschichte ablenken. Ihnen war klar, was das, was er gerade erzählt hatte, bedeutete – wenn er zu der Sorte gehörte, die die Wahrheit sagten.

»Michél, damit ich das richtig verstehe. Jon hilft dir also dabei, deine Wohnung unterzuvermieten?«

»Ja. Die Miete wurde in all den Jahren immer bezahlt. Es gab nie irgendwelchen Ärger. Wir vertrauen einander.«

Auf dem Rückweg ins Präsidium gingen sie nebeneinander her, Seite an Seite, ebenso schweigend wie auf dem Hinweg.

Mariana zog ihre Schlüsselkarte durch das Lesegerät am Eingang zur Mordkommission, und sie setzten ihren Weg fort, ans Ende des Flurs, in das Eckbüro ihres Chefs Erik Wilson, der dieses Mal erheblich leichter zu überreden sein würde. Als Mariana eben an Wilsons Tür klopfen wollte, um ein offizielles Ja zu einer Festnahme einzuholen, drehte sie sich noch einmal zu Ewert Grens um, denn vorher hatte sie noch eine Frage, im Grunde dieselbe Frage, die sie ihm schon einmal gestellt hatte, aber diesmal mit einem Lächeln.

»Ich war wegen eines anderen Falls oben in der Cold-Case-Abteilung und habe gehört, dass du ebenfalls da gewesen bist. Parabon. Man steckt ein paar einzelne Haare in irgendeine Apparatur, und heraus kommt ein Phantombild.«

Eigentlich war es keine Frage. Eher eine Feststellung. Also tat Grens das Gleiche wie zuvor, antwortete nicht.

»Du bist in der Cold-Case-Abteilung gewesen. Hast dein Anliegen durchgeboxt. Du bist in der Rechtsmedizin gewesen. Und du bist im Untersuchungsgefängnis gewesen, mehrmals, und mindestens einmal warst du dabei in Begleitung einer Privatperson, die mittlerweile im Verdacht steht, große Mengen Kokain in Umlauf zu bringen. Und all das hast du gemacht, obwohl du *suspendiert* bist.«

Mariana lächelte wieder.

Und diesmal, für einen kurzen Augenblick, wagte Grens zurückzulächeln.

EWERT GRENS TRUG selten eine Waffe. Im Lauf eines langen Polizistenlebens hatte er es vorgezogen, Konflikte ohne Waffengewalt zu lösen.

Vielleicht weil er so miserabel zielte und schoss. Oder weil er in all den Jahren die *personifizierte* Aggressivität gewesen war.

Er wachte voller Wut auf, ging voller Wut schlafen und fand keinen Weg, wie er diese alles beherrschende Wut bändigen oder loswerden konnte, und da blieb kein Platz mehr, um zum äußersten Mittel zu greifen: der Drohung, einem anderen Menschen das Leben zu nehmen.

Als er den Schuss am Ende abfeuerte, hatte er ihn auf seinen eigenen Kopf gerichtet.

Zum ersten Mal seit diesem Tag in die Waffenkammer des Präsidiums hinunterzugehen und seine Dienstpistole zu holen, war ein ähnliches Abenteuer wie das U-Bahnfahren. Eine Möglichkeit, die ihm stets offengestanden hatte, von der er aber im Grunde nie Gebrauch gemacht hatte. Deshalb drohte sein Vorhaben bereits zu scheitern, bevor er das Präsidium verließ, um einen Menschen festzunehmen, der an fünf Morden beteiligt gewesen sein könnte.

Er hatte den Waffenschrank aufgeschlossen, seine Pistole herausgenommen, in der Hand gehalten und mit zwei Fingern den Schlitten zurückgezogen, um sich routinemäßig davon zu überzeugen, dass das Magazin nicht geladen war, als er eine Entdeckung machte.

Im Patronenlager steckte noch eine Kugel.

Hatte er vor einem Jahr geplant, sich in den Kopf zu schießen – und *zwei* Kugeln geladen?

Hatte der Kollege, der die Waffe hierher zurückgelegt hatte, sie einfach so gelassen?

Mit einem zweiten Schuss im Lauf, den er das nächste Mal, wenn er die Pistole in die Hand nahm, auf seinen Kopf richten konnte?

Grens konnte keinen klaren Gedanken fassen. Die Waffe, mit der er versucht hatte, sich das Leben zu nehmen. Die Unruhe wegen Michél. Der Frust über die Aufnahmen von Piet. Das Unbehagen wegen der bevorstehenden Konfrontation, zu der er auf dem Weg war und die er nicht würde kontrollieren können. Schließlich richtete er die Auswurföffnung vorschriftsmäßig nach unten und zog den Schlitten erneut nach hinten. Es half nicht. Die Kugel blieb, wo sie war, wollte nicht aus dem Lauf.

Er musste *jetzt* los, sich *jetzt* auf den Weg zu dem Verdächtigen machen.

Die Personalgutachter zweifelten bereits an ihm, und hier stand der verbrauchte Kriminalkommissar und hielt den gesamten Einsatz auf, bekam nicht einmal eine Kugel aus seiner eigenen Dienstwaffe heraus.

Ein paar hastige Schritte. Es war keine Zeit für weitere Sicherheitsroutinen, für alles, was er gelernt hatte. Ein letzter Schritt zu dem trichterförmigen Stahlbehälter in der Ecke, Grens schob den Pistolenlauf in die Öffnung und tat das absolut Verbotene – er drückte ab. Ein lauter Knall erfüllte den Raum, als die leere Patronenhülse auf den Boden des Behälters fiel und die Kugel endlich fort war.

Es ging nicht darum, dass er alles vergessen hatte. Oder dass er wertlos war und ausgesondert werden sollte.

Es ging um die bevorstehende Festnahme – die er ganz allein durchführen wollte.

»Was ... Himmel, Ewert, was machst du!«

»War es draußen zu hören?«

»Im ganzen Keller! Und bestimmt auch im ganzen Haus, Stockwerk für Stockwerk, bis nach oben in die Chefetage! Ich meine, du schießt *hier*, im Präsidium, was zum Teu...«

»Mariana?«

»Ja?«

»Wir reden später. Versprochen. Aber jetzt will ich zu dieser Festnahme. Auf genau die Art, auf die wir uns geeinigt haben.«

Eine halbe Stunde zuvor hatte es einer erheblichen Kraftanstrengung bedurft, Mariana und Wilson zu überreden, einen Staatsanwaltsbeschluss zu erwirken, der ihn, Ewert Grens, mit einschloss.

»Ich will es machen – ich muss es machen!«

»Ewert, du bist momentan nicht einmal angestellt.«

»Dann stell mich an, für einen letzten Probetag, das kannst du doch gut, Wilson.«

Dann hatte es weiterer Kraft bedurft, die beiden davon zu überzeugen, dass der Kriminalkommissar an die Tür des Verdächtigen klopfen würde, ohne dabei einen anderen Polizisten an seiner Seite zu haben, die voll bewaffnete Verstärkung in etlicher Entfernung positioniert.

»Du willst dich der Zielperson ... allein nähern, Ewert? Verstehen wir dich richtig?«

»Diesmal fahren wir nicht nach Råby, um einen schwer kriminellen Jugendlichen zu suchen. Es ist gut möglich, dass wir einen mordenden Polizisten jagen, der die Polizeiarbeit in- und auswendig kennt und *gleichzeitig* alle Ecken und Winkel des kriminellen Milieus da draußen. Damit die Situation nicht eskaliert, müssen wir anders vorgehen. Und es gibt nur einen Weg: Er muss jemandem gegenüberstehen, an dem ihm etwas liegt. Auch wenn er diesen Jemand vermutlich rücksichtslos ausgenutzt hat. Und darum will ich einen Staatsanwaltsbeschluss.«

Doch am meisten Kraft hatte es gekostet, ihnen den allerletzten Punkt begreiflich zu machen.

»Ewert, du hast diesen Beschluss schon bekommen! Jetzt reden wir darüber, wie ...«

»Du hörst nicht zu, Wilson. Ich will einen *zweiten* Staatsanwaltsbeschluss. Um Michél aus seiner Zelle zu holen, damit er und ich nach Hallunda fahren und seinem besten Freund gemeinsam Hallo sagen können.«

»*Du* hörst nicht zu, Ewert! Begreifst du nicht, du begibst dich damit in Lebensgefahr!«

Ewert Grens und Mariana Hermansson sahen einander jetzt im Kellerflur an. Sie hatten jeder ihre Dienstwaffe geholt, und aus der Waffenkammer drang der Geruch von Schießpulver.

»In Ordnung, Ewert. Erst die Festnahme – dann reden wir.«

»Danke.«

»Aber bist du dir noch immer sicher? Dass wir uns aufteilen und nur aus der Entfernung Sicht- und Funkkontakt zueinander haben?«

»Ich bin mir bei gar nichts sicher, Mariana. Ich bin nicht einmal sicher, dass du da stehst und ich hier. Aber ja ...«

Grens klopfte leicht auf das über seine Brust und Schulter geschnallte Lederholster. Er zog es vor, seine Dienstpistole verborgen unter dem Jackett zu tragen.

»... ich statte ihm einen Besuch ohne euch und ohne andere Waffen ab.«

Sie wünschten sich gegenseitig Glück. Mariana würde hinunter in die Tiefgarage fahren und die vier Streifenwagen einweisen, die sie als Verstärkung begleiteten, und Grens hoch in den Zellentrakt des Untersuchungsgefängnisses.

»Ewert?«

Marianas Fahrstuhltüren gingen auf, aber sie blieb stehen.

»Die Klientel, die stiehlt, bedroht und zerstört.«
»Wie bitte?«
»Das hat Jon gesagt, als wir ihm in Råby begegnet sind. Und dabei war etwas in seinem Blick. Erinnerst du dich daran?«

Dann stiegen sie jeder in einen Aufzug, und während einer kurzen Aufwärtsfahrt versuchte Ewert Grens, sich die Situation, von der Mariana gesprochen hatte, ins Gedächtnis zu rufen. Vergeblich. Dafür erinnerte er sich sehr gut daran, dass Jon und er an Michéls erstem Verhandlungstag zusammen Kaffee getrunken und über ihren gemeinsamen Freund gesprochen hatten.

Ich bin mir sicher, Ewert. Michél ist echt.

Ja.

An diese glühende Verteidigungsrede erinnerte sich der Kriminalkommissar.

Schließlich hatte auch er gehofft, dass es stimmte, weil es mit dem Michél übereinstimmte, den er kennengelernt hatte.

Michél geht in Psychiatrien ein und aus, aber er ist so weit von einem Mörder entfernt, wie man es nur sein kann.

Als Grens im Fahrstuhl jetzt daran zurückdachte, begriff er, dass Jon womöglich die Wahrheit gesagt hatte.

Er war von Michéls Unschuld überzeugt gewesen.

Weil er selbst der Schuldige war.

Ewert Grens verließ den Fahrstuhl im sechsten Stock, lief den Flur bis zur Schleuse hinunter, die die Grenze zum Zellentrakt des Untersuchungsgefängnisses bildete, und musste diesmal weder betteln noch drohen, um hineingelassen zu werden. Er zeigte den Beschluss der Staatsanwaltschaft vor, und schon konnte er dem rasselnden Schlüsselbund des Justizvollzugsbeamten folgen.

Als die Zellentür aufging, lag Michél wie bei allen anderen Besuchen der Länge nach auf seiner Pritsche.

»Du, Ewert? *Wieder?*«

»Ja. Aber heute komme ich nicht rein, sondern du raus.«

»Raus?«

»Wir machen eine kleine Autofahrt.«

»Ich verstehe nicht.«

»Du bekommst gleich deine persönliche Kleidung ausgehändigt. Ich möchte, dass du dich umziehst und mich begleitest.«

»Was geht hier vor?«

»Das habe ich schon gesagt: Ich glaube dir. Und jetzt, Michél, will ich, dass du mir glaubst.«

Auf dem Weg zum Auto sprachen sie nicht miteinander. Michél versuchte es, zerrte nervös an seiner normalen Alltagskleidung und fragte, wohin sie fahren würden und weshalb. Doch Grens sah ihn nicht einmal an. Es war alles entscheidend, dass Michél keine Ahnung hatte, was ihn erwartete. Er durfte keine Zeit haben, um sich darauf einzustellen. Als Grens den Motor anließ, ging Michél dazu über, an der Kleidung des Fahrers zu zerren, und nach wie vor ohne ein Wort der Erklärung löste Grens Michéls schweißnasse Finger von seinem Ärmel.

Eine Autofahrt den Drottningholmsvägen entlang, auf dem Essingeleden weiter in Richtung Süden, vorbei an einer wolkenverhangenen Hauptstadt, die von strömendem Regen und einem langen Band an Vorstädten abgelöst wurde. Bei der Abfahrt nach Bredäng kehrten Michéls Fragen zurück. Als sie an Skärholmen vorüberfuhren, wurden sie immer drängender, und als Grens auf die linke Spur wechselte, um die Ausfahrt nach Hallunda zu nehmen, schrie er.

»Was machen wir hier!«

Und zerrte abermals an der Kleidung des Fahrers.

»Antworte, Ewert. Ich schwöre, ich springe aus dem Auto. Ich …«

»Wir besuchen jemanden.«
Der Kriminalkommissar antwortete zu guter Letzt.
»Einen Freund.«
»Ich habe nur einen Freund.«
»Michél – glaube an mich. Dann glaube ich auch weiter an dich.«
In dem an Råby grenzenden, großflächigen Sozialbaugebiet waren in den letzten Jahren Verschönerungsmaßnahmen erfolgt, was hieß: man hatte die Außenfassaden reinigen lassen, trotzdem war es nach wie vor der Wohnbezirk mit den niedrigsten Quadratmeterpreisen an der roten U-Bahn-Linie, und auch die Zahl der Polizeieinsätze war unverändert konstant. Das Haus, vor dem sie hielten, zählte sieben Stockwerke und bot Ausblick auf das Einkaufszentrum von Hallunda. Der mittlere Treppenaufgang sah genauso aus wie alle anderen Treppenaufgänge, und obwohl der Fahrstuhl geräumig war, erzeugten die unbeantworteten Fragen eine spürbare Enge zwischen ihnen. Im fünften Stock stiegen sie aus und lasen die Namen auf drei verschiedenen Briefkastenklappen.

Die rechte Tür. Dorthin gingen sie.

»Ewert, was …«

Grens unterband Michéls verwirrtes Flüstern, indem er fest auf die Klingel drückte.

Ein lauter, monotoner Ton.

»*Jon*, Ewert?«

Michél deutete auf das Namensschild.

HANSEN.

So stand es da.

»Ja, Michél. Wir besuchen Jon. Und du bleibst hier. Weil ich dir glaube, und weil du mir glaubst.«

Der Türspion saß ungewöhnlich hoch. Aber jemand stand auf der anderen Seite und beobachtete sie. Einen Augenblick später trat derjenige von der Tür zurück und bewegte sich durch die Wohnung, ohne zu schleichen, ohne den Versuch zu machen, seine Anwesenheit zu verbergen.

»Ewert?«

Ewert Grens rückte seinen Ohrstöpsel zurecht.

»Ja?«
»Er steht jetzt draußen auf dem Balkon. Er sieht uns. Er weiß, dass wir hier sind.«
»Gut.«

Marianas Stimme war einwandfrei zu verstehen.
Sie klang gelassen. Grens hoffte, dass er denselben Eindruck erweckte, trotz des Zweifels, der in seinem Kopf und seiner Brust rumorte.

»Er geht wieder zurück ins Wohnzimmer.«

In dem Moment, als Mariana ihre Durchsage beendete, hörte Grens Schritte.
Sie kamen näher.
Wieder betrachtete sie ein Schatten durch das kleine Guckloch.
»Ewert, wir ...«
Mit einem Finger auf den Lippen brachte Grens Michél zum Schweigen.
Er vernahm ein Geräusch. Der Schlüssel wurde herumgedreht.
Selten war eine Bewegung so langsam erfolgt. In dem Moment, der zwischen dem Herunterdrücken der Türklinke und einem sich zögerlich öffnenden Türspalt verstrich, ging ihm alles noch einmal durch den Kopf.

Er dachte an eine unmögliche Begegnung. Dass, wenn er es falsch geplant, die falsche Entscheidung getroffen hatte, genau jetzt alles zum Teufel ging.

Grens schob die rechte Hand in sein Jackett und tastete nach seiner Dienstwaffe.

Der Türspalt weitete sich.

Ein Augenpaar im Dunkeln. Es sah ihn an. Jons durchdringender Blick.

Und der Kriminalkommissar zählte Sekunden, wie immer, wenn die übrige Zeit stillstand. Vielleicht um sich eine eigene Zeit zu schaffen, die er füllen konnte. Oder um ruhiger zu werden. Oder das Gegenteil, um seine Sinne zu schärfen.

Zehn stumme Sekunden, während sie sich alle gegenseitig musterten.

Fünfzehn.

Zwanzig.

Schwand die Zeit, schwand auch der Sauerstoff. Und den konnte er nicht ersetzen, sosehr er auch atmete. Das Treppenhaus hatte keine Lunge, und Michél begann zu zittern, als sein Blick auf Jons traf.

»Ewert?«

Michél, der versprochen hatte, nichts mehr zu hinterfragen, tat es doch, das einzig Gescheite, was noch blieb.

»Antworte mir: Was machen wir hier?«

Michél blickte auf Ewert Grens. Nur auf ihn.

»Antworte! Ich verstehe es nicht! Was machen wir hier?«

Nach der langen Stille.

Nach Michéls panischem Ruf.

Nach einer Stimme, die durchs Treppenhaus gehallt hatte.

Ging die Tür noch ein Stück weiter auf, und Jon wich zurück. Ins Dunkel der Wohnung.

»Ewert – was ist los?«

Marianas Stimme klang scharf in seinem Ohr.

»Ich kann gerade niemanden von euch sehen.«

Grens antwortete nicht.

»Ewert – ich habe kein gutes Gefühl.«

Er hoffte, dass sie noch weiter abwarten würde. Dass sie ihm weiter vertraute.

Ewert Grens versuchte, Michéls Aufmerksamkeit zu gewinnen, ihm begreiflich zu machen, dass sie hinterhergehen würden.

Zu Jon in die Wohnung.

»Du, Michél? Komm.«

Michél schüttelte den Kopf.

»Ich will nicht.«

»Nimm meinen Arm. Wir gehen zusammen rein.«

Die ersten Schritte.

Über die Schwelle, den Flur entlang, hinein in die Schatten des Wohnzimmers.

Dort wartete Jon, zurückgelehnt in einem Sessel, und wandte ihnen den Rücken zu. Die beiden Besucher traten langsam näher, und nun sah Grens, was Jon sah – blinkendes Blaulicht, das sich im Balkonfenster spiegelte, als vier Streifenwagen tief unter ihnen ihre Anwesenheit signalisierten.

Vor dem Sessel standen zwei Küchenstühle.

Sie setzten sich hin und musterten einander schweigend, wie gerade eben im Treppenhaus.

»Warum bin ich hier?«

Michél blickte zwischen Grens und Jon hin und her.

»Hallo?«

Diesmal würde er nicht nachgeben.

»Ewert? Jon? Ewert? Jon? Ewert? Jon? Ewert ...«

Grens unterbrach ihn.

»Wir sind hier, weil ich Jon fragen möchte, warum er Polizist geworden ist.«

Er wandte sich an den Wohnungseigentümer.

»Hast du meine Frage verstanden, Jon?«

Wie Michél würde auch Grens nicht nachgeben.

»Ich wiederhole, Jon: Warum bist du Polizist geworden? Ich möchte, dass du mir sagst, ob das, was du mir bei unserer ersten Begegnung in Råby gesagt hast, die Wahrheit war. Dass man bleibt. *Weiß, wie es ist.*«

»Kannst *du* dir die Frage beantworten, Grens? Warum *du* Polizist geworden bist?«

Das Gesicht. Neutral. Wie die Stimme.

Ob Jon Michéls Anwesenheit unberührt ließ oder ihn im Gegenteil aufwühlte und stresste oder ob er einen Angriff vorbereitete, war weder zu erkennen noch zu spüren. Aber Grens war sich sicher, Jon wusste, warum sie an seiner Wohnungstür geklingelt hatten.

»Ja.«

»Ja?«

»Ja, Jon. Ich kann dir den exakten Augenblick nennen. Genau wie du und Michél hatte ich einen besten Schulfreund. Raimo. Er ist ertrunken. Hieß es. Ich wusste, dass das nicht stimmte. Aber ich war damals zu klein. Viele Jahre später habe ich die Akten dieser verfluchten Pseudo-Ermittlung angefordert ... und noch am selben Tag habe ich mich bei der Polizei beworben. Manchmal hat man als Erwachsener die Möglichkeit, das zu tun, was man als Kind nicht konnte.«

Jetzt.

Dies war der Moment, um den sich im Grunde alles drehte.
Wenn Ewert Grens den Mann, der ihm gegenübersaß, richtig eingeschätzt hatte. Wenn die deutliche Polizeipräsenz fünf Stockwerke unter ihnen eine Flucht vereitelte. Wenn die Anwesenheit eines vorübergehend freigelassenen Michél Waffengewalt verhinderte. Wenn Jon sich mit fünf Morden zufriedengab.

Jons Gesicht ließ nach wie vor keine Regung erkennen.

Doch als er zu reden begann, hörte man es an seiner Stimme.

»Bei mir ... Bei mir war es kein einzelnes Ereignis.«

Jon wandte sich ausschließlich an Michél. In gewisser Weise war es ihre Geschichte.

»Es war alles. Unsere Kindheit und Jugend hat mich Polizist werden lassen.«

Und während Jon redete, wurde offenkundig, dass es auch für die beiden um genau diesen Moment ging.

»Diese gottverfluchten scheiß Drogen.«

Um den Anlass, der sie hergeführt hatte.

»Niemand, der von außerhalb kommt, Grens, hat eine Ahnung, wie abstoßend-bösartig drogensüchtige Eltern werden können. *Hör auf, dir in die Hose zu pissen, du kleiner Scheißer, oder du kannst deine Pisse auflecken.* Oder die Schweine, die die Drogen verticken und aufkreuzen, um ihr Geld einzutreiben. *Schick dein scheiß Balg hier weg, damit wir Geschäfte machen können.* Du hast permanent dunkle Ringe unter den Augen, und wenn jemand anderes, wer auch immer, die Tür öffnet, wirfst du dich in fremde Arme, schläfst vor Erschöpfung ein oder weinst verzweifelt, wenn sie wieder gehen, lieber namenlose Geborgenheit als trockene, unterernährte und rissige Fixerhände.«

Michél und Jon sahen sich an. Grens ahnte, was sie dachten.

Wie die Hände deiner Eltern, Jon.

Wie die Hände deiner Eltern, Michél.

»Jon?«

Ewert Grens beugte sich vor, versuchte, Jons Blick einzufangen.

»Ich möchte dich bitten, dein Hemd aufzuknöpfen.«

Jon war etwa so groß wie Grens, aber sehr viel gelenkiger und stärker. Sollte er angreifen, würden weder der in die Jahre gekommene Kriminalkommissar noch sein zu lebenslanger Haft verurteilte Begleiter Widerstand leisten können.

Das wussten sie, alle drei.

»Ich möchte deinen Hals, deinen Nacken und deine rechte Schulter sehen.«

Ewert Grens gelang es nicht, Jons Blick auf sich zu ziehen. Jon sah nur Michél an, fokussierte sich ausschließlich auf ihn, obwohl er Grens' Frage beantwortet hatte.

»Dann, als Polizist, war ich derjenige, der zu den dunklen Ringen unter den Augen kam. Jetzt warfen sie sich in *meine* Arme und schliefen vor Erschöpfung ein. Jetzt war *ich* der erstbeste Fremde, der Geborgenheit versprach. Am lebhaftesten erinnere ich mich an das kleine Mädchen, das war ganz am Anfang. Sie konnte nicht schlafen, weil sie Angst davor hatte einzuschlafen. Sie hat sich an meinem Bein festgeklammert, und ich durfte nicht gehen.«

»Deine rechte Schulter, dein Hals und dein Nacken.«

»Sie sah so traurig aus. Sie war ein Bild. Sie weinte und schrie wie am Spieß, als ich ihre Hände von meinem Bein gelöst habe, obwohl ich nicht einmal eine Stunde da gewesen war.«

»Ich will es jetzt sehen, Jon.«

»Eine ganze Generation ist vergangen, und *nichts* hat sich geändert.«

»Ziehst du bitte dein Hemd aus?«

Grens warf Michél einen Seitenblick zu, und ja, sie dachten beide an eine Zelle. Als Michél seinen Oberkörper frei gemacht hatte und fröstelnde, mit Ausschlägen übersäte Haut entblößt hatte – ohne Stichwunde.

»Ich weiß, dass du mich gehört hast, Jon. Aber ich sage es noch einmal. Ich möchte, dass du mir deine rechte Schulter zeigst. Es könnte sogar sein, dass Michél es will.«

Jon hatte ein ebenmäßiges Gesicht. Eines dieser Gesichter, die angenehm zu betrachten waren, wenn Linien, Proportionen und Farben sich zusammenfügten. Doch jetzt gerade taten sie es nicht. Schmale Lippen. Zuckende Augenbrauen zerfurchten die Schläfen. Stirn und Wangen gespannt.

»Wenn du aus dem Zimmer gehst.«

Jon und Michél sahen sich unverändert an.

»Michél?«

Und Jon flüsterte.

»Wenn du aus dem Zimmer gehst, Michél, tue ich, worum Ewert mich bittet.«

Als habe er zu etwas anderem keine Kraft mehr.

»Nein.«

»Michél, ich ...«

»Nein. Ich bleibe. Ich glaube, dass ... Vielleicht verstehe ich jetzt, warum wir hier sind. Warum ich hier bin.«

Ewert Grens fasste Michél am Arm.

»Tu, was er sagt. Ich gebe Mariana Bescheid. Sie trifft dich unten vor dem Haus.«

»Nein.«

Michél wand sich aus Grens' Griff. Seine Stimme war klar, während sein Gesicht das Gegenstück zu dem Gesicht bildete, das er ansah, seine Stirn und seine Wangen waren mit einem Mal weich, entspannt.

»Bitte, Jon.«

Ewert Grens begann wieder im Stillen zu zählen.

»Jon?«
Füllte Zeit.
»Tu, was Ewert sagt.«
Zweiunddreißig Sekunden.

Dann öffnete Jon genug Hemdknöpfe, um den blauen Stoff zur Seite schieben zu können, der seine rechte Schulter bedeckte.

Michél sah es. Grens sah es.

Genau da, wo das Schlüsselbein eine kleine Brücke zur Brust hin bildete.

Sie war weder von der Zeit verblasst, noch zeigte sie das klare Rot, wie wenn alle Bewegungen eben zum Erliegen gekommen sind.

Aber sie war deutlich zu erkennen.

Die frische Narbenbildung über einer tiefen Stichwunde, wie von der Spitze eines Skalpells.

Eine Zelle.

Nichts von Menschenhand Geschaffenes war so unvereinbar mit dem Leben. Nirgendwo schrumpfte die Zeit so wie hier – Sekundenzählen änderte nichts.

Eine Zelle war der Punkt, wo die Welt endete.

Ewert Grens fragte sich, ob Jon Hansen das wusste. Ob er überhaupt darüber nachgedacht, die Konsequenzen überdacht hatte. Das taten Täter selten, auch das hatten vierzig Jahre als Polizist ihn gelehrt.

Jons Verhalten in der Gefängniszelle glich den Reaktionen aller anderen Täter. Gelähmt. Handlungsunfähig. Vollständige Veränderung, die noch nicht zu Erkenntnis gereift war, zu Realität.

Gleichzeitig glich diese Situation keiner anderen.

Vier Zellen entfernt saß bereits ein Täter, verurteilt zu lebenslanger Haft für die Morde, derentwegen Jon in U-Haft überführt worden war.

»Deine Krankheit, Jon.«

»Ja?«

»Der Krebs.«

Ewert Grens war nach der Festnahme und Jons Überführung ins Untersuchungsgefängnis vor Ort geblieben. Sein allerletzter Extra-Probetag war noch nicht vorbei. Und wenn Michél nicht für ein paar Minuten die Zelle wechseln und herüberkommen durfte, würde er wenigstens in Michéls Namen die Fragen stellen, auf deren Antworten sie beide ein Anrecht hatten.

»Ich weiß von der Stammzelltransplantation und Michéls Rolle dabei.«

»Ach ja?«
»Dein bester Freund.«
»Und?«
»Der wenige Meter von uns entfernt sitzt.«
»Grens, ich ...«
»Michél hat dir das Leben gerettet.«

Jons Gesicht, das im Treppenhaus neutral gewesen war und, als Michél ihn kurz darauf inständig gebeten hatte, seine Schulter frei zu machen und eine Stichwunde zu entblößen, angespannt gezuckt hatte, wechselte abermals den Ausdruck. Zeigte Trauer, Schmerz. Erinnerungen.

Er nickte langsam.

»Ja, Michél hat mir das Leben gerettet.«

»Und ich weiß, dass du weißt, dass du deshalb zwei verschiedene DNAs hast.«

Überraschung. Vollkommen nackt und ungespielt. Ein weiteres Gesicht.

»Jon, ich weiß es. Und ich weiß sogar, wie du davon erfahren hast.«

Ein einziges Blatt Papier. Grens hatte es geknickt, damit es in die Innentasche seines Jacketts passte. Jetzt faltete er es auseinander und reichte es Jon.

»Ich habe noch einen Freund. Er ist jünger als Michél. Aber ihn habe ich nicht im Maltesholmsgården kennengelernt. Er hockt meistens zu Hause vor seinen Computermonitoren und hilft mir und meinen Kollegen ab und zu dabei, Informationen wie diese zu finden.«

Jon ließ das Blatt zu Boden fallen.

Ohne es gelesen zu haben.

»Im Grunde, Jon, lagen wir mit unseren Vermutungen nicht weit auseinander. Du wolltest wissen, ob bei dir weitere genetische Veranlagungen für schwere Krankheiten bestehen. Das ist nicht nur verständlich, das ist sogar vernünftig. Also hast du Unternehmen kontaktiert, die Gentests anbieten, um erblich bedingte Krankheiten festzustellen und die Risiken einer Erkrankung abzuschätzen.«

Ewert Grens bückte sich in den Zwischenraum zwischen Pritsche und Zellenwand hinunter, hob das Blatt auf und drückte es Jon erneut in die Hand.

»Der erste Anbieter, den du beauftragt hast, hat die DNA aus Speichel-, Haar- oder Fingernagelproben gewonnen und dir ein paar Wochen später die erfreuliche Nachricht übermittelt, dass bei dir keine weiteren erblichen Vorbelastungen bestehen. Aber du warst noch immer besorgt. Auch das ist verständlich. Ich wäre auch besorgt gewesen und hätte alles getan, um bei einem möglichen nächsten Mal vorgewarnt zu sein. Du hast ein zweites Unternehmen kontaktiert, diesmal einen Anbieter, der die DNA anhand von Blutproben untersucht, *und bekamst einen vollkommen anderslautenden Bescheid.* Diesmal wurde dir gesagt, du hättest eine familiäre Vorbelastung für eine Krankheit, die sich, wenn ich es richtig ausspreche, Duchenne-Muskeldystrophie nennt. Eine seltene, neuromuskuläre Erbkrankheit, von der nur fünf von zehntausend Menschen betroffen sind. Eine Krankheit, an der, wie du wusstest, Michéls Vater gelitten hat.«

Zuletzt blickte Jon auf das Dokument.

Er schien zu lesen. Möglicherweise sogar zu verstehen.

»Ab hier kann ich nur noch vermuten, wie du weiter vorgegangen bist, Jon. Hast du einen Arzt aufgesucht? Hast du alles gelesen, was die Bücherei zu bieten hatte? Hast du gegoogelt? Wie auch immer, jedenfalls wurde dir klar, dass ein Mensch nach einer Knochenmarktransplantation theoretisch zwei DNAs in sich tragen kann.«

Bisher hatte Jon auf der Pritsche gesessen. Jetzt legte er sich hin. Genau wie Michél wahrscheinlich ein paar Wände und Türen entfernt auf seiner Pritsche lag.

»Das kleine Mädchen, Grens.«

»Das Mädchen?«

»Das so traurig aussah. Das ein Bild war. Das geweint und wie am Spieß geschrien hat, als ich es gezwungen habe, mein Bein loszulassen.«

»Ja?«

»Das war das erste Mal – ein Dealer, der Anführer eines Netzwerks, der den Eltern des Mädchens seinen verfluchten Dreck verkauft hat.«

Ewert Grens gab sich alle Mühe, ruhig zu bleiben. Obwohl alles in ihm in Aufruhr war.

»*Das erste Mal.*«

»Ja.«

»Das hast du gesagt.«

»Ja.«

»Das erste Mal wie in …«

»Das erste Mal, dass jemand künftig nicht mehr in der Lage sein würde, weiter Stoff zu verkaufen.«

»Du hast auf jeder Leiche Blutfragmente hinterlassen?«
»Ja.«
»Bewusst.«
»Ja.«
»Spuren, die zu deinem besten Freund führten. Zu Michél.«
»Ja.«
»Vollständige Irrsinnstaten. Jeder Mord absurder, grotesker und geisteskranker als der vorherige. Ebenfalls bewusst.«
»Ja.«
»Du hast jemanden nachgeahmt, der nachahmt – einen Psychopathen nachgeahmt. Jemanden, der ein Serienmörder sein könnte.«
»Ja.«
»Und jedes Mal, während Michél Ausgang hatte. Du wusstest ganz genau, wann er es gewesen sein könnte.«
»Ja.«
»Jon?«
»Ja?«
»Warum?«
»Ich dachte, das hättest du … ich hätte … Damit diese Leute nicht mehr imstande sind, Drogen zu verkaufen, nie mehr.«
»Ich meine, warum hast du den Verdacht auf einen Menschen gelenkt, der dir das Leben gerettet hat?«
»Das weißt du.«
»Ich glaube, wenn Michél hier wäre, wenn wir ihn jetzt herholen würden, er würde dir genau dieselbe Frage stellen.«
»Wenn jemand wie du, Ewert.«
»Ja?«

»Wenn jemand wie du sich nähert und am Ende die richtigen Schlüsse zieht.«

»Ja?«

»Ein Polizist weiß, dass Täter, die wahngesteuerte Morde begehen, häufig in der Psychiatrie zu finden sind. Dass sie ihre Fantasie nicht voll haben ausleben können und deswegen einen neuen Versuch unternehmen müssen, auf eine andere, ebenso irrsinnige Weise, um ihre Fantasie beim nächsten Mal möglicherweise erfüllt zu sehen.«

»Das war keine Antwort auf meine Frage.«

»Du bist mir zu nahe gekommen. Ich und vierhundertunddreizehn andere Männer mussten unsere DNA abgeben. Meine Zeit wäre abgelaufen, sobald du … Ich konnte einen weiteren Mord verüben. Und beinahe hätte es noch einmal geklappt, obwohl Michél schon …«

»Du hättest nicht weitermachen müssen.«

»Meine Zeit lief ab!«

»Hättest du aufgehört, wärst du damit durchgekommen und würdest jetzt nicht hier in einer Zelle sitzen. Du handelst keinen Funken rational. Du hast keinen Psychopathen nachgeahmt, der ein Serienmörder sein könnte – dieser vollständige Irrsinn, jemand, der mehr tut, als er muss, der zu weit geht. So legst du es dir selbst zurecht. *Du* bist der Psychopath, der Serienmörder.«

»Würdest du jetzt bitte gehen, Ewert?«

»Du hast meine Frage noch nicht beantwortet.«

»Welche Frage?«

»Warum du jemandem die Schuld in die Schuhe schieben wolltest, der dir das Leben gerettet hat.«

»Ich wollte Michél nichts Böses.«

»Auch das ist keine Antwort.«

»Geh jetzt.«

»Antworte.«

»Geh.«

»Sobald du geantwortet hast, Jon, gehe ich.«

»Er war schon da. In der Psychiatrie. In wechselnden Einrichtungen, seit er erwachsen ist.«

»Und?«

»Michél war bereits eingesperrt.«

»Und?«

»Und wenn jemand wie du, Ewert, eines Tages die richtigen Schlüsse gezogen hätte, sollte es auf Michél zurückfallen. Michél wäre nur weiter behandelt worden, in einer neuen Institution, während ich weiter hätte verhindern können, dass mehr so werden wie wir.«

Dieser verfluchte Beruf. Der Freude brachte und zerstörte. Man öffnet eine Tür und betritt die Hölle eines Menschen, und wenn man von dort weggeht, tut man es in dem Wissen, dass man morgen die Tür zur Hölle eines anderen Menschen öffnen wird.

Ewert Grens verließ das Untersuchungsgefängnis Kronoberg, unschlüssig, wohin er gehen sollte. Ins Präsidium, in ein Büro, das er in ein paar Stunden ohnehin würde räumen müssen? Oder in eine Wohnung mit einer einzigen möblierten Ecke, um Post-it-Zettel und unrechtmäßig kopierte Ermittlungsakten zu entsorgen? Oder hinunter, unter die Erde, um mit der U-Bahn nach Süden zu fahren, in ein idyllisches Wohnviertel, zum Haus der Familie Hoffmann, das sein Zuhause war und auch wieder nicht?

Grens tat nichts davon. Stattdessen wanderte er ziellos durch eine Hauptstadt, die er, obwohl er hier aufgewachsen war, nie als Heimat oder Zuhause empfunden hatte. Ein Ort, den er verlassen sollte, aber immer behalten würde.

Er dachte an Jon Hansen.

An einen Kollegen, der seine eigenen Türen geöffnet hatte.

Je tiefer er versuchte, in Jons Kopf vorzudringen, umso deutlicher wurde, dass es sich für den Einzeltäter, den wahren Schuldigen, so darstellte, als hätten er und Michél die Irrsinnstaten gemeinsam begangen. Mit ihrer gemeinsamen DNA und ihrer gemeinsamen Herkunft.

Das Leben war nie das, was es zu sein vorgab.

Der Mensch, der seiner kaputten Seele wegen in die Psychiatrie eingesperrt worden war, hatte niemals auch nur mit dem Gedanken an diese Wahnsinnsmorde im Kopf gelebt, während der Mensch, der ein normales Leben führte und in Freiheit lebte, einen Mord nach dem anderen geplant hatte. Wer gesund ist und wer nicht, liegt im Auge des Betrachters, solange wir nicht hinter die Fassaden blicken.

Jon Hansen hatte genug Hass in sich getragen, um zu morden. Aber sein Hass war nicht gegen die gerichtet gewesen, die er ermordet hatte. Nicht gegen junge Männer, die Abdul und Ali und Javad hießen, auch nicht gegen soziale Randbezirke oder Bandenstrukturen. Jons Opfer hätten Lennart und Matts heißen und rothaarige Schweden aus Schonen oder Norrland sein können, deren Familien seit Generationen auf ihren Höfen lebten. Jon hasste die Drogen, und hier waren es nun mal Abdul und Ali und Javad, die sie in Umlauf brachten.

Vermutlich hasste er nicht einmal die Drogensüchtigen – wie seine Eltern oder Michéls Eltern.

Er ertrug die Folgen von Drogen nicht mehr.

Den süchtigen Vater oder die süchtige Mutter, die den Råby Torg überquerten, um Nachschub zu kaufen.

Seine Vergangenheit. Sich selbst.

Später

Auch lange Nächte haben ein Ende.
Ohne Schlaf.
Ruhe.
Zofia hatte noch kein Wort darüber verloren, dass er sich vom späten Abend bis zum frühen Morgen neben ihr hin- und herwälzte, schwitzte, Kissen und Decke zu Boden stieß. Aber er war sich sicher, dass sie ihn durchschaut hatte und wusste, womit seine Ruhelosigkeit zusammenhing. Dass es ihn, nach Jahren ohne Kriminalität, zurückzog. Dass er zwischen Wahrheit und Lüge balancierte. Und es ließ sich nicht länger umgehen. Sie *mussten* miteinander reden. Zofia hatte ihm einmal ein Ultimatum gestellt – dass er seine Familie behalten durfte, wenn er sich änderte. Wenn er sie und die Kinder wählte. Jetzt mussten sie gemeinsam entscheiden, was es bedeutete, dass er dabei war, eine vollkommen andere Wahl zu treffen. Ob es überhaupt noch eine Basis für ein gemeinsames Leben gab.

Hugo wusste es auch.

Sie sagten nicht einmal mehr etwas zueinander, wenn Piet Hoffmann morgens sein Gesicht anfeuchtete, Rasierschaum auf gespannter Haut verteilte und ihre Blicke sich im Badezimmerspiegel begegneten, der Sohn ein paar Meter hinter dem Vater. Es war nicht nötig. Der Sohn hatte seine Frage bereits gestellt. *Wer bist du, Papa? Ganz wirklich?*

Piet trocknete Wangen, Kinn und Hals ab, zog sich an und ging die Treppe hinunter.

Zu einem Frühstückstisch, der zum ersten Mal, seit Ewert Grens bei ihnen wohnte, nicht gedeckt war. Der Kriminalkommissar saß im Wohnzimmersessel an der Stirnseite des

Tischs, die sein Platz geworden war, und hatte einen ausgetrunkenen Kaffeebecher vor sich stehen.

»Guten Morgen.«

Grens antwortete nicht, hob nicht einmal den Blick von seinem Becher.

»Guten Morgen, Ewert – ist alles in Ordnung?«

»Ich denke schon.«

Piet zog den Stuhl neben Grens' Sessel hervor. Hugos Platz.

»Und warum *denkst* du es, Ewert?«

»Weil es seit eben …«

Grens trank aus dem Becher, der längst leer war. Schien es nicht zu bemerken. Dass er trank. Dass der Becher leer war.

»… vorbei ist. Wirklich vorbei.«

»Ewert, wovon redest …«

»Mariana hat gerade angerufen. Die Auswertung der Blutanalyse ist gekommen, so oft geprüft und überprüft, wie es überhaupt möglich ist. Michéls und Jons Blut haben dieselbe DNA. Jon ist tatsächlich schuldig. Michél ist tatsächlich unschuldig.«

Hugo kam in die Küche. Ohne zu kommentieren, dass Teller, drei verschiedene Joghurtsorten und Knäckebrot an diesem Morgen fehlten. Sie nickten einander zu, Vater und Sohn, und Hugo verschwand wieder hinaus in den Flur oder ins Wohnzimmer, klug wie immer. Die Küche war schon voll mit Fragen und Gedanken.

»Jetzt wird er das Gegenteil machen.«

»Wer? Wer wird das Gegenteil machen, Ewert?«

»Jon.«

»Wovon?«

»Ich musste beweisen, dass ich mich um meine eigene Hölle kümmern kann, um das Recht zurückzuerhalten, mich auch um die Hölle anderer zu kümmern. Während Jon, der bisher die Hölle anderer beenden wollte, den Rest seines

Lebens in einem Hochsicherheitsgefängnis damit zubringen wird, seine eigene Hölle zu begreifen.«

Grens trank erneut. Aus dem leeren Becher. Hoffmann überlegte, ob er es ihm sagen sollte. Oder ob das Ewerts Verwirrung nur noch vergrößern würde.

»Und ein Ende ist ein Ende, Piet. Ich ziehe heute wieder nach Hause.«

»Nach Hause?«

»Ihr wart fantastisch. Ihr habt mich gerettet. Aber heute ziehe ich wieder in meine Wohnung, und es gibt nur noch einen Gefallen, um den ich dich gerne bitten würde.«

»Okay?«

»Ich muss ziemlich viele Möbel kaufen. Begleitest du mich zu IKEA?«

»Wie bitte?«

»Ich brauche Beratung in Einrichtungsfragen.«

»Im Ernst, Ewert?«

»Im Ernst gibt es eine Sache, über die ich mit dir reden muss. Außerhalb dieses Hauses.«

Piet Hoffmann erhob sich von Hugos Stuhl.

»Gut. Wir können gleich los. Ich mache nur noch ein bisschen Platz im Auto.«

Er hatte direkt vor dem verrosteten, quietschenden Gartentor geparkt, um das Transportgut im Auge zu haben. Piet entriegelte den Wagen, öffnete den Kofferraum und nahm dessen Inhalt heraus – drei identische Koffer, die in einem Schiffscontainer über den Atlantik nach Südspanien gereist waren und von dort per Flugzeug zu Hoffmanns Sicherheitsfirma in Schweden. Der Köder, der einen fünffachen Mörder aus der Deckung hervorgelockt hatte. Als Grens ihn um Hilfe gebeten hatte, hatte sich ein Koffer in seinem Besitz befunden; die Lebensversicherung seiner Familie, zwölf Millionen Kronen Straßenverkaufswert, die er eingeschmolzen und als Produktprobe verwendet hatte. Jetzt hatte er drei Koffer. Mit einem umgerechneten Wert von sechsunddreißig Millionen Kronen. Ein guter Anfang, gleichgültig, ob er sich für die obere oder die untere Welt entschied. Piet trug die Koffer ins Haus, die Kellertreppe hinunter in sein Arbeitszimmer, wo sie stehen würden. Drei hässliche Koffer, die keines der anderen Familienmitglieder jemals würde benutzen wollen.

Auf der gut zehn Kilometer langen Fahrt vom Haus der Hoffmanns zu dem gigantischen Möbelhaus in Kungens Kurva saßen sie schweigend nebeneinander. Piet Hoffmann wartete darauf, dass Ewert Grens verriet, worüber er reden wollte, während Grens keine Ahnung hatte, wie er sein Anliegen formulieren sollte. Dann gingen sie von Ausstellungsfläche zu Ausstellungsfläche. Der Kriminalkommissar füllte einen Einkaufswagen, bis er an einem Informationsstand haltmachte und einem Verkäufer einen weißen Kuschelsessel und eine weiße verschnörkelte Spiegelkommode zeigte, für die er jeweils einen Kassenzettel und eine Wegbeschreibung zur Möbelausgabe erhielt.

»Meine Aufgabe besteht also darin, dich zu beraten, Ewert?«

»Deine offizielle Aufgabe.«

»Wenn das so ist, sage ich, dass dieser Sessel und dieser Schminktisch nicht dein Stil sind. Ich habe deine Möbel gesehen, bevor du sie zersägt und kurz und klein geschlagen hast. Sie hatten absolut keine Ähnlichkeit damit.«

»Ich nehme auch noch ein dazu passendes Bett.«

»Das klingt gut, aber trotzdem, Ewert – *du bist ein sechsundsechzigjähriger Mann, und das ist nicht dein Stil.*«

»Aber vielleicht der Stil eines jungen Mädchens.«

Hoffmann blieb in der Küchenabteilung stehen. Vor einer hübschen Center mit zwei Barhockern. Er setzte sich

auf den ersten, deutete auf den zweiten und zeigte anschließend auf Grens. Für den Fall, dass es das war, worüber sie reden sollten, und sie es nicht zu Hause tun konnten.
»Das musst du mir erklären.«
»Elin.«
»Ja?«
»Wir haben ausgemacht ... sie und ich und die Behörden ... dass sie bei ihrer Pflegefamilie auszieht und bei mir wohnt, bis sie ... Solange sie will. Ich habe Zimmer genug, und ...«
»Das klingt fantastisch, Ewert!«
»Ich dachte, ich habe es einmal versprochen, und es sind nur noch ein paar Jahre, bis sie erwachsen ist, und ...«
»Was für eine große Sache! Du lässt wieder jemanden in dein Leben! Obwohl du dann Rücksicht auf einen anderen Menschen nehmen musst und ... Verflucht, Ewert, du bist zurück! Mehr als zurück! Du hast das Pensionsalter erreicht und entwickelst dich trotzdem noch immer weiter!«
Wenn Grens glücklich aussah, strahlte Hoffmann über das ganze Gesicht.
»Warte hier. Zwei Minuten.«
Piet rannte durch das Möbelhaus. In Richtung Ausgang und zu den Kassen, an denen, inmitten von Regalen und Körben, die mit allerletzten Einkäufen zu Schnäppchenpreisen lockten, lange Kundenschlangen vorwärtsrückten. Da lagen sie meistens. Stapelweise. Die braunen und borstigen Willkommen-Fußmatten. Und da lagen sie auch heute. Zwischen Glühbirnen-Vorteilspackungen und Servietten mit roten Vögeln. Er nahm eine Fußmatte von einem Stapel und rannte genauso schnell wieder zurück.
»Hier.«
Piet legte die Matte vor Grens auf die Kücheninsel.
»Für Elin. Zum Einzug.«
Und während Grens die Hand auf die borstige Oberfläche

legte und mit einem Finger die Buchstaben nachzeichnete, die W und I und L formten, blieb Hoffmann neben ihm stehen, bereit zu gehen.

Sie waren fertig.

»Aber eins verstehe ich nicht, Ewert. Was war so schwierig daran, dass wir nicht zu Hause darüber reden konnten?«

»Weil das nicht mein Thema war.«

Eine Küchenattrappe und kaufwütige Möbelkunden, die an ihnen vorbeiliefen.

Es würde hier genauso schwer zu erklären sein wie im Auto oder zu Hause in Piet Hoffmanns echter Küche.

»Es tut mir so schrecklich leid, Piet.«

Aber es ließ sich nicht länger hinauszögern.

»Hörst du, Piet? Es gibt nicht viele, die ich so nah an mich herangelassen habe. Wenn wir die Plätze tauschen könnten, du und ich, ich würde es tun. Hier! Jetzt! Du und ich ... Ich riskiere nicht annähernd so viel wie du. Laufe nicht Gefahr, so viel zu verlieren. Du hast Familie. Ein langes Leben. Verstehst du? Wir tauschen, *hier und jetzt*!«

»Ewert ... wovon redest du?«

»Mariana hat mir Observationsfotos gezeigt. Von einer Ermittlung, die ziemlich weit fortgeschritten ist.«

»Und?«

»Du warst da. Auf den Fotos. Und ich habe Druck gemacht, Piet. Druck! Versucht, versucht und versucht!«

»Ewert?«

»Ich habe dich gewarnt! Das habe ich! Dass es diesmal nicht so ist wie sonst. Ich habe es dir gesagt! Oder? Dass dich diesmal niemand von der Fahndungsliste runternimmt, wenn du Methoden einsetzt, die schweren Straftaten entsprechen – *und auffliegst.*«

Ein junges Pärchen näherte sich der Kücheninsel. Sie gingen Hand in Hand, begutachteten Preisschilder und redeten laut und verliebt darüber, dass die Küche in ihrer ersten gemeinsamen Wohnung genau so aussehen könnte.

Hoffmann senkte die Stimme.

»Ewert – ich verstehe nicht.«

»Sie werden dich festnehmen.«

»Was?«

Piet Hoffmann sprang vom Barhocker, auf den er sich wieder gesetzt hatte.

»Wovon zum Teufel redest du?«

»Dass ...«

»Das zu lösen ist dein verfluchter Job!«

»Ich weiß, dass du das alles nur meinetwegen begonnen hast, Piet.«

»Dein verfluchter Job!«

»Aber ich weiß auch, dass du wegen dieses Jungen weitergemacht hast. Und deinetwegen.«

»Ewert, zum Teufel ...«

»Weder Mariana noch Wilson können irgendetwas tun. Es geht nicht. Nicht jetzt. Nicht vor einem Prozess. Es ist zu spät, die Sache ist zu groß, Staatsanwaltschaft und Ermittler haben zu tief gegraben.«

Auf einmal wünschte sich Grens, jemand in den Arm nehmen zu können.

»Aber du weißt, dass ich nicht aufgebe? Das weißt du doch? Oder, Piet?«

Obwohl hier niemand war, der umarmt werden wollte.

»*Ich gebe nie auf.* Frag Michél und Jon. Ich verspreche es dir. Es kann dauern, aber ich werde keine Ruhe geben, bevor du nicht von allen Anklagepunkten entlastet und in Freiheit bist.«

Piet Hoffmann hatte den Kriminalkommissar an der U-Bahn-Station Skärholmen abgesetzt und folgte nun der Abfahrt vom Nynäsvägen zum Gewirr der Mikadostab-Straßen, die Zofia und ihm, als sie hergezogen waren, wie ein unbegreifliches Labyrinth erschienen waren, ihn aber inzwischen durch vertraute Muster führten.

Er hatte genau verstanden, was Grens gesagt hatte.

Warum sie das Haus heute Vormittag verlassen hatten.

Er sah die fremden Autos schon von Weitem. Zwei Streifenwagen und ein Zivilfahrzeug parkten vor seinem verrosteten Gartentor. Er fuhr langsamer und sah durch das Küchenfenster Mitglieder seiner Familie und uniformierte Besucher.

Er dachte nicht nach.

Eine Übersprungshandlung.

Er bremste abrupt, riss das Lenkrad herum und wendete. Volles Tempo zurück, an den Häusern der Nachbarn vorbei, am Spielplatz, auf dem Luiza ganze Tage verbrachte, am Bolzplatz, auf dem sie alle zusammen Fußball gespielt hatten, an dem kleinen Wäldchen, dessen Bäume Hugo und Rasmus rauf- und runtergeklettert waren, und ... Piet bremste erneut. Legte den Rückwärtsgang ein und fuhr zurück zu seinem Gartentor und den Autos, die dort nicht hingehörten.

Er stieg aus, lief den steinernen Gartenweg hinauf, den Zofia und er zusammen angelegt hatten, und öffnete die Haustür.

Dahinter stand Hugo und wartete.

Unendlich enttäuscht.

Ein großer, kleiner Junge, der mit Puzzleteilen kämpfte, die nicht zusammenpassten. Ein Vater, der mich liebt, der sein

Leben für mich geben würde und gleichzeitig bereit ist, alles kaputt zu machen, weil er glaubt, den Rausch und das Unberechenbare zu brauchen.

Piet Hoffmann beugte sich vor.

»Dein Vater.«

Flüsterte in Hugos Ohr.

»Das bin ich, ganz wirklich.«

Die anderen standen aufgereiht in der Küche. Zofia, Rasmus, Luiza, vier uniformierte Beamte – und Mariana Hermansson.

Ihren Blick erwiderte er zuerst.

Es war nicht ihre Ermittlung, aber sie musste ihre Anwesenheit nicht erklären.

Ich verspreche, dass alles ruhig abläuft, wenn ihr den Kindern erspart, dabei zuzusehen, wie ihrem Vater Handschellen angelegt werden und wie ihr ihn zum Auto führt – er war einmal ein großer Zugewinn für die schwedische Polizei.

Piet Hoffmann hörte die Worte, die nicht laut ausgesprochen wurden, und nickte Mariana zu, wusste es zu schätzen.

Rasmus in seinen Armen, ein Kuss auf Hugos Wange, er bohrte seine Nase lange in Luizas Haar, und als Zofia sich von ihm abwandte, wünschte er, er hätte ihr die volle Wahrheit gesagt, dass er diesmal ohne Zusicherung von Straffreiheit gearbeitet hatte.

Er setzte sich an den Küchentisch und trank ein Glas Wasser, während vier Uniformierte das Haus auf den Kopf stellten, ohne ein weiteres Beweisstück zu finden, das ihn mit dem Verbrechen, das man ihm vorwarf, in Verbindung brachte. Drei hässliche und geruchlose Koffer würden weiterhin da bleiben, wo er sie abgestellt hatte. Mariana setzte sich neben ihn an den Küchentisch, trank ebenfalls ein Glas Wasser, und Piet hörte, wie sie wieder mit ihm sprach, ohne ein Wort sagen zu müssen.

Genauer noch, ihm eine Frage stellte, das traf es wohl eher.

Wie er so verflucht dumm hatte sein können.

Als das Leben endlich selbstverständlich erschienen war, begreifbar.

Wenn du verurteilt wirst, Piet.

Sprechen wir von vielen, sehr vielen Jahren.

Sie hatten ausgemacht, sich am Karolinska-Universitätskrankenhaus zu treffen. Elin wartete vor dem Haupteingang und hatte ihn heute Morgen dreimal angerufen, um sich zu vergewissern, dass er nicht vorhatte, sich kurzerhand aus dem Staub zu machen. Ewert Grens ging vom Sveavägen aus zu Fuß, ein letzter Spaziergang durch Stockholm, solange Äußeres und Inneres noch zueinanderpassten. Solange alles, was anders war, auch zu sehen war.

Er kam ein paar Minuten zu spät – er hatte es sich nicht verkneifen können, eine Runde um das Polizeiviertel zu drehen, nicht, weil er sich nach seinem Büro im Präsidium sehnte, sondern um einen Moment vor dem Untersuchungsgefängnis stehen zu bleiben, zum Maschendrahtzaun des Freiganghofs oben auf dem Dach hinaufzublicken und sich einen Zellentrakt vorzustellen, in dem mittlerweile drei Menschen saßen, die er kannte, nur ein paar Zellen voneinander entfernt, und von denen zwei zu seinen wenigen sehr nahen Freunden zählten. Vorerst, in der ersten Woche von Piet Hoffmanns unter vollständigen Restriktionen durchgeführtem U-Haft-Vollzug, hatte man ihm untersagt, die ermittelnden Beamten bei ihren Besuchen zu begleiten. Grens hoffte, dass er das nächste Mal, wenn Hugo ihn anrief und wissen wollte, wie es seinem Papa ging, konkretere Bilder und relevanteren Trost würde liefern können.

Er sah sie sofort, als er in den Eugeniavägen einbog und sich der Vorderseite des Krankenhauses näherte. Elin saß vor den gläsernen Drehtüren auf einer hübschen Holzbank, und ihre Körperhaltung strahlte gleichermaßen Entschlossenheit wie Vorfreude aus, als sie in etwa das wiederholte, was Hoffmann kürzlich gesagt hatte, dass sie stolz darauf sei, dass er den Mut hatte, sich immer noch weiterzuentwickeln. Grens war sich nicht ganz sicher, ob Hoffmanns und Elins Lob gut oder schlecht war. Ob der Schritt, einen Menschen in seine Wohnung zu lassen und eine schwarze Augenklappe von einem zerfetzten Auge zu nehmen, besonders abenteuerlich und lebensbejahend war oder einfach nur traurig, weil es einen Menschen bloßstellte, der oft die falschen Entscheidungen getroffen und die Tür zu seiner eigenen Welt geschlossen hatte.

Aus allen naturgetreuen Kunstaugen, die in einer bizarren Sammlung vor ihm gelegen und ihn mit Pupille und Iris angestarrt hatten, hatte er sich am Ende für eine Glasprothese entschieden. Sie war ein bisschen schwerer, aber es gab ihm ein besseres Gefühl. Als der Ocularist die letzten Justierungen vorgenommen hatte, hatte Grens sich in den Physikunterricht seiner Schulzeit zurückversetzt gefühlt oder in eine der småländischen Glashütten, die er mit Anni einmal in einem wundervollen Sommer besucht hatte. Der Ocularist hatte einen weißen Kittel getragen, an seinem Arbeitstisch sitzend einen Gasbrenner angezündet und Ewert Grens' neues Auge über die Flamme gehalten, es auf einem Glasröhrchen festgeschweißt und erhitzt. Die Größe des Auges hatte sich ein ums andere Mal verändert, je nachdem, ob der Ocularist es durch Blasen vergrößerte oder durch Einsaugen der Luft verkleinerte, und die Innenseite hatte sich nach innen gewölbt, damit es hielt. Zum Schluss hatte der Ocularist noch eine winzige Kerbe in das Glasauge hineingeritzt, damit die Tränendrüsen, die Grens bei seinem Schuss nicht komplett zerfetzt hatte, fast normal funktionieren konnten.

Das neue Auge saß an seinem Platz, verbarg die leere Höhle.

Sie fuhren zusammen von dort weg, beide gleichermaßen

erschöpft auf dem Rücksitz des Taxis. Als sie sich dem Sveavägen und einer wartenden Wohnung näherten und Grens Elin noch einmal fragte, ob sie wirklich bei ihm wohnen oder nicht doch lieber weiter bei ihrer Pflegefamilie bleiben wolle, und Elin antwortete, ja, sie wolle *wirklich* bei ihm wohnen, merkte Grens, dass diese letzte Kerbe in seinem Glasauge perfekt geworden war.

Elin lächelte, als die borstige Fußmatte sie WILLKOMMEN hieß, und Grens führte sie in eines der Zimmer auf der rechten Flurseite, in dem inzwischen ein weißer Kuschelsessel und eine verschnörkelte Spiegelkommode standen. Und während Elin sich auf das frisch zusammengebaute Bett setzte und ihre Sachen auspackte, ging Ewert Grens nach draußen auf den Balkon.

Wo er, auf das Geländer gestützt, auf die Stadt hinausblickte, wie er es früher so oft getan hatte.

Und fast hatte er das Gefühl, zurück zu sein.

AM SELBEN TAG, an dem gegen Jon Hansen Anklage wegen fünffachen Mordes erhoben wurde, beantragte Michél Richardsson vor dem Obersten Schwedischen Gerichtshof die Wiederaufnahme seines Verfahrens. Das gegen ihn in Kraft getretene Urteil des Oberlandesgerichts wurde unter Berücksichtigung der neuen Faktenlage und der erst nach Prozessende hinzugekommenen Beweise erneut geprüft.

Das Gericht musste sich nicht lange beraten, ehe es auf Freispruch entschied.

An diesem Morgen spazierte er hinaus – hinaus aus der Unwirklichkeit des Hochsicherheitsgefängnisses von Kumla und fort von der hohen Mauer –, allein, nur mit einer Plastiktüte in der Hand. Die wenigen Habseligkeiten, die er bei seiner Festnahme bei sich gehabt hatte. Er blickte sich verwirrt um, blinzelte in das grelle Sonnenlicht, atmete die frische Luft ein.

Ging aber nicht weiter.

Er blieb stehen, schloss die Augen, lauschte.

Nach einer Weile sank er auf den Asphalt des Parkplatzes.

Er war frei – hatte aber keinen Ort, an den er zurückkehren konnte, um seine Freiheit zu leben.

»Willst du noch lange da sitzen bleiben?«

Diese Stimme.

»Falls nicht ...«

Sie klang bekannt.

»... brauchst du vielleicht eine Mitfahrgelegenheit?«

Michél blickte sich um.

Ein Stück entfernt. Ein schwarzes Auto. Die Stimme kam von dort.

Er stand auf, ging auf jemanden zu, der das Seitenfenster heruntergekurbelt hatte.

»Die Beifahrerseite, Michél. Zieh die Tür auf und steig ein.«

Sie sahen einander an, Michél und Ewert Grens. Michél musste nicht erklären, dass er keine Ahnung hatte, wohin er gehen sollte, weil es hier draußen nichts oder niemanden mehr gab, seit der einzige Mensch, der ihn besucht hatte, hinter Gittern saß. Auch Grens musste nicht sehr viel mehr sagen, als dass er an seinem Entlassungstag Hilfe von stabilen Menschen bekommen hatte, die ihn bei sich aufgenommen und ihm geholfen hatten, auf die Füße zu kommen, er aber mittlerweile wieder in seiner eigenen Wohnung lebte.

Er musste nur eine Frage stellen.

Dieselbe Frage, zu der er schon einmal den Mut aufgebracht hatte und über deren Antwort er sich jeden Tag freute.

»Also, Michél, willst du es machen wie ich? Willst du einen Neuanfang bei einer stabilen Person machen, denn das bin ich inzwischen? Und in meiner Wohnung in Stockholm habe ich Zimmer genug, Platz genug. Wenn du Ja sagst, seid ihr zu zweit, zwei Mitbewohner, sozusagen.«

Erik Wilson hatte ihre Besprechung in den Kronobergspark verlegt. Unter eine hohe Ulme, auf eine Bank mit Blick auf spielende Kinder, die in großen Gummireifen schaukelten oder auf Dreirädern umherradelten.

»Deine zweite Evaluation liegt vor, Ewert. Die externen Gutachter haben ihre Entscheidung gestern Abend getroffen.«

Im Freien. Außerhalb des Polizeipräsidiums.

Wenn sie sich umdrehten und zu den Fenstern blickten, die ein Stück entfernt im Sonnenlicht aufblitzten, schauten sie geradewegs in die Büros arbeitender Kollegen.

Ewert Grens schätzte, dass es symbolisch war.

So nah und zugleich unendlich weit entfernt.

»Am besten, ich sage es ohne Umschweife: Die Polizeibehörde zieht deinen Dienstausweis ein, Ewert. Du wirst künftig nicht mehr als Polizist im festen Dienstverhältnis arbeiten.«

Im Grunde war es keine Besprechung, eher die Verkündung einer einseitigen Botschaft.

»Nicht in Vollzeit, nicht als Polizeibeamter. Aber das Angebot einer Teilzeitanstellung bleibt bestehen. Du wärst ein ziviler Mitarbeiter, einer unserer pensionierten Kollegen, die Fälle prüfen, die zu den Akten gelegt wurden oder für die schlicht und einfach die Kapazitäten fehlen.«

Keine Besprechung – und auch keine Unterredung.

Ewert Grens konnte sich im Nachhinein nicht daran erinnern, überhaupt ein Wort gesagt zu haben.

»Du wärst eine eigene Einheit, Ewert. In Anbetracht der jüngsten Ereignisse biete ich dir eine Beschäftigung auf

Stundenbasis. Du würdest alte, aufgeklärte Fälle durchgehen, die anhand von DNA-Beweisen gelöst wurden, bei denen aber davon abgesehen nur eine schwache Beweislage existiert hat. Du würdest das Gegenteil von dem tun, was unsere Kollegen tun, die aufbewahrte DNA-Spuren verwenden, um alte Fälle *aufzuklären*. Du wärst sozusagen eine *Anti*-Cold-Case-Einheit. Du würdest gelöste Fälle drehen und wenden und nachprüfen, ob das, was bei der Urteilsfindung als unumstößlich sicher gegolten hat, es vielleicht gar nicht war.«

Die auf ihren Dreirädern umherradelnden Kinder und die, die in der Spielplatzmitte eine Sandburg bauten, hatten noch keine Ahnung, wie schnell es gehen würde, bis sie auf einer Bank sitzen und Kindern zuschauen würden, obwohl ihnen das Leben einst endlos erschienen war.

»Es gibt Kollegen im Haus, die nicht wollen, dass du bleibst, nicht einmal als ziviler Mitarbeiter. Der Schuss, den du abgefeuert hast, hallt noch immer nach. Aber ich möchte, dass du bleibst, und ich habe durchgesetzt, dass es so sein wird. Wenn du willst.«

Erik Wilson wartete. Auf eine Antwort, die nicht kam.

»Ewert?«

Grens wusste nicht länger, ob er überhaupt antworten wollte.

»Wie klingt das?«

Weshalb er aufstand und davonging.

Piet Hoffmann schloss die Augen. Er musste nicht durch das verdreckte Seitenfenster des Gefangenentransporters sehen, um zu wissen, wo sie sich befanden. Genau diese Strecke hatte er schon einmal zurückgelegt, und der Weg zum Gefängnis, diese letzten Bilder der Wirklichkeit, waren die schärfsten, die er kannte. Sie mussten es sein. Sie würden zehn Jahre lang Bestand haben müssen.

Das Gericht war sich einig gewesen.

Ein besonders schwerer Fall von Drogenhandel. Höchststrafe.

Auch das Gefühl von Handschellen und Begleitern, die jede seiner Bewegungen überwachten, war vertraut. Ein Leben, das zurückgekehrt war, bevor er entschieden hatte, ob er es zurückhaben wollte.

Dann sah er doch durch das Seitenfenster.

Sie näherten sich dem Gefängnistor.

Demselben Zellentrakt, in dem er vor vielen Jahren in seiner Eigenschaft als V-Mann der schwedischen Polizei eine Haftstrafe verbüßt und die Bekanntschaft eines Kriminalkommissars namens Ewert Grens gemacht hatte. Damals hatte die schwedische Polizei ihn im Stich gelassen, ihr Versprechen, ihn jederzeit aus dem Gefängnis zu holen, gebrochen. Ein Verrat, der sich in Kürze wiederholen würde, wenn man ihn hinter die Mauern des Hochsicherheitsgefängnisses sperrte, in dem noch vor wenigen Tagen ein unschuldig Verurteilter inhaftiert gewesen war, für dessen Freilassung er selbst die notwendigen Beweise geliefert hatte.

Im Esszimmer stand ein neuer Tisch. Ewert Grens wohnte in seiner großen Wohnung ebenso lange, wie er Polizist war, trotzdem war es das erste Mal, dass er den Tisch hier drin deckte. Bis heute hatte es nie einen Grund dafür gegeben.

Drei Freunde. Die miteinander redeten, lachten, die sich wohlzufühlen schienen. Nicht zu vergleichen mit einem allein auf einem verschlissenen Cordsofa verbrachten Abend, in einem Büro in einem stillen Präsidium.

Ewert Grens konnte es nicht begreifen.

Er, ein Mensch, der sein Leben gelebt hatte, ohne andere Menschen zu brauchen.

Denn rechts von ihm faltete eine Teenagerin ihre Serviette auseinander, platzierte sie auf ihrem Schoß und schien für den Moment vergessen zu haben, dass ihre Mutter, die Frau, die er einmal geliebt hatte, die Welt durch Gitterstäbe betrachtete. Links von ihm füllte ein unschuldig zu lebenslanger Haft verurteilter Mann, der soeben seine Freiheit zurückerhalten hatte, sein Glas mit Champagner und machte einen etwas weniger traurigen Eindruck als in dem Sanatorium für psychisch Kranke, wo sie sich kennengelernt hatten. Auf der anderen Seite des Tisches lächelte ihm eine gleichaltrige Frau zu, die eine Schlüsselkarte hatte und die, hatte sie einmal beschlossen, eine Antwort zu bekommen, auch eine Antwort bekam, und die er gerne näher kennenlernen wollte.

Der Platz gegenüber von ihm war hingegen leer.

Und dieser leere Stuhl schmerzte ihn unendlich.

Natürlich besuchte er sie, so oft Zofia und die Kinder es zuließen, und er bemühte sich nach Kräften, hatte aber nach wie vor keine Antwort auf die Frage, die Rasmus jedes Mal nach der Begrüßungsumarmung im Flur stellte: *Ewert, wann kommt Papa wieder?* Denn was sollte man einem fabelhaften kleinen Jungen antworten, der seinen Vater kraft Gerichtsbeschluss im Familienraum eines Gefängnisses besuchen sollte, bis er volljährig wäre?

Blieb noch ein Stuhl.

Ewert Grens' eigener.

Ewert Grens, ein Mann, der sich etliche Monate zuvor in den Kopf geschossen hatte, jetzt aber reihum die Gesichter an seinem Esszimmertisch betrachtete und dachte, dass dieses Am-Leben-Sein vielleicht doch gar keine so dumme Sache war.

Wenn man langsam zurück nach Hause findet, auf eine Art, die auch ein kleines bisschen schön ist.

Wenn die Welt vor dem Fenster so wunderschön ist.

Wenn die Angst nicht zurückkehrt.

Und wenn ihm eine Pseudobeschäftigung auf Stundenbasis angeboten wurde, er sich aber nicht mehr sicher war, ob es eine Rolle spielte. Vielleicht konnten die Entscheidungsträger jede Entscheidung treffen, die ihnen in den Kram passte, wenn er imstande war, sich in seiner Wohnung wohlzufühlen, hier zu sitzen und zu lächeln.

Ab heute hatte er nur noch einen Auftrag. Einen einzigen Fall, in den er seine Zeit investieren wollte. Einen guten Freund, der gesagt hatte, dass der Moment, an dem man zum letzten Mal aus dem Knast freikam und die Entscheidung getroffen hatte, dass es wirklich das *allerletzte* Mal war, dass dieser Moment der Anfang vom Rest deines Lebens ist.

Und das sagte auch Ewert Grens, als er sich jetzt von seinem Stuhl erhob und einen Trinkspruch ausbrachte. Oder, zuallererst sagte er natürlich *Möge der Engel Gabriel mit euch sein!*, dann rief er *Auf den Rest des Lebens!*

Und dachte, dass immerhin dieser Wunsch zu einhundert Prozent wahr war.

Der Autor dankt

Niclas Breimar, Rolle Eriksson, Lasse Zernell – ihr seid schlaue Köpfe.

Lasse Lagergren für dein einzigartiges Wissen über DNA, in Serie ermordete Leichen und andere Scheußlichkeiten.

Calle Sumonja für dein einzigartiges Know-how, wie Waffen am besten zu handhaben sind.

Per Hansson für dein Wissen und deine eigenen Gefühle beim Austausch eines Auges.

Fia Roslund, weil du für mich und den Text während des gesamten Schreibprozesses da bist.

Emil Eiman Roslund für deine klugen Hinweise und Fotos, die mich besser aussehen lassen.

Marianne Stenberg für deine unermüdliche Korrekturarbeit.

Karin Wahlén, weil du Grens und Hoffmann an der Hand hältst, wenn sie auf ihre Leserinnen und Leser treffen.

Mein ganz besonderer Dank geht an *Niclas Salomonsson* und *Tor Jonasson* von der Salomonsson Agency, weil ihr euch in der großen ausländischen Buchwelt stets mit herausragender Kompetenz um mich kümmert.

Ein ebenfalls besonderer Dank gebührt *Martin Ahlström, Elisabeth Watson Straarup, Göran Wiberg* und *Daniel Sand-*

ström vom Albert Bonniers Verlag für eure große Bescheidenheit und Klugheit im perfekten Ausgleich bei allem, was mit Büchern (und den meisten anderen Dingen) zu tun hat.

(Und zu guter Letzt, zur Sicherheit, für alle, die sich damit auskennen: Ich bleibe im Text weiterhin hartnäckig bei der Bezeichnung *Mordkommission*, obwohl der reale Teil des Polizeipräsidiums, in dem Ewert Grens seinen fiktiven Arbeitsplatz hat, seinen Namen nach jeder neuen Umorganisation des Polizeiapparats in Einheit / Sektion / Gruppe / Abteilung oder einen ähnlich tristen Namen ändert, damit ihr, meine geneigten Leserinnen und Leser, nicht mit neuen Beschreibungen eines Ortes konfrontiert werdet, der Buch für Buch derselbe bleibt.)

Schwedische Bestseller in Serie!

»Roslund kennt nur zwei Arten des Erzählens –
düster und abgrundtief düster.«
The New York Times

Alle Titel sind auch als E-Book erhältlich.

Ewert Grens' 1. Fall:
Geburtstagskind
ISBN 978-3-86493-145-1

Ewert Grens' 2. Fall:
Schlaft, Kinder, schlaft
ISBN 978-3-86493-144-4

Ewert Grens' 3. Fall:
Engelsgabe
ISBN 978-3-86493-204-5

Ewert Grens' 4. Fall:
Teufelsgabe
ISBN 978-3-86493-259-5

www.ullstein.de